講談社文庫

ダーク・サンライズ

デイヴィッド・ハンドラー｜北沢あかね 訳

講談社

目次

お気に入りの歌姫、唯一無二のブラックカナリーへ

ダーク・サンライズ

●主な登場人物〈ダーク・サンライズ〉

ミッチ・バーガー　映画批評家。ドーセット村のビッグシスター島に住む
デジリー（デズ）・ミトリー　ドーセット駐在の女性警官で元州警察警部補。ミッチの恋人
エイダ・ガイガー　伝説的な女性映画監督
レス・ジョセフソン　ドーセットのホテル、アストリッド城の経営者
ノーマ　レスの妻、エイダの娘
アーロン・アッカーマン　ノーマの息子、ジャーナリスト
カーリー・ケイド　アーロンの妻、政治学者
テディ・アッカーマン　アーロンの叔父、ピアニスト
スペンス・シブリー　映画会社幹部
ハンナ・レイン　映画制作者、エイダの助手
ジョリー・ハーン　アストリッド城の従業員
ジェイス・ハーン　同、ジョリーの弟
ベラ・ティリス　デズと同居する未亡人
リコ・〝ゾーヴ〟・テドーン　州警察警部補
ヨランダ（ヨリー）・スナイプス　巡査部長

プロローグ

「もう一度だけ言うわ」彼女は穏やかなきっぱりした声で言った。「あの意地悪な老婦人は死ぬしかないの。それくらいあなたも知ってるし、私も知ってる。二人ともわかってることじゃない。私の言ってることわかる？」

「わかってるさ」彼がじれったそうに答えた。「その話をされるたびに、ちゃんと理解してる。今回は、ええと、三度目だろ」

彼女は注意深く彼を観察した。オールドセイブルック駅の駐車場に車を停め、エンジンをアイドリングさせている。氷雨がパチパチ屋根を打つ音が聞こえる。「それで？　私が聞きたいのはそこよ」

「道路がまずいことにならないうちに帰った方がいいな」彼は答えたが、ギアを入れようとはしなかった。運転席に座り、手袋をした手でハンドルをゆるく握っているだけだ。「二人ともいないことに気づかれてしまう」

「この件を徹底的に話し合って結論を出してからじゃなきゃダメよ」彼女は投光照明

が照らし出すプラットホームを眺めながら言い張った。投光照明は極寒の夜にぼんやりした黄色の光を投げかけている。

ダッシュボードの時計は九時を回ったばかりだが、午前三時だと言われてもわからないだろう。人っ子一人いない。平日の夜で、風が吹き荒れている。凍てつく雨が降りしきり、夜の間に雪に変わりそうだ。駐車場には六台ほどの車が停まっているだけだ。ここに置いてアムトラックに乗ったのだ。一日かそこらで戻るにしろ、車がすっかり氷に覆われているのを見たら、持ち主はさぞやがっかりすることだろう。駅は小さなもので、ノースイースト・コリダー線のニューヨークとボストンのほぼ真ん中に位置している。鳴り物入りで導入されたアセラ特急など、停車もしない。時折ローカル列車が停まるだけだが、夜のこの時間にはそれももうない。駅舎にはシャッターが降りている。オールドセイブルックは海辺の町で、避暑客に人気がある。陽光の降り注ぐ暖かな季節には、この駐車場は楽しく騒がしい場所だ。生き生きした「こんにちは」や笑い声混じりの慌ただしい「さようなら」が飛び交う。

が、今夜は殺人のことを語り合う寒くて暗い場所だ。

駐車場の周辺には、店が数軒集まっている。クリーニング店、新聞や雑誌の販売店、ヘルスクラブ。それに、二人が今しがた食事をした中華料理店。客は彼らしかいなかった。彼女は牛肉とブロッコリーのオイスターソース炒めを、彼はムーシューポークを食べた。それにビールを二本。エンジンをかけて、こうして座っていると、ヒーターが効いて車内は暖かくなり、彼の息からビールが匂ってくる。

食事の間中、彼は腹立たしいほど黙り込んでいた。喋ったのは彼女だけだ。考えたのも彼女だけ。でも、それならべつに今夜に限ったことではない。

「あの人のあなたへの仕打ちが何より許せないの」新しいアプローチを試みて、そう言った。

「俺に？　彼女が俺に何をしてるって？」

「してないってことよ。あの人はあなたをちゃんと評価していないわ。あなたの話に耳を傾けない。あなたのことを知らない。とにかくあなたを軽く見ている。まるで忠犬扱いじゃない」

彼が傷ついた少年さながら下唇を突き出した。彼女には彼が幼く見えることがある。ただし、彼は絶対にもう子供ではない。それを言うなら二人ともだ。「それくらい慣れてる。ちっともかまわないさ。彼女に尊敬してもらおうなんて思ってない」

「あら、思うべきよ。それにあの人に我慢することはないのよ。私たち二人とも」彼女の目は期待するように彼をじっと見つめた。まだ反応はない。まったくない。「ねえ、私は率直に話してるだけなの、いい？　あの老婦人がいなくなれば、私たちのほしかった物はすべて手に入るの。それっていいことでしょう？」

「確かに」彼がようやく彼女のペースにはまって認めた。

リーダーシップを発揮するのは、いつだって彼女の役回りだ。男のことになると、いつだってこうなる。でもかまわない。本当にかまわない。はるか昔女学生だった頃、授業でジェーン・オースティンの『高慢と偏見』を読んで、卒倒せんばかりのショックを受けた。あの不愉快な本から受けた印象といったら。汚れなく無邪気で愚かなあの五人姉妹は、白いドレスに包まれた若く敏感なバストをふくらませて、ソネットを読み、若くハンサムな貴族が馬で乗りつけて、彼女たちを一人、また一人とさらってくれるのを、ただ座って待っている。私にはあり得ないわ。ページを素早くめくりながら、信じられずに頭を振って、そう独り言を呟いたのを覚えている。絶対にあり得ない。この人生で手に入れようと思うものは何であれ、自分から出ていって摑み取るから自分のものにできるのよ。

とりわけ男は。男は決断しない。決断するのは女だ。これはずっと若い頃に悟ったので、男たちがどう反応するかもわかる。彼らにある種の微笑みを見せるだけで、ほしいものが手に入るのもわかっている。男は簡単。男は鈍感。これまでに付き合った男たちに対しても、ことごとく先に行動を起こした。彼らが動くのを待っていたら、いまだにソネットを手に待っていたはずだ。それに、男を見つけられないと不平を訴える女は絶対に容赦できない。バカバカしい。本気で男がほしいなら、出ていって捕まえるべきなのよ。でも、もしその男が、厳密に言って、その時点で付き合えない状態だったら？　人生で学んだことが一つあるとすれば、これだ——真に手に入れる価値のある男が、自由市場に出ていることはまずない。出会った時には、もう決まって誰かのものになっている。その誰かから奪い取るしかない。それだけのことだ。男を渡してもらえることはない。

人生は渡してもらえるものではない。

その教訓が彼女を今のこの場所に導いた——今夜の、この車での、この行動に。時間切れが迫っているから。もう若くはないのに、まだ与えられるべきものをすべて受け取っていないのだから。不公平だ。そうよ、不公平だわ。もっとよいものを、もっとよい男を待って、多くのチャンスを流してきたことを思えばなおさらだ。友だちの誰もが手に入れたものを見た時にはなおさら。彼女たちに比べると、私の人生はいまだに大失敗ということになるのだから。しかもチャンスの窓はますます閉まるのが早くなっている。思い切ってそのことを考えた時には、極度の絶望感に襲われて、まさしくパニックに陥ってしまう。

私にはこれが必要。これは私のチャンス。ひょっとしたら最後のチャンス。これを逃すつもりはないわ。ただ問題は、一人ではできないということだ。彼を仲間に引き入れなくてはならない。これは二人の問題だと考えるように仕向けなくては。

「老婦人がいなくなれば」彼女はゆっくり繰り返した。「私たちがほしかったものはすべて手に入るの」

「それはそうだ」彼はしばし黙り込んでから続けた。「あくまで俺とあんたということならだが」

ああ、そういうことね。彼は何かを感じ取っている。

「どうして私たちじゃないなんて思うの？」

彼が彼女を見て、グッと唾を呑み込んだ。知的な顔ではない。優しい顔だ。彼は本当にとても優しい。それを知る者は多くないが。「知りたいのはこっちだよ」

「何が気になるの？」

「金はすべてを変えてしまうってことさ」

「あら、私たちは変わらないわ。協力し合ってるんだもの。私たちはずっと一緒よ」

「それがどうして俺にわかる？」

「私がそう言ってるじゃない。私があなたに嘘をついたことある？」

「いいや、俺にはない」

つまり他の人にはついたことがあると考えている。まっ、そうかもしれないわね。でも、彼に嘘をついたことはない。あるいは自分自身には。自分にはいつだって正直だし、それは非常に重要なことだ。自分に嘘をつく者は、この世界に真の損害を与えることになるのだから、懲らしめられるべきだ。自分に正直でありさえすれば、鏡をまっすぐに見て、「間違ってるわけじゃないわ」と言えるではないか。

「彼はどうなんだ？」彼が非難するように見つめた。

「心配ないわ。任せて。あの哀れな男は恋してると思ってるんだもの」

「それで、あんたは？」

「私が何なの？」

「彼を愛してるのか？」

「何言ってるの。そのことならもういやってほど話し合ったじゃない」憤激に声が甲高くなった。「彼なんて好きでも何でもないわ――あなただって知ってるでしょ。目的を達成するための手段でしかないわよ」

「俺はそうじゃないと言えるか？」彼が迫った。「二人がベッドに入ってる時に、あんたは同じことをあの男に言ってるかもしれないじゃないか。そうではないと、どうして俺にわかる？」

「私のすることはすべて、私たち二人のためにしているのよ」彼女は辛抱強く答えた。「あなただってわかってるでしょ」

「俺が？」

手を伸ばして、手袋をした彼の手をギュッと握った。「私の人生には一人の男性しかいないし、それはあなたよ。このことで私たちの関係が変わることはないわ。私たちは本気なんだもの」

「それじゃ彼をどうするつもりだ？」

「彼のことなら、私がうまくやるわよ」

「どう？」

西から光る点が近づいてくるのが見えた。光はぐんぐん明るくなって、やがてボストンに向かう滑らかな低い車両の銀色のアセラ特急が猛スピードで通過した。ぬくぬくと居心地よく座っている乗客の姿が、列車の窓からスナップショットのように見て取れた。私がこの車の中でもたもたしてどこにも行けないでいる間にも、あの人たちはどこかに向かってるんだわ。やがて列車は行ってしまい、静寂と闇と彼らだけが残った。

「あなたには関係ないことよ」不機嫌に下唇を噛みながら言った。彼が怖じ気づいたのではないかと怖かった。彼にはこれが正しいと思ってもらわなくてはならない。彼は男。つまり、決断はすべて彼の手に委ねられていると考えさせなくては。それで初めて、彼もこの計画に乗ることになる。

「でも、もし捕まったら？」

「それはないわ。どうして捕まるの？　彼女はトシだし病気なのよ」

「検査とかもしないってことか？」

「検死解剖とかってこと？　あれは死因に疑わしいところがある場合にやるのよ。今回はそうはならない。本当よ。さもなければ遺族の要請があればだけど、彼らはまずしないわ」

「どうして？」

「それは、彼らもみんな彼女の死を待ち望んでるからよ、おバカさんね」

「それじゃどうして俺たちも待たないんだ？」

「私たちはそうはいかないから」

「どうして？」彼が食い下がった。

「私たちに対する彼女の仕打ちは許されないからよ」

彼は長いこと黙っていた。「まっ、誰も永遠に生き続けることはできないんだよな」ようやく認めた声は虚ろだった。「みんな遠からず死ぬ。誰でもみんな。俺たちは彼女の苦痛を和らげてやるようなものだ。そういう見方もできるんじゃないかな」

「お願いだから、私の前でふさぎ込まないで。どうしていいかわからなくなっちゃうじゃない」

「そんなことはないんだが、ただ……。人の命を奪う話なんだぞ」

「人じゃないわ。彼女よ」

「彼女に苦痛はあるのか?」

「全然。何があったのかもまずわからないわ」

彼が取り乱して手袋をはめた手で顔を拭った。「どうかな、ひどく間違ってる気がするんだ」

「間違ってるなんてことはない。大胆か、怯えてるかしかないわよ」薄暗い車内で彼を注意深く観察して、「あなたはどっち?」と尋ねた。

「今は、あんたに二人分の度胸があると言っておくよ」

彼女は控えめな笑い声を漏らした。彼女の笑い声はセクシーだ。多くの男性にそう言われてきた。「これは正しい行動なの。私たちはやらなきゃいけないのよ」

彼が訴えるように彼女を見た。「あんたが愛してくれてることが、どうして俺にわかる?」

ああ、そういうことね。彼が求めているものがわかって、緊張を解いた。これでうまくいくとわかったのだ。身体を回して手を伸ばし、優しく彼のズボンのファスナーを開けると、器用で確かな手で探し、撫でたり握ったりして、彼自身が大きくなっていくのを感じ取った。

「ほら、ほら……」優しく囁いた。

彼はハッと息を吸い込んだが、固まったように動かなかった。ぴくりとでも動いたら、彼女がやめてしまうと恐れているかのようだ。

「ほら、ほら……」

身体を横に滑らせて、前にひざまずくと、彼自身を口に深く含み、唇と舌で焦らした。ゆっくり上へ下へと頭ごと動かす。上へ下へ。彼の息遣いが着実に速くなっていった。

男にこうした務めを果たすのを苦にする女もいる。友だちの中にも絶対にいやだと、たとえ夫に対してでも拒否する者がいる。でも、彼女はかまわなかった。実際、貪欲なキスの方が断然不快だと経験から知っている。口に舌を押し込んで、唾や胃液を無理やり喉に流し込んできた男がいた。あれがロマンチックですって？　いいえ、あんなの何の意味もないわ。それに、ファスナーを下ろした時には、男はまさしく彼女の手中にある。そして、そんな時にはいつだって一番幸せを感じる。彼女には自分のそんなところがわかっていた。

彼はすぐに昇り詰めた。両手で彼女の頭をしっかり摑み、足は床を蹴って、あの奇妙なゴボゴボいう音が喉から漏れた。やがて、彼女はファスナーを上げると、愛情を込めて彼を軽く叩き、シートに戻った。

彼はまっすぐ前を向いたまま、通常の呼吸に戻るのを待った。「愛してる」痛ましいほど真剣な声だ。「わかってるよな？」

「ええ。私もあなたを愛してるわ」

彼はギアを入れると、投光照明に照らされたプラットホームの光を避けるように駐車場の暗がりへとゆっくり車を進めた。

「それでどうなの？」彼女は彼を見つめて尋ねた。

「あの意地の悪い老婦人は邪魔だ」彼が重々しく答えた。「死ななくてはならない。とにかく死ぬべきだ」

彼女は満足して身を乗り出すと、彼の頬にキスした。「それじゃ死ぬことになるわ」

翌朝

1

ミッチが二月――公式のオフシーズン――にコネティカットのゴールドコーストに滞在するのは、今年が初めてだ。ドーセットの多くの場所では、住人は水道を止め、ガス管を閉めて、どこか――とにかくここでないどこか――へ向かう。ミッチにもその理由がよくわかるようになった。ロングアイランド海峡を渡る夏のあの爽やかな海風は、今や時速三十五マイルの突風となってうなり、一日中やむことはない。とりわけビッグシスター島では。ミッチの古風で趣のある柱と梁の構造の馬車小屋は、断熱という点ではほとんど用をなさない。まったくと言ってもいい。大きな出窓は三方向の息を呑むほど素晴らしい海の眺めを提供してくれるが、ほとんど風よけにはならず、開け放たれているようなものだ。ボイラーをフル稼働させ、暖炉にヒッコリーの薪をくべていても、風の吹きすさぶ屋内を十三度以上に保つのは非常に難しい。

それに、嵐がある。

一月最後の日に吹き荒れた北東の厳しい暴風のおかげで、床下からキッチンまで浸水したし、納屋の屋根は半分がはぎ取られた。おまけに、四十エーカーの島と本土をつなぐ四分の一マイルの木造の橋は一部が流されて、車の往来が危険になってしまった。今では徒歩でしか渡れない。

その上、この冬は九十歳以下の人には記憶にないほどの豪雪に見舞われている。三日ごとに新たに六インチの雪が積もるようなのだ。ミッチとしては、収穫感謝祭に初雪が降ってから七十八インチ近い雪が降ったと考えている。街路の両側に積み上げられた雪の土手は十フィートもの高さになっている。

が、そうした厳しさにもかかわらず、ニューヨークの日刊三紙の中でも最も権威ある、従って最も低報酬の新聞で映画批評の主筆を務めるミッチ・バーガーは居続けている。どのみち彼のオフシーズンでもあるのだ。映画会社が、業界でははっきりと〝クリスマスシーズン後のクズ〟と呼ばれる作品しか公開しないシーズン。五月の最終月曜日の戦没将兵記念日まで、観る価値のある作品の公開予定はない。マーティン・ローレンスとかデイヴィッド・スペードの主演作ならともかく。あるいは、滅相もないが、マーティン・ローレンス＆デイヴィッド・スペードの共演作はべつだが。

それに、ミッチは冬のビーチが驚くほど美しいことを知った。満月が純白の雪に覆われたビーチを照らして、あんなに明るく輝くのを見たのは初めてだった。こんな日没を見るのも初めて。澄み渡った冬の空が見せてくれる、畏敬の念を起こさせるほどのピンクと赤の光のショーを夕方何度も写真に撮った。正直言って、こんな冬のワンダーランドから出ていく人の気が知れない。

だから、残っている。それに責任もある。フロリダのホーブ海峡にあるペック家の屋敷に移動してしまった島の他の住人に、彼らの家に目配りすると約束したのだ。さらには、高齢のために引きこもっているドーセットの住人三人が、彼が食品雑貨を届けてくれるのを当てにしている。これは小さな共同体に住む場合の社会契約の一環だと、ミッチは経験から学んだ。丈夫で健康な者はそうでない者の世話をするものだ。

それに、必ずしも本業をサボっているわけではない。せっせと『どれもこれもハッピーエンド』のためのメモを取っている。ハリウッドの現実逃避が現代アメリカ政治に及ぼす致命的な影響について書くつもりだ。ワシントンとハリウッドはまったく同一だ、とミッチは考えている。国家権力の場は防音スタジオにすぎず、政治家は慎重に脚本化された内容のない台詞を気取って話す俳優にすぎない。ジャーナリストにしても、よい気分にさせてくれる本日の趣向を触れ回る従順な宣伝マンにすぎない。政策課題はどれも、どんなに複雑な難問でも、今や極度に単純化され、高度に営利的な倫理話に変換されている。戦争ですら、血のない戦闘、見事なCG画像、ご大層なBGMの揃ったケーブルテレビの娯楽番組の一つでしかなくなっている。ハリウッドの現実逃避家の考え方が国家の公の論議を着々と巻き込み、呑み込んでいくのを見ているうちに、不安が募ってきた。ミッチにわかることが一つあるとすれば、これだからだ。

人生は映画ではない。

だから、そのことを書きたい。三十二歳のミッチは、これまでに三冊の本を書いている。三冊とも刺激的な映画の専門事典で、ビデオやDVDの素人批評家に人気がある。しかし、深刻な本は書いたことがない。時間をかけてビーチを何度も散歩したり、一人暖炉の前で夕べを過ごしたり、愛用の空色のフェンダー・ストラトキャスターで音をひねり出しながら自分の心を探ったりする必要のある本は。でもそれは、ミッチにはどうしてもやらなくてはならないことだ。自分のキャリアを映画のトリビアの山に終わらせたくない。確かに、例えば「ソニー・バップって誰だ?」といった質問にはすぐに答えられる（ソニー・バップというのは、『市民ケーン』でオーソン・ウェルズの息子を演じた子役だ）。でも、だからどうだと言うのだろう? ミッチは批評家で、ゲーム番組の出場者ではないのだ。『どれもこれもハッピーエンド』を書きたい気持ちは、幾分ここドーセットでの社会活動を伴う新しい生活に増幅されている。長身で天分に恵まれた超美人の駐在、デジリー・ミトリーの影響もある。彼女は自分のアートと仕事に惜しみなく無限の力を傾注しているのだ。

ただ問題は、どこから手をつければいいかの糸口がどうしても摑めないようなのだ。ああ、アイデアならたくさんある。ただ整合性のある構成というか、それらを表現する手段がない。輪郭がない。計画もない。まっ、本もない。ひょっとしたら彼の中にもないのかもしれない。ひょっとしたら、彼の能力の及ぶところではないのかも。そんな思いがよぎったこともある。でも、それくらいでめげるつもりはない。すぐにも突破口が開かれると信じて、ひたすらビーチを歩き、メモを取り続けている。

他にも、デズとはっきりさせなくてはいけないある事柄が、ミッチの心を悩ませていた。重大なこと、避けられないことで、彼の口から彼女に告げなくてはならない。然るべき時が来たら、告げるつもりでいる。でも、これまでのところ、できるものなら取り消したい間抜けな試みを一度しただけで、まだやり遂げていない。しかも、おかげで二人の間がぎくしゃくし出している。その件にじりじり近づいていくと決まって、喉の奥にメロンほどもある塊ができてしまうからだ。そして彼の不安を感じ取ると、デズはすぐさまグリーンの瞳のかわいい恋人から六フィート一インチの神経を張り詰めた捕食性の猫に変身してしまうのだ。ミッチは、彼女の油断のないおっかない顔と呼んでいる。

そうなると、急いで話題を変える。何と言っても、彼女は弾丸の入ったセミオートマチックを携行しているのだ。

それでもやはり、ミッチはビッグシスター島での冬の日を、大いに意気込んで毎日楽しみに待っている。もっとも、早朝の雪片が頭の上の天窓に優しくパラパラ降る音に耳を傾けながら、このベッドを出る時以外は、と認めなくてはならないが。床に開けた跳ね上げ戸の他にはロフトに暖房はない。夏の間、跳ね上げ戸はロフトの通風に役立つ。今は、夕食時に階下のキッチンから熱気が昇ってきてロフトを暖めてくれるので、羽毛布団にもぐり込む時には自分の吐く息もかろうじて白く見えることはない。問題は、朝には冷凍庫になっていることだ——そしてミッチは、ハドソンベイ毛布二枚に羽毛布団、さらにクレミーとクォートにぬくぬくと心地好く埋まっている。クォートは痩せた筋っぽい野外ハンター猫だが、ミッチの胸に乗って眠るのが好きになったのだ。クレミーはミートローフのような怠け者の家猫で、ミッチの腹に寝そべっている。猫たちは二匹の間で取り決めた縄張り協定に従って、毎晩その同じ寝場所にいる。入れ替わることは絶対にない。

ミッチは嫌々ながら二匹を起こし、三銃士は一緒に大きな朝の欠伸をする。まずクレミー、それがミッチに移り、クォートに移る。やがて伸びをして身体を洗い出すと——これは猫たちだ——ミッチはベッドを出て、よく太った身体をなだめすかし、灰色のスウェットパンツとロブ・ゾンビの『マーダー・ライド・ショー』の赤い広告用無料スウェットシャツ姿で震えながら、室温を上げるために急な狭い階段を下りる。

階下は生活と仕事のためのとても開放的で広々とした部屋だ。斧で切り出された栗材の柱や梁はむき出しで、大きな石造りの暖炉と出窓からの眺望――どっちを向いても眺望――がある。それにキッチンとバスルーム。そして二階が寝室用のロフトだ。たいていの人の基準からすれば小さな家だ。が、ミッチにはそれだけあればいい。

暖炉にはまだ十分暖かい燃えさしがあった。火をつけて、もう一度燃え上がらせると、まず蛇口からのお湯でポットを温めてからコーヒーメーカーをセットした。そうしないと、氷のように冷えきったガラスは沸騰した湯が触れた途端に粉々になりかねない。経験から学んだ。

キッチンの窓の外にある寒暖計によれば、今朝はうららかな零下十七度だ。石油運搬バージが船体を深く沈めてニューヘイヴンにある大型石油タンクに向かっていく。他に海に出ている船はない。雪が降りしきっているにもかかわらず、水平線と空を覆う雲の間に赤みがかったオレンジ色の朝焼けの薄い筋がある。ミッチはこれまでこんな朝焼けの現象を見たことがなかった。カメラを取ってきたが、戻った時にはもう消えてしまっていた――海面にうっすらとオレンジ色の輝きが残っているだけだ。夜明けの赤い空を船乗りは警戒する。オレンジ色はどういう意味だろう。よい兆候だろうか？　それとも悪い兆候？

ウェザーチャンネルをつけた。冬になってからというもの、一日に二十回以上見るようになった。米国気象課は、今朝はコネティカットの海岸線に三インチから五インチの積雪を予測している。午後にはにわか雪程度におさまるが、その後は――さあ、驚くなかれ――強風になると。しかもこれは実のところよい知らせなのだ。今経験しているのは、ケイトリンと名付けられた冬の嵐の比較的無害な北側の端っこだからだ。ケイトリンはデルマーヴァ半島を通って、ロングアイランドの南の海に抜けようとしている。

ひげを剃り、コーヒーを飲みながら、ドライクランベリーを載せてバーモント産のメープルシロップをかけたアイリッシュオートミールを大きなボウル一杯作った。オートミールは寒い日の朝食の定番だ。それ以後は、天下に名高いアメリカ風チャプスイに移行する。大鍋にしこたま作って、何度も温め直すと、最後にはパリパリになって本当に美味いのだ。

ミッチは長年エディー・バウアーのけっこうなグースダウンの防寒用アノラックを着てきたが、ここではとてもそれだけでは防寒にならない。下に何枚も重ね着しなくてはならない。まずTシャツ、次にコットンのタートル、ウールのシャツ、さらに厚いウールのフィッシャーマンセーターだ。ニューヨークに住んでいた時には股引をはいたことはなかった。でも今は、かゆくならないメリノウールの股引を24オンスウールのもこもこのフィールドパンツの下にはいている。帽子を被ったこともなかったが、今は羊の毛皮の耳当てまでついたマッキノーウールを二重に使った陽気な赤黒チェックのものを持っている。長靴はゴアテックスの断熱スノーブーツだ。手袋は子羊の毛の裏張りがついている。新しい冬の衣類の多くは、世界中の荒天マニアに贈るフィルソンのオシャレな通販カタログから取り寄せた。

　何枚もの衣類にしっかりくるまって断熱し、耳当てをつけ、襟を立てて、零下十七度の雪の中へのっしのっしと出ていった。ミシュラン坊やのずんぐりしたユダヤ系の従兄弟になった気分だ。雪片が頬にいくらか突き刺さる感じだ。が、それ以外はすこぶる暖かい。三インチかそこらの粉雪がすでに積もっていて、すべての音が遮断されたような不思議な静寂を作り出している。脱脂綿がすべてを包み込んでいるかのようだ。昨夜、雪が降り出す前にいくらかみぞれが降った。えっちらおっちら納屋に向かう彼のブーツがガリガリと大きな音を立てた。納屋では手押し車に薪を積み込んだ。それを押して家に戻ると、玄関脇の張り出しの下に薪を積み上げた。それから、ビッグシスター島のビーチに向かって細い小道を苦労して歩いていった。背の高いイネ科の植物の茂みはどれも白に包まれている。ヒマラヤ杉の鋭い緑の葉にも雪片は降りかかり、サトウカエデの古木の葉を落とした鉄灰色の節くれ立った枝にもしがみついている。

天候がどうであろうと、ミッチは毎朝ビッグシスター島のビーチを歩く。冬のビーチには、風にさらされた荒涼たる美しさがある。それがここにいることへの貴重な贈り物に思われるのだ。最愛の妻のメイシーを卵巣癌で亡くしてからは、幸せなひと時を絶対に当然のことと見なさない、そのありがたみを絶対に忘れないと誓った。自分へのその誓いをずっと守っている。

今朝の海は荒れていて、引き潮なので水面に張った氷が砂に残されている。マンホールの蓋ほどもある氷の塊がコネティカット川を漂ってきて、巨大なジグソーパズルのたくさんのピースのように打ち上げられるのだ。その中を縫うようにして水際を歩いていった。巨大な木の幹も十本かそこら打ち上げられている。氷に覆われた幹は恐竜の骨にそっくりだ。向こう見ずなカモメとウミアイサが数羽、朝飯を探しまわっている。おそらくはワシもいるはずなのだが、ミッチはまだ一羽も見たことがない。古い灯台を通り過ぎていくと、小型ヨットのホビー・キャットの残骸に出会った。金はあり余っていてもおつむは足りないやつが、夏の終わりに公営ビーチに放置していったのだ。今では毎朝、ビッグシスター島のビーチのどこかに打ち上げられている。マストはとっくになくなっている。

ミッチはビッグシスター島を名門ペック家の生き残ったメンバーと共有している。

ペック家は一六〇〇年代からこの島の所有権を保有しているのだ。島には全部で五軒の家屋と役目を終えた灯台がある。ニューイングランドで二番目の高さのある灯台だ。ビッツィ・ペックの巨大な板葺き屋根の屋敷に着くと、律儀に雪の積もった木の階段を上って玄関まで行き、頭を突っ込んでボイラーが動いていることを確認した。それから自分の足跡をたどって戻ると、エヴァン・ペックの石造りのコテッジに行った。ペック家は冬の間中ここの家を閉鎖するのはよくないと考えている――使いたくなる時もあるのだから。ボイラーを動かしておかないと、水道管が凍結してしまう。そこで誰かが目を光らせていなくてはならない。要するに管理人だ。ミッチは喜んで志願した。

日課を終えたところで、ひどく傷んだ木造の橋に行き着いた。厚板や欄干の多くがなくなっていて、『インディ・ジョーンズ』の映画に出てくる吊り橋のようだ。真下で荒れる凍てつく波に注意してそっと慎重に渡りながら、この橋を修理できるまで家の二百七十五ガロン入り燃料タンクが空にならないことを祈った。これでは燃料トラックが入れないからだ。気をつけて使えば、あと一ヵ月はもつ。でも三月になって足りなくなれば、五ガロン缶をぶら下げて非常用の蓄えを運ばなくてはならないだろう。

紫色の丸っこい一九五六年型スチュードベーカー・ピックアップは雪と氷に覆われ

てゲート脇に停まっていた。ドーセットの除雪作業員、ポール・フィオレがまだ来ていないので、ペック岬自然保護区を抜けてオールドショア街道に出る未舗装の道は、ポールが使う細いガイドポール以外見えなくなっている。自然保護区はコネティカット川河口でロングアイランド海峡に突き出した吹きさらしの半島だ。ペック家は岬を税金対策のために自然保護委員会に寄付した。暖かい季節には、岬は、バードウォッチングをしたり、犬の散歩をしたり、ジョギングをしたりする地元の人たちにとても人気がある。断崖沿いに遊歩道がある。急な草地を下りた先は潮汐湿地で、ミサゴやコアジサシ、それに絶滅危惧種のフエチドリが営巣する。

荷台の防水シートの下には、スクレイパー、アイスピック、防錆潤滑剤のWD-40、それにシャベルを置いている。ミッチはスクレイパーで窓の雪と氷をこそげ取り、運転席側のドアハンドルを掴むと、思いっきり引っ張って開けようとした。駄目だ――かちかちに凍ってしまっている。アイスピックで慎重に氷を少しずつ崩し取り、割れ目にWD-40をスプレーして、もう一度、少なからぬ体重を総動員して引っ張った。ドアの上三分の一は開いたものの、下三分の二はびくともしない。さらにWD-40、さらに全体重をかけて引っ張る……よし。ミッチは飛び乗るとイグニッションキーを回した。エンジンは一発でかかった。バッテリーは新品だし、このスチューディは忠実で頼りになるのだ。ただし、エアコンはない。床を踏み鳴らして温まってから、まずローギアで轟音とともに走り出し、きらめく真っ白な処女雪の上を横滑りしながら、ガイドポールの間をスラロームしていった。スノータイヤを履いているし、後輪の上にはそれぞれ六十ポンドの砂袋を載せている。それでも、凍結した路面に雪が積もると、そう簡単にトラクションはかからない。

オールドショア街道は除雪されて砂が撒かれていた。でも、築二百五十年の堂々たるコロニアル様式の邸宅やそびえ立つサトウカエデのあるドーセット通りの歴史地区はまだだった。エンジンの鈍い爆発音を轟かせてゆっくり抜けていった。ワイパーが雪片を端から片側に寄せていく。ミッチは驚きに目を見開いて、尖り屋根の白い会衆派教会、昔懐かしいワイルドルート・ヘアトニックの看板のある〈ジョンの理髪店〉、古い図書館、庁舎、そしてドーセット・アートアカデミーと見ていった。この美しさが、この静けさが信じられない。それに、何かの魔法で現実世界からはるか遠い場所に運ばれたかのような気がする。どことも知れない場所に続く高速道路の最新の入り口ランプから一・五マイルほどの場所に、静かな通りを取り囲むように建てられた2×4住宅からせかせかと行き帰りする上昇志向の郊外通勤者などいない快適な場所。満ち足りた場所、人々が幸せで有意義な暮らしを営んでいる場所だ。

要するにパラダイス。

ドーセットがそうだと言うのではない。ミッチもここに移り住んでしばらくになるので、村の絵葉書のようなコロニアル様式の邸宅には善良で高潔な人々が多く住んでいることくらい知っている。でも、彼らは実生活を営む生身の人間で、生活というのは往々にしてスピンしてコントロールを失うものだ。要するに、ドーセットも他のどことも変わらない、ただ他より美しいというだけなのだ。

パラダイスなどという場所は存在しないのだから。人が住んでいる限りあり得ない。

学校は休校になった。ジョニー・ケイクヒル街道のカーブを曲がっていくと、ピンクの頬をした近隣の子供たちが何十人も早速その自由を活用して、ドーセット・カントリークラブの3番のフェアウェイを通る丘をソリで滑り降りていた。通り過ぎるミッチの耳にも楽しそうな笑い声が届いた。彼の中のある部分は、大きな部分だが、車を停めて一緒に遊びたがった。でも、彼はもういい大人なのだ。少なくとも身体は大人だ。バックミラーで子供たちを憧れの目で見ながら、ビッグブルック街道の商店街に向けて車を走らせ続けた。

まず郵便局に寄って、自分と三人の高齢者の郵便物を受け取った。九十歳を越えた元教師のシーラ・エンマン、シーラの子供の頃からの友だちのトゥーティ・ブリーン、それにビッグシスター島のペック一族の遠縁にあたる七十八歳のラザフォード・ペック。彼は最近居眠り運転をして、免許を取り消されたのだ。彼らのために使い走りをすることはまったく苦にならない。お安いご用だ。それに、ミセス・エンマンはチョコチップクッキーを作ってくれるし、ミスター・ペックは自家醸造の素晴らしく美味いスタウトのボトルをくれる。トゥーティは毎回ピカピカの二十五セント硬貨をくれる。この冬、ミッチはもう六ドル近く稼いでいる。

夏の間、ドーセットの人口が通常の二倍の一万四千人近くにふくれ上がると、〈A&P〉は楽しいことはないかとやけに活動的な日焼けした連中であふれかえる。彼らは蚊に食われた痕をかきながら携帯にわめいているのだが、今日はミッチが買い物リストを手に耳当てを上げてドシンドシンと歩いていっても、通路にはまるで人影がなかった。フォード政権の時代から修理されたことのない買い物カートは、やたら左によれては棚にぶつかる。エルトン・ジョンの『ベニーとジェッツ』が店の粗悪な音響システムから流れているが、いくらか、いや、かなり、遅く感じられる。ロックの賛歌というよりむしろ子守唄に近く聞こえるのだ。実際、まばらな店員たちも所在なげにスローモーションで生きているように見える。

昨日の売れ残りのローストチキンがバーゲンになっていた——高齢者たちに一つずつ買った。保存の利くパイロットブレッドクラッカー一箱とチキンヌードルスープ三缶はミスター・ペックに。トマトスープとシリアルのクリームオブウィートはミセス・エンマンに。トゥーティには、バターペカン味の栄養補助食品エンシュアプラスを一週間分。自分用には、アメリカ風チャプスイの秘伝の材料を集めた。ラグーパスタソースの大瓶、牛挽き一ポンド、スパゲッティ一ポンド、玉葱一個、ピーマン一個、それに冷凍のミックスベジタブル一袋。味付けはガーリックソルトだ。

レス・ジョセフソンという名前の地元にある宿屋の主人と正面衝突してしまったのは、冷凍食品の通路だった。彼は今のところ、必ずしもミッチのお気に入りドーセット人というわけではなかった――この週末と、レスの義母の有名なエイダ・ガイガーに関わる事情があるからだ。妻のノーマと一緒にアストリッド城を経営するレスは、ミッチが死んでもごめんだと思っていることに、その、嘘をついてまで引き込んだのだ。

「ミッチ、ぱったり会えてとてもうれしいよ」レスが晴れやかな笑みを浮かべて大声で言った。片腕でミルクの一ガロン容器を抱えている。「ちょうど電話しようとしてたんだ」

「へえ、そうですか」ミッチはレスが道をふさいでいるばかりか、左によれるカートをしっかり摑んでいることに気がついた。「何の用です、レス?」

「君の慈悲にすがりたいんだよ。嘘の口実で君を巻き込んでしまったような気がして」

「まさにそのとおりじゃないですか、レス」

「確かにそうだ」レスがあっさり認めた。「そのとおりだ」

レス・ジョセフソンはとても人当たりのいい人間なのだ。社交的で、愛想がよくて、役に立って——宿屋の主人に望まれる資質ばかりだ。もっとも、彼が宿屋の主人になったのはほんの数年前にノーマと一緒になってからだ。レス自身はマディソン街の広告会社の幹部だった。ミッチはそれが彼の多くを説明していると思っている。なぜならこの男は、常に何かを売っていて、常に何かに携わっていて、完全に誠実だということは絶対にないからだ。レスは六十代前半で、身長は五フィート九インチもないが、胸板はとても厚く、肩幅は広く、ウェーブのかかった銀髪の頭は大きい。彼がその髪をとても自慢にしているのは、雪の日でも決して帽子を被らないことからも一目瞭然だ。また、彼にとって身体を大事にすることが重要なのは疑いようもない。背筋はピンと伸びている——肩を引き、あごを上げ、両足を大きく開いて立っている。角張った顔は滑らかで、健康的なピンクに輝き、歯は真っ白で丈夫そうだ。左胸にアストリッド城の塔のマークが縫い取りされた明るい黄緑色のスキージャケットに、コーデュロイのズボン、それにＬＬビーンのスノーブーツを履いている。

「その埋め合わせができればと思ってるんだが、ミッチ」レスが続けた。音響システムはブルース・スプリングスティーンの『ボーン・トゥ・ラン』に移行した。葬送歌にリミックスされているが。「君さえよかったら、ぜひさせてもらいたい」

ミッチは離れようとしたが、レスはカートを離そうとしない。「すいませんが、レス、この食料品を届けなきゃならないんです」

「でも、エイダが君に会いたがってる。この週末の前に」

途端に、ミッチの鼓動が速くなった。「彼女が？」

「そうとも。どうしてもと言ってる。何しろ君こそ彼女をB級映画のクイーンと名付けてくれた人なんだから」

「いいや、あれは僕じゃないです。マニー・ファーバーがはるか昔に言ってますよ」

「エイダは君にとても感謝してるんだ、ミッチ。個人的に礼が言いたいそうだ」

ノーマの九十四歳の伝説的な母親、エイダ・ガイガーは、二〇世紀の最も異論の多い傑出した注目すべき文化人の一人だ。ミッチの絶対的アイドルの一人でもある。女性初の大西洋横断に成功した飛行家のアメリア・エアハートとローリング・ストーンズの両方と仲間だった唯一の人間と言ってもいい。ウォールストリートの金融業者、大富豪のモーゼス・ガイガーの自立心旺盛な美しい娘のエイダは、狂騒の二〇年代（第一次大戦後の米国の浮かれた時代）におけるアメリカのイメージを体現した。十六歳で、ニューヨークからワシントンへの単独飛行をした最年少女性になったのだ。その偉業により、彼女は若く勇敢な女性パイロット・グループ、〝ナインティナインズ〟の創立メンバーになった。初代会長はエアハートだ。社交界の花、ファッションモデル、そしてブロードウェイ女優としてしばらく働いた後、若く活発なエイダはスピード・グラフィックを買うと、ニューヨークのタブロイド・ジャーナリズムの陽気で賑やかな世界に犯罪現場カメラマンとして飛び込んだ。そして、ほどなく並外れてどぎつい写真に添えた記事を書くようになった。一九三四年には、グループシアターと呼ばれる若手集団により上演される政治色の濃い戯曲を書き出していた。グループの創設者には、ハロルド・クラーマン、リー・ストラスバーグ、それにクリフォード・オデッツがいる。新人の中には、才気あふれる若きブルックリンの戯曲家、ルーサー・アルトシュラーもいた。後にエイダが結婚する男だ。

第二次世界大戦が勃発すると、エイダ・ガイガーは『ライフ』誌の従軍記者を務めた。彼女の特派員記事と戦闘写真集の『人のために』は、戦争についてのアメリカの非公式なスクラップブックになった。とりわけ帰還した者たちは皆一冊を手元に置き、戦後の時代のベストセラー第一位になったのだ。その時期、エイダとルーサーはハリウッドで家族を養い、一緒に低予算映画を制作していた。エイダは自分で数本を監督し、アイダ・ルピノとドロシー・アーズナーをべつにすれば、業界に厳然と存在する性の障壁を突き破ったただ一人の女性になった。彼女の映画は彼女の写真を想起させた——暗くて、気骨があって、どこまでも荒涼としている。当時は少数の観客を引きつけただけだったのだが、その後の歳月で批評家や映画マニアの間で熱烈な崇拝者を生み出すことになった。ミッチは十代の頃にブリーカーストリート・シネマで偶然彼女の作品に触れ、すっかり圧倒された。彼にとっては、一九四九年の『10セントの夢』――見て見ぬふりをするダンスホールの女の子（マリー・ウィンザー）、結核の呑み屋（エドモンド・オブライエン）、それに悪徳警官（ロバート・ミッチャム）の緊張をはらんだ歪んだ三角関係――は、『過去を逃れて』と並んでフィルムノワール作品の最高傑作の一本なのだ。それに、滅多に上映されない一九五二年のメロドラマ、大都市の政治腐敗を描いた『結託』は、ハリウッドの赤狩りの脅威についての寓話として一般に過大評価されている『真昼の決闘』を顔色なからしめていると考えている。ミッチは批評家になると、この作品を忘れられたアメリカの名作として支持し、エイダ・ガイガーを〝前代未聞の最も偉大なアメリカ映画監督〟と呼んだ。

赤狩りがなければ、彼女はハリウッドで真に偉大になったかもしれない。彼女とルーサーはともに下院非米活動委員会に呼び出されて、グループシアター時代の共産党入党について証言を求められた。二人とも協力者として告発することを拒否し、ともに一年間収監された。一九五四年に釈放されると、アメリカからロンドンに逃れ、芝居を書いて制作した。エイダはBBCでドキュメンタリーを監督するようになった。その中には、一九六四年のローリング・ストーンズのしびれるようなコンサートフィルム『ノット・フェイド・アウェイ』がある。その後、二人はパリに拠点を移した。

パリではエイダの映画は長く愛されてきたのだ。彼女の作品はアンリ＝ジョルジュ・クルーゾー、ジャン＝ピエール・メルヴィル、ジャン＝リュック・ゴダールに大きな影響を与えた。フランソワ・トリュフォーは彼女を大好きなアメリカ人監督と呼んだ。彼女はトリュフォーの二作品に出演している。他にもルーサーと共同脚本を書き、堂々とベトナム戦争反対を主張した作品がある。ルーサーが亡くなると、イタリアのアマルフィ海岸にある人里離れた別荘に隠居した。

その彼女が、五十年ぶりにアメリカに戻った。ドーセットに、と言うべきか。エイダにはここに繋がりがあった。その繋がりがアストリッド城、小塔のある巨大な石造りの建物で、狂騒の二〇年代にエイダの父親と長年の愛人のアストリッド・リンドストロームとの愛の巣として建てられたものだ。アストリッドは曲線美のブロードウェイミュージカルのバックダンサーだった。結局、山頂の城はプチホテルになった。今はノーマと二人目の夫のレスが受け継いでいる。

エイダの帰国は輝かしいものになってきた。アメリカが彼女を発見したのだ。スティーヴン・ソダーバーグは、ジュリア・ロバーツ、ケヴィン・スペイシー、それにジョージ・クルーニーの共演で『10セントの夢』の粋なリメークの主撮影を終えたところだ。彼女のオリジナルフィルムはデジタルリマスター版が三月に劇場公開されることになった。さらには、タブロイド紙の犯罪現場写真の回顧展が、四月に六番街の国際写真センターで予定されている。同時にコーヒーテーブル向きの豪華本が刊行される。

彼女の到着に合わせて、アストリッド城でエイダに敬意を表する小さな会を主催するというのが、レスのアイデアだった。数週間前にその宿の主が接触してきた時には、ミッチは行事に参加できることをとても喜んだ。この偉大な女性にずっと会いたかったのだ。それにレスは、映画関係の学者、批評家、それに作家を精選したグループの品位ある控えめなシンポジウムだと約束した。ところが――これこそまさに驚きなのだが――レスはミッチに必ずしも正直ではなかった。実際にはエイダに敬意を表するために、彼はもっとずっと大きな計画をしていたのだ。パノラマスタジオの有力者の一団がごっそり、週末通してのカクテルパーティとディナーパーティの大キャンペーンのためにアストリッド城に向かっている。ソダーバーグと有名スターを揃えた出演者や、クエンティン・タランティーノ、オリバー・ストーン、マーティン・スコセッシ、コーエン兄弟といった名だたるガイガーファンのグループも同行している。ジョディ・フォスター、メリル・ストリープ、スーザン・サランドン＆ティム・ロビンスといった面々も来る。多彩なスーパーモデルも、ラップミュージックのスターも、脚光を浴びているプロスポーツ選手も来る。アメリカのあらゆるメディアの系列からカメラクルーも待機するはずだ。超大掛かりなセレブの祭典になるのだ——見物人とセレブの間を仕切るベルベットのロープやクリーグライト（映画撮影用のアーク灯）、それに縁石に立って、気に入らない衣裳を野次り倒すファッション・コメンテーターのジョーン・リバース以外はすべて揃っている。

それはまさしく、ミッチが大嫌いなタイプのイベントだった。ミッチは怒り狂った。でも身動きがとれなかった。レスの真の意図がわかった時には、もう後に引けなくなっていた。それこそ、レスの狙いだったのだ。

「本当なんだ、ミッチ、週末の件は完全に私の手の届かないところへ行ってしまって」レスが大げさに詫びた。「映画会社が仕切ってるんだ。彼らの金と彼らの広報が。ほら、あいつらは何でも派手にぶち上げるだろう？　私には止められなかった。それはわかってもらえるよな？」

「ええ、まあ」ミッチは一応妥当に思われたので認めた。全面的に正しいとは言えないが。

「私に埋め合わせをさせてくれなくてはいけないよ」レスが懇願した。心底狼狽しているようだ。

どうしてだろう。ミッチは思った。村中に悪口を言いふらされるのを恐れている？　それとも、他にも何かあるのだろうか？

「ノーマと私は今夜、君さえよければ、ぜひディナーに招待したいんだ。ただの控えめな家族の食事だ、約束する。エイダと、ノーマの息子のアーロン。夫婦でワシントンからやって来て、週末は泊まることになってるんだ。アーロンは知ってるか？」

「話は聞いてます。わざわざ来たなんてちょっと驚きですが」

「私もだよ」レスが銀髪の頭を勢いよく縦に振った。「でも家族の絆は……諍《いさか》いより強いんだろう。六時半でいいかな？」

「伺います」ミッチは約束した。この機会を逃すつもりはなかった。

「そりゃ素晴らしいぞ、ミッチ！」レスが興奮したように言った。「ガールフレンドもぜひ一緒に。こんな急な誘いに身体を空けられるだろうか？」

「ええ、たぶん。このところはすごくヒマだと、本人がこの間言ってましたから」

2

アライグマが耳障りな叫び声をあげて、ガレージの床を突進してきた。デズは撃った。最初の一発は狂犬病にかかった動物の胸を貫通した。それでも狂暴に歯をむき出して飛びかかってきたので、さらに二発、鼻に撃ち込んだ。銃声が閉め切った空間に轟いた。アライグマは彼女の足下に落ちるともがき、身体を引きつらせて、黒い編み上げブーツの上で膀胱を空にしてから死んだ。

デズはアライグマを脇に蹴飛ばすと、シグザウエルをホルスターに戻し、全身を綿密に調べてアライグマが制服のスラックスの中まで歯を食い込ませなかったことをきっちり確認した。生地に破れはない。皮膚も切れていない。厚手のウールのソックスも十分乾いている。無事だ。台無しにされたブーツはともかく。

分厚い角縁眼鏡を鼻から引き上げ、死んだ動物に防水シートをかけた。そして、ドーセットの駐在はお昼頃から吹き始めた強風に前かがみになって、大股で夕方の頼りない陽射しの中に出ていった。

この家の主婦のグレッチェン・ダンが、恐怖に目を見開いてキッチンの窓からデズを見守っていた。デズは安心させるように微笑みかけて、雪の固まった私道を歩いてパトカーまで戻ると、ドーセット動物管理局のジェイン・ショップリックに無線を入れた。ダン家のコーヴ・ランディングで狂犬病の疑いのあるアライグマが目撃されたと、デズに知らせてきたのがジェインだった。その時ジェインはデヴィルズ・ホップヤードにいて、現場までは一時間以上かかる状況だった。そこでデズに任されたのだ。

現場には五分で到着した。もっともジェインから道順を訊かなくてはならなかった。ダン家のコーヴ・ランディングはどの局所地図にも載っていなかった。デズはそんな場所があることすら知らなかった。ドーセットにはそうした名門の隠れた敷地がけっこうあることが、わかってきてはいるのだが。その住人と知り合いか、彼らと仕事の付き合いでもない限り、どこにあるかなど見当もつかないというものだ。これはデズにはまったく新しい発見だ。デズの生まれ育った外の世界では、持てる者はそれをひけらかすと相場が決まっているのだから。でも、ドーセットは違う。ここでは、人々は人に見つからないようにしたいと願い、あっさりそれを実行している。通りに標識はない。郵便受けもない。156号線のウィンストン農場を過ぎてすぐに、〝私有地〟と書かれた目立たない小さな木の看板のある細い道があるだけだ。細く長い私道は、野生の七面鳥が五、六羽いたり、鹿の家族がいたりする原生林の中を縫うように抜けてから雪に覆われた十エーカーの草地を横切る。石橋が凍結した川にかかっていた。川には氷の張っていない箇所もあるのだろう。巨大なハクトウワシのつがいが餌を探して上空を旋回していた。そしてようやく、十軒程度の独立戦争時代の邸宅やコテッジがコネティカット川を見晴らして建っている場所に行き着いた。

目指す家は、板葺き屋根のだだっ広い家で、私道にはスバルのワゴンが停まっていた。家には大きなゴールデンレトリーバーが閉じ込められていて、猛然と吠えている。別棟の二階建てのガレージは、昔は納屋だったものだ。自動車のための大きな扉が二つあるが、どちらも閉まっている。人用のドアも閉まっている。このドアには猫用ドアがあった。

グレッチェン・ダンがデズを出迎えに出てきた。ダッフルコートにストレッチパンツ姿だ。若い母親で、少女のような小さな顔にブロンドをポニーテールにしている。

「大丈夫ですか？」デズは尋ねながら、パトカーを降りた。

「少しうろたえているだけです」グレッチェンが答えた。こんな状況にしてはとても落ち着いているようだ。「いいえ、ひどくうろたえていると言うべきだわ。十歳の娘のジニーが、ハーバートの餌を置いてやるためにガレージに行ったのです。ハーバートはうちの外猫で――本当に頑固で、どんなに寒くても家に入ろうとしなくて。で、ジニーがガレージに入ると、大きなアライグマがハーバートのキャットフードを食べていたのです。アライグマは威嚇する声をあげて、ジニーを追いかけてガレージから飛び出してきました。幸いポーチにケイシーがいて、アライグマをガレージに追い戻しました。ケイシーはとても大きな声で吠えますし、娘たちを本気で守ろうとします。私はすぐにジェインに電話してから、ジニーの身体を徹底的に調べました。かすり傷一つありませんでした。娘は大丈夫です。今は家でココアを飲んでいます」

「ケイシーの姿は見えますが、ハーバートはどこに？」

「草地を駆けていきました。どう思いますか、狂犬病でしょうか？」

アライグマが昼間に姿を見せて、攻撃的にふるまったなら、たぶん狂犬病だ。ドーセットの人間ならみんな知っている。デズがジェインから連絡を受けてすぐに、どうすべきかわかったように。

「危険は冒せないと思います。どうか家に入ってください」

それだけ言うと、デズはシグザウエルを構えてそっとガレージに入り、目だけ動かしてアライグマを探した。長く探す必要もなかった――ゴミ箱の陰から、彼女に向かって飛び出してきたのだから。

「死んだのですか？」デズがジェインへの報告を終えると、グレッチェン・ダンが尋ねてきた。

「もう心配はいりません」デズはトランクを開けて、犯行現場用のラテックスの手袋をはめると、台無しにされたブーツの紐をほどいた。ブーツを袋に入れて、手袋と一緒にトランクに投げ込み、スペアのブーツを履いて、紐を結んだ。「すぐにジェインが来てくれます。あのアライグマを検査に回すはずです。ハーバートはきちんと定期的に狂犬病の予防注射を受けていますか？」

「書類を確かめたところです。最後の接種を夏に受けています」

「それはよかったわ」デズは言った。アライグマは猫のお皿から食べていたのだから。狂犬病は唾液で動物から動物へと伝染することがある。不安になるほど多くの住人がこのことを知らず、予防接種を受けさせようとしない。いいや、それを言うなら外猫に去勢手術を受けさせない——おかげで、デズと友だちのベラ・ティリスはスーパーやレストランのゴミ箱の陰から始終あんなにも多くのかわいそうな病気の子猫を救出することになるのだ。看病して何とか健康を回復させることができた猫には、よい家庭を見つけてやるべく努力している。今のところは、目をキラキラさせたいたずらっ子が十八匹、デズのガレージと地下室に泊まっている。「ハーバートの餌と水のお皿は処分した方がいいかもしれないですね。寝床も変えた方が」

「必ずそうします」グレッチェンがかわいい小さな鼻にしわを寄せて約束した。「ココアはいかがかしら？　ショウガ入りクッキーもあるんですよ」

「まあ、美味しそう。でも、行かなくてはならないところがあって」はっきり言えばウェストブルックのF分署だ。銃を使用した場合は、直ちに事件の報告書を提出しなくてはならない。

心配そうな顔をしたかわいらしいブロンドの少女が二人、キッチンの窓から手を振っている。デズも二人に手を振った。

「私が片付けなくてはいけなかったのに」グレッチェンが二人を見ながら言った。「でも、夫のショーンも私も身近に銃を置きたくなくて。自分がとても腑甲斐なかったです」

「そんな後悔はしないで。あたしはこの手のことを処理する訓練を受けていますが、あなたは違います。銃を持ってたとしましょうか？　あなたが撃つより早く、きっとあのアライグマに嚙みつかれていました。そして今頃は救急病棟に運び込まれていたわ。これでよかったんですよ、グレッチェン」

「まあ、ありがとう。それに、こんなによき隣人でいてくださってありがとう」

誰かをよき隣人と呼ぶのは、ドーセットでは最高の褒め言葉だ。デズがこれまで誰からも言われたことのない褒め言葉。グレッチェン・ダンが初めて言ってくれた。

デズはにこにこしながらパトカーに乗り込むと、156号線に向かって私道を戻り出した。絶対にアライグマのおしっこの臭いがついていると思ったが、それがどんなものか、自分ではさっぱりわからなかった。前の窓を両側とも開けると、凍てつく風は凄まじかったが、この冬初めての本物の活動を経験したのだという思いが浮かんだ。今日までやってきたのは、自損事故——天候によるものか、飲酒によるものか、さもなければその両方による事故——の報告書を提出することばかりだったからだ。犯罪は、バーの喧嘩や万引きで手一杯だったピークの夏に比べれば、はるかに減っている。実際ドーセットの冬はとても平穏なので、駐在などいらないくらいなのだ。でも、もちろん、一人は必要だ。彼女がいなければ、家宅侵入が頻発するだろう。それに、麻薬の売人がきっと商売を始める。そうなったら、ドーセットはもうドーセットでなくなるのだ。

もう四時を過ぎている。太陽は木々の陰に沈みかけ、156号線には水たまりが残っている。除雪して塩を撒いた路面が陽光に暖められたせいだ。こうした水たまりはアッという間にまた凍りつく。デズはハンドルを軽く握り、足をきちんとペダルに載せて、慎重にゆっくり進んだ。凍結した道路では我慢強い謙虚なドライバーになる。急停止や急発進はしない。氷には敬意を払うべきなのだ。

しかし、陰になった細い田舎道を一マイルも行かないうちに、氷に敬意を払わない愚か者にまた出くわしてしまった。敬意なんてとんでもない。自分の常識ではなく、TVコマーシャルにばかり気を取られているのだ。そして今、彼と格別に素晴らしくいかにも男っぽい愛車のジープ・グランド何とかは横滑りして溝にはまり、三フィートの氷の山に埋まっている。脱出しようと思い切りアクセルを踏み込んでいるので、タイヤが猛烈に空転している。まったく、サードギアでエベレストを征服するSUVを見せるあの忌々しいコマーシャルはやめてほしいわ。現実世界では、凍結した路面でSUVが他の車よりよい性能を発揮することなどないのだ。それなのに大馬鹿者の持ち主は絶対に信じない。そして氷を軽視する。おかげでデズは、勤務時間の半分はそんな彼らの救出をしている。一年中積んでいるブースターコードとスペアのヒューズに加えて、追加のスクレイパーや毛布、砂の入った広口瓶二つ、それに空転する後部タイヤの下に滑り込ませるための硬化スチールの歯をつけた八ポンドのスノーショベル二本から成る冬の溝用キットを備えている。パトカーを停めて降りると、大きな制帽をきちんと被り直しながら、思い切ってレッカー車の運転手になるべきなんだわと思った。そうすればきっと大金が稼げる。

男は若くて、たくましくて、もう少しアクセルを強く踏みさえすれば出られると本気で信じていた。デズが近づくと、窓を開けてにらんだ。

「完全にはまっちゃったみたいですね」デズは空転するタイヤの怒ったようなうなりに負けない声で愛想よく言った。「ちょっとエンジンを止めてくだされば、何ができるか見て――」

「ほっといてくれ」男が苛立たしげに食ってかかった。「携帯でトリプルＡ（アメリカ自動車協会）を呼んだ。俺なら大丈夫なんだよ」

この手のことは前にもあった。若い男の中には、女性、とりわけブラックの女性に助けてもらうのを拒む者がいるのだ。プライドの問題か、何かしら愚かしい理由のせいだ。

「どうぞご自由に」デズはトリプルＡが混み合っていて、この男はあと二時間ここに座っていればいいと思った。「ただ、点滅灯はつけてくださいね？　他の車に突っ込まれないように」

デズはパトカーに戻って再びウェストブルック署に向かいながら、短い間に思いがけずにずいぶん遠くまで来てしまったと思い起こした。コネティカット州の雑誌の表紙で明るく微笑んでいたのがほんの昨日のような気がするのに。当時、デズはこの州における非白人の希望の星で、凶悪犯罪班で警部補になった州史上最も若い女性、しかも唯一のブラックだった。それから一年もしないうちに殺人課に昇進した。そして常に結果を出した。

それが今や、デズ・ミトリー駐在は立ち往生したムキムキマンに馬鹿にされている。

これは夢を追うために払った代価だが、進んで支払ったものだ。喜んで払った。それでも、例えば今のように、暗くなりかけた中を雪に覆われた何もない場所を車で走っている時などには、派手な展開が懐かしくなる。

実際にはその展開に心を引き裂かれそうになったのだが。たいていの場合、それは殺人犠牲者の顔だった。あの顔はとうてい忘れられないと思う。とりわけ幼い子供たちの顔は。ブランドンとの結婚が壊れかけていたという事実も、もちろん何の助けにもならなかった。そうしたことすべてに立ち向かうために、デズは犯罪現場の写真を持ち帰って、それらを描くようになった。線を、影を一つ一つなぞって、その戦慄を悪夢から紙面へ写し取った。その画像に恐ろしいほどの切実な情動を吹き込んだ。写真を、次々に胸をえぐられるような肖像画に変えていった。そして、運命のいたずらのおかげで、猛然とまっすぐミッチ・バーガーに突っ込んでいったのだった。デズのセラピーはそのまま癒しになった。肖像画のおかげで、世界に名高いドーセット・アートアカデミーに入学を許可されたのだ。現在は週二回、夜のクラスでロングポーズの人物デッサンを勉強している。そうやって、自分の絵の弱点一つ一つに目を向けている。それでも一番新しい犠牲者の肖像画二枚が、アカデミーにおける今月の栄えある展覧会に選ばれた。これは新入生にしては素晴らしい成果だ。まだ学ぶべきことは多々あると自覚してはいる。それはそうなのだが、最近はクラスに出ていても落ち着きがなくなってしまった。先に進みたくてうずうずするのだ。どこに進みたいのかはわからない。なぜ落ち着かないのかもわからない。

ミッチのこともわからなくなっている。二人の関係には何の意味もないとしても、彼のいない人生など想像もつかない。まったくつかない。でも、最愛の超お喋りな生パン坊やが、最近は妙におとなしく、よそよそしくなった。手がかりは、彼が数週間前に夕食の席で投げてきたただ一つの手榴弾だ。あのひどく心を乱す謎めいた質問のおかげで、デズはたちまち多くの疑問で頭がいっぱいになったのだった。その手の疑いは、これまではミッチが静めてくれていた。ところが、彼が肚の内をさらけ出しそうに見えると、途端に決まってごくりと唾を呑み込んで……結局何も出てこない。彼のい、い、い、空振り大ごくりと呼ぶようになったのだが、デズは彼の態度にひどく面食らった。思ってもみなかったほどひどく面食らった。実際ミッチの不自然な沈黙にひどく緊張させられたので、眼鏡をかけたぶざまなキリンみたいだった高校生の頃に克服したと思っていた恐ろしい緊張症の再発を経験しているほどだ。

それでも、今朝彼が電話でアストリッド城の夕食に招待されたと告げてきた時には、以前の快活な彼のように聞こえたことは認めてもいい。この数週間で一番張り切っているように聞こえた。何だかはわからないけれど、終わったのかもしれない。

でも、やっぱりまだ終わってはいないのかも。

分署で事件の報告書を書き、補給係から新しいブーツを出してもらい、どうやら着けてしまったらしい刺激臭のある新しい香水について薄ら笑いを浮かべた男たちが連発する質問に答えていたら、一時間以上もかかってしまった。アンカス湖を見晴らす自宅に向かった時にはもう六時だった。二十分後にはミッチが迎えに来ることになっている。無理だ。デズは携帯から彼に電話して、現地で落ち合うことにすると告げた。かまわないよ。ミッチは彼女の予測できない仕事のスケジュールに慣れていた。

デズが帰宅すると、ベラ・ティィリスは広々としたオープンキッチンでせっせとアップルケーキを作っていた。七十代半ばの丸々と太ったブルックリン生まれの勇ましい未亡人のベラ・ティィリスは、自分の家を探す間デズの家に泊まっているのだ。ベラはニューヘイヴン郊外のウッドブリッジでお隣さんだった。ブランドンがデズを捨てて、下院議員の娘のタミカに乗り換えた頃の話だ。ブランドンはエール・ロースクールのクラスメートだった頃に彼女と深い関係になったのだ。実を言えば、ブランドンはデズと結婚してからも、ずっとタミカとの関係を続けていた。それはデズに非常に貴重な人生の教訓をもたらした——絶対に法律家は信用するな。そして、自分に対しては極めて堅い誓いを立てることになった。もう絶対に二度と結婚はしないわ。この地球上の男性に二度とあれほどひどく傷つけられたりするものですか。絶対に。ブランドンの裏切りにずたずたにされて、デズは仕事に出なくなった。外出も食事もしなくなった。それがある朝、ベラがマッシュルームと大麦のスープを持って押しかけてきて、デズを野良猫救出作戦に加えたのだ。今では二人は親友だ。デズがドーセットに引っ越すと、ベラも自分の大きな家を売り払ってついてきた。デズはいたいだけいてくれればいいと思っている。ベラは付き合って面白い人だし、素晴らしい主婦だ。それに、デズがミッチの家に泊まりたくなった時に、彼女が家にいてくれるのはありがたい。

「うーん、デジリー、そのひどい臭いは何？」デズが風に震えながら裏口から洗濯室に飛び込むと、ベラが訊いた。

「アライグマのおしっこよ」デズはマットの上でスペアのブーツの紐をほどきながら答えた。五匹の家猫が彼女のソックスを興味津々でクンクンやっていては、紐をほどくのも楽ではない。

ベラが洗濯室の戸口に現れて、顔をくしゃくしゃにした。「悪いけど、今確か――」

「質問に答えたのよ」

「すぐにそのソックスを脱いで、このものっぽ。あたしの清潔な床にその、その臭いをつけられちゃたまらないわ」

「ええ、わかったわ。あたしたちの床だって考えたいけど」

「脱いで！」ベラがデズの行く手をさえぎって怒鳴った。身長ではデズがはるかに勝るが、ベラはフットボール選手並みの横幅がある。

「はいはい、わかったわよ」デズはソックスを乱暴に脱いで、ドアから外の雪に放り出した。「燃やしてくれてもかまわないわ」

「ええ、そうするわ。絶対に」

デズは急いでキッチンを裸足で横切り、寝室に向かった。この家を購入した時に壁を取り払って、キッチンとダイニングとリビングを一つにした。アトリエはリビングにあり、湖を見晴らす床から天井までの窓がある。「ねえ、ベラ、今は全然華やかな気分じゃないの。それに、すごい遅刻なのよ。何を着ればいいか教えて」

「手始めに、華やかなんてことは忘れるのね」ベラは青リンゴをスライスする作業に戻った。目にも留まらぬ早さでボウルにリンゴをスライスしていく。「あなたは華やかじゃないんだから」

デズは立ち止まって、両手を腰にやった。「それって褒め言葉?」

「ホントのことを言ったまでよ」ベラがリンゴのスライスの入ったボウルにシナモン、ブラウンシュガー、ナツメグを放り込みながら答えた。ベラはデズの祖母と同じようにケーキを作る。計量はしない。レシピは見ない。そもそもレシピなんてものはない。「華やかさなんていうのはうわべよ、デジリー。何かしら隠したいものがあるセコい人たちが使う言葉。あなたは何も隠す必要がないわ。あなたは本物だもの」

「それって、ドレスを着るべきだってこと？　それとも着るべきじゃないってこと？」

ベラがうんざりしたように頬をぷっとふくらませた。「ドレスでそのヒップを隠すなんて、モナリザにベールをかけるようなものよ。あたしが許しません」

「ああ、あなたがいなかったら、あたしはどうしていいかわからないわ」

「あたしもよ、ホントのこと言えば」

デズは寝室に向かいながら制服を脱ぎ捨ててシャワーに飛び込むと、今度はタオルで拭きながら大わらわでクロゼットをかき回した。いわゆる繊細な美しさがあるわけでないのは、自覚している。肩幅は広いし、ヒップは大きく、筋肉は引き締まっている。女の子っぽい女の子でもない。髪は丸刈りに近い超ショートだし、お化粧もマニキュアもしない。でも、魅惑的なアーモンド形の淡いグリーンの瞳があるし、千フィート離れたチタンも熔かさんばかりのえくぼのできる笑顔がある。デズはそれも自覚している。結局、黒のカシミアのタートルネックにグレーのフランネルのパンツ、二インチのヒールのがっちりしたブーツにした。

もう六時四十五分。銃には分署で弾丸を込め直した。その銃と警察バッジをショルダーバッグに投げ込んで、携帯と受令機をベルトに留めた。玄関に向かいながら、しっとりと柔らかな子羊革のフード付きコートのポケットに手袋を突っ込んだ。コートはハネムーンで行ったフィレンツェで買ったものだ。すごく気に入って、ホテルの部屋では裸の上に着ていたのだった。ブランドンは見ようともしなかったが。ああ、もう遠い昔の話だ。

「うーん、いい匂い、何かしら?」行ってきますを言うためにキッチンで立ち止まって尋ねた。

「もうオーブンを温めてたから、ブリスケット(薄くスライスした牛肉と野菜をオーブンやクロックポットで火を通した料理)を入れるのも悪くないと思って。今朝、肉を解凍した時には、あなたに予定があるなんて知らなかったから」

「それじゃ明日食べましょうよ。ミッチはあなたのブリスケットが大好物よ」

「そりゃそうでしょう。違いのわかる男だもの」

「それなら、あのアメリカ風チャプスイのことはどう説明するの?」

「あれも男の一面よ」ベラは答えながら、ちらりとデズを見た。「今夜はどうしたの? エイダに会うのが不安なの?」

「心配しなきゃいけないの? 彼女の映画は知らないんだけど」

「娘時代には、彼女はあたしのヒーローの一人だったわ」ベラは思い出して、満面の笑みを浮かべた。「とても垢抜けていて、ガッツがあって、美しくて。夫のルーサーもとても優秀な戯曲家でね。二人はマッカーシーの赤狩り時代にタチのよくない連中に国を追われたの。ひどい時代だったのよ、デジリー。友だちのお父さんで、ラジオの脚本を書いていた方も結局自殺したわ」ベラは鋭い目でデズをじっと見た。「それじゃ何なの？」

「何が何なの？」

「今夜のあなたはヘンよ」

「そんなことないわ。急いでるだけよ」

「あらそう」ベラは疑わしいという顔で言った。「楽しんでらっしゃい」

「ええ、精一杯」デズは車のキーを手に玄関近くまで行ったが、戻ってきた。「ミッチのことなの。あたしとのことで悩んでるらしいのよ」

「そんな雄牛は外につないで。ノストランド街ではそう言ったものよ」

「ベラ、その言い回しの意味がいまだにわからないんだけど」

「だから何が問題なの――セックス？」

「まさか。その点は今でも地球の裏側からやって来た驚異って感じ。けど、彼は何か深刻に悩んでるの、ベラ。すっかりおとなしくなって、心ここにあらずになっちゃうの。あたしなんかまるでいないみたいに」

「書こうとしてる本のせいかもよ。あれは進んでるの？」

「あたしの知る限りじゃ全然」

「それじゃやっぱりそのせいよ。仕事がうまくいってない時には、男ってすごくヘンになることがあるから」

「男なんて降っても照っても、すごくヘンになることはあるわよ。けど、これは本のせいじゃないの、ベラ。彼の言葉がそうじゃないと言ってるわ」

「あら、彼は何と言ったの？」

デズは深呼吸してから答えた。「こう言ったわ。『俺たちは深入りし過ぎたのかな』」

ベラの顔が曇った。「まあ、そうなの……。それであなたは何と？」

「あたしは『どうしてそう思うの？』って言った。すると彼はこう答えた。『絶対にそう見えるだろ』で、あたしは言った。『誰にそう見えるの？』」

「待って、ホントに誰にって言ったの？」

「言ったわよ。然るべき教育を受けてるんですもの」

「それでミッチは何と答えたの？」

「何も。ひと言も言わなかったわ」

ベラはその言葉を慎重に考えた。「デジリー、あたしはべつに不安は感じないわ。ミッチはあなたの気持ちを知るために話し合おうとしただけってこともあるもの」

「違うわよ。彼が怖じ気づいてるのでなければ、そんな話を持ち出すわけないもの」

「それは言えてるわ」ベラは認めて、下唇を突き出した。

「だいたい初めて結ばれた時に、絶対にしないって約束したのよ」

「何を？」

「二つの事柄については、絶対に悩まないってことにしたの——多少の文化の違いとお互いの将来よ。これは絶対不変のルールなのよ、ベラ」

「何言ってるの。これは男女の関係の話で、核拡散防止条約の話じゃないのよ。その手のルールは破られるためにあるんじゃやない」

「あたしにとってはそうじゃないわ」

「あらそう、それじゃクーキーなこと訊くけど——そのことについて彼と話そうとはしてみたの？」

「できないの。話そうとするとすっかり緊張しちゃって、恐ろしいパニックを感じてしまうんだもの。十四歳の頃以来のパニックよ。それはそうと、クーキーって何なの？」

「教えないわよ。撃ちたければ撃って」ベラは眉間にしわを寄せた。「そのパニックってどんなものなの？」

「その話はしたくないわ」

「どうして？」

「ものすごくばつが悪いからよ」

「あたしに話せないなら、誰にだったら話せるの？」

「願わくは誰にも」デズはキーをジャラジャラさせた。「彼はきっと誰かに出会ったのよ。もっと共通点の多い相手に。同じ映画批評家かもしれないわ。いいえ、それはないわね。みんな近視のネズミみたいなんだから。少なくとも彼は前にそう言ってたわ。けど、嘘をついたのかもしれない。みんなキャメロン・ディアスみたいなのかも。あるいは彼は近視のネズミが好みなのかも。あるいは……」デズは言葉を切って、息を継いだ。「今のところ誰だかわからないけど、見つけたら痛い目に遭わせてやるわ」

ベラが彼女に頭を振ってみせた。「デジリー、あの男性はあなたのことが心底好きなの。他の女性になんて見向きもしないわ。彼はブランドンじゃないのよ」

「それくらいわかってるわ」

「そうかしら。そうは思えないけど。言わせてもらえば、『セールスマンの死』のウィリー・ローマンがサンプルの鞄を持ち歩いてるみたいに、あなたはまだ重荷を引きずってるわよ」

デズはせわしなく腕時計に目をやった。もう七時を過ぎている。「それじゃ、死んだ鮫をどう説明するの？」

「死んだ何ですって？」

「先週、一緒に『アニー・ホール』を観たの――あたしは初めてだったんだけど」

「よかった？」

「まあね、白い人たちが延々と二時間ぼやくのを見るのが好きならだけど。ただ、こういうシーンがあるの。ウッディ・アレンがダイアン・キートンと飛行機に乗っていて、関係というのは鮫に似ている、前進を続けなければ死んでしまうって言うの。『俺たちが抱え込んでいるのは死んだ鮫だ』って言うのよ」

「そのシーンなら覚えてるわ」ベラがうなずいた。

「ミッチはどうしてあの映画をわざわざ二人で観ることにしたの？」

「あれは名画よ」

「そんなの他にいくらもあるわ」

「すごくロマンチックだし」

「ベラ、あの映画は真の愛を殺人マシンになぞらえているのよ」

「彼、二、三週間前にはあなたに『サイコ』を見せなかった？」

「それが何なの……？」

「その後シャワールームにいるあなたを大ナイフでメッタ切りにして殺した？」

「いいえ」デズは認めた。「今のところはまだだってことだけど」

「デジリー、あたしの話をよく聞いて」ベラが厳めしく言った。「あなたは彼を信じなきゃいけないわ。二人の関係を信じなきゃ。さもないと、あなたは人生最良のものを壊すことになる。しかも自分のせいで壊れたってことになるのよ」

「ベラ、あたしは何も壊していないわ」デズは言い張った。「勝手に思い込んでるわけでもない。兆候はわかるの。あたしは男ってものを知ってる。これがどこに向かってるかもわかるわ」胸が締めつけられて息を継いだ。「ミッチ・バーガーはあたしに胸の張り裂ける思いをさせようとしている。そうなった時には、穴を掘って、あたしを突き落としてくれていいわ。あたしは耐えられないから。これだけは駄目。あたしは死ぬわ。わかる？　絶対に死ぬわ」

3

アストリッド城はコネティカット川を見晴らす切り立った花崗岩の断崖の上に鎮座している。ドーセット村からは十マイルほど上流だ。州間高速自動車道95をボストンへと北に向かう車は、中世の要塞を模した巨大な石造りの建物を見逃すことはまずない。川を見下ろしてそそり立つ、信じられないほど荘厳な、煌々と投光照明を浴びた巨大な姿が現れるのだ。多くの人々、とりわけ州の観光局のために旅行用チラシを書く人たちは、アストリッド城はお伽話からそのまま抜け出したもののようだと考えている。

ミッチはむしろ、ドーセット・テーマパークの人気施設のようだと思っている。そんなテーマパークがあるとしての話だが、幸いなことにそんなものはない。

石柱のあるゲートが、156号線からの入り口を示している。夏、観光客が群れをなして訪れる間は、キオスクがあって店員が入場料を徴収する。が、今は誰もいない。ゲートを入るとすぐに私道は分岐する。左は、チューチューチョリーに乗りに来た観光客用。これは色鮮やかで奇抜な狭軌蒸気機関車で、五月から十月まで、子供連れの日帰り観光客の呼び物になっている。見晴らしのよいところやハイキングコースで停車しながら、頂上の城までシュッシュッポッポと登っていくのだ。

右は、宿泊客や納入業者用で、鬱蒼とした森の中を三マイルほど抜けていく私道になっている。ミッチの古いトラックは坂道を喘ぐように登った。急勾配の道は曲がりくねっていてとても細い。両側に除雪した雪が盛り上がっているとなればなおさらだ。最後に大きなカーブを曲がって頂上に達すると、目の前に、道の両側に歩哨のように立つ二本の巨大なシカモアに縁取られた城が投光照明を浴びて出現した。アストリッド城は間近で見ると、目を見張るほどばかでかい——巨大な三階建て。トレードマークの塔はさらに高い。濠がある。出入りする宿泊客のために、跳ね橋を渡る環状の私道が城の主玄関へと続いている。チューチューチョリーの乗客のためには、ミニチュアの駅がある。銅葺きの屋根のあるプラットホームの照明は、ヴィクトリア朝風のランプだ。

ミッチは客用駐車場に慎重に入って、ワシントンDCナンバーのシルバーのメルセデスワゴンとニューヨークのレンタカーのフォード・トーラスとの間にトラックを停めた。寒さは朝よりいくらか緩んで零下一度くらいだ。車を降りた。さすがに断崖のてっぺんともなると川からの風が文字通りうなっている。対岸のエセックスの灯火が見える。が、月や星は見えない。少し奇妙な気がした。風がこれくらい強い時には、たいてい空は澄み切っているのに。でも今夜は違う。

濠はすっかり凍結していた。ミッチは木製の跳ね橋をどたどたと渡りながら、エロール・フリンとベイジル・ラズボーンが剣を振り回して戦っているのに出くわすのではないかと思った。

が、実際に出会ったのは、小柄だががっしりした体つきの若者だった。スコップに覆いかぶさるようにして、玄関前の青石の小道から本日の残雪を片付けている。フード付きのスウェットシャツの上に大きな格子柄の厚手ウールのシャツを着ている。ストッキングキャップを目深に被り、ダブダブのジーンズにすり減ったブーツを履いている。手袋はしていない。手はあかぎれで赤く、爪は油のせいで黒くなっている。彼が作業を中断して、ちらりとミッチを見上げた。赤茶けたひげが異常なほどびっしり目のすぐ下まで生えている。キャップを目深に被っていることもあって、ほとんど肌が見えない。ミッチはそのせいでロン・チェイニー・ジュニアに似ていると思った。満月にウォーッと吠えるような……。

「お荷物は、サー？」狼男が尋ねた。やっと聞こえるほどの小さな声だ。

「宿泊はしないんだ。夕食に来ただけで」ミッチはさらに観察して、この狼男には見覚えがあることに気がついた。「いつも金物屋で会うよな？」

「そうですね」彼が恥ずかしそうに答えた。「あそこにはよく出入りしてます」

「ミッチ・バーガーだ」ミッチは手を差し出した。

「ああ、ビッグシスター島の世話をしてますね。俺はジェイス・ハーンです」彼がミッチの手を握った。その手はひどくザラザラしていて、薪でも握ったような感触だった。「あそこで冬を越すなんて、勇敢なんですね」落ち着いてくると、声も大きくはっきりしてきた。

「あるいは単に頭がおかしいのか」ミッチはにやりとしてみせた。

「いつもはどっかの間抜けを雇ってやらせてるんですよ」

「その必要はないさ――彼らには俺がいるんだから」

「俺は、ここの世話をしてます」ジェイスがスコップにもたれて言った。「俺と姉のジョリーとで。ジョリーは客室係で、俺は保守管理です」

「それじゃすごく忙しいんだろうな」ミッチは広大な敷地に目をやった。「特にこの季節は」

「美女と野獣ですから」ジェイスが毛むくじゃらの顔をかきながら認めた。「二十人の男が五年がかりで建てたんです。すべて自然石です。それに、ものすごく燃料を食うんです。ボイラーが三台、湯沸かし器二台、四十八の客室には薪を燃やす四十八の暖炉があります。眺望のために、至る所に窓があって、暖房費がどれくらいかかるか、きっと信じられないですよ。冬の間は、三階をそっくり閉鎖しなきゃなりません。スタッフもほとんど一時解雇にして。常勤は俺とジョリーだけです」

「この時期はあまり流行らないのか？」

「もう全然。会社の研修会とか結婚式でもない限り。今夜は、一般客はいません。ミセス・ガイガーを囲むこの週末は、俺たちにはものすごくでかいイベントです。ハリウッドのいろんなセレブが泊まります。費用は全額、映画会社もちです。大物のスペンス・シブリーはもう来ていて、すべてを取り仕切ってます。俺はかまわないですよ。俺は暖炉を燃やして、道路をきれいにするだけですから」ジェイスは雪かきを再開した。「今夜帰る時には薄氷に気をつけてください。すごくヤバくなることがありますから」

「わかった」ミッチは約束して、城のオークの大きな玄関扉に向かって小道を歩いていった。手書きの木の標識が、中庭を抜けてバラ園や、藤棚や、睡蓮の池や、温室へと続く散歩道を指し示している。管理人小屋と隣接する薪小屋に続く従業員用の小道もあった。

レスが玄関扉を大きく開けて待っていた。「君のライトが見えたから」と陽気に説明しながら、がらんとした三階吹き抜けのロビーにミッチを導き入れた。シャンデリアの照明が黄色の松材の床に金色の光を投げかけている。近くの部屋でピアニストがジャズっぽいアップテンポの曲を奏で、ホールを活気ある音色で満たしている。「来てくれて、ホントにうれしいよ」

「来られてよかったです」ミッチは答えながら、レスは忌々しいニューイングランドの宿屋の主人になり切っていると思った。格子柄のシャツと縄編みのベスト、それにグレーのフランネルのスラックスという服装まで、その役に合わせている。ロマンスグレーの髪も豊かに波打ち輝くばかりに整えられていて、ミッチはつい羽飾りを思い出した。

「我らが駐在はどこに？」

「遅れてるんです」ミッチはピアニストが演奏している曲に馴染みがあることに気がついた――テレビの連続コメディ、『ウィル＆グレイス』のテーマソング。知っていても、あまり自慢にはならないのだが。「できるだけ早く来るとのことです」

「ミッチ、どうだったかな。前にもここに来てもらったことはあるか？」

「いいえ、初めてです」ミッチは答えて、込み入った装飾彫りの施された三階まで続く中央の螺旋階段をはるか見上げた。

「堅牢なサクラ材でね」レスが誇らしげに言った。「多くの木造部やモールディング同様、イギリスのウィルトシャーにあった城から輸入したんだ。鏡板や上階の扉は国産のオークだ。この城が建てられた当初は、地元の上流階級がオロオロしたなんて信じられるか？　低俗だと考えたんだ。それが今では世界に名だたるドーセットの最も有名な歴史的建造物だ」

クロークで、帽子とスカーフとアノラックを預けた。アノラックの下は、普通のコーデュロイのスポーツジャケットにVネックのセーターとボタンダウンのオックスフォードシャツだ。それにダブダブの太畝のコーデュロイパンツとメフィストのウォーキングシューズ。ミッチはネクタイを持っていない。しないことにしている。土曜の夜の盛大なパーティのためにタキシードも借りていない。主催者はありのままの彼を受け入れるしかない。それがいやなら拒否すればいい。

ガラス張りのギフトショップがあった。今は閉まっているが、絵葉書を始めとするアストリッド城にまつわる幅広い品々を売っている。フロントには壁に作り付けのラックが並んでいて、観光客向けのチラシや地図が詰まっている。リビングと食事室への出入り口がある。バーもあって、話し声と上品な笑い声が聞こえた。

レスは音楽の聞こえる広い戸口に案内した。「この部屋は窓が西向きなので、サンセットラウンジと呼んでいる。この城はここからの夕映えで有名なんだよ、ミッチ。ロングアイランド海峡も、川を渡る船も見える。その眺めはもう並外れて素晴らしいんだ、本当だよ」

実際には、サンセットラウンジは、ミッチの見るところラウンジというよりむしろ宴会場のようだった。高さ二十四フィートの天井からシャンデリアがきらめき、石造りの暖炉は人が立って入れるほど大きい。今は火が燃え盛っている。その前に革張りのソファと肘掛け椅子が固まっている。暖炉の上にはアストリッド・リンドストロームの燦然と輝く巨大な油絵――エレガントな銀色のドレスを着たバラ色の頰の美しいアストリッドが、象牙色のむき出しの肩越しに画家に振り向いている。目が楽しそうに輝いている。元ミュージカルダンサーはサイレント映画時代の大スターのメアリー・ピックフォードにいくらかどころでなく似ている。あるいは画家がそう描いたのか。

スタインウェイのグランドピアノを弾いているのは上品な服装の年配の紳士だが、ガーシュイン兄弟の『シャル・ウィ・ダンス』の中の『ゼイ・オール・ラーフト』に移った。『シャル・ウィ・ダンス』はフレッド・アステア&ジンジャー・ロジャースのミュージカル映画の中でもミッチのお気に入りだ。超少数派なのだが。世界中の映画批評家はこぞって、二人の最高傑作は『トップ・ハット』だと考えている。

「テディ・アッカーマンに会ってやってくれ、ミッチ。テディはアーロンの叔父だ。兄のポールがノーマの最初の夫だった」

テディは六十代前半でほっそりした体つき、青白いと言ってもいいほど色白だ。実際、彼の顔色は弾いている鍵盤の象牙にそっくりだ。細面で、彫りの深い整った目鼻立ち、額は広く、スチールタワシのような髪の生え際は後退している。濃紺のスーツをうまく着こなしていて、その下は赤ワイン色のネクタイにダブルカフスの眩しいほど真っ白なシャツ。カフリンクスはサファイアのついたゴールドだ。

「ミッチ・バーガーに挨拶してくれ、テディ」レスが言った。

　テディは演奏を中断してミッチに手を差し出した。とても冷たい手で、指は長く、手入れが行き届いている。「よろしく、ミッチ」

「素敵な演奏ですね」ミッチは言った。実際そうだからだ。彼の弾き方はさりげなくて、彼とピアノはまるで一つの有機体のようだ。

「ありがとう。この週末はフルメンバーでやるから、ぜひ来てくれ。土曜の午後のカクテルパーティで演奏するんだよ。ナイト・ブルーミング・ジャズメンという名前だが、四人とも本業はべつにあってね。その方がずっとうまくいくんだよ、ミッチ」テディが切なそうに言った。声には喪失感と悔恨がにじんでいる。「一番関心のあることで暮らしを立てようとしては絶対にいけないよ。胸の張り裂ける思いをするだけだから。ノーマに招待されて、私だけ少し早く来たんだ」彼がノーマをいくらか強調して、彼とレスの間に緊張があることを示唆した。

　もっとも、緊張があるとしても、レスは気づかなかった。二人ににこやかに微笑みかけているだけ、愛想のいいホストだ。

「兄のポールに会ってもらえなかったのが残念だよ」テディがミッチに言って、ピアノの上に載せたゴブレットの赤ワインをすすった。「兄のポールは本物のヒーローだった。コロンビア・ロースクールを首席卒業すると、高給の誘いをことごとく蹴ってACLU、アメリカ自由人権協会（憲法で保障された権利の擁護を目的として一九二〇年にニューヨーク市に設立された団体）の仕事をした。ポールは弱者のために闘った。ドン・キホーテさながら孤軍奮闘した。私は、ワイングラスを傾けるだけだ。彼は一九九二年に心臓発作で急死してしまった」

「お気の毒に」ミッチは言った。

「なあ、レス、九二年に君はどこにいたんだ？」テディがからかうように尋ねた。

「まだ痔の軟膏の効果的な広告文案を書いていたのか？」

「そんなところだ」レスがこの件でテディと喧嘩したくないとばかりに手短に答えた。もっとも、への字に結んだ口元を見れば、レスがこの男を嫌いなのは明らかだ。テディが、大切な兄の未亡人を口説いて妻にしたことでレスを恨んでいるのが明らかなのと同じだ。

「残りのメンバーも明日来るから、ミッチ」テディは『スターダスト』をブルース調で弾き出した。「メンバーは多彩でね。眼科医、会計士、薬剤師、それに私だ——私は〈シグ・クライン・ビッグ＆トールメンズストア〉でスーツを売っている」

「ユニオンスクエアの？　あそこなら知ってます」ミッチはにっこりした。〈シグ・

クライン〉はミッチが子供の頃からニューヨークのラジオで宣伝していた。ニューヨーク・ニックスの大男の控え選手は皆、ケニー・〝アニマル〟・バニスターの昔からずっとシグの広告に出ている。

「あそこで君に会えなかったとは驚きだな」テディがミッチをプロの目で眺めながら言った。「君は健康的なビッグサイズの男なのに」

「最近はもっぱらグースダウンの防寒コートを着ているもので」

「それでも君の服を選んでやれるぞ。店に寄ってくれよ」

「まずは、飲み物を取りに行こう」レスがミッチの背中を叩いた。

「一緒にいかがですか？」ミッチはテディに尋ねた。

「私はここでけっこうだよ。リクエストはあるかな？」

「ビリー・ジョエルは駄目ですか？」

「いいとも」テディが声には出さずに笑いながら答えた。

「家族というのは絶対にうまくいかないものだ」一緒にロビーに戻りながら、レスが小声で説明した。「これも実に、本当に悲しい事例で。彼は今も母親とフォレストヒルズのアパートに住んでいる。結婚もしなかった。稼いだ金はことごとくポーカー賭博で失った。この週末に彼にも仕事を回すというのは、ノーマのアイデアだ。昔から彼を不憫に思っていたんだ、たぶん。アーロンは彼を見るのも嫌いだ。もっとも、私の知る限りでは、アーロンは身内の誰もが嫌いだ。どう見てもお互いさまだがね」レスはミッチをバーに連れていこうとしたが、六十代のかなりふっくらした女性が業務用ドアから飛び出してきてぶつかりそうになった。

「あっ、ここにいたのか」レスが快活な笑い声をあげた。「ミッチ、私の美しい妻のノーマに会ったことはあるかな?」

「いいえ、ないわよ」ノーマがきびきびと答えて、落ちてきた白髪のひと房を目から払った。「うれしいわ、ミッチ。くたびれてるように見えたらごめんなさいね。ホントにくたびれてるだけだから」

エイダ・ガイガーの娘は早口で歯切れよく話した。まず間違いなく英国訛りがある。エイダとルーサーが五〇年代にイギリスに逃げた時にはまだ小さかったはずだから当然だ。ノーマは丸々と太ったバストの大きな女性で、かなり猫背だ。澄んだ濃いブラウンの瞳に、優しい顔立ち。かつてはとても上品な美しい顔だっただろう。ミッチは思った。今はとにかく疲れ切っているように見える。額には汗が光り、呼吸もひどく苦しそうだ。空気が肺を出たり入ったりする大きな音がはっきり聞こえるほどだ。まさしくチューチューチョリーが懸命に山を登ってくるような音だ。白髪はあごの長さ。明るいブルーのタートルネックの上に濃いブルーのカーディガンを着て、ブルーのパンツに赤いキッチン用のつっかけを履いている。

「明日には料理人が山ほど来るはずなのだけど」ノーマがミッチに説明した。「今夜はいないの。一人もいないのよ。もちろん、ジョリーはいてくれるけど。彼女は至宝だわ。彼女がいなかったら、私はどうしていいかわからないでしょうよ。もちろん、毎日の決まりきった仕事には慣れているわ。でも、母親がそばにいるとなると、いつだってそれがいくらか大変になるものなのよ。特にそれが私の母親だと。今はお昼寝をしているけど。疲れやすくてね。デズは？　彼女も来るのよね？」

「ええ、すぐに」ミッチは請け合った。

サンセットラウンジでは、テディが『スターダスト』から『モア・ザン・ユー・ノウ』の心のこもった演奏へと流れるように移行した。

ノーマはそれが聞こえた途端にほろりとしたようだ。優しい夢見るような微笑みがはっきりと顔に浮かんだ。

「大丈夫かい、ダーリン？」レスが彼女を見つめて尋ねた。

「あっ、ええ」ノーマが顔を赤らめて答えた。「大丈夫よ。ただ昔からこの歌が大好きだったものだから」

赤みがかったブラウンの縮れ髪のテキパキした若い女性が業務用ドアから駆け出してきた。「よろしければ、いつでもメーンコースを盛りつけられます、ノーマ」彼女が告げた。

「まだ一人来ていないのよ」ノーマが彼女に答えた。

「大丈夫です。ちゃんと温かくしておきますから」彼女がミッチに明るくニコッと微笑んだ。「映画批評家の方ですね。私はジョリー・ハーン。お城にようこそ」

ジェイスの姉は二十代後半で、いわゆる美人の範疇には入らない。あごはいささかごついし、鼻は美容雑誌の好みより大分横に潰れている。それでも肌は滑らかで美しいし、バラのつぼみを思わせる口は感じがいいし、熱意あふれる活気もとても魅力的だ。ジョリーは絶対にか弱い乙女ではない。身長は五フィート九インチくらい、骨太で、豊満で、人を振り向かせるグラマーだ。身体の曲線は、白いブラウスに黒のベストと黒のパンツという地味な食堂用の制服姿でも、まず見過ごされることはない。

それにフリーだ。口説かれるのを今か今かと待ち構えている。彼女の目が、ミッチを見つめて誘うようにきらりと光った。

「弟さんに外で会ったよ」ミッチは彼女に言った。「すごくいいやつみたいだね」

ジョリーはノーマとまごついた顔を見合わせた。「ジェイスが口をきいたんですか?」

「初めは少し朴訥《ぼくとつ》とした感じだったが、城の話になると、よく喋るようになった」

「普段うちの客が彼からひと言だって聞き出せることはないんだ」レスが言った。「口がきけないと思われてるくらいで。子供たちまで彼をロシア人と呼ぶほどだ」

「よく働くいい子なのよ」ノーマが言い出した。「本当によくここの世話をしてくれて。ちょっと気難しいだけなのよ、かわいそうに」

「母が出産で亡くなったんです」ジョリーがミッチに説明した。「ジェレミーも三日後に死んでしまって」

「ジェレミー？」

「弟です。ジェイスは双子だったんです」

「君はさぞかし大変だったろうね」ミッチはそっと彼女に言った。

「今でも大変な時はあります」ジョリーはごくりと唾を呑み込んで認めた。

「でも、彼はここが本当に大好きみたいだな」

「それなら、ミッチ、私たち二人ともです」ジョリーが請け合った。「昼も夜もないきつい仕事ですが、やり甲斐があります。それに我が家なんです。飲み物はバーです。何かお注ぎしましょうか？」

「俺のことは気にしなくていい。自分でやるから」

「ええ、そうでしょうね」彼女は言い返してから、えくぼを見せてキッチンへと戻っていった。腰がいくらか余分に揺れていた。絶対にミッチに見せつけているのだ。でも、彼女が業務用ドアを通っていく間も、ミッチはレスがその見せびらかしを余すところなく見届けているのにいやでも気づかされた。

ノーマは気づいたとしても口には出さなかった。ただこう言っただけだ。「私もどちらかと言えばまだここには慣れていないの。この城は、兄のハーバートが一九九三年に飲酒運転の車に殺されるまで管理していたから。私はポールを亡くしたばかりで、アーロンもワシントンに行ってしまって、寂しくて、どうしていいかわからなくて、時間を持て余していたの。だから思い切って引き継いだのよ。それがある週末、レスが宿泊客として現れて……」

「そのまま帰らなかった」レスが彼女の手をギュッと握って幸せそうに言った。「いいものは見ればわかるんだ」

「でもね、ここが生き残ったこと自体がちょっとした奇跡なのよ」ノーマが言った。「祖父のモーゼスが一九四八年に亡くなった時、彼はこの城を愛人のアストリッドに遺した。彼女が生きている間はという条件で。それがたまたま一九八〇年までということになったの」

「アストリッドがそんなに何十年もここにいたとは知りませんでした」ミッチは言った。

「地元の噂では、彼女は今もここに出没しているそうだ」レスが低い慎重な声で打ち明けた。「ただの噂だと片付けてもいいが、夜になるとずっと奇妙な音が聞こえていたんだ、ミッチ」

「あなたも実際に聞かれたんですか？」

「いいや、まさか」レスがウィンクした。「でも毎年ハロウィンには降霊会を開いている。客は大喜びしてるよ。エール大学演劇科の若い女優に何人か来てもらってるんだ。一人がアストリッドになって、他は彼女を呼び出すわけだ」

「悲しい事実としては、アストリッドはかわいそうに晩年はすっかり耄碌《もうろく》してしまって」ノーマが言った。「お城もひどく荒れてしまったの。配管も、配線も、何もかも。ハーバートが銀行に頭を下げて、ホテルとして徹底的に修復したの。チューチューチョリーも再び走らせるようにした。さらには、三千エーカーの敷地を州に寄付するのと引き替えに、歴史的建造物にしてもらった。そうしておいてくれなかったら、まあ、私たちは財産税で完全に身動きとれなくなっているでしょうね」

「でも、ほら、収支トントンの年もあるし」レスが果敢に言った。「まあ、ほぼトントンの年も」

「お城の栄光の日々からはほど遠いわ」ノーマが懐かしそうに言った。「祖父のモーゼスは大掛かりなことが好きな主だったの。そして、アストリッドは、祖父が舞台で見つけた最高の掘り出し物だったのだけど、当代随一の社交界の花になった。週末には本当に素晴らしいパーティが開かれたのよ、ミッチ。誰もが知っているとおり、ドロシー・パーカーはここを東のサンシメオンと呼んだわ。マルクス兄弟も滞在したし、アルフレッド・ラント&リン・フォンタン夫妻、メイ・ウエスト、コール・ポーター、スコット&ゼルダ・フィッツジェラルドもよ。みんな、このアストリッド城で、華やかで目が眩むほど楽しい時を過ごしたの。すごい女性だったのよ。彼女は祖父が亡くなると、ここを彼のウォールストリート仲間のための会員制クラブに改装した。彼らはニューヨークから車で乗りつけて、狩りや釣りをして——」

「まったく、ノーマ、へらへら笑いながら、何という安っぽい話を！」突然、どこか高いところで大声が轟いた。年配女性の声だ。かすれていても力強い。エイダ・ガイガーの声だ。どうやら史実を脚色したノーマの話を立ち聞きしたのだ。「モーゼス・ガイガーはとんでもないもぐりの詐欺師だったわよ！」九十四歳の映画監督は、手彫りの装飾が施された階段を下りながら怒鳴った。長身で、堂々としていて、漂っているかに見えるほど足取りはすこぶる軽い。「アストリッドは、そんな彼の付け合わせの美味しいレモンタルトで、このろくに暖房の効かない岩の大建築をニューイングランドの最も高級な売春宿に変えたのよ。何なの、ノーマ、子供番組のつもり？」

「そんな、違うわ、お母さん」ノーマは母親の叱責に赤面した。

「それじゃこの気の毒な男性に忌まわしい真実を話すことね。ニューヨーク・ヤンキースのチームはフェンウェイパークでレッドソックスとの週末連戦を終えると、ここに繰り出してやりまくったと話してあげなさい」エイダ・ガイガーはその経歴全般にわたって、大胆で容赦のない率直さが有名だった。今も変わっていないのは明らかだ。「アストリッドはディマジオのためにいつもシルクのシーツを用意していなくてはならなかったと。あのジョー・Dはそれ以外のシーツでは寝ようとしなかったからと。断言するわ、ノーマ、私が死ぬ頃には、あなたはここを修道院だったと言い出してるわね。そして祖父のモーゼスは、そうね、預言者のモーセになってる。真実を隠すのはやめなさい。真実は楽しむのよ。それこそがあなたの遺産なの」

「はい、お母さん」ノーマが目を伏せた。

エイダは階段を下り切ると、ゆっくり滑るように近づいてきた。わし鼻をグイッと上に向けている。ミッチは年老いた猛禽を思い出した。たぶん、ミサゴ——誇り高く、猛々しく、挑戦的に油断なく警戒している。彼女の半ば閉じた目は鋭く辛辣だ。エイダは真っ白になった髪を後ろに撫でつけている。顔は今も美しい。老いた顔ではない。生活感のある顔だ。手がかすかに震えているが、背筋を伸ばして力強く立っている。眼鏡を鎖で首から下げている。化粧はしていない。口紅もつけていない。分厚い黒のタートルネックに、ウールのスラックス、それに頑丈なウォーキングシューズを履いて、ツイードのジャケットをケープのように羽織っている。

「それでも」エイダが続けた。「アストリッドは自立した立派な女性だった。誰か、彼女の一代記を本にすべきだわ。水晶玉と下手なルーマニア訛りで毎年彼女を呼び出すなんてことをするより。これは本当の話よ。私の母は、アストリッドがいることすら知らなかった。私だって、四十歳になるまで会ったこともなかったわ。あの頃は、人は秘密の隠し方を知っていたのよ。今とは違ってね。今では誰もが共有したがる。それのどこが面白いの？」エイダが鋭い目でミッチをじろりと見た。「あなたはミッチね。さあ、はっきり言って。どうなの？」

「そうです」ミッチはいくらか畏敬の念に打たれていた。「お身体はいかがですか、ミセス・ガイガー？」

「まず、名前はエイダよ。それに、私くらいの年齢の人には絶対に体調なんて訊かないことよ。本気で臓器を一つ一つ取り上げて答えるかもしれない。それだけでひと晩の会話が終わってしまうわ。私も健康問題を抱えている。けどあまり面白い話題じゃないわ。だからこれくらいでやめておきましょう、いいわね？」エイダはミッチの腕を取ると、ノーマやレスから引き離した。驚くほど強い握りだ。「来てくれてうれしいわ、ミッチ。みんなが私のために催すこの見せ物に、あなたはまったく関係ないのはわかってるの。そう考えたいってことかしらね」

「本当に関係ありませんよ。でもこんなふうにお目にかかれるなんて、僕には信じられないほど光栄です」

「何言ってるの。今の若い人たちが私の映画のことを知ってるのは、ひとえにあなたのおかげじゃない。あなたにお礼が言いたかったのよ」

「僕はやるべきことをやっただけです」

「おや！　たいていの人がちゃんとやるべきことをやってるみたいな口ぶりね。あなたのガールフレンドは死んだ人を描いてるのよね、そうでしょ？」

「あっ、そうです。とても才能があるんです」

「もちろんよ、もちろんそうだわ」エイダがせっかちに言った。「彼女はどこに？　彼女と話さなきゃならないの」

「ちょっと遅れているんです」ミッチは答えながら、偉大な老監督がどうしてデズと話したいのだろうと思った。

ジョリーが彼女の世話をするために出てくると、「美味しいハーブティーはいかがですか、ミセス・ガイガー？」と声を張り上げた。

「私に向かって大声は出さなくてもいいわよ」エイダががみがみ言った。「耳は聞こえるんだから」

「すみません。レモンジンガーはいかがかと思っただけなんです」

「飲むわ。本物のショウガの厚切りを入れて……」

「それにスプーン半分の蜂蜜ですね。わかってます」

「たいていのアメリカの紅茶は我慢ならないの」エイダがミッチに説明した。「私に言わせれば、サルのおしっこみたいな味よ。かまわなければ、自分で入れるわ」彼女がジョリーに言った。「あなたを信用していないってわけじゃないのよ。ただ、ああ、信用してないんだわ」

「お手伝いだけでもさせてください」ジョリーが申し出た。

「どうしてもと言うなら、ドリー」エイダが横柄に答えた。

「ジョリーです」ジョリーは指摘して、二人はキッチンに向かった。

二人が業務用ドアに消えると、ノーマが早速苦しげなため息を漏らした。「私は母を愛してるのよ、ミッチ。でもね、ご覧のとおり、まるで手に負えないの。私が子供の頃の母とは違うというわけじゃない。もっとひどくなっただけで」

「僕は好きですよ」ミッチは感嘆して言った。「彼女は本物だ」

「エイダは確かにユニークだ」レスが認めた。「やれやれ」

「かわいそうなジョリーにどう埋め合わせをしてあげればいいかわからないわ」ノーマが気をもんだ。

「彼女とジェイスはここで働いて長いんですか?」

「もう生まれてこの方よ。父親のガッシーが、アストリッドが生きていた頃からここの管理人だったの。ここのコテッジで二人を男手一つで育てたの。そして二人は、大きくなって働けるようになってもここに残ったのよ。それじゃ失礼して、夕食の手配をしなきゃ――それにあの娘を助け出さないと」

「さあ、飲み物を取りに行こう」レスが言って、ミッチをバーへと案内した。

城のバーは鏡板張りで、一九二九年あたりの会員制クラブのようなこぢんまりしたクラブ風の雰囲気がある。硬材を手彫りしたカウンターにはスツールが六脚並んでいる。その奥には古風な柱時計があって、正確な時を刻んでいるようだ。居酒屋風テーブルがあり、トランプ用テーブルがあり、座り心地のよさそうな革張りの肘掛け椅子はパチパチ音を立てて燃え盛る暖炉の前にまとまっている。レックス・ブレーシャーのオーデュボン協会による複製が壁にかかり、作り付けの本棚には、文学書や歴史書のハードカバーがずらりと並んでいる。部屋の中央には、飾り彫りの施された脚と手縫いの革ポケットのブランズウィック社製ビリヤード台が置かれている。上に吊るされた琥珀色のガラスの照明が緑のラシャに温かな光を投げかけている。ここまで来ると、テディのピアノはかすかな音になっているが、それでもミッチには聞こえた――煙突の煙道から風のうなりも聞こえるが。

長いストレートのブロンドが印象的なほっそりした女性がノースリーブの黒いドレスにスティレットヒール姿で暖炉のそばに立って、マティーニをすすっているが、かなり不機嫌に見える。素晴らしきアーロン・アッカーマンは陰気な顔でカウンターに座り、シングルモルト・スコッチのスニフターを両手で包むようにしている。21年物のバルヴェニーのボトルがそばに置いてある。

どちらも二十代のもう一組のカップルは、隅の居酒屋風テーブルで仕事に没頭している。女性はラップトップにメモを入力するのに忙しい。男の方は携帯電話で誰かとの交渉に余念がない。「君の言ってることはよくわかる――オリバーはJFK空港からのリムジンをほしがっている。でも彼には出してやれない。オリバーにリムジンを出せば、クエンティンもほしがるだろう」どうやらパノラマスタジオのスペンス・シブリーらしい。「リムジンは誰にも出さないと断言する。ゴールデン・グローブ賞の授賞式ってわけじゃないんだ！」

「さて、何がいいかな、ミッチ？」レスがせかせかとカウンターに入って尋ねた。

「生ビールなら何でもいいです」

レスはダブルダイヤモンドをアストリッド城のピルスナーグラスに注いで、ミッチの前にアストリッド城のコースターを添えて置いた。ミッチは、今夜はこの忌々しいロゴが夢に出てくるのではないかと思い始めた。

「お互い会うのは初めてだな、ミッチ」アーロンが大声で言って、手を突き出した。

「君の仕事をすごく楽しませてもらってるよ」

ミッチはアーロンの手を握った。ぐにゃりとふやけた手だった。「ありがとう。よろしく」ミッチは言ったが、さらさらそんな気分ではなかった。ミッチに関する限り、アーロン・アッカーマンは現代アメリカジャーナリズムで最も卑しむべき人物の一人だからだ。

アーロン・アッカーマンがやっていることをジャーナリズムと呼ぶとしての話だが。ミッチは呼んでいない。アーロンは有名人を面白半分に営利目的で攻撃するのを得意としているのだ。個人を破滅させるほどの容赦のないやり方は、メディアの世界では高射砲として知られることになった。エイダ・ガイガーの孫は、ミッチが黄色い嘴と呼ぶ一団のメンバーとして、モニカ・ルウィンスキー・スキャンダルの最中にそのキャリアを始めた。ビル・クリントンを叩きのめし、彼ら自身の右派の政策を売り込むために、ケーブルテレビのニュース番組のあちこちに出現してきた、高圧的で注目に飢えた蝶ネクタイの若きネオコン軍団だ。アーロンは二つのことからすぐに他のメンバーとは別格になった。とても有名な左派の祖母がいることと、毒のある熱弁が臆面もなく軽薄なまでに大好きだということだ。彼は『新規高射砲』という本の出版で一本立ちのスターになった。彼の発言の中でも特に過激なこき下ろしを集めたもので、『ニューヨーク・タイムズ』のベストセラーリストで二十八週間、目も眩むトップを続けたのだ。彼の攻撃目標は、増税路線のリベラル、ヤッピー、ゲイ、フェミニスト、環境保護論者、ニューヨーカー、ハリウッドの政治活動家、フランス人、そして彼の世界観と同調しない世界観を持つ者すべてだ。

アーロン・アッカーマンは誰も容赦しない——自分の祖母でさえも。先週末の『ラリー・キング・ライヴ』で彼女を〝心得違いの旧左派の遺物〟と呼んで、砲火を浴びせることまでしたほどだ。エイダの映画を、客観的に、悲劇的にひどいとも言った。

彼は三十代前半で、近視矯正手術のレーシックが登場する前には分厚い眼鏡をかけていた者特有の瞬き癖があって、鼻のあたりが落ち着かなそうな表情をしている。小刻みに揺れる締まりのない身体に、極端に大きな頭。ふやけているという意味ではなく——実際はそうでも——とにかく本当にがっしりとでかいということだ。帽子のサイズなど想像もつかない。眉毛のあたりがやや類人猿っぽい。片方の眉、右側の眉がしょっちゅう吊り上がる。その眉に、プロレスラーから映画スターに転身したザ・ロックが思い出された。ザ・ロックから計算された皮肉っぽさを差し引いたみたいだ、とミッチは思った。アーロンにはうわべの輝きはたっぷりある。波打つ黒髪はこぎれいに整えられているし、歯はいつでもカメラの前に立てるほど真っ白に漂白され、爪はきれいに磨かれている。しかも一分の隙もない服装だ。濃紺のブレザー、ピンクのシャツ、水玉模様の蝶ネクタイ、そしてチャコールグレーのスラックス。しかし、それでも体中に〝がさつ者〟という言葉が刻印されている。持って生まれたゆとりがなく、自信のなさがプンプン臭うのだ。

「エイダを称える会のために君が来るなんて驚きだな」ミッチは言って、ビールをすすった。「テレビでああ言ってたのにってことだが」

「あんなものは何の意味もないんだ」アーロンがうるさそうに手を振った。仰々しい喋り方だ。尊大で、独りよがりで、もう馬鹿にしてくれと叫んでいるようなものだ――おかげで、この間の『サタデイ・ナイト・ライヴ』では、ゲスト司会者のデイヴィッド・シュワイマーが呆気にとられたのだった。「個人的なものでもないし。公私の公のアーロンに場所を作るためにしなけりゃならなかったってだけさ。当然ながら私の方のアーロンはまったくべつだ。俺は祖母を心から愛している」そこで言葉を切って、ミッチの方をじっと見たが目は合わさなかった。むしろミッチなど目に入っていないという方が近い。「君ならわかってくれるよな？」

「いいや、わからない。俺には俺は一人しかいないから」

アーロンはその言葉にショックを受けたようだった。「本当に？　そいつはがっかりだ」そしてスツールを回して、今度は暖炉のそばのほっそりしたブロンドに向き直った。「ミッチ、俺の素晴らしい妻を紹介させてくれ、カーリー・ケイド教授だ。カーリー、ミッチ・バーガーに挨拶しろよ」

「どうぞよろしく、ミッチ」いくらか南部訛りの上品で、とても成熟した声だ。ミッチは差し出された手に向かって歩き出して、カーリーが初めに思ったほど若くないことに気がついた。年齢がわかるというのではないが、絶対に二十代ではない。ティーンエージャーのように真ん中で分けてまっすぐに下ろした光沢のある長いブロンドが半分閉じたカーテンさながら顔を包んでいる。その顔は異様なほど無表情で、まるで仮面を被っているかのようだ。たぶん五フィート三インチくらいの小柄だが、ミニでノースリーブのシンプルな黒のドレスを着た姿は素敵だ。腕は日焼けして引き締まっているし、脚はすべすべで均斉がとれている。

「氷みたいな手だな」ミッチは彼女の手を放しながら言った。

「私の手を冷たいと思うなら、爪先がどんなかもきっとわかるわね」カーリーが震えながら言った。「今夜は本物のドーセットにいるみたいな気がするわ」

「本物のドーセット？」

「イギリスのドーセット。セントラルヒーティングのない場所よ」

「ここにはあるぞ」レスがムキになって応じると、暖炉に薪をくべた。「でもここまで風が強いと、熱も窓からすぐに逃げてしまうんだ」

風はまさしくうなっている。実のところ、ミッチにはますます強くなってきたように思われた。

「セーターってものがあるんだぜ」アーロンが自分の物だという目で素肌を露出した妻を眺め回した。

「アーロン、君は女性ってものがわかってないんだな」レスが言った。

「ホントよね」カーリーが応じた。「私はこのドレスに大金をはたいたの。そして、このドレスを着るために、毎日二時間ジムで息を切らしたのよ。せっかくのドレスの上から古いセーターなんか着るわけないじゃない」

「すごく似合ってると思うよ」ミッチは言った。

「まあ、ありがとう」彼女はミッチに向かって上品にお辞儀をした。「私、この方《かた》が好きよ、アーロン。きっと彼と駆け落ちすべきなんだわ」

「悪いが、俺は売れてるんだ」ミッチは答えながら、カーリー・ケイドがアーロン・アッカーマンのようなさもしい野郎と結婚する羽目になった事情を理解しようとした。美人だし、上流階級だし、馬鹿でもない――アーロンは彼女をわざわざ教授だと紹介したのだ。

「ミッチ、カーリーみたいないい女が俺みたいな政治オタクと何をやってるんだろうと思ってるんだな」アーロンがまたミッチを素通りするような目で見ながら言った。

「まさか」ミッチは微笑んでビールをすすった。

「ワシントンじゃみんなそうだ、ホントだぜ」アーロンが請け合った。その口調は権力と影響力のある者が集まるところでは、彼らの結婚が話題のトップになっていることを仄めかしている。上院議員、各省長官、最高裁判事――彼らは皆、アーロン・アッカーマンと美しいブロンドの妻のことを噂していると。「美女と野獣と呼ばれてるよ。俺がどっちかはわかるよな。俺の口から言えるのは、俺は街一番の幸運なアホだってことだけだ」

「それを忘れないでよね、アッキー」カーリーがブロンドの頭をつんと反らしながら辛辣に言った。「これはいつも人に言ってることなのだけど、ミッチ、私は機会均等を信奉しているの。そして私は、これまでにもう社交術も完璧で筋骨たくましいハンサムな男性二人と結婚してきた。で、今度はアーロンの番だってわけ」

「他の結婚についてまで話すことはないだろ」アーロンが不機嫌そうにぼやいた。彼女は空になったマティーニのグラスを彼に差し出した。「アッキー、お代わりをもらってくれる?」

アーロンはグラスを引ったくると、カウンターに持っていった。カウンターではレスがホスト役を務めている。

「それじゃ二人はどこで出会ったんだい、教授?」ミッチは彼女に尋ねた。

「ああ、そんな呼び方しないで。そのきょ何とかって言葉を聞くと決まって、ひげがあって腰の曲がった醜い老婆が思い浮かんじゃうの。カーリーって呼んで、ね? 私はアメリカン・エンタープライズ研究所主催のアメリカの世界覇権に関するシンポジウムに出席するためにワシントンに行ったの。私はシャーロッツヴィルに住んでいて、ストーントンにあるメアリー・ボールドウィン・カレッジで近代政治史を教えているのよ。それはともかく、シンポジウムで席が隣同士になって。私はもちろん、アーロンの仕事は知っていたわ。私たちは話し始めて、結局は彼を客員講師としてカレッジに招いていた。その後、彼は私の心を奪ったってわけ」

「言い換えれば、その最初の晩に、俺は彼女のかわいらしいパンツの中に入った」アーロンがお代わりを持って戻ってきて自慢した。

「アッキー、そんなことまで言うことないでしょ」

「君が心を奪われたと言ったから、詳しい説明をしただけじゃないか」

「そうじゃないでしょ。あなたなんか最低よ」

居酒屋風テーブルでは、パノラマの若い男が携帯でまだ交渉中だ。「君の話はちゃんとわかってる――クエンティンがリムジンをほしがってるんだろ。ただ、ちょっとびっくりしてるんだ。だって、オリバーはタウンカーでいいと言ってるんだぜ。彼の周辺はこれを大掛かりで派手なものにしたくないんだ。ゴールデン・グローブ賞授賞式とはわけが違うんだから。これはオリバー自身の言葉だぜ」

彼の連れは唇を嚙んで、ラップトップへの入力を続けている。

「エイトボールをやらないか、ミッチ？」アーロンが目を瞬かせて年代物のビリヤード台を見た。

「いいね」

レスが二人のために玉をラックして、ミッチとアーロンは壁に据え付けられた棚からキューを選んだ。

「面白くするために軽く賭けないか？　そうだな、百ドルじゃどうだ？」

「十ドルにしよう」ミッチは応じた。「そうすれば恨みっこなしだ」

アーロンが小馬鹿にしたように鼻を鳴らした。「何だ、度胸がないのか？」

「アッキー、彼は紳士でいようとしてくれてるのよ」

「そうなのか？　〝紳士〟が〝意気地なし〟と同じ意味だとは知らなかったぜ」

「実際のところ、五ドルにしないか？」

「どうなってるんだよ？」アーロンが迫った。

「彼は君が気を悪くしないようにしてるんじゃないか」レスが言った。

「あんたに訊いた覚えはないぜ」アーロンがぶっきらぼうに言い返した。

「始めないか、アーロン？」ミッチはキューにチョークをつけながら持ちかけた。

「コイントスでもしなくていいのか？」

「いいや、いい。先にどうぞ」

「好きにしろ。ただ、正直言って、あんたのいいやつぶりはいい加減鼻につくぜ。こっちが気恥ずかしくなりそうだ」アーロンは大きな音をさせてブレイクショットしたが、その甲斐もなく――一個も沈められなかった。

ミッチは直ちに動いた。「3番ボール、コーナーポケット」と言って、てきぱきと沈めた。

「よかったら説明してくれないか、ミッチ」ミッチが次のショットのために位置につくのを見ながら、アーロンが言った。「どうしてちゃんとしたテレビの仕事をしないんだ？　あんな偏見のあるリベラル紙に書いたりしないで」

ミッチの新聞は絶対に偏向してはいない。厳正で公明正大だ。それはアーロンも知っている。ミッチを怒らせて、自分がもう圧倒的に巧妙なことを美しいブロンドの妻に見せたいだけだ。

「6番ボール、サイドポケット」ミッチは言って沈めた。

「マジにテレビに出るべきだ」アーロンが言い張った。「そうすれば本の売り上げが倍増するぞ」

「俺はジャーナリストで、エンターテイナーじゃないんだよ」ミッチは答えた。テレビで映画批評をしないかという誘いを数多く断ってきたのだ。

「そいつはあんたらしくないぜ、ミッチ。そんなレッテルははっきり言って死語だ。俺たちは伝達者、それ以上でも以下でもない。それを受け入れることだ。うまく利用することだ。あんたは話し上手だし、印象もいい。それに同じ映画批評家のロジャー・エバートに比べたら、ブラッド・ピットだ」アーロンはそう言って、馬鹿笑いした。「この台詞、いいな。どこかで使わなきゃ」

「今使ったじゃない、アッキー」カーリーが辛辣に指摘した。

「テレビ番組の中でってことだ」アーロンが彼女にうなるように言った。「ミッチ、俺はCNNやフォックスニュースの傑出した人間を数多く特権的に知ってる……喜んであんたのために感触を探ってやるよ」

「それはどうもご親切に、アーロン。でも俺は今のままで満足してるから」

「そんなわけないだろ。あり得ないぞ」

「それが間違いなくあり得るんだ」

「アッキー、またやってるわよ」

アーロンが妻に眉を吊り上げた。「やってるって何を?」

「あなた以外の人間は不幸だという誤解に基づいて、不必要なことを長々と喋ってるってことよ。ミッチは頭のいい人よ。自分の仕事に有能だし、成功もしている。もしテレビに出たいなら、とっくに出てるわよ。それが出ていないということは、彼にその気がないってことでしょ。だからその話はやめて、いいわね?」

「俺よりうまくまとめてくれたね、カーリー。やめろの部分はともかくとして」ミッチはテーブルから目を上げて、アーロンが真っ赤な顔でカーリーをにらみつけているのを観察した。アッキーは自分に向かってあんなふうに話されるのが嫌いなんだな。

「7番ボール、コーナーポケット」長いレールショットだったが沈めた。

その頃にはパノラマの男が交渉を終えて、ミッチに手を差し出して突進してきた。

「スペンス・シブリーです。ミッチ」彼が叫んだ。「会社の仕事でバタバタしちゃってすみません。超無作法だと思われたでしょうね」

「いいや、全然」

「土壇場調整が一気に押し寄せてきてしまって。朝には会社の西海岸代表のジェットが重鎮を満載してティターボロ空港に到着します。それに、ニューヨークからも車が続々とこちらに向かっています。その多くが監督で、これ、ホントなんですよ、大雑把に言ってアフガニスタンの軍司令官並みのエゴがあるんです。彼らに比べたらスターなんてかわいいもんです」スペンス・シブリーは二十八歳くらい、少年のように若々しいハンサムで、生まれつき物怖じしないタイプだ。澄んだ瞳の無邪気な顔をしている。がっしりした見事なあごは、ミッチが見たこともないほどさっぱりとひげを剃っている。それを言うなら、彼は上から下までさっぱりしている。ブロンドのクルーカットもさっぱりしていれば、均斉の取れた目鼻立ちもさっぱりしている。特に長身ではないが、走者か、あるいは泳者のように見える。健康が服を着ているようなものだ。彼にはまた、成功した企業人にしばしば見られる、あの極めて洗練された雰囲気がある――ただ、さらに詳しく見ると、無邪気な顔からこの男の内面が一つならず覗いている。スペンスは赤ワイン色の縄編みのクルーネックにキャメルヘアのブレザーを着ている。ピシッと折り目のついた黄褐色のスラックスは厚手の綾織り。それに磨き上げられた栗色のアンクルブーツ。「ミッチ、ハンナ・レインを紹介させてください。ハンナはエイダの個人助手です」

「よろしく、ハンナ」ミッチは言いながら、彼女の名前に聞き覚えがあると思った。ハンナがぎこちなく立ち上がって、危うく居酒屋風テーブルをひっくり返しそうになった。「私の方こそ」彼女が神経質にいきなり言った。ハンナはスペンスと同じくらいの年齢で長身、小馬のようで、すこぶる居心地が悪そうだ。印象的な目鼻立ちだ。くぼんだ目、素晴らしい頬骨、そしてまっすぐの高い鼻。装いはさらに印象的だ。小学生の男の子のようなショートにした赤茶色の髪に、シャレたベレー帽、真っ赤な口紅をつけて、一九二〇年代の小生意気なパリジェンヌのようだ。厚い眼鏡は丸くてレトロ。厚手のタートルネックにツイードのパンツ、お揃いのツイードのジャケットをエイダと同じように羽織っている。実際のところ、ハンナは偉大な監督の古い写真そっくりに外見を作っているかのようだ。普段は全然違って見えるのではないだろうか。ミッチは思わずにいられなかった。「あなたの仕事が大好きです」彼女が大げさにミッチに告げた。「特に週末の記事が。あなたは日曜日の私の儀式になってるんです。まず教会、そしてミッチって。いつも読んでいます。いつだって」

「おや、ありがとう」

「僕もですよ、ミッチ」スペンスが真似た。「ニューヘイヴンにいた頃からずっと読んでます」

コロンビア大学出身のミッチはつい微笑んでしまった。エール大学の卒業生は、なぜか必ず会話の最初の六十秒間に自分の出身を押し込んでくる。これは彼が絶対の確信を持っている数少ないことの一つだ。

「でも、来月にはウェブで読むことになりそうです」スペンスが言った。「西海岸に転勤なんです。マーケティングの副社長に昇進したもんで。まだピンと来ないんですけどね。荷造りとか引っ越しとかなんて。生まれてこの方ニューヨークから九十分以上離れたところに住んだことがないんですよ。でもすごく興奮しています」

そこへ、ジョリーがパテやチーズやクラッカーを並べたトレーを持ってバーに入ってきた。

「僕が腹ぺこだってどうしてわかったんだい？」スペンスが彼女に尋ねながらブリーチーズを口に入れた。

「育ち盛りの男の子はいつだってお腹を空かせてるでしょ」彼女が陽気に答えた。

ミッチとハンナはパテを試食してみた。すごく美味だった。

「火曜日からここで、今回のイベントを取りまとめようとしているんです」とスペンスが続けて、チーズをムシャムシャやった。「僕にとってはノスタルジック・ジャーニーみたいなものですけどね。子供の頃には、毎年若葉の季節にシブリー家がこぞってアストリッド城に押しかけてたんです――叔父や叔母や従兄弟がそろって。決まってパーティをしましたよ」スペンスはジョリーのトレーからまたブリーチーズを取った。「実はニューヘイヴン時代にもこのあたりには時々来てたんです」またエール大学だ。「クラスメートがドーセット・ヨットクラブに入っていて。親父さんのクルーザーのバートラムにたむろしたもんです。オールドショア街道のあのすごい食堂はまだあるんですか？」

「〈マッギー食堂〉」ミッチはうなずいた。「もちろんだ」

「蛤のフライが美味かった」

「最高よ」ジョリーが応じて、トレーをアーロンとカーリーのところへ持っていった。どちらも何も取らなかった。ジョリーはカウンターにトレーを置いて、キッチンに戻っていった。

「ハンナ、エイダの仕事をするなんてワクワクするだろうね」ミッチは言った。「もうどれくらいになるんだい？」

「まだ一週間にもなりません」彼女が答えた。「本当のところ、私たちはべつに……。ですから、彼女はまだ私の名前も知らないんです。お手伝いもさせてくれないし、私の売り込みにもまるで耳を貸してくれません。だから、私は基本的にスペンスの手伝いをしているだけなんです。あの、不平を言ってるわけじゃないんですよ。ただ、エイダの人生についてのドキュメンタリーを撮りたくてたまらないもので。その、わ、私も映画制作者なんです」

スペンスが言った。「ハンナは『コーヒー・クラッチ』を制作監督したんです。スポーツマンロッジのコーヒーショップに入り浸ってる昔の性格俳優の女性たちを撮ったドキュメンタリーですよ。数ヵ月前にブラボーテレビ・ネットワークで放映されました」

「ああ、そうだ」ミッチも彼女の名前を思い出していた。「去年のサンダンス映画祭で観たよ。本物の思いやりがあった。とてもいいと思ったよ」

「知ってます」ハンナが言った。目がうるんでいる。「あなたの批評を読んだ時にはうれしくて泣きました」

「それで今度はエイダを撮りたいのか？」

「もしエイダが許してくれるなら。それに資金協力が得られたら。これは、ご存知のように、まるで当てにならないもので」ハンナはそわそわと咳払いをした。「この数ヵ月は地元のワシントンDCで、言わば態勢を立て直していました」

「エイダに助手を雇ったらどうかと映画会社が提案した際に、ハンナの名前があがったんです」スペンスが言った。「僕たちは、実は長年の知り合いなんです。パノラマのインターンシップ制度を一緒に体験しました」

「それじゃ君が二人を結びつけたのか？」ミッチは彼に尋ねた。

「いいや、それは俺なんだ」アーロンがスペンスの後ろから口を挟んだ。

ミッチはカーリーがかすかに身をこわばらせた気がした。彼女は暖炉に向き直って長い金色の髪を払った。

「数週間前にワシントンで、ハンナが共通の友人を通じて俺にアプローチしてきた」アーロンが説明した。「カメラを持って祖母の後をついて回りたいだけのようだった」

そこでカーリーがバーから駆け出していった。ハイヒールがロビーの硬材の床にカタカタ鳴った。

アーロンは出ていく彼女に見向きもせずに、喋るのに忙しかった。そして、アーロン・アッカーマンが喋るとなると、自分で自分にうっとりしてしまうのだ。「正直なところ、俺はハンナの興味の奥深さに感銘を受けた。それと対象への情熱に。彼女は理想的な候補者に思われた。ところでミッチ、まだあんたの番なんだが」彼が指摘して、キューで床を軽く叩いた。

ミッチはテーブルに戻ると、早速最後の玉を沈めた。8番ボールもコールショットして落とした。ゲーム終了だ。アーロンは一個も沈めなかった——ミッチとしては手加減したのだが。

「十ドル負けたってことだな」アーロンが財布を出そうとした。

「五ドルだったと思うが」

「いいや、絶対に十ドルだ」

「いいよ。君から金をもらう気はないから」

「そうとも、みんな友だちなんだ」レスがカウンターの奥から応じた。

「何だよ、俺をコケにしてるのか?」アーロンが詰め寄った。「ミッチは今夜帰宅するや、知り合いのリベラルに一人残らず、アーロン・アッカーマンは賭け金を払わなかったとEメールで知らせるぞ。明日の朝には、インターネット中に広まる。連中はそれが生き甲斐なんだから」アーロンは十ドル札を差し出しかけたが、手を止めてミッチを陰険にちらりと見た。「もちろん、いちかばちかの勝負をするって手もあるが」

ミッチは彼に微笑んだ。ものすごく楽しめそうだ。実際楽しんでいた。「アーロン、君が誘ったんだからな。ラックを組めよ」

4

城への長い私道を登っていくと、カーブでパトカーが尻を振るのが感じられた。舗装の上に黒い氷が張っている。さらには氷雨が風に運ばれて、BB弾さながらフロントガラスに打ちつけてくる。雷鳴まで聞こえる。大事をとって、送受信兼用無線でウエストブルックに問い合わせたが、米国気象課は今夜についての新たな注意報や警報は出していなかった。予報では、にわか雪が降り、風は弱まって、最低気温は零下十度台。要するに大したことはない。

それなら、どうして胸騒ぎがするのかしら？

デズはミッチの古いトラックのそばに車を停めた。ショルダーバッグを摑み、車を降りると、フードのついたコートにしっかりくるまって濠にかかる跳ね橋を渡った。氷雨が吹きつけ、葉を落とした冬の木々が風にうめいて軋んでいる。

呼び鈴を押そうとした時、城の巨大な表扉が大きく開いて、照明の温かな光の中に彼女の生パン坊やがうれしそうな笑みに丸顔をほころばせて立っていた。まるでクリスマスに新しい自転車をもらったばかりの八歳の少年だ。いいや、ユダヤ教の祝日のハヌカーと言うべきか。

「新しい駐在ですね。お噂はかねがね」彼は真面目くさって言うと、デズを導き入れた。「デジリー・ミトリーですね？」

「そうです」デズも彼に向かって厳めしくあごを上げた。「で、あなたは……？」

「バーガー、ミッチェル・バーガーです。樹脂外壁の仕事をしています。お宅に耐久性のある安価な防護がご入用なら、お役に立てます」

「よく覚えておきます」

「ヘンな意味に取らないでいただきたいのですが、ミトリー駐在、あなたがものすごくセクシーな女性だとは誰も教えてくれませんでした。キスしたら、顔をはたかれるでしょうか？」

「あのね、夜が明けないうちに、もっといろいろしてくれた方がいいわよ」デズは囁いて、彼の唇に軽く唇で触れた。「外は荒れ模様になってきたわ」

彼がすぐさま優しく抱き寄せて、テディベアのような身体に包み込んでくれた。デズはあり得ないほど大切に愛されているという気がした。

それならどうして彼はあたしと別れたいのかしら？

アストリッド城には前にも来たことがある。レスとノーマが、レスが目下会頭を務めているので、しょっちゅう商工会議所の会議を主催するからだ。それでも、デズにはまだその巨大さが把握できていなかった。しかもシャンデリアがすべて点灯された夜に来るのは初めてだ。断然壮大だ。サンセットラウンジでは誰かがピアノで映画音楽を奏でている。

レスとノーマが迎えに出てきた。レスの顔には歓迎の笑みが浮かんでいる。ノーマは、もうくたびれ切ってボロボロという感じ。「よく来てくれたね、デズ」レスが言った。「道路はどうだい？」

「やっぱりちょっと滑りやすくなってます」

「それは困るな。でも、もし帰りが不安なら、選り取り見取りの暖かなベッドがいくらも空いているから」

「来てくれてうれしいわ」ノーマが充血した目で微笑んだ。「コートをお預かりしましょうか？」

デズが答えるより早く、ものすごくもったいぶった男が階段の上でひどく興奮してまくし立てた。「彼女が部屋にいない！」と叫んで、階段をドシンドシンと下りてきた。洋梨のような体型で、すこぶる頭が大きい。「リビングにもいない！　キッチンにもいない！　どこにもいないんだ！」

デズはちらりとミッチを見やった。「で、彼は……？」

「ノーマの息子の、偉大なアーロン・アッカーマンだよ」

「教えて。彼って何が偉大なの？」

「心配するな。見ていればわかる」

「彼女を探さなくては！」アーロン・アッカーマンがわめいた。「探してもらわなきゃ困る！」

そこへ、白髪の傲然とした高齢の女性が食事室の戸口に現れて、「アーロン、みっともない振る舞いはそこまでになさい」と大声で言った。「まるで興奮した赤ん坊じゃないの」

「エイダだよ」ミッチがデズに囁いた。

「今晩は、エイダ」デズは高齢の女性に手を差し出した。「デズです」

「やっぱりね」エイダの握手は堅くてさばさばしていた。「本当に光栄だわ、デズ。ずっとあなたに会いたかったの」

「あなたが？　どうしてですか？」

「おい、俺の話は聞いてもらえないのか？」アーロンが声を張り上げた。「カーリーが見つからないんだ！」

「ここは広いんだぜ、アーロン」レスが穏やかに指摘した。

「それにカーリーはもう大人よ」とノーマ。「見つかりたければ、自分で見つかるようにするわよ」

「でも、塔から飛び降りてたらどうする？　今この瞬間にも外の雪の中で冷たくなっていたら？」

「そんな可能性を考えなきゃいけない理由があるんですか？」デズは彼に尋ねた。

「あんた、誰だ？」彼が空威張りをして、デズに向かって片方の眉を吊り上げた。

「駐在です、ミスター・アッカーマン」

「そうか、よし。あんたなら何とかできるかもな。カーリーがいなくなったのに、誰もまったく気にも留めない」

「そのカーリーというのは……？」

「俺の妻に決まってるだろ。探してもらおうじゃないか」

ピアニストが演奏をやめた。デズには硬材の床をこちらに向かってくる足音が聞こえた。

「ミスター・アッカーマン、まず落ち着かれることです」デズはアーロンに助言した。本物の難局に当たっているのか、本物の馬鹿を相手にしているのか確信がない。あるいは両方なのかもしれない。

「そうとも、アーロン、この素敵な女性はまだコートも脱いでいないんだぞ」ピアノ奏者がサンセットラウンジからさっそうと姿を現して言った。年配の男性で長身、上品な身なりをしている。「それにしても素晴らしいコートだ」彼がコートの袖を老練な手で触れて意見を述べた。

「デズ、アーロンの叔父さんのテディだよ」ミッチが言った。「普段は衣料関係の仕事をしてるんだ」

「よろしく、デズ」それから、テディは甥に向き直って言った。「いったい何事だね？」

「そうよ、何を騒いでるの？」ノーマがアーロンに尋ねた。「二人の間で何かあったの？」

「どういうことかと言えば」アーロンが答えた。手を拳に握ったり開いたりしている。「彼女が消えたから、探さなきゃならないってことだ」

「最近はどんな車に乗ってらっしゃいますか、ミスター・アッカーマン？」

「メルセデスのワゴンだ。そんなことにどんな意味があるんだよ？」

「シルバーで、ワシントンナンバー？」

「そうだ。もう一度訊く。それが何だと言うんだ？」

「それなら外の駐車場にまだあるということです――つまり彼女は敷地を出てはいない。レス、空いてる客室には鍵をかけていますか？」

「ああ、そうしている」レスがうなずいた。

「ということは、彼女はパブリックルームのどれかにいるか、外に出ているかですね。ミスター・アッカーマン、彼女のコートは部屋からなくなっていましたか？」

「そ、それは気がつかなかった」

「それじゃ見に行きましょう」デズは階段に向かった。と、豊満な体つきの赤毛の女性が食事室の戸口に現れた。黒のベストとスラックスという制服を着ている。「レス、何ならジェイスに外を探させるけど」

「それはいい考えだな」レスが答えた。

「駐在、他に誰か呼ばないのか？」アーロンが曲線を描く堂々とした階段を先に立って上りながら、デズにいくらか当てつけがましく尋ねた。

「例えば誰を？」

「日頃からこの手のことを扱ってる人間とか」

「ミスター・アッカーマン、あたしは自分の仕事を心得ているし、あたしたちはうまくやっていけるという前提で進めましょう。いいですね？」デズは丁寧に言った。

「あなたの協力がなければ、あたしもお手伝いできませんから」

「いいとも。どうすればいい？」

「そんなに慌てる理由をお聞かせください」

二階まで上ったところで、アーロンは立ち止まった。「わかった」そして声を落として、「でも極秘にしてもらわなくてはならない。メディアに嗅ぎつけられるわけにはいかないんだ」と続けた。

「それはありません」

「約束できるか？」

「さっさと話してください、ミスター・アッカーマン」

「カーリーは、数週間前にヴァージニアにあるうちの農場で抗鬱剤のプロザックを過量摂取した。緊急治療室に担ぎ込まなきゃならなかった。彼女は死にかけたんだ。これでわかったか？」

「ええ、わかりました」

「そうだろうとも」彼が怒鳴って、二階の廊下を歩き出した。

廊下は照明も柔らかで、古風で趣がある。ドアは光沢のあるオークだ。絨毯は花柄、壁紙は水鳥の図柄。往年の名士の古びた写真が壁に並んでいる。廊下の突き当りには外に通じるドアがあって、上半分がガラスになっている。

「あのドアはどこに？」デズは身振りで示して、アーロンに尋ねた。

「塔だ」

「塔も探しましたか？」

「あっ、いいや」彼が仕方なく認めた。

騒ぎすぎじゃないかしら。デズは思って、コートのポケットから手袋を出しながらまっすぐドアに向かった。二階には、廊下を挟んで両側に十二室ずつ、全部で二十四の客室がある。廊下の中央にはリネン室がある。それに業務用階段室に続く防火スチール扉。その隣が車椅子の客と荷物を運ぶためのエレベーター。廊下の突き当たりまで行くと、外に出るドアを押し開けた、と言うか、押し開けようとした。が、風が吹きつけている。押し返して、思い切って展望デッキに出た。投光照明に照らされたデッキには雪が積もっている。突風が吹きつけ、氷雨が激しく顔を打った。鉄の安全手すりのついた高さ三フィートの石の欄干が、デッキを囲んでいる。細い鉄の階段が三階へと続き、さらに城のトレードマークの塔まで上れるようになっている。塔は州間高速自動車道95を行く車から見えるほど明るく照らされている。爽やかな夏の夕べには、ここは風通しのよい素敵な場所になるわ。デズは確信した。今はまるで興味をそそられない場所でも。

偉大なアーロン・アッカーマンは暖かで濡れることもない廊下に残った。

ドアのすぐ外の深い雪に足跡がいくつかあった。雪がやんだ午後も早い時間以降に、誰かがここに出ていたのだ。

「カーリー？」デズは大声で呼んだ。「そっちにいるの、カーリー？」

返事はない。風が吠えるばかりだ。

塔に上る鉄の階段にはさらに靴跡があった。午後の弱々しい陽光のせいでシャーベット状になってから再び凍ったので、何人の靴跡かは見分けがつかない。手すりはうっすらと氷に覆われてチラチラ光っている。それをしっかり摑んで、デズは上り始めた。ブーツがズルズル滑った。

「カーリー?」

ほの暗い照明の三階の廊下には出入りできるドアはなく、窓があるだけだが、錠が下りていた。そのまま上って、塔に出る最後の吹きさらしの階段を上った。突風に身体が縮こまった。

「カーリー?」

密閉された塔のコンクリートの床はジメジメしていても、氷や雪はない。壁には縦に細いスリットがあって、外の眺望が覗けるようになっている。それを見に来た何百という人たちが、石の間のモルタルにイニシャルを刻んでいる。かなりの人々がタバコの吸い殻を残していっている。

しかし、カーリーの姿はなかった。

アーロンは心配そうな顔をして戸口でデズを待っていた。デズは駄目だったと合図して、コートから氷雨を払った。それから彼について、5号室に行った。中央階段から三つ目のドアだ。ドアに鍵はかかっていなかった。暖炉があり、木製の凝ったモールディングがあり、大きなオークのベッドのある美しい部屋だ。ただ散らかっている。汚れた衣類が床一面にばらまかれている。下着やストッキングまでもだ。新聞、本、雑誌がナイトスタンドやドレッサーや机に山と積まれている。バスルームもまるで片付いていない。

カーリーの黒い革のイルビゾンテのハンドバッグがベッドに載っている。足首まで隠れるミンクのコートも。

「カーリーはこれ以外にもコートを持ってきていますか？」

「いいや、それはない」アーロンが答えた。

ということは、彼女はぶらぶら散歩をしているわけではない。こんな天候に正気の人間ならまずやらないということだが。「タバコを吸うのはどちらですか？」デズは暖炉の吸い殻を見て尋ねた。

「カーリーだ」彼が鼻をすすった。「実に不快な習慣だ。人間の弱さがうかがえるというものだ」

「なるほど、それじゃ現実的な話に入りましょう、ミスター・アッカーマン」デズは言って、部屋の真ん中で腕を組んだ。「今夜、喧嘩をされたんですか？」

「ちょっとした意見の相違くらいはあったかも」彼が認めて、咳払いをした。「俺が不倫をしていると決め込んでるらしくて」

「そうなんですか？」

「あんたには関係ないだろう？」

「ミスター・アッカーマン、あなたが引き込んだんですよ。あたしは、今夜は楽しく食事をするためにここに来たんです。それなのに、あちこち歩き回らされて。事情を話すか、一人でカーリーを探すか。あなた次第ですよ」

「もっともだ」彼が認めて、こぎれいに整えられた黒い髪に手を走らせた。「俺は妻を愛してる。彼女を傷つけるようなことは絶対にやらない。絶対に本当だ」

典型的な否定にならない否定だ。これまでに出会った浮気夫はことごとくこれをやった。彼女自身の夫も含めて。「そうですか」と応じて続けた。「それじゃ階下のみんなのところへ戻りましょう」

みんなはバーに集まっていた。二人が入っていくと、全員が切実な期待を込めてデズを見上げた。

「うまくいったか？」レスが尋ねた。

「いいや、全然」アーロンが答えた。緊張のせいで声がしゃがれた。

「あんまり緊張しないようにしましょうよ」デズは提案して、身をくねらせてコートを脱いだ。「現段階では心配するほどのことはないんですもの」

「ジェイスがまだ外を探しているわ」グラマーな赤毛がコートを受け取りながら、デズに告げた。

「そのジェイスというのは……？」

「弟よ。あっ、ごめんなさい、初対面だったわ。私はジョリーです」彼女がデズに微笑んだ。いささか明る過ぎる微笑みだ。ジョリーには人に気に入られようとする不自然な素振りがある。男には絶対に見破れないが、女なら必ず見破る物腰だ。

「よろしく、ジョリー」

　部屋には他にもデズの知らない人間が二人いた。男は洗い立てのようにきれいな若い企業人タイプ。女はひょろりとした体つきをベレーとレトロ調のツイードで飾り立てて、いやに神経質になっている。

　ミッチがスペンス・シブリーとハンナ・レインだと紹介してくれた。「スペンスは映画会社の人間で、ハンナはエイダの仕事をしている」

「彼女が？」その言葉に当惑して、エイダが眉をひそめた。「いつから？」

「デズ、暖炉の前で温まったらどうだい？」レスが言った。「飲み物はどうかな？」

「赤ワインを一杯いただけたらすごくうれしいわ」

「すぐ用意するよ」レスは走るようにカウンターに入った。

　デズは袖を引っ張られている気がした。見ると、エイダがすぐそばに立っていた。老映画制作者は今しがたまで部屋の反対側にいたと誓ってもいいのに。これだけの高齢者にしては動きが速い。速くて、しかも音をたてない。「まず化粧室に行った方がいいんじゃないかしら」彼女が小声でデズに言った。

「顔に何かついてますか？」

「ちょっと気分を変えたいんじゃないかと思って」エイダが穏やかに言い張った。目だけが鋭く光っている。「女性用化粧室は食事室のすぐ先よ。右手の二番目のドア……」

化粧室には鏡のついた化粧テーブルと豪華な椅子がたくさん備え付けられていた。入るとすぐに、鼻をすする音が聞こえた。一番奥のトイレからだ。ドアの下から黒のスティレットヒールが見えた。「カーリー……？」

「何の用なの？」か細い声が答えた。

「出てきてほしいの」

「いやよ！」

「ドアだけでも開けてくれる？」

カーリーがドアを大きく開いた。すらりとした美人で、ぴっちりした黒のドレスを着ている。長いブロンドがきらめいているが、目は泣いたせいで赤く腫れぼったい。

「ねえ、出てらっしゃいよ」デズは優しく言った。「話しましょうよ」

カーリーはけっこういそいそと出てきた。二人は化粧鏡の前の小さな椅子に座った。カーリーは腫れた目にティッシュを押し当てた。つけ睫毛をして、アイライナーとマスカラをいやってほどたっぷり使っている。が、どれもまったく崩れていない。デズの考えでは――インターネットは無視するとして――この二十年で最も目覚ましい飛躍的な技術の進歩は落ちないアイメークだ。

「みんなであなたを探したのよ、カーリー。いったいどうしたの？」

「惨めなのよ」カーリーが鼻をすすった。「それにお馬鹿さんなの。それに……ごめんなさい、どこかでお会いしたかしら？」

「あたしはデズ。ミッチと一緒に来てるの」

「ああ、そうだわ。駐在さんじゃない？」カーリーにはフィニッシングスクールで仕込まれた物腰とかすかな南部訛りがある。「警察官には見えないわ。いつだってバイクや狩猟が大好きな図体が大きくて鈍感なクルーカットの男を思い浮かべていたから」

「あたしも狙いははずさないわよ。アーロンがとてもうろたえてるわ、カーリー。あなたに何かあったんじゃないかって」

「何かはあったわよ」カーリーは耳障りな大声で泣きじゃくった。「結婚が崩壊しちゃったのよ。あの男、彼は……熱愛中の淫婦をここに連れてきてるの！」

「熱愛中の何ですって？」

「ハンナよ」彼女が両手を拳に握って怒ったように言った。「若きミス・貞節。アッキーはもう何週間もワシントンで彼女を連れ歩いていたの。カクテルパーティへ、食事へ、ベッドへって。私の親友が、クリスマスイブにあの二人が一緒にヘイアダムスホテルから出てくるのを見たのよ。彼女はエイダについての映画を撮りたがっていてね、アーロンのおかげで、この週末ここに来られたの。彼が仕事をあげたのよ。それは彼女が、二人が……」カーリーは喋るのをやめて、長いブロンドを払った。「被害妄想だと思われるかもしれないけど、そうじゃないのよ。実際、今日の午後に二人が展望デッキでキスしているのを見たもの」

これは雪に残っていた靴跡の説明になる。

「ハンナはべつにかわいくないでしょ？　美人ってわけじゃないの。けど若いわ。そしてアッキーにはそれこそが重要なの」

デズは彼女を観察していくうちに、初めに思ったほど若くないことがわかってきた。スタイルはとてもいいし、髪はもう素晴らしいのひと言。でも、ふっくらした無表情の顔は、コラーゲン補充治療、ボトックス注射、それにひょっとしたら整形もしているかもしれない。この女性はとっくに四十代に入っている。デズの見立てではアーロンは三十代前半だ。

「彼の一言一句にいちいち注目するのは若い人たちなのよ」カーリーが苦々しげに付

け足した。「彼らは彼のジョークに笑って、自尊心をのぼせ上がらせてあげるの」

「彼なら一人でものぼせ上がってるみたいだけど」

「いいえ、違うの。あれは演技なのよ。アッキーの自尊心は実のところはすごく低いの。彼には絶えず元気づけて、世話をやいてくれる人が必要なの。まるで腑甲斐ない人なのよ。でもとっても優しくてかわいいところもあって」カーリーが鼻をすって、いくらか頬を染めた。「私はたまたま彼より年上で。どうしても知りたいなら言うけど、十三歳年上よ。それで、彼を失うのがとても怖いの」

「彼はあなたが薬を過剰摂取したようなことを言ってたわ」

「彼の気を引きたかっただけよ」

「他には何かやってた？」

カーリーは眉をひそめて彼女を見た。あるいは、そうしようとしたと言うべきか。額に注入されているもののせいで、実際には皮膚の奥がかすかに動いただけだった。

「他にはって？」

「カウンセリングを受けるとか。夫婦で考えてみるべきだわ」

「あなたに助言を頼んだかしら」カーリーが高飛車に出た。「絶対に頼んでいないわよ」

「それでもさせてもらうわ。あなたには助けが必要よ。薬を飲んでしまったり、姿をくらましたり――分別のある大人のすることじゃないもの」

「そうね、それはそうだわ」彼女が認めた。「彼をどうして愛してるのかもわからない。本当にわからないの。彼と離婚すべきなのよ。そして私に相応しい対応をしてくれる人を探すの。学生部長は前から私に気があるわ。いいえ、私にじゃなくて、私の脚にだわね。脚はまだ……だから、私もまだ捨てたものじゃないから」

「何言ってるの、すごい美人じゃない」

「私は頭もいいし、終身在職権もある。それにブロンドのとことんイヤな女に身を落とす気になれば、大金持ちにもなれるのよ」

「身を落とすって？」

「悪徳弁護士を雇うのよ。アーロンとあの売女が一緒に写ってる写真を出してくるような弁護士を。そうすればすべては私のものになるわ。ジョージタウンのタウンハウスも、ヴァージニアの農場も、株も債券も、彼が本で稼いだお金も一セント残らず」

「婚前契約は結んでいなかったの？」

「婚前契約なんて、人の誠意を信じない人がやることよ」カーリーが答えた。デズを見るブルーの瞳がいたずらっぽくきらめいた。「私はロマンチストなの。地球で最後の一人かもしれないわ。念のために言っておくと、アッキーは反対したのよ。数週間は抵抗したわ。けど、最後には私の言うとおりの条件で結婚した。彼は私がほしかったのよ」そして、鏡に映る自分をほれぼれと眺めた。あごを突き出している。俄然自信が戻ってきたのだ。「そして今ではあの野郎が、富める時も貧しい時も、私をいいようにしている」

デズはこの自信と生意気な口ぶりの表出をきっかけに、椅子から立ち上がった。

「もうみんなのところへ戻れる?」

「いやよ、絶対に!」カーリーはあっさりパニック状態に戻った。「こんなことをして、合わせる顔がないわ。更年期障害だと思われるでしょうし」

「ひと晩中ここに隠れてるつもりなの?」

「少ししたら二階のベッドに行くわ。心配しないで、大丈夫だから」

デズは立ったまま思案した。「いい考えがあるわ。じっとしてて、いいわね?」

「動かないわ、ホントよ」

デズはドアから頭を突き出した。バーから声が聞こえるが、あたりに人目はない。城の階段を駆け上がってアーロンとカーリーの部屋に行くと、ベッドからカーリーのミンクのコートとハンドバッグを取って戻ろうとした。

と、くしゃくしゃのコーデュロイのズボンをはいた雄々しい太めの白い騎士が、階段の下で彼女を待っていた。「何事だい、駐在?」

「ちょっとした現場幇助よ」デズは慌てて答えた。「女同士のことなの」

「カーリーは大丈夫なのか？」

「ええ、それはもう。あたし自身は、彼女の男の趣味はあまり好きじゃないけど」

「それについてはこのリポーターからも異論はないよ。俺にできることはあるか？」

「あるわ、ベイビー。みんなのいるバーに戻ってとぼけておいて」

「それなら任せてくれ」

「あっ、それからカーリーの靴については何も言わないでね」

「靴？　どうして俺が何か言ったりするんだ？」

「べつに理由はないわよ」デズは彼の頬にキスして、こっそり化粧室に戻った。

カーリーはデズが出ていった時のままの姿で座っていた。筋一本動かしていない。

「さあ、これを着て」デズは毛皮のコートを手渡しながら命令するように言った。

「あなたは外でタバコを吸っていたの。大騒ぎにすっかり驚いたふりをしてね」

「ホント言って、今はタバコのためならどんなことでもしちゃう気分よ」カーリーはハンドバッグからマールボロを出して、金のライターで火をつけると、深々と一服した。

「ねっ？　これなら小さな嘘にもならないでしょ」

「でも誰も信じないわ」カーリーが指摘した。「ひどいお天気だもの。だいたい雪の中でもこんなヒールを履くのは売春婦だけよ。それに、見てよ——全然濡れていないのよ」

「大丈夫、あの人たちはあなたの言うことを何でも信じるわよ。アーロンがあなたの芝居に合わせてくるでしょうし。彼もあなたと同じくらい、この一件を消滅させたいんだから。うまくいくわよ、カーリー。毅然として、さっそうとバーに入ればいいの。生意気な口をきく人がいたら……」

「噛みついてやるわ」カーリーがにっこりして、デズに歯を見せた。きれいな白い歯で、極めて鋭そうだ。「私の得意技だから」

「それじゃ行って。あたしは少しずらして行くから。あたしたちはここに一緒にいなかったし、会ったこともないの。いいわね？」

カーリーはもう一度タバコを吸ってから近くのシンクにひょいと捨てて、たっぷりしたミンクのコートを着込んだ。その姿はとても魅力的で、彼女もそれを自覚していた。「どうしてそんなに私に親切なの？」彼女が疑わしげに目を細くしてデズを見た。

「あたしの仕事ってだけよ」

「メチャメチャになった私の結婚に応急処置をするのが仕事なの？」

「ドーセットの中で必要とされることなら何でもするわ」

「そう、一つ借りができちゃったわね。借りを作るのって大嫌いなんだけど。ほら、私って本当のところ善人じゃないから」カーリーは深呼吸をして気合を入れた。そして、「幸運を祈ってね」と言い残して飛び出していった。

デズは鏡の前の椅子に再び腰を下ろした。と、十秒もしないうちに、ドアが大きく開いて、エイダ・ガイガーが赤ワインのゴブレットを骨の細い透けるような手に持って入ってきた。

「これを注文したでしょ」エイダはそう言って、滑るようにデズに近づいてきた。この高齢の女性は神秘的な動き方をする。まるで足の下に空気のクッションがあるかのようだ。あるいは、肩に羽織っているツイードのジャケットが一対の羽になっているのかもしれない。

「まあ、ありがとうございます」デズはグラスを受け取った。「カーリーがここにいることを最初からご存知だったんですね。どうして何もおっしゃらなかったんですか？」

「彼女が見つかりたくないと思っているのは明らかだったから、それを尊重したの。女性がせずにいられないことは尊重するの。だいたい私の孫は最低の男で。浮気をしてるんでしょう？」

デズは思慮深く沈黙を守ってワインをすすった。

「そうに決まってるわ」エイダはかまわず続けた。「まるで不似合いなカップルなのよ。孫はさもしくてわがままだし、彼女は下らない専攻で大学院を出た軽薄な上流階級のお嬢さんで容色が衰え出している。お互いの弱さに引かれ合ったんでしょうね。結局のところ、たいていのカップルの間ではそれが愛ってことになる——ものすごく幸運なカップルはべつだけど。あなたは幸運なの、デズ？」

「まだ何とも言えません」

エイダはデズの隣のふかふかした小さな椅子にゆっくりと腰を下ろすと、半分閉じたような鋭い目をデズに向けた。「あなたと少し話したかったの。とても大切なことよ」

「わかりました」デズは鏡に映ったエイダの顔をしげしげと見ながら、祖母が昔言った言葉を思い出していた。誰でも年を取るけど、成熟する人はほんのひと握りなのよ。エイダ・ガイガーはその一人——見るべきものはすべて見て、すべきことはすべてして、そして何より重要なのは、そのすべてを楽しんだ人だ。彼女の深くしわの刻まれた誇り高い顔には、悔恨はまったく見られない。不安もない。見識があるだけだ。「どんなことですか、エイダ？」

「あなたはね、救われなきゃいけないわ」

デズは眉をひそめた。「何からですか？」

「たまたま昨日、ドーセット・アカデミーの学生展示を見に行ったの」彼女が答えた。「若いアーティストの仕事ぶりを見るとよい刺激になるのよ。でも、たいていの作品はガラクタ――活気もなければ、情熱もないし、独創性にもひどく欠けるわ。ただ、展示の中で一人だけ心から感動したアーティストがいたの。そのアーティストのことを訊いたわ。『殺人犠牲者を描いているのは誰？』って」

デズは座っているだけなのに鼓動が速くなるのを感じた。

「今夜のミッチの連れがあなただと聞いて、どんなに興奮したか口では言えないほどよ」

「まあ、小さな共同体ですから」

「私には遠慮しないで、いいわね？」エイダが言い返した。「あなたと私、私たちは似た者同士なの。あなたの年の頃には、私もあなたと同じことをしたわ――カメラでだけど。昔のタブロイド紙カメラマンでウィージーという人のことを聞いたことない？」

「そんな、冗談おっしゃらないでください。彼の写真は大好きです」

「そうだと思ったわ」エイダが満足そうにうなずいた。「私は彼のことをよく知ってるの」

デズはぽかんと口を開けて彼女を見た。「何てことかしら、彼のことを聞かせてください。どんな人だったんですか？」

「だらしなくて、ぞっとするほどひどい男だったわ。安アパートに住んで、体臭と安葉巻の臭いをプンプンさせて。『犯罪ならお手の物だ』と言うのが口癖だった。それが私の口癖にもなったのよ、デズ。私は子犬のように彼に付きまとった。夜な夜な彼と一緒にニューヨークの街を走り回って、彼の送受信兼用無線で警察の呼び出しに耳をそばだてて、殺人現場まで追いかけたの。彼はニューヨーク・ポストの暗室の鍵を持っていて、午前二時、三時でもそこで写真を現像したわ。そしてすぐに街中の編集者に売り歩いた。彼ったら再三私をベッドに誘おうとしたのよ」エイダが優しく思い起こした。「彼にだってチャンスはあるとでもいうように——当時の私は派手なふしだら女だったから。それでも、私はあの男性にすっかり魅せられていたの、デズ、わかってる人だったから」

「何をわかっていたんですか？」

「結局のところ、私たちは誰もが犠牲者だってことよ。だから、彼の写真に見出しはいらないの。それを説明する批評家もいらない。目の前の写真がすべてを語ってるんですもの。最高のアートは、〝アート〟なんかじゃない——リアリティなの。それこそ、私が常に自分の仕事で達成しようとしたこと。私がずっとやろうとしてきたのはそれだけなのよ」

「あたしも、たぶんそうです」デズは慎重に言った。アカデミーの他の生徒と違って、自分の作品について平気で話すことができないのだ。ヒリヒリするほどひどく個人的な気がするのに、自分でもその意味するところがわからなくて。

「だからこそあなたはあそこを出なきゃいけないのよ」エイダが急かすように言った。「デズ、今すぐにでもあそこのクラスに出るのはやめなきゃいけないわ」

「でも多くのことを学んでます。どうしてやめなきゃいけないんですか？」

「あそこにいれば、魂を奪われるからよ。そんなことをさせちゃいけないわ。あそこの連中にあなたを彼らの型にはめさせてはいけないの。それが彼らの狙いなのよ、デズ。ライバルはそうやって真に天分に恵まれた者に復讐するの。それこそ彼らの人生における唯一の満足だから。彼らの生き甲斐なの。私の話、聞いてる？」

デズは高齢女性の凄まじいまでの激しさにショックを受けて、しばし黙り込んだ。

「もちろん聞いています……」

「あなたはもうすでにあそこでは落ち着かなくなってるんじゃない？」

「どうしてそんなことまでわかるんですか？」

「言ったでしょ」エイダがせっかちに答えた。「私たちは似た者同士なの。自分の心の声を聞くのよ。手後れにならないうちに飛び出しなさい」

「それで何をするんですか？」

「自分の好きなようにするの——それでどうなろうと。だって少なくともそれはあなたの選んだ道で、彼らに押しつけられた道ではないもの。私はたまたま偏屈な老婆だけど、偏屈な若い女だったからそれがわかる。長年の間に私が学んだことが一つあるとすれば、こういうことよ。『もしあなたが人のほしがるものを持っていれば、人はあなたを潰しにかかる』」エイダは言葉を切って、豪華な女性用化粧室を見回した。「ここみたいなものだわ」

「アストリッド城？　どういうことですか？」

「彼らには絶対に手に入らない」彼女があくまで言い張った。

「彼らって誰ですか？」デズは尋ねた。この高齢の女性は精神的におかしくなっているのかしらと思った。十分鋭敏に見えるし、熱意にあふれ、強く心に抱いた意見もあるようだ。が、同時に妄想にはまり込んでいるようにも見えるのだ。

それとも本当に妄想症なのだろうか？

「考えてみると約束して」エイダが言った。デズの手首を摑んでいる。「この会話を絶対に忘れないと約束して。この会話は絶対に忘れないと約束して。私のために約束してくれる？」

「エイダ、この会話は絶対に忘れません。信じてください」

「ありがとう。ずっと気分がよくなったわ」エイダ・ガイガーは満足してデズの手を放すと、ゆっくり立ち上がって、また滑るようにドアから出ていった。

デズはしばらくそのまま動かなかった。鏡に映った自分を見つめながらワインをすすった。この方がいい。ここに一人でいれば、手にしたゴブレットがひどく震えているのを誰に見られることもない。

5

「私たちは映画会社の利害など眼中になかったわ」エイダはミッチに言って、悠然と皿の料理を少しずつ噛んだ。夕食は風味豊かなブルゴーニュ風牛肉の煮込み、根菜のロースト、それに美味いフランスパンだ。「私たちの映画を作ることしか頭になかった。一緒にシナリオを書いて、愛するルーサーが制作した。私が監督したわけだけど、それが映画会社には気に入らなかったのね。私が女だから。女というのは寝るもの、女というのは黙ってるものってわけ。どっちもお断りよ。引き下がるつもりもないわ。彼らは揃って無骨者で、それで……。レス、こんなニューエイジの下らない音のために、声を張り上げなきゃいけないの？」食事室のマルチスピーカー・サラウンドシステムから流れるどこか東洋風の音楽のことだ。チューブラーベルとウィンドチャイムが聞こえる。「やたら親しげにベタベタしてくるくせに、すぐに注射器を出す人たちのいる収容施設に入ってる気分になってしまうわ」

「すまん、エイダ。つい習慣で」レスがキッチンのドア脇の壁に取りつけた制御装置に飛んでいって、スイッチを切った。「いつも客に食事の時間を知らせるために流してるんだ」

「どんな客なの、実験用のラット？」

アストリッド城の食事室はサンセットラウンジよりさらに広い。シャンデリアが三つ、部屋の両端には人が入れるほど大きな暖炉があってどちらも燃え盛り、百人かそれ以上の客を収容できるだけのテーブルがある。今は、一対の枝付き燭台を備えた窓際の彼らのテーブルだけがセットされている。レスとノーマがそれぞれテーブルの端の席につき、エイダはノーマの左、テディが右に座っている。ミッチはエイダの隣で、デズは彼の真向かいだ。そのデズの隣がアーロンで、ミッチとスペンスの間に気まずそうに座るカーリーと向き合っている。カーリーはひどく沈んでいるようだ。この席についてから、ひと言も口をきいていない。アーロンの隣に座るハンナをテーブル越しに見つめるばかりだ。

外では氷雨が大きな音をたてて窓に打ちつけ、風が相変わらずうなっている。

「彼らは無骨者だとのことですが」ミッチは声をあげた。「映画業界は五〇年代とあまり変わっていないと考えているようですね」

「そうよ」とエイダ。「ああ、確かに彼らは、今ではアパレル業界ではなくハーバード・ビジネススクールから出てくるけど。それでもやっぱり同じ無骨者よ。そして映画は同じお粗末なガラクタ。ミッチ、世の中には驚くべき人生を生きている驚くべき人たちがたくさんいるの。多くの語られるべき魅力的な話がある。それなのに、彼らは同じ陳腐な子供騙しの話を大量に作り出し続けている。空飛ぶ円盤だの、サンタクロースだの、お伽話の妖精だのって。いいこと、映画はかつてより派手にピカピカになってるし、私たちの時代には思いも寄らなかったことまでコンピュータでできるようになっている。でもね、どんなに見栄えをよくしたとしても、所詮はまやかしのうんざりするような夢物語にすぎないわ」

「僕はいつも自分に問いかけてるんです」ミッチは言った。「あなたなら答をご存知かもしれませんね、エイダ。絶えず供給されるお決まりのこの白日夢は、我々にどんな影響を与えているんでしょうか？」

「ろくなもんじゃないわね」エイダがすっぱりと答えた。「私たちは現実に対処できない国民になってきているの。私たちはもはや真の社会悪に対処できない。ふりをするだけ——さらなる白日夢よ。でもそれはとても危険なことなの、ミッチ。なぜって、現実を受け入れられない人間というのは、通常正気ではないとみなされるのだもの」

ジョリーがブルゴーニュ風牛肉の煮込みの器を手にミッチの横に現れた。お代わりを取った。彼の向かいでは、デズがまだ自分の皿の料理をいじっている。よく知らない人との夕食会は落ち着かないのだ。しかも彼女は緊張すると、食欲がなくなる。ミッチとは正反対だ。だから二人の体型はまったく違うのだ。

「我々の映画についてのご意見には賛成しかねます、ミセス・ガイガー」スペンスは言って、お代わりを自分の皿に取った。「確かに、うちでも若者向けの作品を公開しています。それでも、僕は大人の鑑賞に耐える映画の今年のラインアップを、ハリウッドのいつの時代にも負けないほど取り揃えています。その多くがオスカーを狙える作品ですよ」

「連中はあの手の賞をコンドームみたいにお手軽にばらまくの――目的もほとんど同じね」エイダは鼻をすすって、テーブルの並びの彼を覗くように見た。「で、あなたは……？」

「スペンスよ、お母さん」ノーマが思い出させた。「ニューヨーク支社の方」

エイダが軽蔑するように口を歪めた。「ああ、そうそう、ニューヨーク支社ね。それじゃ一つ質問させて、ミスター・ニューヨーク支社。よく考えてから答えてね。あなたはこれまでの人生で、一つでも自発的な行動をしたことがある？」

スペンスは答えなかった。そもそも答を求めた質問ではないのだ。彼は赤面して食事に戻った。

ハンナがそわそわと神経質にワインをひと口飲むと、グラスが歯に当たってカチンと音がした。それから一気に喋り出した。「俳優はどう反応しましたか？　女性に監督されるってことにですが。やりにくかったですか？」

　エイダは椅子にもたれて、リネンのナプキンで口を軽く叩いた。「俳優は監督されたがるものよ。キャストに手を焼くことはなかったわ。ロバート・ミッチャムにしても。みんなには手こずるだろうと言われたけど、そんなことはなかった。感じのいい人だったわ。ずっと私から単発機の操縦を教わりたがっていた。私は言ったものよ。『ボブ、複座機には首を突っ込まないことよ。私も売春宿には首を突っ込まないから』って」エイダは懐かしそうに思い起こした。「本当に苦労したのはクルーよ。彼らには、セットを取り仕切っているのは私だってことを、私が何を望んでいるかを、そして私がそれをはっきりと摑んだ瞬間をわからせなくてはならないの。自信がなくて迷っているとクルーに思われたら、とてもじゃないけど映画なんて撮れないもの」

「そうしたあなたの仕事ぶりを伺えば、今の女性たちはワクワクすると思います」ハンナが話を進めた。「どんな困難に直面し、どう乗り越えて、頂点に立ったか……」どう見ても、今やすっかり自分の映画の売り口上になっている。「私と同世代の女性たちにぜひ教えてくださらなくては。すごく励みになりますもの」

「五十年前にしたことになんか、もう興味はないわ」エイダが頑固に答えた。「振り返りたくもない。過去なんか振り返るのは、自分の人生の最盛期が終わったと考えてる人だけよ」

「昔が懐かしくないんですか？」ミッチは尋ねた。

「考えることもないわ」エイダが言い張った。もっとも、ミッチャムの名前を出した時には、深いしわの刻まれた顔が紅潮したのだが。「新しくて魅力的な話題がたくさんあるのに、どうして振り返ったりするの？」

「学ぶべき教訓があるかもしれないからです」カーリーが口を開いた。「歴史学者として、私たちは常にそう考えて取り組んでいます」

「赤狩りの件とか」ミッチは言いながら、皿に残ったグレービーソースをパンできれいに拭いた。「人は、どうしてあんなひどいことを起こさせてしまったのか興味があります。そうでなくてはいけないんです。忘れてしまったら、いとも簡単に同じことを繰り返しかねませんからね」

「繰り返されたわよ」エイダがアーロンをにらんではっきりと言った。「恐怖が消えることは絶対にないからよ。その恐怖をあおって、混乱させて、そこから利益を得る自称愛国者が消えることもないのよね」彼女は言葉を切って、淡い色の舌で乾いた薄い唇を湿した。「ルーサーや私に対する彼らの判断は正しかったか？　もちろん正しかったわ。私たちは三〇年代に社会主義的な活動をしたばかりでなく、それを誇りに思った。私は今でも誇りにしているわ。この国は崩壊しかかっていた。資本主義は行き詰まっていた。何百万という失業者が出た。スペインは内戦、ヒットラーが台頭していた。ああ、この国も危なかったの。フランクリン・ルーズベルトがいなかったら、本当に乗り切れなかったかもしれない。でも私たちは立ち直った。私たちは闘った。私たちは克服したのよ」

「でも、ルーズベルトはヨーロッパの半分をスターリンにくれてしまった」アーロンの声が震えた。「同志から同志へのほんの餞別に」

「フランクリン・ルーズベルトは偉大な大統領だったわ、アーロン」ノーマが反論した。「あなたが認めようと認めまいと、彼はこの国を救ったの」

「アーロンには認められないのよ、ノーマ」エイダが言った。「彼も、彼のいわゆる友だちも、ルーズベルトが懸命に作り上げた政府を解体しようと躍起になっているのだから。一つ言わせてもらうわ、アーロン。あなたのような人たちは七十年前にもニューディール政策についての判断を誤ったけど、今も相変わらず間違っているわ。でも、やめないんでしょ？　この国にある公益のための公的機関を一つ残らず叩き潰すまでやめないんだわ」

　デズのナプキンが膝から床に落ちた。彼女が拾うために身体をかがめた。一瞬頭がテーブルクロスの下に入った。わざと落としたのだ。ミッチは断言してもいいと思った。ナプキンをきちんと膝に戻して彼女が座り直すと、ミッチはもの問いたげに彼女を見た。が、その顔からは何もうかがえなかった。美しい無表情のスフィンクスだ。

「お祖母ちゃんは海外に長く居過ぎたんだ」アーロンがエイダに説教した。「普通の人たちと乖離してしまった。俺はアメリカの主流の価値観を信奉しているだけだ」

「あなたにアメリカ人の主流の何がわかるの？」エイダが詰問した。「ご参考までに言わせてもらうと、アメリカ人の主流は、あなた方貪欲な詐欺師集団が勝手な真似をした揚句に残された大きなゴミ箱で食いつなぐことになるのよ。それに私は没交渉というわけではないの。海外で暮らすと、私たちが本当は弱い者いじめで暴れ者の偽善者だってことが見えてくる。私たちは自己欺瞞にどっぷり浸かっているの。人の土地を盗んでおきながら、自分には彼らを解放しているなんて言い聞かせてるのよ。知的障害者に対して国家が認める公開処刑を行っているくせに、他の国々に人権についての講釈を垂れている。率先して機会均等を説きながら、それを実行したことなんてない。有色の人に訊いてみればいいわ」エイダはデズに目をやった。「悪く取らないでね」

「ええ、気にしませんから」デズが静かに答えた。凍てつく雨が風に吹かれて、相変わらず窓に打ちつけている。

「ちょっと待ってくれよ、お祖母ちゃん」アーロンが逆襲に出た。「俺はあんたの意見は認めてきたし――」

「あなたは私のことなど何も認めてないわよ、この愚か者が」

「けど俺は、史上最も偉大な国に生きてることを詫びなきゃならないとは思わない」

「番組参加視聴者はここでアザラシみたいに手を叩かなきゃいけないんでしょうね」

エイダが嘲った。

「ここはチャンスを与えてくれる国だ」アーロンが断言した。自信に満ちた朗々たる声だ。「誰にでも自分の選んだ道を進む自由がある。それを阻むのは、社会保障制度みたいな肥大した官僚制度のために金を巻き上げる忌々しい政府だけだ。あんなものは夢想家と愚か者によって強要されて見事に破綻したねずみ講にすぎない」

「夢想家と愚か者」エイダがうなずいた。「私たちがまさしくそうだった。今でもそういう人はいるわ。あなたは違うけどね、アーロン。あなたは本物のアメリカ男よ、アーロン。よかったわねと言っておくわ。ただ、ちょっと頼みを聞いてくれない？大人のあなたに純粋な喜びをもたらした瞬間を一つ教えて。ごまかしや人の不幸に基づいたものではない純粋な喜びの瞬間を」

アーロンはポカンと口を開けて座っていた。言葉を失っている。そんなことは生まれて初めてに違いない。ミッチは思った。

「一度もないんじゃない？」エイダが続けた。「ものすごく悲しいわね。私なら百でも千でも思いつくもの。私たちには情熱があったの、アーロン。私たちは他の人々を気にかけた。あなたはそうじゃないわ。あなたが気にかけてるのは、全国ネットのテレビ番組で頭がいいと思われることだけ」あごを突き出して、厳しい目でアーロンをにらんでいる。「まったく、あなたのお父さんがそんなあなたを見たら……」

「親父は負け犬だった」アーロンが吐き捨てるように言った。

ノーマが驚きに思わず喘いだ。

「口が過ぎるぞ」テディが怒ったように言った。「兄は偉大な男だった。お前は兄をけなしてはいけない――特に自分の母親の前では。もう一度やってみろ。外に引きずり出して、一発お見舞いするぞ」

「ふん、あっちで下らないピアノでも弾いてろよ、テディ」アーロンが邪険に言い返した。「あんたの話なんか、誰も洟も引っかけないぜ」

テーブルの向こうから、デズがミッチの目をじっと見つめた。角縁の分厚い眼鏡の奥の目が驚きに見開かれている。ドーセットの駐在になってほんの数ヵ月なので、まだこうしたことには馴染めないのだ――裕福な白人が見苦しい挙に出ることに。

「まあまあ」レスがピンク色の滑らかな顔に陽気な笑みを無理やり貼りつけて口を挟んだ。「そうカリカリしないで、食事を楽しもうじゃないか、なっ？」

カーリーは一連の応酬にはまったく参加しなかった。ひたすら悪意のこもった目でテーブル越しにハンナをにらみつけている。ミッチにはわけがわからなかった。その視線に、ハンナがますます気まずそうになっているのだけはわかるのだが。

「あなたに同情するわ、アーロン」エイダが話を続けた。「あなたは孫だし、愛している。でもあなたは彼らに食い物にされてるのがわからないのよね」

「彼らって誰だよ？」アーロンが頭から湯気を立てた。

「あら、支配者階級に決まってるじゃない。あなたはその一員ではないのよ、アーロン。死ぬまで一員にはなれないの。あなたは宮廷の道化みたいなものよ。蝶ネクタイでめかしこんでテレビに出ている。で、あなたが気に障るようなことでもすれば、彼らはテレビのコンセントを抜くわ。そうなればあなたは消滅する。自分でもわかってるんでしょ？　現実主義者のあなたならそれくらいわかってるはず――」

「どうして帰ってきたんだよ？」アーロンが彼女に怒りを爆発させた。「ぞっとするほどイヤな女だ！　ずっとヨーロッパにいてくれりゃよかったのに。はるばるここまで会いになんか来なきゃよかった。カーリーのせいだ。会いに行かなかったら後悔すると言ったんだ。それがどうだ？　後悔してるさ。本気でマジに――」彼は勢いよく立ち上がって椅子を蹴倒し、テーブルから離れた。

「真実がそんなに怖いの？」エイダが食事室を猛然と横切っていく彼の背中に呼びかけた。ドタドタと大きな足音が響いた。

「そっとしておいてやって、お母さん」ノーマが頼んだ。「あの子はまだ子供なの」

「どうしようもない馬鹿よ」エイダがぴしゃりと言い返した。テディがエイダに向かって驚きに頭を振ってみせた。「ちっとも変わっていないんですね」

「どうして変わらなきゃいけないのよ？」エイダが問い詰めた。

「いいや、べつに」テディはそんな彼女に微笑みかけた。「それでいいんですよ」

この騒動に、ジョリーがキッチンから飛び出してきた。彼女はアーロンの椅子を元に戻してから、コート・デュ・ローヌの残りをワイングラスに注ぎ足していった。

「もう一本ほしいな、ジョリー」レスが言った。「セラーから取ってきてもらえるかい？」

「ええ、もちろん」ジョリーは明るく答えて、キッチンのドアから消えた。

「デザートの準備をした方がいいわね」ノーマがため息をついて、こめかみを指でもんだ。

「今夜は疲れてるみたいだぞ」レスが彼女をじっと見た。「ジョリーにやらせるといい」

「私なら大丈夫よ」ノーマが言い張った。

「昔から真面目な頑張り屋なのよね、ノーマは」エイダがからかった。「いつだって厄介な個人的感情を押し隠しているの」

「そうね、お母さん」ノーマが苛立たしげに言った。エイダは痛いところを突いたのだ。

痛いところというのは具体的にどんなことなのだろう。ミッチが考えていると、ひときわ強烈な風が食事室の窓を激しく鳴らし、ほぼ同時くらいに肝を潰すような鋭い大きなバリバリッという音が外から聞こえた——と、城を文字通り土台から揺るがすドサッという音が続いた。

「まあ、大変！」ハンナが驚いて叫んだ。「いったい何の音なの？」

「あれは、大木が倒れる音だな」レスが落ち着いて応じた。

ハンナが信じられずに頭を振った。「でもどうして……？」

と、またもやバリバリッという音がして、彼女の言葉をさえぎった——二本目の木が地面に激突したのだ。一本目よりさらに近そうだ。

そして、この二本目のせいで、城はそっくり闇に包まれた。

あるいは他に理由があるのか。洞穴のような食事室を照らすのは、彼らのテーブルの枝付き燭台と、チラチラ燃える暖炉の琥珀色の輝きだけだ。ロビーに続く戸口は黒い空洞と化している。キッチンの戸口も同様だ。

「局所的な停電だよ」レスが請け合った。「嵐になると必ず、うちの電気はこんなふうに切れる。でもたいてい瞬く間に復旧する」

が、瞬く間には復旧しなかった。

デズは窓まで行って、目に手をかざして外を見た。「驚かしたいわけではないんだけど、ドーセット中に一つも明かりはないわ。川向こうのオールドセイブルックにもエセックスにも」

「氷雨混じりの暴風だから」ミッチは言った。「こんな風が吹かなくても、木々は余分な重さを支えきれない。真っ二つに裂けてしまうこともあるんだ」

「そして、送電線を直撃する」デズが険しい顔で引き取った。「これはまずいわ。相当まずいわよ」

「かわいそうに、ジョリーはワインセラーで動けなくなってるわ」ノーマが急に気がついた。「懐中電灯を持っていってあげなきゃ」

「僕が行きますよ」スペンスが申し出た。

「私の方がいいだろう」レスが言った。「セラーの古い階段は油断がならないんだ、スペンス。落ちて怪我をしてもいけない」

レスは枝付き燭台を持ってキッチンに向かい、ノーマは他のテーブルにセットしてあったキャンドルに火をつけ始めた。

窓の近くで、受令機が鳴り出した。

「あたしだわ」デズが言った。「連絡しなきゃ」

「電話も不通になってると思うわ」ノーマが言った。

「大丈夫、携帯があるから」デズはキャンドルを摑むと、失礼すると断ってからバーの方へ向かった。

と、どこかでドアがバタンと閉まる音がしたと思うとドシンドシンと足音が続いて、強力な懐中電灯を持った者がキッチンから食事室に踏み込んできた。ジェイスだった。内気な管理人は氷まみれで、息を弾ませているのでベルトに留めたキーチェーンがタンバリンのようにジャラジャラ鳴っている。「あそこ……あの……」ひどく動揺していて言葉にならない。

「何があったの?」ノーマが優しく尋ねた。「さあ、話してちょうだい。遠慮はいらないわ」

「木、木が!」彼がつっかえた。「あっちこっちで倒れてる」

「まあ、奇跡だわ」カーリーが驚いたふりをして叫んだ。「ボイラーモンキーがまともに喋った」誰にともなく言ったのだが、ジェイスにも聞こえる声だった。何気ない残酷な言葉に、ミッチは唖然とした。

ジェイスも同様だった。毛深い顔に驚き傷ついた表情を浮かべて彼女をじっと見てから、ノーマに向き直った。「ジョリーは……大丈夫か? どこにいる?」

「セラーよ。停電になった時には、ワインを取りに行ってたの。レスが明かりを持って探しに行ったわ」

キッチンで足音がして、枝付き燭台を手にしたレスが戸口に現れた。「洗濯室で誰がうろついていたと思う？」

「彼女はどこに？」ジェイスが心配そうに尋ねた。

「ここよ」ジョリーがクスクス笑いながら、キャンドルに照らされたレスの隣に現れた。「曲がるのをどこかで間違えたらしくて」

「でも大丈夫なんだよな？」ジェイスがいかにも彼女を守ろうとするように近づいていった。

「もちろんよ。心配しないで」

外では、また木が大きな音とともに倒れた。

「しばらく停電が続くかもしれない」レスが告げた。「フロントのデスクに、ランプと懐中電灯の予備がある。ついてきてくれれば、渡すから」

「君が大将だ」テディが勇敢に応じた。「連れていってくれ」

「ミッチ、腕を借りてもいいかしら？」エイダが彼の右腕を摑んで尋ねた。

「もちろんです」ミッチが答えると、今度は誰かが左手を摑んだ。

「暗闇は苦手なの」カーリーが言い訳をした。小さくて冷たい手だ。「刺々しいイヤな女になっちゃうのよ。気にしないでくれるといいのだけど」

「俺はべつに。でもジェイスの意見は違うかもしれないよ」

三人はレスと枝付き燭台に続いて真っ暗なロビーを抜けていった。バーの前を通った時には、デズが携帯で話しているのが聞こえた。

フロントのデスクでは、ジョリーが灯油ランプを満載したトレーを取り出した。そして素早くみんなの分に火をつけて、三階まで吹き抜けのロビーを金色の光で満たした。彼女は懐中電灯の入ったボール箱も出した。その間にレスはフロントのデスクの電話を調べた。不通だった。

階上から、男の声が轟いた。「どうなってるのか、誰か説明してくれないか⁉ こっちは真っ暗なんだ！」

「アメリカ男だわね」エイダが素っ気なく言った。

「嵐のせいで停電になったんだよ、アーロン！」レスが大声で答えた。

「こっちには明かりがないんだ！」

「みんなないのよ！」ノーマが叫んだ。「少し寒くなるかもしれないわ。でも何とか切り抜けなきゃ！」

切り抜けると言うのなら、ミッチはすっかり慣れている。ビッグシスター島では、激しい雷雨があるたびに、ほとんど毎回停電になるのだ。少なくとも五回は電力なしで二十四時間過ごした。実際、暗いなどというのは最も些細なことだ。停電になると、井戸のポンプは水をくみ上げられないし、燃料ポンプはボイラーに燃料を送れない。ということは、湯であろうと水であろうといっさい出ないし、暖房もない――だからノーマは少し寒くなると言ったのだ。凍りついてみるか。

「そこにじっとしてて！」アーロンがみんなの方へと階段を下り出すと、ノーマが叫んだ。「明かりを持っていくわ！」

「この手の状況に備えて予備の発電機があるんだろうな」螺旋を描く階段でランプを二つ持ったノーマに会うと、アーロンが怒鳴り散らした。「それくらいホームセンターでも売ってるぞ」

「ディーゼルの発電機があったんだが」レスが認めた。「臭いしうるさいと客から苦情が出て。客はそんなものを使わない方が好きなんだ。薪はたっぷりあるし。キッチンのレンジはガスだし。ステレオシステムも電池が使えるから」

「まあ、ステキ」エイダがしゃがれ声で言った。

「それに、ちょっとした冒険にもなる」レスが続けた。「人はそれも楽しいと考えるんだ」

「楽しい？」アーロンが息巻いた。「暗闇で凍死するのが楽しいなんて、俺には思えない！」

ミッチは大きな玄関扉まで行って開くと、風の吠える夜の暗闇を懐中電灯で照らした。懐中電灯の光線が見せてくれたのは、宝石をちりばめたようにキラキラ光る見たこともない世界だった。きらめく氷の層がありとあらゆる露出した面を覆っている。枝も、小道も、石もすべて。氷雨はまだ激しく降り続け、荒れ狂う風は駐車場の先の木々に吹きつけて揺らし、凍りついた枝をスティックブレッドさながらポッキリ折って、恐るべき力で地面に叩きつけている。

「ああ、これを撮影したいわ」エイダが驚嘆して、好奇心に目を見開いた。

デズが二人の後ろの戸口に現れた。気合の入った顔をしている。

「どうした、駐在？」ミッチは尋ねた。

「T－1緊急事態よ」デズがきびきびと報告した。「州全域で送電線がやられたの。五十万人もの人が停電になってるの。地上道路のほとんどが通行止めよ。主な高速道路はスケートリンクになってるわ。空港も閉鎖。知事は非常事態を宣言しようとしている」

「わからないな」ミッチは言った。「天気予報では、この嵐ははるか南の海上を抜けるはずなのに」

「ミッチ、予報は間違いだったのよ」

「いつ頃収まるかの予想は？」スペンスが心配そうに尋ねた。

「夜明けには。でもすごく冷え込むらしいわ。それから雪が降る――さらに六インチから十インチの積雪よ」

「でも、ハリウッドのセレブが明日にはジェットでやって来ることになってるんだ」スペンスが主張した。

「明日ジェットで来られる人はまずいないと思うわよ」デズが彼に答えた。

「それじゃ今回のイベントはそっくりキャンセルになるかもしれないのか？」レスはすっかり取り乱している。「そうはいかない。絶対にいかない。料理も酒も山ほど注文してしまった。臨時スタッフも雇って……」

「弁償してもらえますよ」スペンスが請け合った。「会社はきっと約束を果たします」

「金じゃない」レスがこだわった。「エイダは本気でこれを楽しみにしていたんだ」

「してなかったわよ」エイダが怒ったように言った。「あなたじゃあるまいし」

「みんな楽しみにしてたんだ」とレス。「我々にとってはとても大きなイベントなんだ」

「レス、人がここまで来られないというなら、来られないのよ」ノーマが根気よく彼に話した。「それを受け入れなきゃ」

デズはクロークから子羊革のコートを取ってきて着込むと、玄関に向かった。フードを被り、手には懐中電灯を持っている。

「待てよ、どこに行くんだ?」ミッチが尋ねた。

「T－1が出たら、非番のすべての州警察官は緊急支援任務に就くことになってるの。だから受令機が鳴ったのよ。ここから出られるかどうか調べなきゃ」

「一緒に行ってもいいかしら、デズ?」エイダが興奮した口ぶりで尋ねた。

デズはびっくりして高齢の女性を見た。「どうしてですか、エイダ?」

「嵐の中に出てみたいのよ」

「やめた方がいいです。滑って転ぶといけませんから」

「馬鹿言いなさんな」

「お願い、お母さん、危ないのよ」ノーマがエイダの腕をがっちり摑んで、玄関から離れさせた。「腰の骨でも折ったらどうするの」

「本当に臆病者なんだから」エイダが鼻であしらった。「でも、それなら昔からだったわよね?」

「何とでも言って、お母さん」ノーマがうんざりしたように応じた。

「ちょっと待ってくれ。俺も一緒に行くから」ミッチはデズに言って、アノラックを取りに行った。

「いいえ、駄目よ」デズがはっきりと言った。「これは仕事なの、ミッチ。あなたにしろ他の誰にしろ危険にさらすわけにはいかないのよ。けど、五分経ってもあたしが戻らなかったら、捜索犬を出してね」そして、あの素晴らしい笑顔をちらっと彼に見せてから出ていった。ものすごい風に長身の痩せた身体を丸めている。

ミッチは彼女が玄関前の氷に覆われた石の小道を歩いていくのを見守った。滑ってよろけても踏ん張っている。動きは柔軟で敏捷。それに慎重だ。それでもミッチは彼女を見守り続けた。彼女が嵐の闇の中を先へ先へと進んでいくにつれて、懐中電灯の光は着実にほの暗くなっていった。

「停電なんて生まれて初めてなの」ハンナが恐怖に声を震わせた。「何だか世の終わりみたいな気がするわ」

「確かに僕の世は終わりだな」スペンスが重苦しい口調で言った。「西海岸に何と報告したらいいかわからない」

「あなた方アメリカ人は本当にスポイルされてるんだから」エイダが非難するように言った。「たかが停電じゃない。フランスでは頻繁にあるから、フランス人はいちいちキャンドルもつけないくらいよ。愛し合う相手を探すだけだわ」

「いかにもフランス人だ」アーロンが辛辣に言った。

デズはもう跳ね橋を渡っている。ミッチにも遠くの懐中電灯の光線がすっかり氷に覆われたみんなの車を照らすのがかろうじて見えた。

「あなた方右派は皆どうしてフランス人をそんなに毛嫌いするのかしら」エイダが不

思議がった。「彼らが人生の楽しみ方を知っていて、あなた方は知らないから?」

「いいや、彼らには根性がないからだ」

エイダが馬鹿にしたような笑い声を漏らした。「ついさっき真っ暗になったら、あなただってとても根性があるとは思えなかったけど。怯えてママを呼んでるちっちゃな女の子みたいだったわよ。ノーマが救出に行かなきゃならなかったじゃない」

「お祖母ちゃん、今夜はもうたくさんだ」アーロンがすぐに言い返した。「どうか俺にはかまわないでくれ、いいな?」

「いいえ、どうかやめないで、エイダ」カーリーが懇願した。「こんなに楽しいのは何ヵ月ぶりかしらって感じですもの」

「私はニューヨークの大停電を三回経験している」テディが言った。「それで、いいかい? 当局が出生届を調べたら、その九ヵ月後に驚くほど多くの赤ん坊が誕生していたんだよ。つまり、フランス人が愛の市場を独占しているわけではないってことさ」

デズの懐中電灯の光線が明るくなってきた。跳ね橋を渡って戻ってくる。

彼女が近づくと、ミッチは大声で尋ねた。「どうだった?」

「ここから出られないわ!」デズも大声で答えて、城の屋根付き通路に駆け込んだ。フードにも肩にも氷が固まりついている。水滴が彼女の顔や眼鏡で玉になっている。

「ちょうど私道の一番上で、巨木が二本倒れて完全に道をふさいでいるの」

「きっとアストリッドのシカモアだわ」ノーマが言った。うち沈んだ声だ。「アストリッドが七十五年以上も前に植えたものなの。とても美しくて壮観だったのよ、かわいそうに」

「送電線は？」レスが尋ねた。

「わからないわ。見えなかったの」デズはコートの氷を外で払ってから、中に入って大きな扉を勢いよく閉めた。

ミッチは彼女からコートを受け取って、眼鏡を拭くようにとハンカチを渡した。

「分署にはどう報告するんだ？」

「あたしの代わりをしてもらわなきゃならない。あたしはここで立ち往生だからって」

「迎えをよこしてもらうわけにいかないのか？」

デズが首を振った。「今でも人手が足りないはずよ。あたしのために他の州警察官を割くわけにはいかないわ」彼女は明らかにその事実が面白くない。現場に出て仕事がしたいのだ。

「それじゃ決まりだな」スペンスが覚悟を決めたように宣言した。そして、キャメルのブレザーの胸ポケットから携帯を引っ張り出して、短縮ダイヤルを叩いた。「ああ、僕だ……。いいや、まずいことになってる。自然災害に見舞われてるんだ」

「俺はCNNのウォルフ・ブリッツァーのスタッフに忠告した方がいいな」アーロンは自分の携帯を取り出した。「明日、彼の番組に出るはずだった。ここにカメラクルーが来ることになっていたんだ」

デズも慌ただしく電話を始めている。誰もが急にバタバタと携帯にかじりつくのを見て、ミッチはグランドセントラル駅でメトロノースから列車の遅延を知らされた時の通勤者の集団を思い出した。

「ミッチ、さっきは冗談で言ったんだが」レスが言い出した。「どうやら君とデズは泊まることになりそうだぞ」

「そうですね。僕に言わせれば、ひと晩立ち往生させられるには悪くない場所ですよ」

「歓迎するよ。ただ誤解のないようにしておこう。君は我々の招待客で、一般宿泊客ではないからな」レスは彼を脇に引っ張っていって、慎重に声を落とした。「それでも宿の主人というのは、かなり個人的なことも訊かなければならないんだ。だから、部屋は一つか、二つか？」

「一つでお願いします」

「けっこう、けっこう」レスは受付カウンターに入ると、探しまわってから6号室のキーを二つ差し出した。「ノーマが歯ブラシを用意してくれるし、ジェイスが追加の薪と毛布を持っていくはずだ。朝まで十分快適に過ごせると思う。それまでには停電もきっと復旧してるだろう」

「それはどうかな、レス」ジェイスが静かに言った。「前にこれくらい木が倒れた時には、作業員が来たのは三、四日後だったよ」

「水道管は凍結したか？」ミッチは尋ねた。

「俺が水を流しっ放しにしなかったら、たぶん」ジェイスが答えた。

レスが言った。「ミッチ、寝酒がしたいなら、バーはしばらく気持ちよく暖かいはずだ。でも私なら、部屋に上がって、まず暖炉に火を入れるが」

ミッチは腕時計に目をやった。まだ十時にもなっていない。しかし暗闇のせいで、もっと遅いように感じる。「そうですね」

「テーブルを片付けるわ」ジョリーがレスにきびきびと告げた。「朝までに全部皿洗い機に詰め込んでおく」それからジェイスに向かって、「あなたは……」と言いかけた。

「薪だね、わかった」ジェイスは懐中電灯を手に重い足取りでキッチンに戻っていった。

その頃にはデズの電話も終わっていた。ノーマはギフトショップを開けて、二人分の歯ブラシと練り歯磨きのトラベルセット、ミネラルウオーターのボトル、それにアストリッド城特製の明るい黄緑色のフランネルのナイトシャツ——LLサイズ——を、アストリッド城のトートバッグに入れてくれた。それに、朝にお湯が出ればということで、ミッチのために使い捨てのひげ剃りとシェービングクリーム。

「他にも必要なものがあれば、何でもいいから、私たちに言ってね」ノーマが言った。「部屋までご案内しましょうか?」

「いいえ、わかりますから」デズは言った。

二人はおやすみなさいの挨拶をして、螺旋を描く階段を上っていった。手にしたランプが暗闇に優しい光を投げかけている。デズはショルダーバッグを左の肩に引っかけている。ミッチはもうそこそこの付き合いがあるので、シグザウエルと警察バッジが入っているのを知っていた。常に携行していなくてはならないのだ。どこかに、それがどこであれ、放置すれば、盗まれる危険があるからだ。常に武器を携えている女性と付き合うようになったことに、ミッチは今でも驚いていた。

「こんなことになってすまない」階段を上りながら彼女に言った。「出ていって、人々の安全を確保したいんだろ。それなのに、こんな城に反目する頭のおかしな家族と一緒に閉じ込められるなんて」

「大したことじゃないわよ。ジョージア・メイ叔母さんの家での感謝祭の食事を思い出すわ。唯一の違いは、こちらのグループは誰もパンチを繰り出さないってことね。ともかくもまだってことだけど」

「それでも君がここで立ち往生しているのは俺のせいだ」

「ミッチ、来てよかったと思ってるわ。エイダに会えて本当によかった。彼女は特別だわ。けど、あなたの言うとおり、村で仕事をしているべきだって気がしてる」

「俺だってさ。ミセス・エンマンやトゥーティやラスのことが心配だ。一人暮らしだから。凍え死んでも、誰も気づかないだろう」

「第一理事のパフィンと話したわ。深夜までにはセンタースクールに緊急避難所を立ち上げるそうよ。高齢者に対処するつもりなの。その三人も必ず監視リストに入れるようにするわ。必要とあれば、消防隊が避難所まで連れてこられるように」

「ありがとう。彼らに何かあったらイヤなんだよ」

「それはないわよ。あたしが保証する」

「ベラに連絡はついたのか？」

「家の電話は不通だし、彼女は携帯を持とうとしないの。またかけてみるわ」

「猫にはしこたま餌を置いてきた。だから二匹とも大丈夫だよな？」

「あなたには、いてくれなかったことの報いを受けさせるでしょうけど、大丈夫よ」

「あそこの家にも自信が持てればいいんだが。木が倒れるんじゃないか、屋根が凹むんじゃないか、水道管が凍結するんじゃないか、そんなことばっかり考えてしまって。島全体に責任があるから」

「ミッチ、天候はあなたの責任じゃないわよ。それにビッグシスター島は長年多くのひどい打撃に耐えてきたのよ。ハリケーンに比べたら、これくらい何でもないわ」

ランプを手に歩き出すと、暗い二階の廊下は本当に気味が悪かった。足下では絨毯を敷いた床板がかすかに軋んだ。ずっと前に亡くなった名士の古い写真が壁にぬっと浮かび上がるのも、もちろん助けにはならない。

「『シャイニング』の気配がはっきり感じられるようになってきた」ミッチは打ち明けた。「一卵性双生児の少女二人が廊下のはずれに立っているのが見えたら、トラックで夜明かしすることにするよ」実際には、ガラスをはめたドアが二人のランプの光を映しているのが見えるだけだ。「どこに出るドアだ？」

「塔よ。お願いだから上りたいなんて言わないでね」

「あり得ないよ」

「エイダが一緒に外に出たがったなんて信じられる？」

「デズ、十六歳で単独飛行をした女性なんだぜ。彼女が変わることがあるとしても、しぼんで死ぬだけだよ」

部屋は右側の三番目だった。ミッチは鍵を開けてランプを炉棚に置くと、見回した。こぢんまりしていて素敵だ。古い巨大なオークのベッドがある。デズは自分のランプをバスルームに持っていって、ギフトショップからの略奪品を置いた。部屋はすでにかなり寒かった。ミッチは早速火をおこす準備に取りかかった。

「ここでは焚き付けに何を使ってるんだろう」と呟きながら、薪のバスケットをかき回したが無駄だった。

誰かがドアをノックした。ジェイスだった。ストッキングキャップの上にハイカー用のヘッドランプをつけて、薪を入れた帆布の袋を両手で持てるようにしている。暗い廊下に立っている彼は炭坑夫のようだ。

「ちょうどいいところに来てくれた」とミッチ。ずんぐりした体格の管理人は薪のバスケットに太い薪を投げるように足してくれた。「焚き付けが見つからないんだ」

「ここでは使わないんです。火事の危険があり過ぎるから。これを……」ジェイスがウールのオーバーシャツのポケットにごつい手を入れて、ファイアスターター2とかいう密封されたプラスチックの包みを手渡してきた。中には、形の定まらないふにゃふにゃしたものが入っている。耳垢みたいな代物だ。「包みは開けずに、そのまま火をつけるんです」

「何でできてるんだ？」

「ああ、それは知らない方が。毛布の追加はいりますか？」

「いらないとは言わないでしょうね」デズが愛想よく言った。

ジェイスは空き部屋を開けて、厚いウールの毛布を二枚持ってきた。デズは彼に礼を言って、早速ベッドに重ねていった。外では、また木が氷の重さに耐えかねて地面に激突した。

「君とジョリーは今夜大丈夫なのか？」ミッチは廊下に戻っていくジェイスに声をかけた。

「それはもう。コテッジには灯油の暖房器が二台あります。俺たちは大丈夫です。それじゃおやすみなさい」

「おやすみ、ジェイス」ミッチは彼の出ていったドアを閉めた。「いいやつだ。カーリーが面と向かってサルと呼んだのが信じられないよ」

「何と呼んだんですって？」

「それはそうと、女同士のことって何なんだ？」

「アーロンがこの週末に愛人をここに連れてきてるのよ。カーリーはそれですっかりぐしゃぐしゃになってるの」

「ハンナのことか？」

「そう」

「食事の間カーリーが憎らしそうに彼女をにらんでいたのはそういうことだったの

か」ミッチはファイアスターター2の包みを暖炉に積んだ薪の下に置いて火をつけた。柔らかな塊は青い炎をあげた。缶入りの固形アルコールによく似ている。実際、臭いも似ている。それが何であれ、役に立った——すぐに薪に火がついて、パチパチと音がしてきた。ミッチは肉付きのいい尻をついて、薪を見守った。「カーリーならべたぼれされてもおかしくないのに」

「アーロンよりずっと年上なのよ」デズがバスルームから答えた。もう歯を磨き出している。彼女は、ミッチの知るどの女性より寝支度が早い。

「ホントに？　どれくらい？」

「悪いわね。女の子はお互いのことを言いつけたりしないものなのよ」

「どうして？」

「お互いを信頼しなきゃならないから。夫は絶対に信じられないもの」

「そいつは聞き捨てならないぞ。俺だって夫だったことがあるんだ」

「あら、悪かったわね。けどあの女性はもうほとんど限界なのよ、ミッチ。アーロンはとことん下品で卑劣な男よ」

「どうしようもないやつってところだよ」ミッチは暖炉にさらに薪を二本くべた。

「古典的なピップシンドロームだな」

「あ、あ、あぁ……？」彼女はミネラルウオーターでうがいしている。

「父親は本当に精力的な人間だったみたいだ。祖母もそうだ。だから彼は大きな期待を常に背負っている。アーロンは誰に対しても、とりわけエイダに対して、自分は重要なのだと証明したくてたまらない。でも、正直な話、彼が鏡を覗き込んでも、重要な男の姿は見えないだろうな。見えるのは、卒業ダンスパーティの相手が見つけられなかったダサい男だ。俺は実のところ、気の毒に思ってる。幸せな男じゃないんだよ」

「歯ブラシが待ってるわよ、閣下」デズが告げて、バスルームから裸足で出てきた。アストリッド城のナイトシャツを着て、片方の腕にパンツを引っかけている。

ミッチはポカンと口を開けて、部屋を歩き回る彼女を見つめた。どうしてもそうなってしまう。フランネルが彼女の比類ないヒップにまといついているのをひと目見ただけで、ミッチのエンジンはもうアッという間にレッドゾーンに達してしまった。口の中がカラカラになり、掌がジンジンする。額の血管はドキンドキンと脈打ち始めた。「教えてくれよ」声がしわがれた。「どうして床にナプキンを落としたんだ?」

「アーロンとハンナがテーブルの下でいちゃついてるかどうか調べたの」彼女が答えて、机の椅子にパンツをきちんとかけた。

「で、やってたのか?」

「いいえ、彼らはやってなかったわ」

「面白いな。君は、すべてがカーリーの想像だとは思ってないんだな。ハンナはとてもそうは……。待った。誰かいちゃついていたのか？」

「実を言えば、そうなの」デズは掛け布団を上げてもぐり込むと、震えて大声をあげた。「ここは凍りそうよ！」

「なあ、誰だったんだ？　教えろよ」

「その熱い身体でここに来てくれたらね。さあ、そのピンクのお尻を動かして。あなたのガールフレンドは暖めてもらう必要があるのよ」

ミッチにはもうそれ以上の励ましは要らなかった。急いで歯を磨き、服を脱ぎ捨てて、彼女と一緒にベッドに入った。デズは歯をガチガチ鳴らしていた。手も足も氷のようだ。彼女がすり寄ってきた。信じられないほど長くて滑らかな脚の片方をミッチの上に投げかけて、頭を彼の胸にもたせた。ミッチは布団の山に埋もれて彼女を抱きしめて暖めながら、天井や壁に火影が躍るのを見ていた。外で嵐が暴れ回るのに耳を澄ませていた。そして、幸せだということを忘れないようにした。この瞬間を彼女と分かち合っている幸せ。自分の人生に彼女がこれほど大きな部分を占めていることの幸せを。

ミッチはこんなことを考えていた。これからもずっと永遠に二人でこんなふうにしていられたらいいのだが。何も変わらなければいいのだが。俺たち二人が変わらなければいいのだが。でも、人は変わる。俺たちも変わる……。

「さあ、話せよ」ミッチはデズに言った。「いい加減に教えろよ」

「ノーマとテディよ」

「まさか」

「ホントなの。ノーマは靴を脱いだ足先をテディの膝に載せてたわ」

「それじゃあの二人は……？」

「あなたにもわかるでしょ」

「デズ、あまり自慢できないことを話してもいいか？」

火明かりの中で、彼女がゆっくりと彼の目を捉えた。「ミッチ、あたしには何を話してもいいのよ」

「あれくらいの年の二人がセックスしているというのがちょっと想像できないんだ。だって、俺の両親と変わらない年齢だろ」

「あら、想像できるようになった方がいいわよ」デズがたしなめた。「あなただっていずれあの年になるんですもの。それでもあたしと定期的にセックスしてほしいし、それで……」彼女が急に彼から離れた。「まあ、イヤだ、今すぐあたしを撃ち殺して。自分の口から出た言葉が信じられないわ」

「と言うと……？」

「あたしたちがまるで……ずっと一緒にいるみたいなことを。三十年後も。いえ、三十日後かしら。いいえ、三十分だわ。そんなこと言う資格なんかないのに。あなたも聞いたことを忘れて。あなたのハードディスクから消去して、ねっ？」

「い、いいとも」ミッチは急に唾がうまく呑み込めなくなった。喉にあのメロンほどもある塊ができてしまったのだ。「君は時々ものすごくヘンなことを言うね、自分でもわかってるかい？」

「ああ、そうなの。いっぱしのヘンリー・ヤングマンなのよ」

「それを言うなら、ヘニー・ヤ、ヤングマンだよ」ミッチはむせた。

今度は彼女が火明かりの中、彼をにらんでいた。ああ、来たぞ——彼女の油断のないおっかない顔だ。「ミッチ、あたしに何か言いたいことがあるの？」彼女が堅苦しく尋ねた。

「とんでもない。どうして、そ、そんなことを言うんだ？」

「べつに……」彼女が不安そうに目を見開いた。呼吸が耳障りに荒く切れ切れになった。しかも全身がこわばって固まってしまったかのようだ。

「デズ、どうかしたのか？」

「まさか……どうして……そんなこと……訊くの？」

「いや、ただ何となく」

「ただ……まだ寒いの、それだけよ」デズがナイトシャツを頭から脱いで、傍らに投げ捨てた。「どうすればいいかわかるでしょ？」

「ホントにいいのか……？」

「あたしなら大丈夫」彼女が喉を鳴らすように言った。押しつけてきた裸身は引き締まっていてしなやか。肌はサテンのように滑らかだ。

ミッチは目を閉じて、長くて心地好い彼女の喉のくぼみに鼻を埋めると、ピリッとした香水を吸い込んだ。これを嗅ぐと、欲望に目眩がしてくるのだ。

「エイダはあたしの絵が好きなのよ」しばらくして彼女が囁いた。その息がミッチの顔に温かい。「あたしには生まれつきの才能があると考えてくれてるわ」

「そのとおり、君にはあるよ」

「けど、アカデミーをやめなさいって。彼らがあたしを支配しようとするからって」

「それも彼女の言うとおりだな」

「どうすればあたしにやめるべき時がわかるの？」

「わかる時にはわかる。直感だよ、これと同じ……」ミッチは優しく彼女の口にキスした。彼の唇の下で、彼女の唇が柔らかく花開いていった。

そして二人は、山のような掛け布団にもぐり込んで愛し合った。暖炉が部屋を暖め、外では風がうなり、氷雨が窓に打ちつけていた。それは、ミッチがこれまでデズ・ミトリーと経験してきたのとは違うセックスだった。彼女は何かに駆り立てられたかのように夢中でしがみついてきて、ミッチは圧倒されそうになったのだ。嵐のせいでここに閉じ込められているからなのかどうかはわからない。あるいは彼のせいか。彼女に言わなくてはならないことを言おうとするたびに咽頭を詰まらせる、あの忌々しい塊のせいだろうか。でも、そのことについては話し合わなかった。と言うか、もう何の話もしなかった。知らず知らずに眠りに落ちていっただけだ。お互いに安心して気持ちよく。

夜の間に、大木がまた倒れる音がして、ミッチは目を覚ました。時間はわからないが、暖炉は燃え落ちて、真っ赤な燃えさしになり、部屋は寒かった。隣ではデズがぐっすり眠っている。ミッチは三階で足音がした気がした。床板が軋んだ。でも、城そのものが風に軋んでいるのに違いない。こんな夜の夜中に真っ暗な中を歩き回る者などいるわけがないではないか。

ミッチはベッドからそっと出て、暖炉に薪をさらにくべると火がついて燃え上がるのを確かめた。そして、震えながらベッドに再びもぐり込んだ。

デズが目覚めかけて、かすかに動いた。「何……？」

「薪をくべただけだよ。いいから寝ろよ。朝にはきっと電力は復旧しているから」

しかし、そうはならなかった。朝彼らが目を覚ました時、電力は復旧していなかった。

しかも、もっとずっと厄介なことが起きていた。

全員が目を覚ましたわけではなかったのだ。

6

ノーマはベッドに横たわって、掛け布団の上で手を組んでいた。

ネグリジェは襟元までボタンがかかり、髪にはきちんと櫛が通っている。肌と唇はいくらかブルーがかっている。手は、デズは触ってみたが、冷たく、指は硬くなり始めていた。死後硬直が始まっている。死後数時間が経過しているということだ。部屋がすっかり冷えているので、断定するのは難しいが。

デズは子羊革のコートを着て、ノーマを観察する間もポケットに手を突っ込んでいた。死には、何よりも信じられないほどの静けさがある。数多く見てきたにもかかわらず、どうしても心の準備ができない静けさ。見過ぎるほど見てきたのに。「見つけた時のままですか？」

「ああ、そうだ」デズの隣に立っているレスがしゃがれ声で言った。夜が明けて間もなく、デズを起こしたのが、レスの苦悶に満ちた悲鳴だった。泊まり客全員を起こしたのだ。「心臓だよ、デズ。心臓に持病を抱えていたんだ。三年前に深刻な発作を起こした。時間の問題だったんだ、本当は」

レスとノーマの部屋は、階段を上ってすぐ左の1号室だ。デズとミッチが泊まった部屋とほとんど同じだが、こちらの方がいくらか小さい。外は、朝の空が青く澄み渡っている。花崗岩の下枠のある高い窓から差し込む陽射しは、あの夜の暗さに慣れた目には耐えがたいほど明るく感じられる。下枠の外側に据え付けられた寒暖計は零下十九度。しかもそれは、まだうなっている風を計算に入れていない。外からは怒ったようなチェーンソーの金属的な響きが聞こえる。ジェイスが私道のどん詰まりに倒れたシカモアの巨木二本を何とかしようとしているのだ。ミッチとスペンスが手伝っている。他の者たちは呆然と黙り込んで比較的暖かいバーに引きこもった。

エイダはべつだ。エイダはレスのそばに佇んで、娘を見下ろしていた。年齢の刻まれた顔にショックを受けて傷ついた表情が浮かんでいる。老監督は、クリーム色のシルクのパジャマに、ベルトのついた紺色の分厚いウールのガウンを着ている。美しい白髪にはブラシも当てていない。

「私のかわいいかわいいそうなノーマ」エイダは泣きながらかがんで、娘の冷たい額にキスした。「抱いておっぱいをあげると、あなたは無邪気な疑うことを知らない目で驚いたように私を見つめていたわ。それがこんなことになって、かわいそうに。時間切れになってしまったのね？」エイダがデズをちらっと見た。腫れぼったい目が深い悲しみに濡れている。「父親にそっくりなの。ルーサーにもあったのよ」

「何がですか、エイダ？」

「心臓疾患。六十三歳の若さで逝ったの。一日として彼を思い出さない日はないわ」

「弁口閉鎖不全があって」レスがはっきりと言った。「そのために心拍が乱れていた。心臓不整脈と呼ばれている。薬物治療を受けていて、バイパス手術を強く勧められたんだが、耳を貸そうとしなかった。明らかにお父さんのことが……」

「ルーサーはロンドンの手術台の上で死んだの」エイダが言った。「ありきたりの心臓処置のはずだった。でもありきたりではなかった。死をありきたりだとみなすならともかく。ノーマは手術を受ければ自分も同じことになると信じ込んで、それで絶対にいやだって……」声がしゃがれて、エイダは泣きじゃくった。「私のちっちゃな娘が横たわっている。母親は子供に先立たれないはずなのに。二人とも先に逝ってしまった。ハーバートが逝って、今度はノーマまで。もう誰もいない。家族は逝ってしまった。みんな逝ってしまった」エイダはしばらく佇んでいたが、やがて気力を奮い起こした。「かまわなければ、階下のみんなのところへ行くわ」

「いいですよ、エイダ」

「デズ、私たちはもう少し話し合わなくては、あなたと私とで」エイダが急に切迫した様子で言った。「極めて重要なことなの。今日の午前中に、いいわね？」

「わかりました。いいですよ」

エイダは自分の唇に指で触れると、その指でノーマの唇に触れた。「さようなら。ずっと愛しているわ」

「彼女もあなたを愛してましたよ、エイダ」音もなく部屋を出ていく老婦人に、レスが静かに言った。それから、ベッド脇の肘掛け椅子にどっかりと座り込んだ。目が赤く腫れ上がっている。ひげも剃らず、波打つ銀髪も乱れたままだ。慌ててアストリッド城のしわくちゃのフリースとフランネルの裏打ちのあるダブダブのジーンズに着替えている。「太り過ぎだった。ニューヘイヴンの心臓専門医のマーク・ラヴィンに体重を減らせとうるさく言われていた。彼女も頑張ってはいたんだが、いろいろ問題があってどうしても続けられなくて」

「レス、彼女が服用していた薬剤のリストが必要なの」

「何でも言ってくれ。彼女の代わりに薬局に取りに行っていたから、わかるよ。心臓にはジゴキシンを服用していた。それに甲状腺機能の低下があったから、シンスロイドを飲んでいた」

デズはノーマのナイトスタンドにちらりと目をやった。水が半分ほど入ったコップ、老眼鏡、本。薬はない。「どこにあるのかしら?」

「バスルームだ。他にも二、三飲んでいる薬があった、ほら、その女性のための——

否定的な報道があるにもかかわらず」

「ホルモン補充療法のこと？」

彼がうなずいた。「プロメトリウムと他にも何かあった。名前が思い出せないが。元気が出る気がすると言っていたよ。持病のある女性にしては多過ぎる薬を飲んでいた。長くつらい毎日。多くのストレス。私はゆとりを持てと再三頼んだ。でも彼女は聞く耳を持たなかった。わ、私はいつかこうなる危険があるのを知っていた。ただ……覚悟ができていなかった」

「誰だってですよ、レス。彼女、昨日は体調が悪かったのかしら。苦痛を訴えることはなかったですか？」

「絶対に泣き言を言わない女性なんだ。でも、夕食の席での彼女は疲れているように見えた」

「そうおっしゃってましたね」

「この大イベントが近づいて、いつも以上に緊張していたのは、絶対に間違いない——エイダがここにいる。アーロンは言うまでもなく。彼女には荷が重過ぎたんだろう」

「夜中に彼女は起きましたか？」

「わからない。私は死んだように眠るんだ。そばにダイナマイトを仕掛けられても、目を覚まさないだろう。最悪なのはそのことだ」レスが首をすくめた。

「そのことって何がですか、レス？」

「隣にいながら、ノーマが生きるために必死で闘っている間もぼんくら丸出しでイビキをかいていたってことだよ。私はまるで頼りにならなかったんだ、デズ。この世で最後の瞬間に、彼女は独りぼっちだった。それを思うと……」

「責任を感じる？　あなたのせいじゃありません。そんなふうに考えないで、レス。彼女は苦しまなかったと思いますよ」それに、とデズは考えた。彼に何ができただろう？　救急車はとてもここまで来られなかったはず。ドクターヘリですら救助には来られなかっただろう。この風では無理だ。しかも、たとえ来られたとしても、ノーマはその前に死んでいた可能性が高い。「自分を責め過ぎないでください。幸せだった頃のことを思い出すようにして」

「幸せな結婚だった」彼が悲しみに沈んで言った。「わずか数年、この五月で六年になるところだった。でも私たちはとても幸せだった」

デズは窓まで行って、朝の光を眺めた。世界がこんなふうに見えたことはない。空がこんなに青かったことはないし、雪がこんなに白かったこともない。すべてを覆っている真新しい硬い氷はまさしくちらちら光っている。城の多くの木々、とりわけ細くてよくしなうカバノキは氷の重さにすっかりしなって、地面に頭をつけたまま凍っている。氷が溶けたら——それくらいまた暖かくなったとして——あの木たちはたぶんひどいダメージを受けているのだろう。でも、今のところはただただ息を呑むほど美しい光景だ。山頂のパノラマも。コネティカット川はすっかり凍結している。川下に目を転じると、州間高速自動車道95のボールドウィン橋には一台の車の姿もない。高速道路に車の往来はない。その先には、ロングアイランド海峡の海水から上がる水蒸気が見える。

「これからどうする、デズ？」レスが言った。「フルトン斎場に今日来てもらうのは無理なんじゃないか？」

デズは彼に向き直って言った。「ちょっと先走ってるみたいですね、レス。まずは署に電話を入れなくては」

「署に？」彼が驚きに目を丸くした。「どうして？」

「州法の決まりです。ノーマは医師に看取られたわけではありません。付き添いもいなかった。つまり急死ということになるんです。形式的なことですが、あたしは上司に報告しなくてはなりません。検死官にも」

「検死官？」レスは本気で愕然としているようだ。「彼女を解剖するのか？」

「それはないと思いますけど。ラヴィン先生に彼女の死は予想外のものではなかったと確認していただけば。でもそれは検死官次第です。とにかく検死官にここで彼女を見てもらわなくてはなりません。道路事情がこんなですから、ノーマはしばらくこのままにしておかなくてはならないかもしれません。私物をべつの部屋に移したらいかがですか？　この部屋は封鎖しなくてはならないんです」

「わかった」レスは無表情にゆっくりと椅子から立ち上がった。「でもかまわなければ、バーのみんなのところに行かせてもらうよ。もうこれ以上彼女と一緒にここにはいられないんだ」

「いいですよ、レス。ところで、あたしたちが来る前に、ノーマの身繕いをしてあげましたか？」

「ああ。きれいに見せたかったんだ。かまわなかったかい？　悪いことをするつもりはなかったんだが」

「大丈夫ですよ。ちょっと気になっただけですから。さあ、階下のみんなのところへいらしてください」

彼がいなくなると、デズは早速携帯に取りかかった。デズがにらんだとおり、ノーマはこれから二十四時間から三十六時間はどこにも行くことはなさそうだ。コネティカット州は正式に機能を停止した。高速道路も一般道も緊急車両以外は通行できない。ほとんどの一般住宅はまだ停電が続いている。電話もまばらにしか通じていない。そうしたことに加えて、明るい朝の青空は悪い冗談でしかない――米国気象課は今も昨夜と同様に、お昼までに六から十インチの雪が降ると予想しているのだ。

第一理事のボブ・パフィンは彼女に、センタースクールの緊急避難所は、食料、簡易寝台、毛布、それに灯油ストーブを揃えて稼働していると告げた。凍えた三百人の人々がすでに施設を利用している。ドーセットのボランティア消防団と救急隊の面々が、他にも避難所に入る必要のある人がいれば必ず来られるようにしている。デズは彼にミッチが世話を託されている三人の高齢者の名前を伝えた。ボブは引き受けたと請け合った。デズはドーセットの人々がこれほど状況をきちんと把握して取り仕切っているのを喜んだ。そして、彼らと協力して働けないことが悔しくて苛立った。

もう一度ベラに電話してみた。今回は通話中の音ではなく呼び出し音がした。それに、パチパチ鳴る電話線の向こうから眠そうなだみ声で「はい……？」。

「あら、お節介な母親になるつもりはないんだけど」デズは友だちの眠そうな声を聞いてすっかり安心した。「電話もしてこないし、手紙もくれないし、何の連絡もないから」

「万事オーケーよ」ベラが欠伸をしながら請け合った。「家もオーケー。あたしもオーケー。ただ、一人でベッドに入ってるわけじゃないってことは言わなきゃならないけど」

「やめて！　いったい誰が……？」

「五匹とも一緒に掛け布団の中に入ってるの」

「ああ、なるほど」デズはにっこりした。

「すごく気持ちがいいものね。でこぼこしてるけど。あら、誰かの尻尾が顔にかかったわ。スピンデレラ、どいてちょうだい。あなたはどこにいるの、デジリー？」

「お城で立ち往生よ。この調子じゃ、永遠に出られないかもしれないわ。そっちは何時に停電になった？」

「九時頃。でもね、あたしたちはものすごくラッキーだったの、ホントよ。オークの巨木がお隣に倒れてきて、ジョージのガラス張りのベランダを潰しちゃったんだから。けどあたしなら何の心配もないわ。火はおこせるし、ブロック全部に配れるほどブリスケットも作ってあるもの。こっちは大丈夫よ」

「ベラ、ここしばらくで聞いた最高のニュースよ。あたしもぜひ食べたいわ」

「デジリー、あなたの声、何だかヘンよ。大丈夫なの？」

「夜の間に女主人が亡くなったという事実をべつにすれば、あたしは元気よ」

「誰が、ノーマ？　何があったの？」

「心臓発作よ」

「まあ、何てことかしら。お気の毒に」ベラは言葉を切って、咳払いした。「あなたの声の調子から、もっと違うことかもしれないと思ったのだけど」

「どんなこと？」

「あたしたちが話し合ったべつの問題とかよ。名前を伏せておくけど、さるユダヤ系紳士について話し合ったでしょ。あたしが言ってるのはミッチ・バーガーのことよ」

「ええ、何となくわかったけど」

「ホントに？　それで二人はどうなの？」

「オーケーだと思うわ。たぶんあなたの言うとおりよ。すべてはあたしの思い過ごしだったのかもしれない」

「で、自分のことをどう思ってるの？」

「頭がおかしい、正気を失ってるって」でもそんなことは絶対にない。今でもまだ彼には重苦しいものがある。デズはそれを昨夜ベッドで、彼が例の空振り大ごくりをした瞬間に感じた。愛し合った時には紛れもない絶望を感じて、彼を求める気持ちがものすごく高ぶって、あの大男を天井まで跳ね飛ばしそうになったほどだ。「けど、ねえ、それくらいわかってるわよね」デズは廊下の床板が軋む音を聞きながら、皮肉っぽく付け足した。

　オーバーを着たテディ・アッカーマンが戸口に現れた。青ざめた顔で目には涙を浮かべ、悲しみに打ちひしがれている。

「もう切らなきゃ、ベラ。できるだけ早く帰るわ。気をつけてね」

「あなたもね」

「どうしました、テディ？」デズは通話を切ると、彼に尋ねた。

「失礼、人がいるとは思わなかったよ」テディが鼻をすすって、目を拭った。「ノーマに別れの挨拶をしたかったたんだ」

「どうぞ入って」

テディはベッド脇の椅子の端に座って、ノーマの冷たく動かない手を取った。外からはまだジェイスのチェーンソーの金属的な響きが聞こえる。

「お二人は長い付き合いだったんですよね？」デズは彼を観察しながら言った。

「四十年だよ」テディがノーマを見つめたまま静かに答えた。「それが、私が彼女を愛した歳月だ。私はずっと彼女を愛していた。だから……」彼が口ごもって、おぼつかなげにデズをちらりと見上げた。「彼女に出会ったのは私の方が先だったんだ、兄のポールではなく……。私はニューヨーク市立大学を中退して、ピアノを弾いて生活費を稼ぎながらヨーロッパを放浪していた。のんきなものだった」言葉が転がり出ている。テディは話さずには、誰かに聞いてもらわずには、いられないのだ。「当時エイダとルーサーはロンドンに住んでいた。そこで初めてノーマに会った。彼女は夏休みに帰ってきていたんだ。バーナード大学の二年を終えたところだった。で、ニューヨーク時代の私の友人に彼女を訪ねてみろと言われた。ロンドン育ちで、土地勘もあるからと。彼女は……あんなに親切な女の子には会ったこともなかったよ。一番きれいというわけじゃなかったが。もっときれいな女の子はいつだっているが、あれほど優しい娘はいない。私たちはその夏をロンドンで一緒に過ごした。秋になって、彼女がニューヨークの大学に戻っていくと、私も後を追った。復学して、授業にも出た。学位を取って、彼女と暮らすことを考えた。彼女と結婚するつもりだったんだよ、デズ。彼女をランチに招待して、兄まで紹介した。ACLUで活動する若き弁護士だ」

テディが言葉を切って、ごくりと唾を呑み込んだ。「ポールは昔から女の子にもてた。広い肩幅とあの黒い巻き毛があったからね。彼女がレストランに入ってきて、彼を見た瞬間のことは忘れられない。二人とも見つめ合ったまま、目が離せなくなっていたんだ、デズ。あの瞬間から、もう彼女は私の恋人ではなくなるとわかった。ポールのものになると。彼女は大学を卒業すると、二週間後にポールと結婚した」

デズはいつの間にかノーマを観察していた。テディにはどうやら今も見えているらしい彼女の姿を見ようとした——二重あごで銀髪の老婦人ではなく、生き生きした滑らかな頰の若い娘として。でも、デズには見えなかった。その時代を知らないし、彼女のことも知らなかったのだから。「ポールにあなたの気持ちは話さなかったんですか？」

テディが悔恨のため息をついた。「ああ。私はとても上品に身を引いた——ポールには彼女と私はただのいい友だちだから、邪魔者はいないと話した。そうするしかなかった。ああしたことは邪魔するものじゃない。ポールは私にはとうていなれないいい夫になったし。私の本当の気持ちは誰も知らなかった。ノーマ以外はってことだが」ノーマを愛しげに見つめて続けた。「彼女はずっと知っていた。私は一度も結婚しなかった。決まった恋人も作らなかった。母の介護があったし。少なくともそれをいつも言い訳にしていた。でも本当の理由はノーマだった。私たちには絆があった。私たちは心の友だった。私の目に彼女ほど近く映った女性は他にいない。私たち二人は……」テディが口元を引き締めた。「このことはレスには知られたくないが、彼女と私は最近頻繁に連絡を取っていたんだ」

デズは顔に何の感情も見せないで答えた。「そうですか……」

「ほとんど毎日電話で話した。Eメールを交換した。彼女は一日暇が取れると、必ずニューヨークに来た。二人でこっそり素敵な数時間を一緒に過ごした。彼女は私のピアノに聴き入った。私はいつも彼女のために『モア・ザン・ユー・ノウ』を弾いた。彼女はあの歌が大好きだった。あれは私たちの歌だった。彼女がここでも聴けるように、自分の演奏をテープに取って、彼女にあげた。しょっちゅう聴いてると言っていたよ」

「テディ、最近の彼女の精神状態はどうだったんですか？」

「あまりよくなかった」彼が答えた。「結婚生活がうまくいっていなかった。レスが彼女を顧みなくなっていたんだ。彼女は、もちろん、それを自分のせいにした。自分がもう魅力的でないからだと。そんなことはあり得ないのに」

「レスは誰かと付き合ってるんですか？」

「そうらしい。でもそれが誰かは訊かないでくれ。ノーマは私にも言おうとしなかったんだ。彼女は陰口をきく女性ではなかった。噂話を楽しむタイプではなかった。他の人の世話ばかりして、自分に気を配ることがなかった。それがこの結末の真に悲劇的なところだよ、デズ。実は、昨夜ようやくついに実現するはずだったんだ」

「何がですか、テディ？」

「私たちはこれまでベッドで愛し合ったことがなかった。タクシーの中でこっそりキスする以上には、私たちは互いに気持ちを表に出したことはなかった。忌々しいほど品行方正だった。でも話し合って、彼女は昨日の晩レスが眠ったら私の部屋に来ることになった」

エイダはそのことを知っていたのかしら。デズは思った。あの鋭敏な老婦人が話したいのはそのことなのかしら。

「彼女はレスなら絶対に気づかないと請け合った。彼が眠り込んだら、それきりだからと。夜彼に気づかれずに何度も起きたことがあると言っていた。ノーマは熟睡するタイプではなかった。ここを経営する責任が重荷になっていたんだと思う。夜よく一人でココアを作って、バーでジョン・オハラを読んでいた。お気に入りは『秘めたる情事』。二十回は読んでいたはずだ」テディはノーマのナイトスタンドに置かれた本を横目で見た。かなりボロボロのハードカバーで、カバーもなくなっている。「その本は去年私があげた。高価なものじゃないが、よかったら引き取らせてもらいたい。個人的な理由で」

デズは彼を観察した。気がかりなようだ。ひどく気がかりな。「まだ何もいじらない方がいいと思います」

「それはそうだ。お任せするよ」テディはノーマに目を戻した。「私はひと晩中まんじりともせずに彼女を待った。待って、待ちわびた。実現するはずだったんだよ、デズ。大人になってからずっと切望してきたたった一つのことが。ノーマをこの腕に抱く。ノーマを私のものにする、私だけのものに。でも、結局実現しなかった。彼女は私の部屋には来なかった。私は……私は打ちひしがれた。信じられないほど落ち込んだ。君には想像もつかないほどだ」

デズは、長いことこれほど人に同情したことはなかったと思いながら、オーバーを着たこの痩せて青ざめた男性を見ていた。「彼女が現れないことをどう思いましたか？」

「私に対する気持ちが変わったと」彼が陰鬱に答えた。「他に思いつく可能性は、この嵐や何かのせいでレスがいつものような深い眠りに落ちなかったということだった。ちょこちょこ目を覚まして、暖炉に薪をくべていたのかもしれないと。でも、そのどちらでもなかった」

「彼女の心臓疾患についてはご存知でしたか？」

「ああ」彼が答えた。「ただ私自身は、肉体的な問題ではないと思っていた」

「レスの話では、医者は手術を勧めていたそうですよ」

「医者はいつだって手術をしたがるものさ。だからって、彼らが正しいことにはならない。彼らはそれしか知らないってだけだ。私はもっとよく知っている。ノーマが私を愛していたことを知っている。彼女が悲嘆のあまりに死んだことを知っている。私はそれを墓まで持っていくよ」

外では、チェーンソーの音がやんだ。しばし男たちが叫び合う声が聞こえたが、死んだ女性の部屋はすぐに静まり返った。気味が悪いほど静かだ。

「テディ、立ち入ったことを訊いてもいいでしょうか？」

彼が不思議そうにデズを見上げた。「どんなことだい？」

「そこまでノーマを愛していたのなら、ポールの死後どうしてレスを彼女に近づけたんですか？　どうしてご自分で彼女と結婚しなかったんですか？」

「もっともな質問だ」彼が認めた。「ひと言で言えば、彼女は再婚してしまったんだよ——アストリッド城と。そして私は、ここには絶対に馴染めない人間だった。私は甲斐性なしで役立たずのピアノ弾きだ。やたら酒は飲むし、稼いだ金は残らずギャンブルに注ぎ込んでしまう。私は宿屋の主人には絶対になれない。顔には笑みを絶やさず、昼も夜も他人の問題を処理するなんて。いいや、レスは彼女に相応しい男だった。二人は互いに相応しい人間だった。ともかくもしばらくは。ただ彼は、同じ女性と長年夫婦を続けることができない男なんだ。ノーマは三人目の妻だった」

「彼に子供はいるんですか？」

「確か、二人目の妻との間に。彼女はニューヨーク郊外に住んでいる。たぶんナイアックに」テディは生涯の恋人を見つめた。目には涙があふれている。「でも、君の質問への正直な答は、君の言うとおりだよ——ポールの死後、行動に出るべきだった。この女性を摑んで、どこにも行かせないようにすべきだった。でもできなかった。私は……私は怖かった」

「何が怖かったんですか、テディ？」

「裏目に出たらと。期待されたとおりになれなかったらと。私には勇気がなかったんだ、デズ。それが私の唯一最大の悔いだ。なぜなら、私たちは皆死ぬのだから。みんな死ぬんだ。これだけは間違いない。そして、自分のほしいもの、ほしい人を追い求めなかったら、そのために本気で真剣に努力しなかったとしたら……」テディの言葉が途切れ、胸が大きく波打った。「そんな人生は生きたとすら言えないじゃないか」

7

「よし、これで公式になった」スペンス・シブリーが宣言して、柿色をしたパタゴニアのスキージャケットのポケットに携帯を突っ込んだ。「この週末の祝典はこれで百パーセントなくなりました。会社は高速道路や空港が封鎖されても、暖房がなくても、湯が出なくてもかまわないと言うんです。その手のことじゃ、映画会社の人間は絶対に慌てない。必要なだけ金を投入すれば片付くと考えるだけです。でも、エイダの家族が亡くなったことを伝えると、これはもうほとんど決定的でした」

「遺族にとってもとてつもなく迷惑な事態だが」ミッチは言った。丈夫な剪定鋸でシカモアの枝を切っていると、鼻孔から荒い鼻息が漏れた。

堂々としたシカモアの老木は二本とも、巨大な土付きの根もろとも横倒しになっていて、地面にはそれぞれ宅配便のバンが二台は丸々入りそうな大きなクレーターができている。がっしりした幹は城に出入りする唯一の道を見事にふさいでいる。近くのサトウカエデはチューチューチューチョリーの駅の屋根に倒れて、雪を被った屋根を張子紙とシェービングクリームでできたもののように踏み潰している。私道の先では、何十本ものもっと細い木々が送電線を道連れにして倒れている。電力会社の許可が出たら、ジェイスはその木々の多くを自分の大型ダッジラム４×４につけた除雪ブレードで脇に寄せられると考えている。差し当たり三人の木こりはそちらまで手を付けるつもりはない。

「ミッチ、無神経なやつだと思われたくはないんですが」スペンスが言った。ジェイスのチェーンソーのうなりに負けないように声を張り上げている。「もう何週間もこの週末のために一日十八時間働いてきたんです――圧力をかけたり、嘆願したりして。ところが彼らはもう来ない。オリバーも来ない、クエンティンも来ない、誰も来ない」

「パノラマは予定を組み直すのか？」ミッチは鋸を挽きながら尋ねた。挽いて、挽いて。物騒なギザギザの刃は、淡い斑紋のある樹皮を切り裂いて木部に深く食い込んでいく。

「ああ、知ったことじゃないですよ」スペンスが答えて、ジェイスのラチェット式枝切り鋏で太さ二インチ、長さ十フィートの枝を切り取った。鋏はカミソリのように鋭く、彼はそれを怒り狂ったようにふるっている。すっきりした顔立ちの若いマーケティング責任者は、もはや陽気ないいやつではない。腐り切って逆上した男だ。「でも僕はもういませんよ。朝食が出される頃にはこちこちに凍ってますからね。会社は僕の硬直した冷たい死体がこの道路に突っ立っているのを見つけるんじゃないですか」

スペンスはべつに大げさなわけではない。外は本当に寒いのだ。極寒の突風が、ミッチの着ている衣類のすべてを通り抜けてくる。スカーフで頭と顔をくるんでいるので、出ているのは目と鼻孔だけなのだが、そこが刺すように猛烈に痛い。目には絶えず涙がたまる。涙は流れっ放しで、そのまま凍りつく。耳覆いの下では、耳がずきずき痛んでいる。腕と肩の筋肉も痛みに泣き叫んでいる。足の感覚はなくなった。ジェイスが砂と岩塩を厚く敷き詰めたにもかかわらず、足の下の硬い氷はひどく滑りやすい。

彼らはてきぱきと作業を進めた。ミッチとスペンスは剪定鋸と枝切り鋏でできるだけ多くの細い枝を切り落とし、ジェイスはチェーンソーでもっと太い枝に取り組む。ミッチにはその分担でかまわなかった。チェーンソーがそばにあると、銃がそばにあるのとほとんど同じような気分になってしまうのだ。これは五年生の時、週末に続けて七回も『悪魔のいけにえ』を観たことが大いに影響しているに違いない。

ジェイスは躁状態の奔放さで作業に打ち込んでいた。ノーマの死にひどく動揺しているようだが、ミッチがその話をしようとするとわざと離れていって、深い悲しみを口にしようとはしなかった。きつい仕事がジェイスなりの対処法なのだ。彼は疲れを知らないかに見える。肌を刺すような寒さにも無感覚らしい。バックスキンの作業用手袋こそしているが、コートは着ていない。昨夜着ていたのと同じ厚いウールのシャツだけだ。

ミッチの手袋は野外作業向きだったが、スペンスのシャレたキッドの手袋はそうはいかない。作業に取りかかる前に、ジェイスは中庭を横切って二人をコテッジに連れていき、スペンスに作業用手袋を出してきた。小さなコテッジは天井が低く、カビとジェイスやジョリーが夜に使う灯油ストーブの臭いがした。だが、スペンスはその場所に魅せられたようだった。ヴァージニア州にある歴史地区、コロニアル・ウィリアムズバーグの保存された住居を見物しているかのように、目がきょろきょろ動いて、熱心に狭苦しい薄汚れたリビングを見回していた。

「まっ、君はともかくも昇進したんだから」ミッチは鋸を挽きながら、彼に思い出させた。

「そうです。呼吸のたびに凍るような大気に肺が切り裂かれそうだ。僕は忌々しい昇進をしましたよ」

「あんまりうれしそうじゃないな」

「そうです」

ジェイスがチェーンソーを止めて怒鳴った。「よし、ちょっとストップ！」そして、トラックに飛び乗ると、三人で作った重いシカモアの丸太を除雪ブレードで脇に押しやった。やがて彼はトラックを戻して降りてくると、ひげ面に心配そうな表情を浮かべて、凍結して木々の散らばった私道の先をじっと見た。「作業員は当分来ないですよ。しかも風が吹けば、来るのはもっと遅れちまう」

確かに風は新たな力を増したようだ。まだ立っている木々の間でまさに荒れ狂って、重い氷の衣をまとった木々を軋ませ、不気味にうならせている。

「俺たちは大丈夫さ、ジェイス」ミッチは自信たっぷりに言った。実際には、外でこうして多くの木の下に立っていることにすっかり気力をなくしているのだが。明るい青空が暗い嵐の雲に覆われ始めていることにも、いやでも気づいていた。

「表門まで歩いていってもいいです」ジェイスが買って出た。「ほんの、三マイルってところだから、俺なら歩ける」

「それでどうするんだ？」スペンスが尋ねた。「そこからどこへ行くつもりだ？」

「彼の言うとおりだよ、ジェイス」ミッチも同意した。「あそこから村まではさらに八マイルはあるし、道路に車は走っていない。それにまた雪が降り出しそうだ」

「俺はただ……ノーマも……」ジェイスは言い淀んで、困ったように言葉を探した。

「ノーマはイヤだと思うんだ。この状態がってことだが」

若い管理人は心底取り乱しているようだ。主としてノーマの死を悼んでいるからだろう、とミッチは思った。アストリッド城そのものが彼の仕事だということもある。

その敷地へのこのダメージに動揺しているのだ。ミッチにはその気持ちがわかった。ビッグシスター島について、彼も同じように感じるからだ。

「俺たちは大丈夫だよ、ジェイス」ミッチはジェイスの肩を叩いた。「俺たちなら乗り切れるさ」

ジェイスは濡れ犬のように身体を震わせた。「お喋りはもういいです。少しでも仕事を片付けよう」そして、もう一本のシカモアまでドシンドシンと歩いていくと、チェーンソーで挑み始めた。

「実は、ロスに引っ越すのを本気でもう一度よく考えているところなんです」スペンスがミッチに言った。二人もそれぞれの仕事に戻った。「昇進そのものについても」

「そうか——どうしてだ？」

「僕が今付き合っている若い女性の拠点が東部にあって、向こうでやり直すのはイヤだと。ともかくも今は。ちょっと……ややこしいんですが」

「人生はそんなもんさ」ミッチは剪定鋸を前後に挽きながら言った。

「これまではそんなことなかったんです。僕にはなかった。女性に僕のキャリアの邪魔はさせなかった。女性はあくまで気晴らしのセックスのためだったんです。ところが、それが違うものになってしまって——ミッチ、今回のことが他とどう違うかもうまく説明できそうにありません」

「何なら食べ物にたとえてもらうといいかもしれないな」

「よし、それならこういうことです」スペンスが言い出した。「これは、リトルイタリーの食堂で店オリジナルのできたてのモッツァレッラチーズを初めて食べるのに似ています。本物の味を知ってしまったら、スーパーで売ってるあの味気ない白チーズの塊なんてもう食えたものじゃないでしょう。これでわかりますか？」

ミッチの腹が早速鳴り始めた。朝食を食べていないし、ものすごいカロリーを消費しているところなのだ。「ああ、わかるとも。どれくらい長い付き合いなんだ？」

「長年、つかず離れずの関係だったんですが、つい最近ロマンスに発展して。彼女はメディアの仕事をしていて」

「俺の知ってる人かな？」

「それが……ちょっとややこしくて」スペンスが繰り返した。

「ややこしい」ミッチは言いながら、スペンスはどうしてそんなに煮え切らないのだろうと考えていた。

「僕は昼も夜も彼女のことを考えています、ミッチ。そばにいないと、彼女が恋しくて仕事が手につかなくなるほどです。彼女のいないカリフォルニアでは、僕は見る影もなくなるでしょう——そんなはずじゃなかったのに。ここまで深入りするつもりは毛頭なかったんです」

「新しい計画を考え出さなきゃならなくなる時もあるものだよ」ミッチはそう言いながら、デズに思いを馳せていた。それに昨夜ベッドで話そうとして果たせなかったことに。いざというところで緊張して失敗したとしか言いようがない。

ジェイスが太くて重い丸太に取り組んで、ついに切断した。彼はチェーンソーをアイドリングさせたまま手を止め、ひと息ついた。

「とんでもない話ですが、他の女性がもう目に入らなくなってしまって」スペンスが打ち明けた。「念のために言っときますが、寒い冬の夜に優しくて温かい人をベッドから叩き出しそうになるってことじゃないです。ただ、他の女性といても、ずっと彼女のことを考えているんです」

「女の話ばっかりで、生活をかけて働く気はあるんですか？」ジェイスが二人にがみがみ言った。

「カリカリするな」スペンスが言い返した。「こっちだって頑張ってるんだ」

ジェイスは嘲るように鼻を鳴らすと、仕事に戻った。

スペンスは頬をぷっとふくらませて、肩越しに城をちらりと振り返った。「ノーマがあんなふうに眠っている間に亡くなったことを思うと、やっぱり考え直してしまうってことです」

「そうだな」ミッチはメイシーのことを思った。本当に呆気なく彼女を失ってしまったことを。二人は若く、愛し合っていて、すべてはバラ色、未来は二人のものだった。それが、気がつくと孤独な男やもめになっていて、たった一人で暗闇に座っていたのだ。「そういうものさ、スペンス。当然だよ」

「正直な話、今僕が考えていることはまともじゃありません。キャリアの点では絶対に。それなのに、僕はこの女性に夢中で、昇進を断ろうかと本気で考えてるんです。この五年間狙っていたポストなのに。まるで正気じゃないでしょう？」

「君がそれで幸せならべつに」

「でも僕は傷物になってしまいます。ともかくも仕事の面では」

「仕事は天下の回り物だろ」

「ミッチ、あなたならどうしますか？」

「それは難しいな、その女性を知らないんだから」ミッチは当てつけるようにスペンスを見た。「それとも俺も知ってる女性か？」

「彼女はメディアの仕事をしていて」スペンスが頑強に繰り返した。「それにちょっと……」

「ややこしいんだったな」ミッチは言いながら、スペンスはその女性についてどうしてもっと詳しく説明しないのだろうと思った。その女性が他ならぬハンナ・レインだからだろうか。ハンナならメディアの仕事をしている。ハンナならワシントンＤＣに住んでいる。しかもスペンスはパノラマのインターンシップ制度を通して長年彼女とつかず離れずの知り合いだった。その上、彼女は今アーロン・アッカーマンと付き合っている。そうなれば、まあ、間違いなくものすごくややこしいということになるんじゃないか？

質問——あの有能な若い映画制作者が二人の男と関係を持つなんてことがあるだろうか？

答——もちろん、あり得る。

8

「こんなに美味しいコーヒーは生まれて初めてだわ」デズは声をあげた。実際そうだったからだ——熱くて、濃くて、香り豊か。デズは厚手のコートを着たままレンジのそばに寄っていって、マグを両手で包んで暖を取りながらありがたく飲んだ。

ジョリーはキッチンの使い込まれた六火口《ほくち》のプロパンレンジで、大きなやかん二つにお湯を沸かした。メリタのドリップ式コーヒーメーカー二台とエイダのレモンジンガーを作るセラミックのティーポットを満たすのに十分な量だ。

「コーヒーは外が寒いと決まって美味しくなるのよ」ジョリーがデズにおずおずと微笑んだ。

「部屋が寒い時は言うまでもなく」ハンナが続けた。ジョリーの朝食作りを手伝っているのだ。

とは言っても、真っ赤な口紅とシャレたベレー帽がないと、デズには彼女がほとんど見分けられなかった。眼鏡も変わっている——昨夜かけていた分厚い丸眼鏡ではなく現代風の細いワイヤフレームだ。昨夜の彼女は、退廃的で、どちらかと言えば流行ばかり追いかけている無能な女に見えた。でも、化粧を落として、パリの左岸風の服を脱いだハンナは、最初の印象よりずっと有能に見える。肩こそきゃしゃだが、ヒップは大きく、腿も太い。がっしりした手首と節くれ立った手はキッチン仕事に精通している。それに、ずっと若く見える。デズには彼女が洗練された若い知的職業人というより、ひび割れた唇をして、赤い鼻をぐずぐずさせた女子大生のように見えた。

「寒いのは大嫌いなの」ハンナが濃紺のピーコートを着た身体を震わせながら打ち明けた。そしてマッチでべつの火口に火をつけると、使い込まれた鋳鉄のフライパンにベーコンの細切りを並べ始めた。「何より嫌いと言ってもいいくらいよ」

「石造りの家は一度冷えると、もうそのままなのよ」ジョリーが言った。分厚いスキーセーターにダウンのベスト、それにフリースのスウェットパンツをはいている。縮れた赤毛を頭のてっぺんでまとめている。ノーマのいない今、この場を完全に仕切っているようだ。がっちりしたあごを決然と突き出している。でも、その目はまだ赤く腫れ上がっている。ノーマが見つかってから、散々泣いたのだ。「それをもう一度暖めるのはすごく大変なの。六枚くらい重ね着しなきゃならないんじゃないかしら」

「あたしは長い股引があれば我慢できるわ」デズは言った。

「貸してあげるわよ」彼女が申し出た。「あなたには短過ぎて、ウェストはブカブカでしょうけど、暖かにしてくれるわ」

「お願いするかもしれないわ」デズはコーヒーを飲みながら、キッチンをちらりと見回した。

実は、アストリッド城には二つのキッチンがある。一つは今彼女たちのいる古いタイル張りの家庭的な農家風キッチン。陶製のダブルシンクと六火口のレンジがある。散らかった大きなトレッスルテーブル（架台を並べた上に甲板《こういた》を載せたテーブル）では、宿の主人が食事をしたり、書類の整理をしたりするのだ。シンクの上には窓があって、凍結した中庭の向こうにある管理人のコテッジが見える。中庭に出るドアがあり、ドアの隣には銃のケース。

デズは近くでよく見るために歩いていった。鹿撃ち用のライフルが二丁入っている。側面手動セイフティ付きレミントンM７００ボルトアクションと、ウィンチェスターM70クラシックだ。「銃猟はよくするの？」

「時々必要になるの」ジョリーが慎重に答えた。「狐やコヨーテがいるの。小さな子供のいる都会からのお客はそういう動物があまり好きじゃないから。数年前にはボブキャットまでいたのよ。でもそのケースには常に鍵をかけておくようにしてるし、レスは弾丸を二階に保管してるわ」

「彼が銃を？」

「いいえ、ジェイスよ。でもレスは一緒に行くのが好きだわ。荘園領主か何かのような気分になれるらしくて」

マッドルーム（汚れた履物や衣類を脱ぐ場所）は古いキッチンのすぐ先だ。深い作業用シンクがあり、フックにはジャケットがかかり、作業用ブーツや五ガロンのボトル入り給水機がある。マッドルームを通る業務用階段は――上れば二階や三階に続き、下りればワインセラーだ。

もう一つのキッチンは、ここ数年の間に増築されたもので、高速大量調理用に設計された味気ないステンレスのレストラン用だ。多様な用途のレンジと調理台、歩いて入れる食料貯蔵室、それに冷凍庫があって、キッチンのスタッフと納品のための戸口がある。

でも、このキッチンは使用されていない。人気もない。

「お客が少ない時には、朝食は私たちが作るのよ」ジョリーがデズの視線を追って説明した。「キッチンのスタッフが来るのはもっと後だから。もちろん、今日は誰も来ないでしょうけど。たっぷりの朝食を作って、みんなに少しエネルギーを注入しようと思ってるの。卵とベーコン、オートミールをお鍋一杯、パンとジャム。どうかしら？」

「大賛成」デズは自分のコーヒーを注ぎ足しながら言った。

「同感」ハンナがベーコンをひっくり返しながら言った。ジュージューという音とともにものすごくいい匂いがしてきた。

ジョリーが戸棚からアイリッシュオートミールの箱を出して、べつの鍋をレンジにかけた。「アストリッド城のいいところは、常に悪天候に備えてるってことだわ。食料ときれいな食器、それに水のボトルも山ほど。飲料水はすべてそれで賄っているの」

「井戸に問題があるの？」

「普段はべつに」ジョリーは給水機から八カップの水を耐熱ガラスの容器に入れた。「でも、雨期には大腸菌がちょっと怪しくなることもあって。六十人の宿泊客がお腹を壊して帰るようでは困るでしょ。そんな危険は冒せないわ。ノーマがいつも言ってるの……」ジョリーの声が詰まった。感情がこみ上げてきたのだ。「すべてのお客様が私たちにとっては一番大切なお客様だって。それで思い出したわ。ミッチは何か特別なダイエットをしているの？」

「ええ、してるわ。〝完全なダイエットは絶対にできない〟って呼ばれるのを」

ジョリーがふっと笑った。「それじゃ卵はどうするのが好きかしら？」

「十分温かければ、どう調理してもオーケーよ。ミッチは冷えた卵が大嫌いなの。とりわけスクランブルエッグの冷えたのが。冷えたスクランブルエッグとその味について二十分間熱弁をふるったことで知られてるのよ……。ああ、イヤだ、誰かあたしにフォークを突き刺してくれない？　あたしったらホームドラマのママみたいになってきちゃったわ」

「そんなことないわ」ハンナが言った。「素敵よ。私も私の好き嫌いをそこまでよく知っててくれる人がいればいいのにと思うわ。気にかけてくれる人が」

「私もだわ」ジョリーがため息をついた。「私の望みはそれだけ。気にかけてくれる男性」それから眉根を寄せて、朝食の準備の進み具合を調べた。「ええと……ベーコンはよし。オートミールはお湯さえ沸けばすぐにできる。それじゃパンを切るわ。スクランブルエッグは最後でいいわね」

「あたしに手伝えることはある？」デズは申し出た。

「私たちがやるわよ」ハンナがベーコンに気を配りながら、ボウルに卵を割り入れて、きびきびと言った。

「キッチン仕事にすごく慣れてるみたいね」

ハンナが大声で笑い出した。「それはそうよ。十六の時からウェイトレスをしてたんですもの。簡単な料理も作ったし、バーテンもしたわ。お金持ちの子供には見えないでしょう？　だって違うもの。パパは郵便局勤務だし、ママはベセズダ病院の手術室担当看護師よ」

「ふうん、そうなの」デズは話し相手になろうとテーブルの席についた。

「私の落ち着きのなさについても知りたいんじゃない？　ジョージタウン大学時代も、私はフォールズチャーチにある両親のありふれた団地のありふれた部屋から、十年も前のホンダのシビックで毎日キャンパスに通ったわ。それでも、私は四十歳になってもまだ、学生ローンの返済をしているでしょうね。泣き言を言ってるんじゃないのよ。けど、私には何事も簡単にはいかないの。神様が試しておられるんじゃないかしら。ほら、『コーヒー・クラッチ』を撮ってからだって、わかる？　私はすべてがバラ色になると思った。あっちからもこっちからも仕事の話が来るって。サンダンス映画祭では絶賛されたの、いい？　けど、アメリカ映画界で成功するのがどんなに大変か、あなた方には想像もつかないわ。誰もがどんなに野心的か。どんなに欺瞞的か」ハンナはベーコンをひっくり返しながら、頭を振った。「インターンシップを終了しても、何も起きなかった。私を使いたい人はいなかった。私としては何が何でもあそこに残りたかったけど、お金がなかった。現実に目覚めるより先に、家賃すらかき集められなくなっていたの。それで、すごすごと両親の家に戻って暮らした。正直言って、アーロンに会うまで、自分が何をすればいいかもわからなかったわ。彼こそ私の祈りに対する答だった。こんなふうにエイダと仕事をするのは、すごいチャンスなの。それにアーロンは……彼がどんなに優しいか、あなたには信じられないと思うわ」

「まっ、あなたは彼とやってるのよね？」ジョリーが言った。質問というより言明だった。

ハンナがくるりと振り向いて、ショックのあまりポカンと彼女を見つめた。「今何て？」

「失礼、ちょっとぶしつけだったかしら。けど、このキッチンでは秘密はなしなの。長年この城のルールになってるのよ」

「そういうことは先に言ってほしいわ。で、あなたはいったいどうして……？」

「昨日あなたたち二人が展望デッキでキスしてるのを見たの」

ハンナがたちまち赤面した。「まあ……」

「カーリーも見たわ」デズは言った。「昨日の晩、彼女が言ってたわよ」

「まあ、大変、最悪だわ」ハンナがショックを受けて喘いだ。「エロチックな毒婦になったみたいな気がするわ。でも、絶対に違うの。私は信心深い人間だし、こんなことは生まれて初めてなのよ。いけないことだわ。いけないことだってわかってる。ただ、すごく、その、相性がいいのよ」

「本気で彼に夢中なのね」ジョリーはびっくり仰天したようだ。「あなたはビジネスと割り切ってるのかと思ってたわ」

ハンナが言い出した。「ねえ、こんなこと話すのって何かイヤなの、もういいでしょ？」

「まあ、何とでも」鍋の湯が沸いた。ジョリーはオートミールをドサッと入れて、かき回し始めた。「あなたを裁いてるわけじゃないわ。みんな、しなきゃならないことをするんだもの。それに、こういうことはいいとこのお嬢さんにはあり得ないんだし。私はふざけてるのよ」

「カーリーが好きじゃないの？」デズはジョリーに尋ねた。

「どこを好きになれって言うの？　人を軽く見て馬鹿にする女じゃない。昨日の朝、シルクの衣類にアイロンをかけるように命じられたわ――私が彼女付きの女中だと言わんばかりに。いったい何サマだと思ってるのかしら。それに誰が騙せると思ってるの？　顔にあんなにコラーゲンを入れて、肌の下でジャブジャブ跳ねてる音が聞こえるくらいよ。アイロンしてあげても、チップどころか、ありがとうのひと言もなかったわ。私をじろじろ見ただけで。間違いないわ、あの女には気品ってものがまるでないの。ここでは億万長者や、大会社の社長をたくさん見るわ。本物の気品がある人たちは、スタッフのことも丁寧に扱ってくれる。彼らは誰に対してもそうなの」ジョリーがおぼつかなげにデズを見やった。「あなたならわかるわよね、ドーセットのような排他的な土地で駐在をしてるし、女性だし、それに、その……」

「ブラックだし？　あなたの言ってることはすごくよくわかるわ」デズはジョリー・ハーンのことが好きになり出していた。率直で、頭がいいし、自尊心もある。

「アーロンはカーリーとはオープンマリッジ（夫婦が互いの社会的・性的独立を認め合う結婚）だって言ったの」ハンナが突然言い出した。「彼が他の女性と付き合っても、彼女はかまわないんだって」

「昨日の晩、彼女から聞いた話とは違うわね」デズは言った。「離婚するって言ってたわ」

「カーリーが彼と離婚する？」ハンナの舌がちょろりと出て、荒れた唇を湿らせた。

「私、何か胡散臭いことに足を踏み入れちゃったってこと？」

「それはあなたがどういう展開を望んでいるかによるわね」とデズ。

「何にも増して、私はエイダ・ガイガーを映画に撮りたい」ハンナがきっぱりと言った。「それが本心よ。けど、彼女はまるで興味がないみたいだし、アーロンが彼女に対してあまり影響力がないのはすごくはっきりしてる。仕事的にはうまくいかないかもしれないってわかってきたの。それって、マジに本当にムカつくの。だって、この冷たく非情な社会で生きていくのはものすごく厳しいんだもの」

「私もどうしていいかわからないの」ジョリーがオートミールを木製のスプーンでかき回しながら陰気に同意した。「ここはずっと、私たち姉弟の家だったの。ノーマは私たちを我が子のように扱ってくれた。でもこれからは？　城はどうなっちゃうの？　私は何とかやっていけると思うわ。けど、ジェイスは外の世界では苦労するわ。かわいそうに、すごくおとなしいから」

「きっと二人ともレスと一緒にここにいられるわよ」デズは言った。

「けど、もしレスが売ることにしたら？」

「その時は気持ちを切り替えて、生き延びるのよ」

ジョリーは胸で腕を組んで、自分をしっかり抱きしめた。「ごめんなさい、だだをこねたいわけじゃないの。けど、自分の世界がバラバラになってる気がするのよ」

「変化してるのよ」デズは言った。「で、あなたも一緒に変わっていくの。あなたがそれをやめる日は、あなたも二階のベッドにいる気品のあるレディになってしまう日よ」

「ちょっとおっかないわ」ジョリーが白状した。

「慣れることね」とハンナ。「私なんか、毎日ずっとおっかないわよ」

「あなたが？」ジョリーが驚いて彼女を見た。「で、それとどう向き合ってるの？」

「やっぱりあんまりうまくいかないわ。でも頑張ってるわよ」

「とりあえず大きな問題は考えないことよ、ジョリー」デズは勧めた。「小さな一歩に集中するの。今は、朝食を作ってるし、次には、昼食を作るのよ」

「それで思い出したわ」ジョリーがうなずいた。「ミッチがコーヒーを取りにきた時、アメリカ風チャプスイとかいう大鍋を作ってくれるって言ってたわ」

「さすがあたしの生パン坊やだわ」デズは微笑んだ。

「どんなものかもわからないんだけど。何が入ってるか知ってる？」

「真面目な話、知らない方がいいわよ」


キッチンに比べると、バーは熱帯も同然だった。灯油ストーブが本物の暖かさをかもし、暖炉では薪がパチパチ燃えている。レスとエイダは、アーロンやカーリーと一緒に暖炉の前のテーブルに座っている。テディは一人だけサンセットラウンジで、痛ましいほど心にしみる『モア・ザン・ユー・ノウ』を演奏している。

「すぐに朝食の準備ができます」デズは静かに告げた。

「ありがとう、デズ」レスが上の空で答えて、ぼさぼさの髪に片手を走らせた。

「テディはあのクソ忌々しい曲を繰り返し弾いてなきゃいけないのか？」アーロンが詰問した。彼だけが暖かで毛羽立ったものを着ていない。昨日の晩と同じような服装だ。こぎれいなドレスシャツ、蝶ネクタイ、それにブレザー。どうやら彼は他の服装は絶対にしないらしい。ひげを剃っていない顔だけがいつもの朝でないことを仄めかしている。無精ひげは白く、真っ黒な髪や眉毛と著しく対照的だ。染めているのではないかしら。デズはつい疑った。「さっきからずっと繰り返し弾いてるんだぞ」

「そっとしておいてあげなさい」エイダが命令するように言った。まだウールのローブを着ている。「音楽はテディの気持ちを静めてくれるのよ」

「こっちは頭がおかしくなってしまう。死んだのは俺のお袋なんだ。少しくらい配慮してもらってもいいと思うぜ」

「アッキー、やめなさい」カーリーがぴしゃりと言った。分厚い白のセーターとスティラップパンツの上にミンクのコートを着ている。長いブロンドをひっつめてポニーテールにしている。スッピンだ。昨夜の金髪の美女に比べて、カーリーは老けて見えるばかりか、驚くほど平凡に見える。

アーロンがテーブル越しに彼女をにらんだ。鼻がピクピクしている。「俺に向かって何だって？」

「やめなさいと言ったわ」エイダが穏やかにハーブティーをすすった。「私も同感だわ。少しは思いやりってものを見せなさい」

「何にだよ？」

「他の人の気持ちに」エイダが答えた。彼を見つめるその目は硬い貴重な宝石さながらきらめいている。

デズはそこに佇んで、この洞察力のある老婦人はノーマとテディの関係を知っていたのだと考えていた。

「あなたもこっちに来たら？」エイダが優しくデズを呼んだ。「火のそばはとても心地好くて暖かいよ」

「ありがとう。それじゃあたしも」デズは椅子を引き寄せて座った。寒さのせいで、筋肉がこわばって震えている気がする。明るい朝日は陰ってしまった。嵐の雲が近づいている。

「アーロン、話し合わなくてはならない重大なことがある」レスがそわそわと言い出した。「ノーマが財産をどう遺したかったかってことなんだ」

「不動産のことか？」アーロンが彼に向かって片方の眉を吊り上げた。

レスがうなずいた。「ここでの私たちの代理人、ウィット・コノヴァーが、彼女と私が結婚した時に合意書を作成した。ノーマは君と話し合ったんじゃないか？」

アーロンは興味津々の目でカーリーをちらりと見やってから言った。「いや、それはない」態度がひどく慎重になっている。「何だよ、レス、お袋はそうするはずだったのか？」

「ああ、そうだ」レスは残っていたコーヒーをすすった。「私にはそうすると約束した。彼女の健康状態を考えると、話していなかったなんて驚きだ。でも、きっと考えたくなかったんだろう。誰だってそうだよな？　こうなったら私が君に説明すべきなんだろう――彼女の遺言執行者としての私の立場から」

「あんたが遺言執行者？」アーロンはこれにはひどく驚いたようだ。「どうしてあんたが？　あんたは間違いなく受益者だろう」

レスは彼に頭を振ってみせた。「六年前、私たちの関係が真剣なものになってきた時だった。ノーマは私をこの部屋に座らせて、スコッチを注いでくれて言った。『レスター、これから話すことを聞いたら、あなたはやめたくなるかもしれないわ』ちくしょう、私は家族に不治の精神障害者がいると言い出すのかと思った」

「ああ、それならいるわね」エイダが言った。「まず間違いなく」

「でも、自分が死んだらアストリッド城は君に渡されることになると、私に告げたかっただけだった。彼女と兄のハーバートはずっと前にそうすることで合意していた――子供に遺すと。ハーバートに子供はいなかった。彼女には君がいた。従って君はアストリッド城唯一の主だ」

「まあ、何てことかしら」カーリーがびっくり仰天して呟いた。その顔に表情が浮かんでいるなら、お金を払ってでも見てみたいわ。デズは思った。が、残念ながらカーリーには無理だった。彼女にできたのは、一撃を食らったかのようなぽかんとした表情だけだ。アーロンはと言えば、顔から色が失せて、目を剝いている。

「これは二人の間で初めから了解されていた」レスが説明した。「ウィットがそのことを明記した婚前契約書を作成した。喜んで署名したよ。そんなことは私には重要ではなかった。大切なのは彼女だった」そして、不思議そうにアーロンをちらりと見た。「知らなかったのか？」

「レス、お袋はひと言も話してくれなかった」アーロンがしゃがれ声で答えた。「俺は……あんたが受け継ぐものだと思っていた。はっきり言って、だからあんたはお袋と結婚したんだと思っていたよ」

レスはひどく感情を害して怒った。「どうもありがとうな。今になって君にどう思われていたのかわかるなんてけっこうなことだ」

「率直に言って悪かったな、レス」とアーロン。「嘘をついてほしいと言うなら、もちろんそうするぜ」

「私なら、くたばっちまえと言いたいね」

「なあ、俺だってあんたがお袋をとても愛していたのは知ってる」アーロンは認めて、謝罪に近いところまで退却した。「そんなにがさつな物言いをするつもりはなかった」

「いいや、君はそのつもりだったさ」レスが腹立たしげに言った。「君は言葉を慎重に選ぶことで知られている。ちくしょう、それで有名なんじゃないか」そして立ち上がると窓まで行った。傍目にも肩ががっくりと落ちている。血色のよい宿の主人も、死を悼む姿は老けて、か弱く見える。「君さえよければ、私は使用人として喜んで仕事を続けると伝えたかっただけだ」彼が凍結した川とその先に広がるエセックスの雪を頂いた山々を見渡しながら言った。「ジョリーとジェイスもきっと残りたいはずだ」

「レス、ノーマの遺産処理には何ヵ月もかかるはずよ」カーリーが指摘した。「少し先走ってるんじゃない？」

「遺言の検認を待つ間も、アーロンがここを営業していたいとなればそうも言えない」レスが答えた。「食料とアルコールの納入業者への支払いもあるし、キッチンスタッフの給料もある。ここでは事業が営まれているんだ」

「まあ、俺はもちろん経営者になりたいわけじゃない」アーロンが高慢に言い放った。

「だから喜んで私が続ける」レスがしつこく繰り返した。「でも、何らかの仮の法的権限がなければホテルの経理に手がつけられない。そのためにはウィットと一緒に合意書を作成しなくてはならないんだ」

「レス、お袋はまだ二階にいる」アーロンが冷淡に言った。「食料やアルコールの納入業者の話なんか今はしたくない、わかったな？」

レスが降参だと両手を上げた。「わかった、それじゃ近いうちに。でも早くしないと、予約客に連絡して、休業したと告げなくてはならなくなるぞ」

「俺を脅すような真似はするな」アーロンが警告した。

「脅そうとしてるわけじゃない、アーロン。責任を持って対処できるように、君に現状を説明しているだけだ。客に対する責任はノーマには重要なことだった。とても重要だと考えていたんだ」

「落ち着きなさいよ、アッキー」カーリーが手を伸ばして、アーロンの手を軽く叩いた。「レスもあなたと同じように動転してるだけよ」

「もっとだと思うわ」エイダが言った。「何と言っても生活が根底からひっくり返ってしまったのは彼だもの」

「ちょっと待ってくれよ」アーロンが目を細くしてレスをにらんだ。「どういうことかやっとわかった。あんたは俺がここを大手ホテルチェーンにでも売り飛ばすんじゃないかと心配してるんだ。そうなりゃあんたは職も家もなくすんだから。そういうことなんだろ、レス？　はっきりそうだと言えよ」

　レスは答えようとしなかった。ぶらりとビリヤード台まで行って、クッションに向けて球を転がし、跳ね返って戻ってくるのを見守った。

「アストリッド城を売るつもりはないさ」アーロンが請け合った。「お袋は一族のものにしておきたいだろう。俺なら、あんたが好きなだけここを経営してくれてかまわないぜ」

「ありがとう、アーロン」レスがぼんやり答えた。「それを聞いてうれしいよ」

「俺にはたまたま七桁の収入がある」アーロンが自慢した。「近い将来、金が必要になることもないだろう――と言うか、ずっとないな」

エイダが深いため息をついた。「ノーマの言うとおりだわ。あなたはホントにまだ子供なのね、アーロン」

「どういうことだよ？」アーロンが迫った。

「自分の将来を予測するのはいつだって間違いだってことよ。あなたに将来が予測できて、それが合理的で、十分納得のいくものだとしても、実際にはそういうものではないのよ」

アーロンが眉をひそめて彼女を見た。「そうって何が？」

「人生よ」

人生。デズは思った。カーリーが悪徳弁護士を雇って彼と離婚することにしたら、彼のその七桁の収入は彼女のものになるのかもしれない。それどころか、アストリッド城だって彼女のものになるのかも。

上品な咳払いに振り返ると、ジョリーが愛想笑いを浮かべてバーの戸口に立っていた。さっきからそこにいて、アーロンがアストリッド城の新しい主になることを立ち聞きしたのかしら。デズは思った。

「レス、あと五分で朝食をお出しできます」彼女がレスに告げた。バラ色の頬の顔からは何もうかがえない。「それで、すぐに冷めてしまうと思いますので」

「ありがとう、ジョリー。外にいる男たちにも知らせてやるといい」

「ハンナが呼びに行ってます」

デズにも、足を踏み鳴らして玄関に近づく靴音と男たちのしゃがれた声が響き渡るのが聞こえてきた。

ハンナがジョリーの後ろから戸口に現れて、「〝温かい〟と〝食事〟と言ったら、ほとんど抵抗はなかったわ」と報告した。

「着替えなくては」エイダが宣言して、ゆっくりと立ち上がった。「バスローブのまま食事するのは許せないの。憎むべき習慣だわ」

「あまり遅くならないようにね、エイダ」軽やかに通り過ぎる老婦人にジョリーが忠告した。「お食事が氷のように冷えちゃいますから」

「先に始めてくれてかまわないわ」エイダが素っ気なく手を振った。

残りの者たちはバーを出て食事室に向かった。食事室では、燃え盛る火の前で木こりが暖まろうとしていた。三人とも凍えて飢えているようだ。ジェイスは濃いあごひげとストッキングキャップのせいで、北部の原生林からさまよい出てきたかのように見える。体臭もプンプンしている。

「やあ、駐在」ミッチが大きな声で呼びかけた。冷えきった手を炎にかざしている。

「あら、木こりさん」

テディもぶらりと入ってきた。面長の痩せた顔にはしわが刻まれている。悲嘆に沈んで、心ここにあらずのようだ。

「私もちょっと二階に行ってくるわ」ハンナも決めた。「少しお化粧でもしてみる」

「けっこう」階段に向かって滑るように歩いていたエイダが大声で言った。「お化粧をしていないと、〈バーガー・キング〉のアルバイト店員みたいに見えるわよ」

ハンナがすぐさまジョリーに向かって目をぐるりと回した。

「見えたわよ、ハンナ」エイダが彼女にぴしゃりと言った。

「まあ、私の名前をご存知なんですね」ハンナはエイダを追って階段に向かった。

「もちろんよ。わからないのは、あなたがどうして雇われたのかってこと。歩く時には足をしっかりあげなさい。昔の兵士みたいにどたどた歩くんじゃないの」

「はい、エイダ」

「それから私にまとわりつかないでくれる？　うろつかれるのは我慢できないの」

「僕も身なりを整えてこよう」スペンスが彼らの後から階段を上っていった。

「私はあなたが嫌いよ、ミスター・ニューヨーク支社」エイダが怒鳴った。

「僕がいったい何をしたというんですか？」スペンスが目を白黒させた。「微笑み過ぎなのよ」二階へと消えながら、エイダが彼に言った。「私からお金を盗んだ映画会社の連中はとにかく微笑み過ぎなのよ」

アーロンは食事室の戸口に立って、大きな頭を振った。「彼女は間違いなくますます意地悪になってるな。信じられないよ」

「悲嘆のせいだよ」テディが静かに言った。「ひと言だって本気じゃない。そっとしておいてやれよ」

「俺はかまわない」とアーロン。「いくらでも好きにすればいいさ」

ジェイスがジョリーのそばまで行って話しかけた。囁くような声で、恥ずかしそうに視線を床に落としている。

ジョリーは彼の話を一心に聞いてから、レスに向き直った。「ジェイスにも食事を出してかまいませんか？　コテッジには電気コンロしかありませんし、かわいそうに弟はすっかりお腹を空かせています。私と一緒にキッチンで食べますので」

「何言ってるんだ」レスが言った。「一緒に食事室で食べるんだよ、二人とも。君たちは家族なんだから」

「本当にご親切に、レス」ジョリーは言って、ジェイスに向き直った。「せめて少し身繕いしたら？　マッドルームにウェットティッシュがあるわ。教えてあげるから、いいわね？」

ジェイスはうなずいて、袖をまくり上げながらキッチンに向かった。ジョリーが後に続いた。

「彼が手で食べるか足で食べるかわかる？」カーリーが声に出して訝った。皮肉がこぼれんばかりの声だ。

デズには意地の悪い皮肉がジェイスに聞こえたかどうかはわからなかった。でもジョリーに聞こえたのは間違いない――キッチンのドアを入りながら、悪意のこもった視線をカーリーに投げたのだ。

「大目に見てやれよ」ミッチがジェイスをかばうために声をあげた。「いいやつなんだ」

「動物園の獣みたいな臭いがするじゃない」カーリーが指摘した。「本当の話なのよ、私はヴァージニアで育ったのだけど、ああいう人には呼び名があるのよ」

「本当の話、我々は本気でそんなものは聞きたくない」レスが冷淡に言った。「だからどうか聞かせないでくれ」

カーリーはその言葉にカッとなり、「あなたが昨夜言ったとおりだわ、アッキー」と激しい口調で囁いた。「私たちはここには来るべきじゃなかった。誰も私たちを歓迎していない。私たちのことが嫌いなのよ。みんな嫌いなのよ！」彼女は身を翻して、中央階段に向かって駆け出していった。

「カーリー、どこに行くんだ？」アーロンがその背中に叫んだ。「カーリー……！」

「いいや、放っておけ」レスがアーロンの腕を摑んで、後を追わせなかった。「誰にとってもストレスの多い時なんだ」

「でもカーリーは俺の妻だ、レス。俺の結婚には立ち入らないでもらおうか」

「君には助けが必要だよ」テディが助言した。「君はその結婚をメチャメチャにしてしまったのだから」

「で、あんたに何がわかる？　あんたの知ってる関係なんて、せいぜい車のフロントシートでの七分間ってところだろうに」

テディは身をこわばらせたが、反論はしなかった。その態度に、デズは彼を本当の紳士だと判断した。

レスがミッチに向き直った。「外で何も手伝えなくて悪かった。すっかり役立たずになった気がするよ」

「私もだ」テディが言った。「ただ、本格的な肉体労働はもう長年やっていないんだ。ものの三十分で私を担架で中に運び込むことになるだろうな」

「ご心配なく」ミッチは二人に請け合った。「僕たち三人は目覚ましい成果を上げてますから。この調子なら、あのシカモアを三月末までにはきれいに片付けられると思いますよ」

レスが気のない笑い声を漏らした。「電力会社の連中がアッという間に私たちを救い出してくれるさ」

「早ければ早いほどいい」アーロンがブツブツ言った。「お袋を埋葬して、俺とカーリーがとっととここから出られりゃそれでいい」

「それなら私たちみんなだよ」テディが同意した。

アーロンが彼に向かって片方の眉を吊り上げた。「あんたがすごく面白いことを言ってるつもりなのはわかるが、テディ叔父さん、俺は聞く耳持たないぜ。多くの人たち——影響力も権力もある人たち——俺を本気で尊敬する人たちがいるってことを、あんたにも見せてやるさ」

「それは、彼らが君のことを私たちのようにはよく知らないからってだけだ」とテディ。「彼らにも猶予を与えてごらん。態度を変えて、私たちに同調するさ」

「カーリーはどこへ行った？」アーロンが訝った。もうテディを無視している。あるいは、少なくともそのふりをしている。「こっそりタバコを吸ってるんだな」そして、彼女を追って階段に向かった。「カーリー……？」

「かまわなければ、私はジョリーの配膳を手伝ってこよう」レスが言った。「君たちはニュースか音楽でも聞きたいかな？　サウンドシステムの電池はちゃんと充電され

「風の音を聞いている方がいいな」テディが答えた。

「いいとも、好きにしてくれ」レスはキッチンに消えた。

テディはデズやミッチと一緒に暖炉の前に残った。「真面目な話、片付けはどれくらいはかどったんだい？」

「真面目な話ですか？　二、三日はここに閉じ込められるかもしれないですね」

「何てことだ」

「どこか行かなければならない場所があるんですか？」デズはテディに尋ねた。

「〈シグ・クライン〉だよ」彼がむっつりと答えた。「服を売らなければ、収入もない。しかもジャズマンの仕事について言えば、この週末は完全に当てがはずれてしまった。しみったれた話をしたいわけじゃないんだ。誰にも生活があるってだけなんだが、私の生活は、残念ながら、このところあまり潤沢とは言えなくて。こういうことも考えなくてはいけないんだ。私は……」話は途切れ、テディは窓に向かって歩いていって、暗くなってきた雲を見渡した。

　ミッチとデズは暖炉の前で二人きりになった。ミッチは早速彼女に腕を回して、しっかり抱きしめた。ひげを剃っていない頬が、デズの頬には冷たくざらざらと感じられた。

「あたしに会えてうれしいの？　それとも単に温まりたいだけ？」デズは彼を抱きしめながら訊いた。

「そんなことが重要かい？」彼が呟いた。その口が彼女の口を見つけてキスしてきた。

「全然」

「デズ、ここを出たら、俺に新しいダイエットをさせてくれ。俺はノーマみたいにはなりたくない——ゼイゼイ喘いで死ぬなんて」

「それはいいわ。あたしもそんなことになってほしくないもの」

「でも、チョコレートミルクを毎日グラスに一杯だけ認めてもらうわけにはいかないだろうか？　だから皮なしチキンの胸肉やあのものすごい量の葉物野菜はかまわないからってことだが」

「少し調べてから、お返事するわ」デズは答えながらも、顔からしまりのない笑みを消せなかった。

「また雪が降り出した」テディが窓辺ではっきりと言った。

二人は彼のそばまで行って、硬い氷の上にひっそりと舞い落ち始めた雪片を見つめた。

「美しいと思わないか？」テディの声がしわがれた。

「ええ、確かにおとぎの国の冬ですね」ミッチは応じた。

テーブルは朝食用に整えられていた。ジョリーが配膳用の大きなチュリーン（スープやシチューを入れる蓋のついた壺）に入れたオートミールを重そうに持ってキッチンから出てきた。そのすぐ後から、レスが卵とベーコンを入れた蓋付きの大皿を持ってきた。

「みんなを待つことはない」レスが三人に勧め、ジョリーは慌ただしくキッチンに戻っていった。「食べ始めてくれ。冷めると美味くないから」

「それはそうだ」ミッチは同意して、昨夜の夕食の時と同じ席についた。「僕が耐えられないものが一つあるとしたら、冷めたスクランブルエッグなんですよ。僕の考えでは、あれは熱々じゃないと、まるで黄色いゴムみたいな味で。加硫処理され、高レベルの遠心分離機にかけられるはずの——」

残念ながら、冷めたスクランブルエッグに関する強硬な個人的主張をレスやテディに最後まで伝えることはできなかった。

悲鳴が聞こえたからだ。

9

エイダ・ガイガーを殺した犯人はベッド脇の電話を使った。

電話のコードが老婦人の首にしっかり巻きついて、肌に食い込んでいるほどだ。彼女のそばの床に転がる受話器は血まみれだ。彼女の後頭部も。B級映画の女王は着替えの途中の姿で、ベッドのそばに横向きに倒れている。長袖のシャツにウェストがゴムのウールのスラックス。荒々しく中途妨害された時にちょうど着ようとしていたかのように、厚手のウールのカーディガンがベッドに投げ出されている。

ひどく荒々しく中途妨害されたんだな。ミッチはデズがエイダを調べるのを見守りながら考えていた。

他の人たちはショックに黙りこくって、開いたドアの外の廊下に固まっている。全員がいる。ハンナ。彼女の悲鳴にみんなは駆けつけたのだ。アーロンとカーリー、レス、テディ、スペンス、それにジョリーとジェイス。まるで今朝のシーンの精密なリプレーだ。今朝もすぐ隣のドアの外にこんなふうに集まったのだ。誰もひと言も口をきかない。ショックのせいもある。が、それぞれの供述を取るまで喋らないように、デズが頼んだということもある——それぞれがエイダ殺害についての潜在的参考人なので、それぞれの記憶に影響を与え合われては困るからだ。でも主として、彼らは全員がわかっている現実に言葉を失っているのだ。

この五分の間に、この中の誰かがエイダ・ガイガーを冷酷に殺害した。

この中の誰かのはずだ。他には誰もいないのだから。みんなに気づかれずに城の奥まった隅に誰かが隠れていたのならともかく。実を言えば、このバカげた考えは昨夜あった何かの記憶を束の間ミッチに思い出させた。が、ずば抜けた才能のあった不屈の女性が死んで絨毯に横たわっているのを見下ろしていると、完全に思い出す前に強い嫌悪感と悲しみに押しのけられて消えてしまった。

デズはエイダにかがみ込んで、首に巻きついた電話のコードと、血まみれの頭の傷をじっと見た。瞼を開けて、瞳孔を調べた。「目に出血が見られるわ」と、ミッチに声を落として告げた。

「つまりどういうことだ?」声がしわがれた。喉の奥で熱い胆汁の味がした。

「死因は頭の傷でなく、絞殺だってことよ。目の毛細血管は極度の圧力がかかると破裂しがちなの。それに、頭からはまだ出血してるわ。彼女は亡くなる前に、あの受話器で殴られたってことよ」

「どうしてわかるんだ？」

「死ぬと、心臓は血液をもう送らないの。だから出血はないか、あるとしてもごくわずか。血が導く——犯罪捜査で昔から言われてることよ」

「その表現はジャーナリストのものだと思ってたよ。ニュースの優先順位に対してと言うか、順位を無視した時なんかに使うと。新聞を見たり、テレビをつけたりしたことがあれば、君も気づいたかもしれないが、我々は血なまぐさいものに引かれがちだから……」饒舌になり出している。ミッチは自分でもわかっていた。動揺しているのだ。

でも、デズは違う。彼女は冷静で、機敏で、集中しているように見える。何と言っても、何年も暴力的な死を仕事にしてきたのだから。ただし、内心はまったく冷静ではない。ミッチはそのことも知っていた。こうした醜悪で、内臓がよじれるような暴力こそ、彼女をスケッチブックに向かわせてきたのだから。

「おそらく」彼女が結論を出した。「犯人は彼女を受話器で殴って朦朧とさせてから、コードで仕上げをしたの。こっそり素早く。コードの下の引っかき傷が見える？」

ミッチは勇気を奮い起こして見た。エイダの首には血まみれの引っかき傷があった。たくさんある。「あれで何がわかるんだ？」

「彼女はまだ意識があった」デズはエイダの手を調べた。「この爪の中の血と組織がわかる？　彼女自身のものだと思うわ。彼女は自分で引っかき傷を作ったのよ、ミッチ。この老婦人は抵抗したの」デズはそこで立ち上がってエイダから離れ、窓に歩いていった。外では、雪が激しくなり、風もガラスを鳴らすほど強くなっている。

ミッチもやって来て、声を落とした。「彼女が争ったとしよう——女でも彼女にこんなことはできたか？　それとも犯人は絶対に男か？」

「女には無理だったとは思わないわ。ある程度力がある女なら。エイダは旺盛な活力にあふれていたかもしれないけど、やっぱり九十四歳なの。正直なところ、まだ誰も除外できないわ」デズは言って、ため息を漏らした。

ミッチは彼女を見た。「大丈夫か、デズ？」

「大丈夫。あたしなら大丈夫よ。けど、この状況についてはとてもそうは言えないわ。二件の殺人があったんだし、この忌々しい天候が収まらないうちは、バックアップを呼べない。ここにはあたしたちしかいないの」

「そうか、それじゃ巻き戻しボタンを押してくれと頼まなきゃ」

「どうして？」

「二件の殺人って言っただろ」

「ああ、そうね。母親と娘がこんなふうに数時間の間に死んだ——あなただって偶然てものはないってことなの。エイダとノーマの両方に死んでもらいたかった人がいるのよ」

「ノーマは心臓発作で死んだんだと思ったが」

「表向きは心臓発作ね。確かにそう見えるわ。けど、彼女は殺されたんだと、あたしが保証するわ」

「どうやって？」

「今はまだ答えられない。検死解剖の結果が出ないとわからないかもしれない。残念ながら、今はほとんど何もわかっていないもの。ただ、これだけはわかる。ここに出入りできる人間はいない。従って、ここに閉じ込められている中の一人が犯人だってことよ」

ミッチは頬をぷっとふくらませて、ゆっくりと息を吐くと、「悪いニュースを伝える役はやりたくないんだが、映画があるんだ」と厳しい顔で言った。「ただ、山頂ではなく、孤島が舞台だったんだが。それに、ノーマだけではなく全員が、英国訛りだった」

「ミッチ……？」

「それに、当時は携帯電話なんてものもなかった。こいつは力学を劇的に変えると思わないか？　彼らは外に連絡できなかったが、君はできるんだから。できるんだろ？」

「電池切れにならないうちは。とりあえずは大丈夫よ」

「それにパトカーには送受信兼用無線がある」

「それも確かだわ」デズは辛抱強く認めた。「ただね、ミッチ……？」

「何だい、デズ？」

「これは忌々しい映画じゃないの！」

「おい、それくらい十分承知してるよ」

「よかった。あたしには他に頼れる人はいないんだから。あなたしか、あなたしかいないの」

「何でもやるよ、デズ。けど、こんなことは君と付き合うまで俺の人生にはあり得なかったってことくらいはわかってくれるだろ？」

デズ・ミトリーは即座に身をこわばらせて、あの油断のないおっかない顔になった。淡いグリーンのアーモンド形の瞳が彼の顔を見つめ、探りを入れている。「ミッチ、何か言いたいことがあるの？」彼女が詰問した。

「例えばどんなことだ？」

「あたしに出会ったことを後悔してるとか」

「とんでもない。どこからそんな馬鹿な考えが出てくるんだ？」

「想像もつかないわ」

「それじゃどこから始める？」

デズはエイダの部屋のキーをナイトスタンドから拾い上げると、きびきびとドアに向かった。「彼ら一人一人から参考人の供述を取らなきゃならないの。あたしがそれをしている間、あなたには他の人たちを見張っててもらわなきゃならない、いい？」

「よし、やろう」

二人は廊下でみんなと合流した。デズはエイダのドアに鍵をかけて、キーをしまった。それから打ちひしがれた顔を順に見て、それぞれの様子を見定めていった。主として、大きな不安があった。アーロンとカーリーは関節が白くなるほど固く手をつないでいる。ジョリーとジェイスは目を見開いた小学生のように身を寄せ合っている。スペンスとハンナも一緒に立っている。緊張に口元を固く引き結んでいる。テディは二人のそばで、すっかり打ちのめされて壁にもたれている。レスはポケットに手を入れてみんなから少し離れて立ち、期待を込めてデズを見守っている。誰も何も言わない。そのすべての目がドーセットの駐在に釘付けになっている。

ついに沈黙を破ったのはアーロンだった。「あんたがこの件をどうするつもりか聞かせてもらおうか」

「できるだけのことを。最善を尽くして」デズはハンナに向き直って続けた。「あなたが彼女を見つけたの？」

「ええ、そう」ハンナは大きく息を吸い込んだ。震えている。「私……私はちょっとの間自分の部屋でお化粧をしただけで」

確かに。ミッチは観察した。アイメーク。口紅。頬紅。あのレトロな丸眼鏡までかけている。実を言えば、ミッチはそうしたものをいっさいつけていないハンナの方が好きだった——もっと真面目に見えて、誰かになりすましているようには見えない姿の方が。もっとも、女性の化粧には昔から関心がないのだ。デズは滅多にしないし、メイシーはまったくしなかった。

「部屋にはあなた一人だったの？」デズは尋ねた。

「えっ、ええ。どうして私が誰かと一緒に？」

「あなたの部屋は？」

「すぐそこの4号室よ」ハンナはエイダの向かいのドアを身振りで示した。テディはハンナの隣の2号室で、レスとノーマの部屋の真向かいだ。「階下に戻ろうとして、彼女のドアが少し開いているのに気づいたから、彼女も戻る準備ができたかどうか訊くために寄ったの」

「どうしてそんなことを？」

「それは、理論上はあの女性の下で働いていたからよ。いくら頑張っても、仕事はさせてもらえなかったけど」ハンナはそこで話を中断して、手をもみ絞った。「私は、彼女を見つけただけ。彼女は床に倒れていたわ。本当に、何があったのかさっぱりわからない。それに、あんな悲鳴をあげてごめんなさい。どうしても抑えられなくて。だって、人のあんな姿を見るのは初めてだったの」

「かまわないのよ、ハンナ」デズは請け合った。「気にしないで。彼女を発見する前に、彼女の部屋から物音は聞こえなかったかしら？」

ハンナは首を振った。「いいえ、何も」

「壁はすごく厚いんだ」レスが言い出した。声を振り絞っている。

「それじゃ廊下は？」デズはハンナに尋ねた。「どこかのドアが開いたり閉まったりする音や、足音といったものは聞かなかった？」

「ああ、それなら」ハンナが勢いよくうなずいた。「そういう音なら。朝食の前で、いろいろ身なりを整えたりするんで、みんなが出たり入ったりしてたから。あっ、みんなじゃないわね。でも何人もが」

デズは、今度はレスに向き直った。「1号室と3号室を封鎖しなきゃなりません。あたし以外は立ち入り禁止です」

「もちろん、何でも君の言うとおりに」が、レスの顔が陰った。「待ってくれよ、どういうことだ？」

「はっきりしてるんじゃないか？」テディが言った。「彼女はノーマも殺されたと言ってるんだよ」

「ノーマは心臓発作だ」レスが言い張った。「心臓がもたなかったんだ」

「レス、あたしたちには何があったのかはわからないんです」デズは平静を保った。

「ただ、こんな状況では、ノーマの死も疑わしいとみなさなくてはなりません。ということは、彼女の部屋もエイダの部屋と同様に犯行現場になるんです。あたしは裁断を下してるわけじゃありません。通常の手順を踏んでいるだけです。その二部屋は鍵をかけて封鎖しなきゃならないし、あなたからはそのキーをすべて渡してもらわなくてはなりません。マスターキーも。それに、ジョリー、開けてもらえるかしら――えと――あと四部屋も」

　ジョリーはダウンのベストのポケットに、ジャラジャラとうるさい大きなキーチェーンを入れていた。そのマスターキーを使って、ミッチとデズの部屋と並ぶ空き部屋二つ、8号室と10号室の鍵を開けた。アーロンとカーリーの部屋は向かいの5号室、スペンスは7号室だ。ジョリーは9号室と11号室も開けてから、キーをデズに手渡した。ジェイスもしぶしぶ自分の大きなキーチェーンを手渡してきた。自分の身体の一部を献上するとでもいうように、本当に不承不承だった。

「ノーマのキーはもうフロントデスクの一番上の引き出しにしまったよ」レスは自分のキーをデズに渡しながら言った。「引き出しにはマスターキーがもう一つに、ルームキーのセットももちろん入ってる。何なら取ってくるが」

「いいえ、けっこうです。すぐに自分で取ってきますから。差し当たっては、みんなでこういうふうに手を出してください……」デズは掌を下にして、腕をまっすぐ前に伸ばした。

「いったい何のため?」カーリーが尋ねた。

ミッチは知っていた。絞殺された時にエイダが自分の首につけた引っかき傷を見たから。犯人の手にも引っかき傷をつけている可能性がある。

「どうか言われたとおりにしてください」デズがカーリーに言った。

全員が従った。

デズはゆっくり一人一人に近づいて、その両手を念入りに調べた。自分の手は厳格な校長よろしく後ろで組んでいる。そして、「今度は掌を上にお願いします」と頼んで、手順を繰り返した。デズはそれぞれの顔と首も調べ、必ず一人一人の目を覗き込むようにした。カーリーは彼女の断固とした視線に縮み上がったようだった。アーロンは喧嘩腰に落ち着きなく苛立っていた。ハンナは恐怖に震えていた。スペンスは何より興味津々の態だった。レスは穏やかな是認で応じた。ジョリーも。しかしジェイスは視線を床に落としたまま、自分の中に引きこもってしまったようだ。それでも荒れた赤い手に新しい引っかき傷はなかった。テディの手にも。ジェイスの隣で見ると、とてもきゃしゃで繊細に見えた。テディの目は、耐えられないほど傷ついた男のそれだった。

デズが、エイダを絞殺した犯人がパニックを起こして、罪悪感に苦しんだ告白を口走ることを期待したとしても、まあ、そういう事態は起きそうもなかった。犯人が誰であれ、単に冷酷な殺人犯であるばかりでなく、究極の俳優だ。脚本どおりに役を演じて、はったりで切り抜けられるやつ。

それに、目に見える引っかき傷は誰からも見つからなかった。犯人は手袋をしていて、それをどこかに捨てたな。ミッチは思った。

「それじゃ、皆さんには部屋に入ってもらいます」デズが告げた。「一人一人から参考人の供述を取りますので。そのために、部屋には一人ずつになってもらいます。ですからアーロンとカーリーは別れてください。一人は今使っている部屋でかまいませんが、もう一人は8号室に行ってください。レス、あなたは10号室に」

「デズ、私たちも別々でなきゃいけないかしら？」ジョリーが自分とジェイスのことを尋ねた。

「そうしてもらうわ。あなたは9号室、ジェイスは11号室に」

「本当は引き離されない方がいいの」ジョリーが弟に目をやった。ジェイスは相変わらず絨毯を見つめるばかりだ。「いいことじゃないわ」

「あら、何が問題なの?」デズは眉をひそめて尋ねた。

「問題ってほどのことじゃないんだけど……」ジョリーは口ごもってから、引き下がった。「そうね、いいわ、短時間なら」

「ちょっとやり過ぎだって気がするのは僕だけかな?」スペンスが声に出して訝った。

「私は邪険という言葉が浮かんでるわ」カーリーが言った。

「非道だ」アーロンが同意して、肉付きのいい大きな頭をうなずかせた。

「そのとおり」デズは言った。「殺人は非道よ」

「正直言って、デズ、私たちはみんな寒くて、お腹が空いていて、ものすごく怯えてるの」カーリーが言った。「それなのに、あなたは慰めてくれるどころか、独房監禁に追いやるのよ。どうして一緒にバーに集まるんじゃいけないの? あそこなら火も、食べ物もある。みんなで慰め合えるし」

「まだ駄目です」デズは答えた。

「ほう、どうしてだ?」アーロンが迫った。

「参考人だからです」デズは一歩も退くまいと彼に答えた。「いいですか、あたしだって部屋に火の気がないことは知ってます。お腹が空いていて、怯えているのもわかってます。でも、二人の女性が殺されたのは事実なんです。あたしの仕事はその理由を見つけ出すことです。そして皆さんの務めは、あたしに協力することです。協力しないと、州警察の捜査を妨害していることになります。長くはかからないと約束します。それに、これはあなた方自身の保護にもなるんです」

「それは確かだわ」ハンナが認めた。「少なくともそうすれば安全だわ。ドアは施錠すべきかしら？」

「その方が安心ならどうぞ。部屋にいる限り安全です。あっ、供述を取り終えるまで、携帯を預からせてもらいます」

「でも、かけなきゃならない電話がある」スペンスが言い張った。

「電話は禁止です。どうか今すぐ携帯をミッチに渡してください」

誰もがしぶしぶ応じた。もっとも、ミッチはアーロンの前で大きな抵抗に遭った。

「どうして彼だけは一人で寒い部屋に入らないんだ？」アーロンは不平を言って、携帯を手渡すのを拒んだ。

「あたし以外では彼だけが間違いなく潔白だからです」デズが答えた。

「どうしてそんなことがわかるんだ？」

「エイダが殺された時、彼とあたしは階下で一緒だったからです」

アーロンはその言葉をしばし考えてから、しぶしぶミッチに携帯を突き出した。ミッチはと言えば、エイダが亡くなった時には、実際にはもう一人が一緒だったとしきりに考えていた。テディはずっと食事室にいて、窓の外の雪を見ていたのだ。しかし、テディは必ずしもこの成り行きの傍観者というわけではない。家族の一員だし、そうなればどうやら一人ずつ殺してその家族に壊滅的な打撃を与えようとする計画なり、その犯人なりに関わっている可能性はある。

「それでは部屋に行ってください」デズがみんなに言った。「すぐに供述を取りますので」

まだ不平はあったが、多くはなかった。眼前の恐怖が大き過ぎるのだ。ドアをダブルロックする者もいた。その人数までは、ミッチにはわからなかったが。

テディが2号室の戸口でためらった。「デズ、ちょっと話してもいいだろうか」と、静かな声で言った。

「何ですか、テディ?」

「昨日の晩、私が起きていたと話したことは覚えてるかい、その待っていて……」テディはミッチをちらりと見て、いくらか顔を赤らめた。「ノーマが来てくれるのを?」

「ええ、覚えてます」

「二時半頃、レスとノーマの部屋のドアが開いて閉まって、足音がするのを聞いたんだ。それで私の部屋のドアが開くのを期待したが、そうではなかった……。彼女は階下に下りたんだ」

「どうしてわかるんですか？　後を追った？」

「私はベッドから一歩も出なかったさ。でも彼女の足音はわかる。あの古い階段はものすごく軋むからね」

「なるほど」デズは考え込んだ。「どうしてさっき話してくれなかったんですか？」

「詳細など取り立てて言うほどのものではないと思った。でも状況が変わった、そうだろ？」

「そうですね」

「テディ、ノーマの足音だったとどうしてわかるんですか？」ミッチは尋ねた。「レスではなかったとどうして？」

「確かにそうだ」テディが認めた。「それはわからない。ノーマは夜しょっちゅう階下に下りるから、そう決め込んでいた。レスはまずないし。でも、待てよ、話はまだある――数分後にべつのドアが開いて閉じて、足音が階下に下りていったんだ」

「誰の足音だったんですか？」デズが尋ねた。

「エイダだ」

デズは彼を一心に観察した。「確かですか?」

「確かだ」テディは3号室に目をやった。「あれは彼女のドアで、彼女の足音だった。あの老婦人はものすごく軽い足取りで歩く。君も気づいたかもしれないが」

「ああ、それなら」とデズ。「エイダはノーマを追って、階下に行ったと考えてるんですね?」

「ああ、そうだ」テディが答えた。

「帰ってくる足音は聞きましたか?」

「三十分後くらいに」彼がうなずいた。「エイダが先に戻ってきた。彼女のドアが開いて閉まるのを聞いた。私は、ノーマはしばらく階下で彼女がまた寝入るのを待っているのだろうと思った。そして、その、私のところに来てくれると。でも、そうはならなかった。彼女はエイダが戻ってから少しして自分の部屋に戻り、もう出てこなかった。私はそれから少しして眠りに落ちた」テディがしょげ返った。「もう階下に行って、始めてもいいかな?」

デズは眉をひそめて彼を見た。「始める?」

「ピアノだよ。鍵盤から長く離れていると、ひどく落ち着かなくなるんだ」

「悪いけど駄目です、テディ。部屋にいてもらわないと。でも、かまわなければ、デスクの椅子を貸していただけますか?」

テディはかまわなかった。デズは木製の椅子を廊下に運び出してから、テディを部屋に入れてドアを閉めた。廊下には、彼女とミッチだけになった。

「これはあなた用」デズは階段を上り切ったところに、廊下に向けて椅子を置いた。「あたしは急いで階下に行って、この件を無線連絡しなきゃならないの。あたしがいない間、誰も部屋を出ないように見張っててくれる？」

「いいとも。もし必要なら、トラックの荷台にかけた防水シートの下にアイスピックがあるよ。スクレイパーも。それに、あっ、これも持ってった方がいい」ミッチは電池式の錠除氷装置をポケットから引っ張り出して差し出した。

「準備オーケーだわ」デズがコートのポケットを叩きながら言った。「あなたが武器を持っててくれたらいいのに」

「デズ、そんなの俺らしくないだろ」

「キッチンに狩猟ライフルが二丁あるわ」

「まさか。銃は嫌いだよ」

「ミッチ、好き嫌いの問題じゃないの。あなたの安全がかかってるのよ」

「俺なら大丈夫だ」

「わかったわ、好きにして」デズは眉根を寄せて、階段の上にしばし佇んでいた。ミッチにはその理由がわかった。彼女にはキャッチボールが必要なのだ。凶悪犯罪班にいた頃には、アイデアのキャッチボールをするパートナーのソーヴがいた。今は、ニューヨークの日刊紙三紙の中でも最も権威ある新聞の主筆映画批評家がいるだけだ。

「犯人は一人ではないかもしれないと思うの」彼女がゆっくりと言った。

「どうしてそう思うんだ?」

「エイダが〝彼ら〟って言ったからよ」デズが答えた。「昨日の晩、女性用化粧室で。あたしたちはあたしの絵のことを話していた、と言うか、あたしはそう思い込んでたんだけど、そこで彼女が出し抜けに言ったの。『彼らには絶対に手に入らない』って。この城のことだと思うんだけど、すごく曖昧だったから本当のところはわからなかった。精神的におかしくなっているのかもしれないと思ったほどで。けど今は、彼女は何かを知っていたと思う。ノーマが何か話したのかもしれない。二人が殺されるようなことを。エイダは今朝もあたしと話したがってたの。すごくこだわっていた。しかもそれがどんな話であれ、彼女はレスの前ではしたくなかったの」

「どうしてだろう?」

「あたしも知りたいわ。数分間でも何とか彼女と二人きりになればよかったと思う。けど、あたしはしなかった。あたしの責任だわ」

「自分を責めちゃいけないよ」

「ミッチ、自分の気持ちからは逃げられないわ」

「もしエイダがレスの前では君と話したくなかったのなら、彼をじっくり観察しなきゃいけないんじゃないか？」

「もちろん。けど、動機は何かしら？」

「自分で言ったじゃないか。この場所は——何百万ドルもの価値があるんだぜ」

「レスにとってはそうじゃないわ。アーロンがそっくり受け継ぐんだし、レスはそれを知っていたんだもの。彼はノーマの遺言執行者なのよ」

「それじゃ、アーロンが最有力候補になるんじゃないか？」

「ノーマの死で最も得をするのはアーロンだわね」デズが認めた。「しかも彼には愛人とカンカンに怒っている妻がいる。ああ、そうよ、差し当たり彼こそ最有力候補だわ」

「エイダが絞殺された時に、彼がどこにいたのかわかるか？」

「今のところはカーリーを探しに階上に行ったことしかわからないわ」デズは階段を下りかけて立ち止まった。「でも他にもわかってることがある——最初の殺人は計画されたものだけど、二度目はそうではなかったってことよ」

「どうしてそんなことがわかるんだ？」

「ノーマを殺した犯人は、エイダまで殺さなければ逃げきれたはずだからよ。十中八九ノーマに検死解剖は行われなかったでしょうから。でも今となっては必ずある。

で、そうなれば、絶対に何か出るわ。期待していいわよ。こういう無分別が起きるのは、化けの皮が剝がれそうになった時しかないわ。完全に自暴自棄になったってことよ。例えばエイダに偶然何かを見られてしまったみたいな。ものすごく重大なことで、ノーマの死が精査にさらされる危険より彼女にばらされる危険の方が重かったの。現実世界では、あたしに言わせれば、これは破れかぶれってことよ。明らかに間違いなく頭がおかしくなってる。だって、あたしたちは雪でここに閉じ込められて、エイダの殺害を他の誰かのせいにすることはできないんだもの」デズはうんざりしたように頭を振った。「いいわ、もうたくさん。やるべきことをやりに行く方がいいわね。あたしの後ろを見張ってね、いい？」

「いいとも。君の後ろ姿を見るほど楽しいことはないんだから——考えられる例外は君を前から見ることかな」

デズが突っ立ったまま彼も頭がおかしいとばかりに見つめた。

「ごめん、自分の安全地帯から叩き出されると、やたら饒舌になってしまうんだ。自覚してはいるんだが」ミッチは廊下を向いて、その堂々たる尻を椅子に下ろした。

「よくやってるわよ、ベイビー」デズが請け合った。「きっと大丈夫よ」

「ああ、絶対に」

デズは階段を途中まで下りたところで急に立ち止まり、戻ってきた。「いいわ、どうなるのか聞かせて」

「何がどうなるんだい、デズ？」

「あなたの古い映画よ」

「ホントのところ、知らない方がいいよ」

「いいえ、知りたいわ」

「そんなことないだろ」

「あたしは知りたいの」

「そうか、わかった、俺のせいじゃないからな」ミッチは言って、咳払いをした。

「誰も生きて脱出できない」

「まあ、けっこうだこと」

10

〝結局のところ、私たちは誰もが犠牲者だってことよ〟

デズはエイダ・ガイガーの遺体を様々な角度から撮影した。パトカーのトランクにデジタルカメラを常備しているのだ。写真を撮る間も、何も動かさず、何にも触れなかった。それは鑑識の仕事だからだ――鑑識がここまで来られたらの話だが。差し当たり、彼女の仕事は写真を撮って、現場を保護することだ。本当は18×24インチのスケッチブックとグラファイトを手に座り込みたいのだが。エイダの複雑なしわの刻まれた老いた顔に残る闘志をどうしても捉えたい。必ず訪れるものがわかっているにもかかわらず、その顔に恐怖はない。

降伏することなく受け入れている。

それがエイダ・ガイガーの死の本質だ。確かに、そこには底知れぬ静寂がある。でも、勇気がある、果敢な抵抗がある。死んでもなお、エイダ・ガイガーは語っている。そしてデズは、それをグラファイトでどうしても聞き取らなくてはならないと感じていた。でも、今はその時ではない。後にしなくては。アトリエに帰ってイーゼルに写真を留められるまで待たなくては。

今は、捕えなくてはならない殺人者がいる。

デズは素早く見回し、何も動かさないように気をつけて、エイダを殺した犯人がはめていたはずの手袋を探した。何も見つからなかった。ベッドの下を覗く時間も取った――制服の新米警官として遭遇した重要事件の一つにまで遡る習慣だ。イースト・グランビーで、女性が自宅の寝室に倒れて死んでいるのを見つけたのだ。胸と首を十六ヵ所も刺されていた。が、凶器はどこにもなかった。その旨を無線報告しようとしたその時、ほんの思いつきで、ベッドの下を見てみようと思った。そして、血まみれのナイフを見つけた。もし見ていなかったら、到着した凶悪犯罪班がナイフを見つけることになって、彼女は救いがたい間抜けになっていたはずだ。デズはそれを絶対に忘れなかった。だから殺人事件に遭遇した時には、必ずベッドの下を見る。妄信と言われてもかまわない。

エイダのベッドの下には何もなかった。

デズは廊下に戻って、ドアには鍵をかけ、ドア枠に規制線を斜めに渡して、部屋を封鎖した。

「何か見つかったか？」ミッチが階段の上の監視場所から心配そうに尋ねた。

「綿ゴミすらないわ」

デズは隣の部屋の鍵を開けて入り、ノーマの写真を撮った。この犯行現場はそのままとは言えないことはわかっている。レスはみんなを呼ぶ前に、ここで彼女と二人きりだった。それどころか、彼女と一緒にベッドに入っていたのだ。エイダはノーマにさようならを言うために部屋に入った。テディも入った。

写真を撮り終えると、ラテックスの手袋をして、ノーマをよく調べた。瞼を開けて、目に懐中電灯の光を当てた。血管の出血はなかった。ということは、ノーマは枕で窒息死したわけではない。絞殺されたわけでもない。べつに絞殺の明確な兆候があるというのではないが。首に挫傷はない——少なくとも肉眼で見えるものはない。もちろん検死解剖で逆のことが証明される可能性もあるが。デズはノーマの頭皮に傷がないかどうか調べた。重い頭を優しく持ち上げて、ミミズ腫れや挫傷がないかと後頭部を指で触れた。何もなかった。傷もなければ、枕に血痕もなかった。ノーマがかけている上掛けの表面を調べ、彼女本人のものとは異質に思われる毛髪や繊維を探した。明らかなものが目に飛び込んでくることはなかった。慎重に上掛けを剝いだ。毛布とシーツも剝いだ。レスはノーマの身繕いをしてやった時に、フランネルのネグリジェまでは整えなかった。裾が腿のあたりで丸まっている。デズはその裾をノーマの首まで引き上げて、肉付きのよい巨大な裸体に懐中電灯を当てた。女性の尊厳へのひどい侵害なのは確かだ。しかし、死者を調べるとなったら、細かい気遣いなどとうてい無理なのだ。明らかな挫傷もミミズ腫れも切り傷もなかった。ノーマが寝ているシーツにも血痕はなさそうだ。精液のしみも。

検死官と鑑識がここに一緒にいるなら、ノーマをうつ伏せにして、続けて背中側も調べただろう。でも、デズは一人だし、これ以上犯行現場を乱したくない。そこで、上掛けをノーマにかけ直した。それでも最初に駆けつけた警官が通常やるはずのことよりかなり多くのことをやっていると十分自覚していた。理由は二つある。一つには、鑑識がいつ来てくれるかわからないから。もう一つには、かつての得意分野だから。昔取った杵柄は、なかなか手控えられないものなのだ。

とりわけ、控えめな性分でない場合は。

ノーマのナイトスタンドに飲みかけの水のグラスがある。かがんで匂いを嗅いだ。匂いはない。塩素臭も、硫黄臭も、何もない。グラスの底に鉱物の残りかすもない。それでも、慎重に袋に入れて、ラベルを貼った。ノーマの『秘めたる情事』、テディが彼女にプレゼントした本もナイトスタンドに載っていた。デズは彼がしきりに取り戻したがっていたのを思い出して、本を取り上げてパラパラ見ていった。前から三分の一くらいのところにアストリッド城のしおりが挟んであった。他には何もない。が、タイトルページに目をやって見つけた。薄いエンピツで書かれていた。

Nへ――MTYK――Tより

だから、彼は取り戻したかったのだ。人に、はっきり言えばレスに、見られてしまうから。二人の歌『モア・ザン・ユー・ノウ』のイニシャルで示した二人の忍ぶ恋の証拠になる文字。デズはその文字を見つめて、いつの間にかテディはこの二つの死にどこまで関わっているのだろうかと考えていた。彼がノーマを愛していたのはわかる。彼が金に困っていたのも知っている。この二つの事実はどう組み合わされるのだろう？　果たして組み合わされるものなのだろうか？

ナイトスタンドに引き出しは一つ。開けると、各種ハンドクリームが入っていた。それにワセリン、ヴイックスヴェポラップ、スプレー式点鼻薬、古い腕時計が二つ、予備の眼鏡、キーチエーン、トランプのセット。要するに、証拠になるものは何もない。

ノーマの処方薬の瓶はバスルームのシンクの上に作られた常備薬戸棚の一番下の段にあった。レスがノーマは甲状腺機能低下症のために飲んでいたと言ったシンスロイドの錠剤の瓶があった。ホルモン補充療法の二種類の薬、プロメトリウムとプレマリンもあった。それに強心剤のジゴキシンも。ジゴキシンはラノクシキャップという商標名で売られている。この処方薬は、他の薬と同様、ドーセット薬局で調剤されている。それに赤い警告表示が貼られている。

本薬剤の服用方法を必ず理解すること。
医師の指示がない限り、服用量は変えないこと。

表示によれば、ノーマが処方されたラノクシキャップの服用量は一日二回二錠ずつだ。調剤された時には百二十錠――三十日分が入っていた。表示の日付は十二日前だ。ということは、七十二錠以上残っているはずだ。瓶を開けて錠剤を手に出し、数えながら一錠ずつ戻していった。八十錠あった。異常はない。

それでも、ノーマの薬剤を袋に入れてラベルを貼ってから部屋を出ると、ミッチに10号室のレスを連れてきてほしいと頼んだ。そして、素早くドアを閉め、大急ぎでベッドまで行って、耳をそばだてた。ミッチの足下の床板が軋むのが聞こえた。彼がレスのドアを叩くのも聞こえた。ドアが開き、ブツブツ言う低い話し声も、ドアが閉まって、足音が近づいてくるのも聞こえた。テディが夜の間に聞いたと言ったとおり、すべてが聞こえた。

レス・ジョセフソンは目の前で衰え続けていた。壮健で親切な宿の主人は、まるで死人のように蒼白で、背中を丸め、ドアを閉める動きも緩慢で不安そうだ。デズにも、普段の強壮で堂々とした姿が多くは彼自身の意志の力によるものだったのだとわかってきた。その意志の力がなくなって、彼は急速にただの惨めな老人に変貌し始めている。

「何が訊きたいのかな、デズ？」彼が穏やかに尋ねた。視線は注意深くベッドを避けている。

「どうして彼女を動かしたのか話してください、レス」デズは意地悪にならないように尋ねた。

「言っただろ、きれいに見せたかったんだ」

「それじゃ彼女はどんなふうに見えていたんですか？　どんな姿勢で寝ていましたか？」

レスは慎重に考えた。目はまだノーマを避けている。絶対に見ようとしない。「言わば、横向きだった」

「胎児のように身体を丸めていたということですか？」

「いいや、仰向けで片方の脚をもう片方の脚に投げ出していたという感じだ。それに髪がくしゃくしゃで、その、べたついていた。だからとかしてやった」

「どの櫛を使いましたか？」

「あそこの化粧テーブルにあるやつだ」彼がバスルームのドア脇の小さな鏡台を指差した。

デズはそばまで行って訊いた。「この木の櫛ですか？」

「そうだ」

デズは櫛を袋に入れて、ラベルを貼ると、ノーマの薬や水のグラスと並べて炉棚に置いた。その一連の動きをわざとゆっくり行って、レスが足踏みするように体重を左右交互にかけながら、死んで冷たくなった妻の前にいることにますます落ち着きをなくしていくのを見守った。あまり褒められたことではないが、彼女の仕事はいつもそんなに立派なわけではないのだ。

「他にあたしが知っておいた方がいいことはありますか、レス？　彼女を動かして、髪をとかしたこと以外にってことですけど」

「ないと思うよ」

「何かを捨てたり、隠したりしてませんか？」

レスが眉をひそめた。「どんなものを？」

「それをお尋ねしてるんです」

「いいや、してない」彼が上の空で、髪に手を走らせた。「なあ、他の場所で話すわけにはいかないのか？」

「レス、あなたが今日ひどいショックを受けたことはわかります。でもこれは公務なんです。あたしは質問しなきゃなりませんし、あなたは答えなきゃいけないんです、いいですね？」

レスは窓に顔を向けて、ベッドに背を向け、「わかったよ」とぼんやり言った。

「夜の間中、目を覚まさなかったという言い分を変えるつもりはありませんか？　変えるなら今ですよ」

「言い分じゃない」彼が断言した。「本当のことだ」

「本当にノーマが夜中に階下に下りた音を聞かなかったんですか？」

「本当に聞かなかった」

「時間をかけて考えてください、レス」デズは警告した。「知らず知らずに何かを覚えてるってこともありますから。例えば、ほら、ノーマがベッドに戻って、あなたに身体を寄せてきたとか。階下にいてすっかり冷えてしまった身体を暖める必要があって」

「そんなことは覚えていない」レスが言い張って、風に吹かれて旋回する雪片が激しく窓を打つのを見守った。デズ自身は、雪を見るのにもうんざりしていた。これから一生二度と雪が降るのを見なくてもかまわない気分だ。「それに正直言って、こんなことをする君の意図がわからない」彼が非難するように付け足した。

「あたしは何があったのかを見つけ出そうとしてるんです」

「何があったのかはわかっている。ノーマの心臓が力尽きた。べつにわかりにくいところも、不吉なところもない。違うと言われるのは心外だし、不快だ」

「レス、エイダの財務状況についてはどれくらいご存知ですか？」

「彼女はおよそ財産には関心がなかった」レスが答えた。「父親の遺産のほとんどを長年の間に様々な政治運動に寄付してしまった。イタリアに屋敷を持っていたし、ロンドンにもタウンハウスを持っていた。それに今でもすごく安定したロイヤリティ収入があった。ルーサーの古い戯曲は古典とみなされて、今でも演劇の授業に使われている」

「今回の『10セントの夢』のリメークは？　あれからはどれくらい稼げそうだったんですか？」

「十分に。彼女のオリジナル脚本に基づいているので、製作者はそれなりの金額を支払わなくてはならなかった」

「六桁の金額ですか？」

「そうだろうな。それに利益からの歩合も。さらにはオリジナル脚本も再刊された。彼女の写真集も出版されている。エイダが新たにかなりの収入を見込んでいたのは間違いない。金額までは言えない。本当に知らないんだから。でも、エイダはここに来た最初の夜に、早速その問題を持ち出した。彼女はすでにブルース・ナーデルとも連絡を取っていたよ」

「ブルース・ナーデルというのは……？」

「彼女の法律関係の業務を扱っているニューヨークの男だ。西五六丁目だよ。彼の前には父親のバートがエイダの顧問弁護士だった。彼女は全財産をACLUに遺贈することを私たちに知らせたかったんだ。ACLUには金が必要だと主張した。政府は企業ばかり守って、もはや個人の権利を守ってくれないからと。エイダの言葉だよ、私が言ってるわけじゃない」

「ノーマはその知らせをどう受け取りましたか？」

「べつに。当然ながら驚かなかったよ」

「それじゃアーロンは、彼はどうでしたか？」

「予想どおり怒り狂ったな。彼女が財産を寄付してしまうからではなく、機能不全の旧社会主義者の連中に渡すからだ。私自身は、彼女の金なのだから、彼女の好きにすればいいと思った」

「心配だったんじゃないんですか？」

レスが眉をひそめて彼女を見た。「何が？」

「ここを破綻させずに経営することです」

「アストリッド城のようなすごい場所を経営する場合、利益を上げることは絶対にないんだ」彼が慎重に言った。「儲けは、もしあるとしてだが、仕事に再投資される。いつも何かしらに修理や交換が必要だ。その意味では、農場を経営するのによく似ているよ。それでも私たちは持ちこたえてきた。私たちはちゃんとやってるさ」

「ノーマ亡き後、城にはアーロンが加わってくるわけですよね」デズは言った。「彼女の遺言執行者として、あなたは他にも遺産の受取人がいるかどうかを知る立場にある。そうですよね？」

「そうだ。いるよ。ノーマは遺書に他の数人のための条項を作った」

「誰ですか？」

「そうだな、テディがいる。それに子供たち、ジョリーとジェイスだ」

「そのことを今朝、アーロンには話しませんでしたね」

「ああ、そうだ。彼には関係ないことだろう」

「金額を訊いてもいいですか？」

「いいや、君にはそれを訊く権利はないと思う。ノーマの遺書の条件は検認裁判所に提出されるまで秘密だ」

「あたしなら十分訊く権利はあります。あなたにも十分に答えなくていい権利がありますけど。答える義務はありません。でも、協力したいと思うなら……」

「協力したいさ。本当にしたい」レスはしばし黙り込んで、心を決めた。

「ここだけの話だが、ノーマはジョリーとジェイスそれぞれに五万ドル遺した。元手——二人が小さな商売を始めるとか、家を買うとか、そうしたことの元手にと。二人に準備してやりたかったんだ」

「二人はそれを知ってるんですか？」

「私には黙っていてほしいと頼んだ。ノーマ本人が話したかもしれないが、私は言っていない」

「テディは？」

「同じ金額、五万ドルだ。あの男はかわいそうにいつもピーピーしている。ノーマは同情したんだ。心根の優しい女性だったから。私に言わせれば優し過ぎた」

「それじゃあなたには何を遺したんですか？」

レスはそわそわと咳をした。「私にはポールの生命保険の金を指定した。彼女はまったく手を付けていなかったんだ。二十万ドルだよ」

「それだけのお金があれば、人はいろんなことができますね。あなたの計画はどんなものですか？」

「私の計画？」彼が信じられないとばかりに言い返した。「私はどうすれば今日を切り抜けられるのだろうと考えるばかりだ。私の人生そのものが崩壊してしまった」

いますか？」

「信じてください。わかっています」デズは三つ数えてから、もう少し圧力をかけた。「あなたの個人的債務状況はどうなっていますか、レス？　誰かに大金を借りていますか？」

レスは答えなかった。歯を食いしばっただけだ。

「もしあるなら、あたしには調べがつきます。今話された方がいいですよ」

「何をだ？　無礼だぞ！　かわいそうな亡き妻の前に引きずり出したと思ったら、今度は私が嘘をついていると非難しているようなものじゃないか。よくもそんなことが。いったい何をしているつもりだ？」

「仕事です。ひどく耳障りな質問をしなきゃならないこともあるんです」

「そうらしいな」

「レス、あなたは前にも結婚されてましたよね？」

「二度」彼が冷淡に答えた。「そして、間違いなく君の次の耳障りな質問に答えれば、そうだ。私はまだ離婚手当と養育費を二番目の妻のジャニスに支払っている。従って私は一文無しだ。乗っている車すら私のものではない。アストリッド城が私のためにリースしてくれてるんだ」

「あなたとノーマの生活はどんなでしたか？」

「睦まじく暮らしていたさ。それなら今朝も話した」

「確かに」デズは認めた。「でも他の女性と付き合ってるという話はなかったです。相手は誰なんですか、レス?」

彼が再び黙り込んだ。しかし、今回は怒りのあまり黙っているのではない。今回は、最後の男らしい強固な意志が彼からゆっくり流れ出したのだ。すり減ったラジアルタイヤから空気が漏れるように。デズにはそのシュ一ッという音まで聞こえる気がした。そして、この男性の肉体の変化も実に驚くべきものだった。骨格が内側から崩れて、気の抜けた震える肉の袋だけが残されたのだ。「君は私がノーマを殺したと考えているんだな?」彼が侘しげに尋ねてきた。「いいや、私ではない。そんなことを考えたというだけでも呆れる。私は完全に幸せというわけではなかったかもしれない。でもだから何だ? 私たちの大半は完全に幸せではない。だからって、私たちは殺人者にはならない。普通の人間だってだけだ」

デズは窓辺でしぼんでいくレスを見ながら、彼は愛人がいることを否定しなかったと気がついた。それどころか、質問そのものを何とかかわした。そうしたことを総合すると、こんな解釈が成り立つ。彼がノーマの殺害を企み、なぜかそれに気づいたエイダも殺した。あっさりそう考えられる。しかもすごくしっくりいく。何と言っても二十万ドルは多くの幸せが買えるのだから。が、その一方で、レスはノーマに死なれるより生きていてもらう方がずっと幸せだったはずだというしつこい思いを振り払えなかった。

デズの携帯が鳴った。

レスに礼を言って、部屋に戻るよう頼んだ。彼は部屋を出る際にも、最後にもう一度ノーマを見るために立ち止まろうとはしなかった。ゆっくりとドアを出て、後ろ手にそっと閉めただけだ。部屋にいる間も、どうしても彼女を見ることができなかったのだ。

「駐在のミトリーです」デズは電話に応答した。

「よう、駐在」耳元で大声が言った。接続はパチパチ音を立てているが、十分聞こえる。「難しい立場に立たされたらしいな」

「当たりよ、大物」デズはにっこりして答えた。声の主は、リコ・〝ソーヴ〟・テドーン警部補、デズが凶悪犯罪班の警部補だった頃に部下の巡査部長だった若きボディビルダーだ。

「あんたのことをよく知らなかったら、俺の声を聞いて喜ぶと誓ってもいいんだが」

「超喜んでるわよ、リコ」本気でそうとは言えない時期もあったのだが。いろいろもめたこともあった。でも、その後ソーヴはすごく成長した。それを言うなら、二人ともだ。「あなたのヤマになるの？」

「今しがた連絡があった」彼が認めた。「すぐに取りかかれるってわけじゃないが。

どういうことなんだ、デズ？」

「死体が二つよ、リコ。母親と娘。一人は絞殺、もう一人の方は不明。けど幇助があったのは間違いないわ」デズは経過を簡潔かつ的確に説明した。「状況は掌握したわ。参考人は引き離した。ちょうど供述を取っているところなの」

「俺の知ってるあんたなら、それだけで済ましちゃいないだろうな」

「バックアップにはミッチがいるの」

「誰だ、バーガーか？　やつがそこにいるのか？」

「そうよ」デズは答えた。どういうことかわかっていた。ソーヴは、今でこそ幸せな既婚者だ——高校時代からのガールフレンドのトーニーと九年という長い付き合いの末についに結ばれたのだ。しかしデズとコンビを組んでいた頃には、ソーヴはデズの素晴らしいヒップにぞっこんだった。が、どうしても口説き落とせなかった。そして今は、彼女がミッチに恋しているのがどうしても信じられないでいる。

「で、どうなってるんだ？」彼が訝った。

「どうしてそんなこと訊くの？」

「昔の方が幸せそうな声だったから」

「リコ、あたしは好きだった人を二人亡くしたところなの。立ち往生してるし、寒いし、熱いお風呂に入りたいの。あなたはどうなの？　今どこにいるの？」

「ピンクのモヤモヤ地獄に閉じ込められてる」

「うーん、そうね、言い換えてくれない？」

「家にいる」彼が重苦しく言った。家というのは、彼とトーニーが最近買ったグラストンベリーにあるビニールサイディングで一階が半地下になった二階建てだ。彼女の両親がすぐ近くに住んでいる。

「で、それがまずいのは……？」

「トーニーが昨夜従姉妹のアシュレーのためにベビー・シャワー（出産前の母親にベビー用品を贈るパーティ）をここで開いたんだ」

「年下のアシュレー？　それとも年上のアシュレー？」

「年上のアシュレーだ。年下の方は来やしない。二人は口をきかないんだ。理由を俺に訊くなよ。それはともかく、いいか、こいつはホラーショーなんだ。トーニーの三人の姉妹、八人の従姉妹、さらに十人近い友だちが集まった。それが九時頃、彼女たちがバナナダイキリですっかりいい気分になったところに、袋小路の入り口で巨木が倒れた、わかるか？　通りが完全にふさがれた。停電して、暖房も止まり……」

「ああ、その現象ならよく知ってるわ」

「客の何人かは、ありがたいことに、近くに住んでる。でも残りは家に泊まらなきゃならなくなった。今もまだいるんだ、デズ。大パジャマパーティが開かれてるみたいなもんだ。あんただって、こんなに賑やかな笑い声や金切り声を聞いたことないと思うぜ」

「あたしならあるわよ、リコ。あたしだって昔は女の子だったんだもの、忘れたの？」

「俺はウエートトレーニング室に閉じこもって、天候が変わってくれるのを祈ってるんだ」

「ヨリーは？」ヨリーというのは、ブラックとキューバ人のハーフで彼のパートナーの、ヨランダ・スナイプス巡査部長だ。

「メリデンの自宅アパートで、時間を持て余してる。あの娘は現場からはずれてるのが大嫌いでね。俺たちはどっちも早く始めたくてうずうずしてるんだ。除雪車が通ったらすぐに、彼女のブレイザーがここのブロックのはずれで俺を拾ってくれることになってる。９号線は大丈夫なはずなんだ。のろのろ運転になるが、そこまで行けると思う。時間までは約束できないが。たぶん二時間か三時間後になるだろう」

「リコ、その計画は考え直してもらう方がいいかも」

「どうしてだ？」

「一つには、どこかの側溝に落っこちるのがオチだから」

「まさか。ヨリーの腕は確かだぜ」

「でも、たとえここまで来られても、城までの私道はふさがれちゃってるの。三マイルを徒歩で登らなきゃならない。それも何十本という倒木を乗り越えてよ。軽く一時間は歩くことになるの」

「何だ、ちくしょう、そいつはひでえな」彼が認めた。「よし、あんたも俺と同じことを考えてるのか？　もちろん、そうだよな——ＳＰ１、そうだろ？」

「ヘリを使わせてもらえるチャンスはある？」

「何言ってるんだよ。州警察はあの忌々しいヘリに大金を投じてるんだぜ。あれを使う言い訳ができれば、きっと大喜びするさ。ただ、この天候で着陸できればだが」

「そうね、でもこの一、二時間の間に雪と風が収まってくれれば、車よりずっと早く安全に来られるわ。どうかしら、ヘリなら本部から二十分くらい？」

「そんなところだ。そっちに、着陸できる場所はあるのか？」

「きれいな広い駐車場があるわよ」

「素晴らしい。そうすることにするよ、デズ。どんな天候条件が必要なのか調べてみる。でも、他にも何かやらせてくれないと、俺はこっちで頭がおかしくなっちまう。俺が電話できる人間はいないか？」

「いるわよ、リコ。ラヴィンという名前のニューヘイヴンの心臓科医が見つけ出せるかどうかやってみて。名前はマークよ。ノーマ・ジョセフソンの主治医だったの。彼女の心臓の状態がどれくらい深刻だったか確かめて。彼が処方していたジゴキシンについての情報も集めて。知らないうちに服用量が劇的に変わった場合にどうなるかを。あるいは、承知で変えた場合に」

「自殺の可能性もあるということか？」

「リコ、今はどんな可能性もあるってことよ」

「それで死因はジゴキシンだと考えてるのか？」

「検死解剖がべつの証明をするまでは、それが最も妥当な推理だと考えて。ただ、一つ引っかかるのは、彼女はちゃんとスケジュールどおりに薬を飲んでたみたいなの」

「それじゃ誰かが余分の薬を手に入れたのかもしれないな。彼女はどこで処方薬を出してもらってたんだ？」

「地元のドーセット薬局よ。一人でやってる薬局なの。薬剤師の名前はトム・メイナード。薬局は開けてないでしょうけど、電話で話すことはできるかもしれないわ。話せたら、ノーマの処方薬について最近何か異例のことはなかったかどうか訊いて」

「デズ、捜索令状がなきゃ彼女のカルテは入手できないぜ。しかも俺は今の段階ではどんな判断もできない」

「言いたいことはわかるわ。けど、小さな村なのよ、リコ。みんなが知り合いなの。彼は何かを覚えていて、進んで協力してくれるかもしれない。やってみる価値はあるわ」

「早速やってみよう。それから、コネティカット電力の作戦室に連絡を取って、そっちに警察の緊急事態があることを知らせる。復旧工事の優先順位を上げられるかもしれない。折り返しこっちからかけるよ。なあ、俺に嘘をついてるんじゃないか？」

「どんな嘘、リコ？」

「状況は掌握したなんて」

「どうしてあたしが嘘をつくの？」

「自分で言ったじゃないか——あんたも昔は女の子だったって。女の子というのは、人に助けを求めるのは弱さのしるしだと考える。俺たち男にはその手の問題はない。助けが必要な時には、はっきりそう言う。俺たちはもっと自信があるから」

「待って、もう少しゆっくり喋ってくれない？　ちゃんと書き留めておきたいんだけど」

「笑いたきゃ笑え。俺はあんたが安全だってことを確認したいだけだ」

「リコ、あたしなら大丈夫よ」

デズは携帯を切ると、廊下に戻った。ミッチが持ち場から油断なく目を上げた。

「異常なし？」デズは彼に尋ねた。

「あんまり静かで、壁の奥にいるネズミの声まで聞こえるよ」ミッチが答えて笑顔を見せた。

「やれやれ、一緒に事に当たってくれて、本当にありがとう、ベイビー」

「分担してるってところだな」

ハンナはテディの隣の4号室にいた。ドアを内側からダブルロックしていて、デズは彼女がドアまで来て入れてくれるのを待たなくてはならなかった。デズを入れると、ハンナはまたベッドの上掛けにもぐり込んだ。寒そうで怯えているようで、青ざめて見える。彼女が手にしている大判のペーパーバック『ハリウッド・ドリームズ』は、エイダ・ガイガーのシナリオ集でミッチェル・バーガーの序文がついている。

「まだあの老婦人を理解しようとしているの」ハンナが打ち明けて、丸眼鏡越しに本を見下ろした。「彼女の作品と彼女その人には大きな違いがあるの。だから、彼女の映画は人間の弱さにとても寛大なのよ。けどエイダ自身は正反対だったわ」

「映画を撮った頃は、彼女も若かったわ。あなたやあたしとあまり変わらない年齢だったじゃない」

「確かに」ハンナが認めた。「けど、ご本人はものすごく偏屈に見えたわ」

「九十四歳だったのよ。残り時間も尽きかけていたから、かまう価値のない人のことでその時間を無駄にしたくなかったの。年配の人はそんなふうに気短になっていくの。前にもそういうことがあったわ」デズは暖炉のそばの椅子に座って、コートのポケット深く手を入れた。「昨日の晩、理由は何であれ、この部屋を出た？」

「何言ってるの？　真っ暗で、凍えるほど寒かったのよ。このベッドからだって出なかったわ。私がどうしてそんなことをするの？」

「知りたいのはこっちよ」デズは彼女に向かってあごを上げた。

ハンナが赤面した。「ああ、わかったわ。アーロンと私のことを怪しんでいるのね？」

デズは答えずに、彼女をじっと見ていた。

ハンナはゆっくり息を吐いてから言った。「カーリーはすごく眠りが浅いからと彼に言われたんで、ここで一緒に過ごすのは諦めなきゃならなかった。私はそれでいいの。だって、廊下の向かいに彼女がいるのを承知で何かするなんて、気持ちが悪いでしょう？」

「あたしにはわからないわ。あたしの専門は法律で、個人の貞操観じゃないから」

「ほとんど同じものなんじゃない？」

「それじゃ、昨夜はずっと一人だったの？」

「ダニエルを仲間とみなさないなら」彼女が答えて、ぼろぼろになったダニエル・スティールのロマンス小説のペーパーバックを上掛けの下から引っ張り出した。「彼女の作品には、多くの寒い孤独な夜を乗り切らせてもらったわ。私が彼女を読むなんて、きっと驚いてるでしょうね。私にしてはキッチュで皮肉っぽく見えるでしょうけど、絶対にそうじゃないの。私はとにかく彼女の作品が大好きなのよ。目に見えるように鮮やかなの。いつか映画化したくてたまらないわ」

「それじゃどうしてしないの？」

ハンナがデズをじっと見つめた。「どれくらい資金が要るか想像できる？　映画化権だけでも莫大な額よ。私にあれだけの作品を監督する企画を振ってくれる人なんていないわ」

でも、とデズは考えた。若い監督が自分でその大金を工面できるとなったら、話はまったく変わってくるのかもしれない。彼女もアーロン・アッカーマンのようなパトロンをがっちり捕まえていればできるということだ。今まさにものすごい金持ちになろうとしている男。ハンナ・レインは、ずばりどれくらい野心的なのだろうか？　成功にどれほど貪欲だろうか？　彼女は平気でアーロンと深い仲になった。彼のために人を殺すのも平気だろうか？　「ハンナ、昨夜、誰かが廊下に出入りした音は聞かなかったかしら？」

「私なら眠ってたわ」

「ドアが開いたり閉まったりする音も聞かなかった？」

「眠っていたわよ」声にムキになったような刺が感じられる。「今言ったでしょ」

「そうね、確かに」デズは答えながら、果たしてハンナは真実を言っているのかしらと思っていた。昨日の晩、彼女とアーロンはいちゃついていたのかもしれない。あるいはそれ以上のことに及んでいたのかも。

デズにはわからなかった。まだわからない。とりあえずハンナ・レインに礼を言って、廊下に出ると、９号室のドアを叩いた。

ジョリー・ハーンはどうぞと大きな声で応じた。ジョリーはヘッドボードにもたれ、上掛けをポンチョのように羽織って、ベッドに座っていた。腕をしっかり胸で組み、あごを突き出している。

デズは戸口に立って、彼女を見守った。険しい顔をした若い赤毛はデズを見返さなかった。それが許されるうちに隅々までしっかり覚えておこうとでもいうように、部屋を見回すのに余念がない。デズは女子高生が大学へと旅立つ前の日の夜に、自分の今までの寝室をじっくり見ている姿を思い出した。デズ自身が、ウェストポイントへと旅立つ前の晩にケンジントンにあった自宅の小さな寝室を実際そんなふうに眺めたのだ。期待と、その二倍もの不安を抱えて。

「ノーマは夜よく目を覚まして階下に下りたらしいわね」とっかかりにそう言った。

「普段からよく眠れなかったとか」

「ええ、もうしょっちゅう起きてたわ」ジョリーの声は虚ろで、かなり小さかった。

「朝食の支度に来ると、私宛に午前四時に書いた雑用リストがよくキッチンテーブルにあったわ。『ノーマメモ』って呼んでたわ」

「今朝もメモはあった?」

ジョリーが首を振った。

「今朝、あなたに何かしら残してなかった?」

ジョリーが眉をひそめて、不思議そうにデズを見た。「どんなものを?」

「彼女が夜起きていたことを示すようなものよ。ソースパンとか、マグとか。ココアを作るのが好きだったって聞いたから」

「そうよ、好きだったわ」

「昨日の晩も作ったのかしら?」

「何も気がつかなかったけど、正直言って確信はないわ」

「それじゃ一緒に見に行きましょうよ、ねっ?」

二人は狭い業務用階段を通ってマッドルームに下りた。ベーコンとコーヒーの匂いがまだ漂っている。レンジには食べそこなった朝食のために汚れた深鍋や浅鍋が散らかっている。ベーコンの脂がフライパンに蠟のように固まっている。

「あなたが来た時、このキッチンがどんなだったか思い出せるかしら、ジョリー?」

ジョリーは見回して、返事を慎重に考えた。「そうね、昨夜の食器は全部食器洗い機に入ってたし、シンクはきれいだった。カウンターもきれいだったわ」

「レンジの上に鍋はあった？」

ジョリーは首を振った。

デズは朝食を作る時にレンジに点火するのに使った台所用マッチの箱に目を落とした。「使用済みのマッチはどう？」

「見た覚えはないわ」

「ノーマがココアを作った時には、いつも飲んだ後で片付けていたの？」

「彼女は宿の経営者よ。絶対に散らかしたままにはしないわ。そういう性分じゃないのよ」

「使った食器は食器洗い機に入れたってこと？」

「たぶん」

デズは食器洗い機を開けて、中を覗き込んだ。夕食に使った皿やグラスや盛りつけ皿がたくさん入っている。ロースト用鉄板に、アストリッド城のマグもいくつか。

「ソースパンはないわね」

「彼女がいつも使ってたのはこれよ」ジョリーがレンジの上の棚からぶら下がっている樹脂加工の一クオート鍋を指差した。

「彼女にはお気に入りのマグはあった？」

「いいえ、べつになかったわ」

デズはコートのポケットから黄色の規制線のロールを取り出して、食器洗い機の扉に張った。「これには触らないでもらいたいの、いいわね？　中身を検査することになるから」

「ええ、いいわよ」ジョリーが答えて、元気なくため息をついた。将来の重さが鉄床《かなとこ》さながらのしかかっているかのようだ。

デズはキッチンの窓から中庭に降りしきる雪を見た。キッチンのドアからジョリーとジェイスのコテッジに続く小道は、新しい積雪に深く埋まっていて、そこにあることもわからない。「あなたはどうなのかしら、ジョリー？　夜中に目を覚ました？」

「何度も目を覚ましたわ、確かに」赤毛がひと房、頭のてっぺんのまげからはらりと落ちた。ジョリーはそれを上の空で指に巻きつけた。「あの忌々しい風が木をなぎ倒すたびに、ほら、世の終わりみたいな音がするでしょう？　でもベッドは出なかったわ」

「あなたの前窓からここがまっすぐ見えるのね」デズは観察した。

「ええ、そうよ」

「昨日の晩、ここの明かりに気づかなかったかしら？　キャンドルでも、懐中電灯でも――ノーマか他の誰かが起きてきたかもしれない気配に」

「他の誰か？」ジョリーがまごついて、デズをじっと見た。「例えば誰が？」

「エイダとか」

「いいえ、何も見なかったわ」

「ジェイスが起きたかどうかはわかる？」

「さあ。彼に訊いてもらわないと」

「ジェイスはぐっすり眠るタチ？」

「それはもう。みっちりよく働くから」

「彼とノーマがうまくいってなかったってことはないんでしょう？」

「全然。ジェイスはノーマを心から愛してたわ。私たち二人ともよ」

「ハンナが悲鳴をあげた時には、二人ともここにいたのよね？」

「そうなの。私はちょうどオートミールを出して、ここにコーヒーのポットを取りに戻ったところだった。ジェイスはあそこのマッドルームにいたわ」ジョリーが開け放したままの戸口を見やった。「身繕いできるように、ウェットティッシュをあげたの。カーリーがあんなことを――」ジョリーは喋るのをやめて、唇をねじ曲げた。

「彼女はあんまり親切じゃなかったから」

「そうだ、レスもここで一緒だったの？」

「ハンナが悲鳴をあげた時にはってこと？　いいえ、レスはまだ食事室であなた方と一緒だったわ。ほら、卵を出していたのよ」

「ああ、そうだったわ」これはデズ自身の記憶とも一致している。ちなみにこれは、見事に完璧なタイミングだ。「それじゃハンナが悲鳴をあげる直前には、あなたとジェイスとレスはここで一緒だったの？」

「ええ」

「レスがここであなたたちと一緒じゃなかった時はあった？」

「そうね。彼がちょっと洗濯室に行ったことはあったわ」

「どうして洗濯室に？」

「新しいナプキンの束を取りに行ったの。残りが少なくなってたから」

「彼は何秒くらい行ってたの？」

ジョリーが困惑したように肩をすくめた。「二十秒？　三十秒かしら」

「じゃあ、ジェイスは？」

「ずっとマッドルームにいたわ」

「確かなの？」

「ええ、確かよ。デズ、ちょっと訊いてもいいかしら？」

「ええ、どうぞ」

「バーであなたたちが話してるのを聞いちゃったんだけど、間違いないかどうか確認したいの」ジョリーは口ごもって、そわそわと咳払いした。「アーロンがここの新しいボスになるのよね？」

「それはレスと話すべきことだわ」デズは答えた。ノーマの遺言は一般の人に見せるものではないのだから。でも、と考えた。この女性にとって、アストリッド城の将来はとても重要なのだ。ジョリーはすぐにでも真実を知る権利がある。そうよ、いいじゃない。「どうやらノーマとレスは婚前契約を結んでいたらしいわ。それによって、レスにはこの場所の所有権はないの。アーロンが受け継ぐのよ」

ジョリーがむっつりとうなずいた。「私たち三人はお払い箱ってことね。アーロンとレスは、どっちもとうてい相手に我慢できないもの。それにジェイスにしろ私にしろ、一日だってカーリーの下では働けないし」

「先走りしないことよ。カーリーの関わりは長くないかもしれないんだし」

「まあ、それはそうね」ジョリーが同意して、いくらか晴れやかな顔になった。

「それに、アーロンは何一つ変えるつもりはないって言ってたわ」

ジョリーがフッと笑いを漏らした。「ああ、あの人たちはいつもそう言うのよ――工場を閉鎖して、仕事をそっくりマレーシアだかどこだかに移す前なんかに」

デズの携帯がまたやかましい音を立てた。

デズが出ると、ソーヴが興奮したような声でいきなり言った。「デズ、あんた、まだ腕は鈍ってないぜ」

「何を見つけてくれたの、リコ？」デズが彼に尋ねると、ジョリーは業務用階段に向かった。デズとしては誰にも城の中を一人で歩いてほしくないので、座るように身振りで示した。ジョリーは頰をぷっとふくらませて、ドスンとキッチンテーブルについた。

「手始めに」とソーヴが報告した。「ラヴィン医師は二週間の予定でアルバに行ってる」

「何だ、いないの。それじゃ……？」

「彼の代役を務めてる医師が、ノーマ・ジョセフソンのカルテを調べて折り返し電話をくれることになってる」

「それじゃ……？」

「検死官にあんたの意見をぶつけてみた。ジゴキシンの過量摂取が引き起こすのは……ちょっと待ってくれよ、書き取ったんだ……『過量摂取は脈拍を遅れさせ、その結果房室ブロックを引き起こす。高齢者あるいは心臓病のある者は、三十分以内に完全な心臓停止を引き起こしかねない』誘発された心臓発作ってことだ。つまり、大当たりだよ」

「すごいじゃない、リコ」デズの頭がフル回転を始めた。誰であれノーマを殺した犯人は、彼女の心臓の状態を少なからず知っていた。つまり、身近な人間、例えば、スペンスやハンナとは対照的な人間だ。ハンナはアーロンから聞いていた可能性もあるが。

「ヨリーがここの薬局を当たってる。俺は今しがたコネティカット電力と話したところだ」

「あんまりいい知らせじゃないわね。その声からわかるわ、リコ」

「おい、あんたの優先順位を上げたんだぜ。病院、学校、それに知事のお袋さんの家に次ぐ順位だ。ただ彼らも明日の夕方になるまで何も約束できないんだそうだ」

「明日？　リコ、それまでには凍え死んでるわよ」

テーブルでは、ジョリーが真面目くさってうなずいた。

「おい、俺の家なんか七十二時間待たなきゃならないんだぞ」ソーヴが文句を言った。「幸運だと思え」

「ＳＰ１の人たちはどう言ってるの？」

「最新の天気予報では、雪と風は午後早くにはやむはずだ。だから一時か二時にはそっちに着陸できるかもしれないってことだ。許可は取った」

デズは腕時計に目をやった。まだ十一時にもなっていない。

「デズ、俺はまだ前のやり方で行くんでかまわないぜ。あんたのひと言で、俺とヨリーは十分以内に車でそっちに向かう」

「駄目よ、ヘリにして、リコ。そっちにいてくれると助かるし、ヘリの方が早く着けるわ」

「わかった。何かわかったら、また連絡する」

デズは通話を切り、ジョリーと一緒に階段を戻った。

「ジェイスをちょっと覗いてみてもいいかしら?」ジョリーが階段を上りながら尋ねた。「彼が大丈夫なのを確かめたいの」

「心配しなきゃならないことでもあるの?」

「彼はある種の状況が苦手なのよ」

「この状況が得意な人なんていないわよ」

「わかってるわ。けど、彼は本当に繊細なの。だからなりかねない……」

「なりかねないってどう、ジョリー?」

「取り乱すの」ジョリーが静かに言った。

「そう、わかったわ」デズは言って、二階の廊下に出るスチール扉を押し開けた。ミッチがまだ、階段の上の配置についていた。「どうせ彼とは話さなきゃならないから」

「一緒に行っていい?」ジョリーがどこか懇願するように尋ねた。

「それは無理だわ」

「それじゃ、かまわなければすぐ外の廊下で待つことにするわ。あなたに私が必要になった場合に備えて」

「それならかまわないわ」デズは11号室のドアを叩いた。鍵はかかっていなかった。ドアを開け、中に入って、後ろ手にドアを閉めた。

ジェイスは窓に顔を向け、背中を丸めてベッドの端に座っていた。暖房の入っていない部屋は、彼の不潔な体臭が臭い出している。

「調子はどう、ジェイス？」デズは尋ねて、彼に向かって歩き出した。

返事はなかった。彼女がいることに気づきもしない。

デズはベッドを回って向かい合ったところで、こんなに寒いにもかかわらずジェイス・ハーンがひどく汗をかいているのを知った。頭を上下に振って、両手をもみ絞り、片方の膝を揺すっている。

ジョリーは、確かに弟のことがわかっている。彼は間違いなく取り乱している。

「開かないんだ」彼が急に言い出した。「窓が開かない」

確かに。奥行きのある花崗岩の下枠は分厚い氷に覆われ、凍結していてびくともしない。

「どこかへ行くつもりなの、ジェイス？」デズは低い声を保って尋ねた。

「私道を片付けなきゃ」彼が答えた。切迫感に声が上ずっている。「木が倒れてる」

「もう少ししたらね、ジェイス」

「いいや、それじゃ駄目だ」彼が主張した。「俺はことを処理する。俺は外にいなきゃいけないんだ。何もしないでこんなところに座ってないで」

「もうすぐよ、いいわね？」デズはベッドの彼の隣に腰を下ろした。「それに、あなたはここで何もしてないわけじゃないの。あたしを手伝ってくれてるのよ」

彼が向き直って、きょとんとデズを見た。「俺が？」

「そうなのよ。昨夜のことであなたにいくつか質問しなきゃならないの、いいわね？」

「うん」彼がいくらか緊張を解いた。「だから、いいよ」

「夜の間、一度も起きなかった？　階下のキッチンで何かあったら、見えたかもしれないと思って」

ジェイスは頭をグイッと引いて、不思議そうにデズを見た。「どんなことを？」

「誰かの懐中電灯。誰かが動き回っていたとか」

ジェイスは首を振った。「ジョリーが薬をくれたんだ」

「どんな薬を、ジェイス？」

「俺が眠れるように」

「毎晩飲んでるの？」

「うん」彼があごひげをかいた。「そうしないと、考えるのをやめられなくなるから」

「何を考えるの？」

「俺がしなきゃならないこと。すごくいっぱいあるんだ」

「ああ、それはそうね」デズはあっさり応じた。「ジェイス、今朝あったことをおさらいしたいの。エイダが絞殺された時、あなたはどこにいたの？」

「わからない」彼がすっぱりと答えた。

デズは眉をひそめて彼を見た。「どういうこと？」

「俺にはそれがいつだったのかわからない。俺にわかるのは、いつあの女の子の悲鳴を聞いたかってことだけだ」

「ああ、そのとおりだわ。あまり的確な質問じゃなかったわね。あたしのミスだわ。ハンナの悲鳴を聞いた時には、どこにいたの？」

「手を洗ってた」ジェイスはその手を見下ろした。まるで誰か人の手だとでもいうように。「マッドルームだ」

「ジョリーはキッチンにいた？」

「ああ」

「それじゃレスはどこに?」

「彼女と一緒に、朝食の配膳をしてた」

「オーケー、わかった。よくわかったわ」デズは立ち上がった。寒さのせいでハムストリングスとふくらはぎが痛くなってきた。「ありがとう、ジェイス」

「もう外に行ってもいいか?」彼が訊いてきた。

「まだじっとしててもらわなきゃならないわ」

「いつまで?」彼がベッドの端で身をくねらせた。

「もうしばらくよ。あたしのためにそうしてくれる?」

「いいよ。ここにいる」彼が約束して、うなずいた――頭を上に、下に、上に、下に。

デズは廊下に出て、後ろ手にそっとドアを閉めた。

ひどく心配そうなジョリーがすぐ前に立っていた。その目はデズの顔を探るように見ている。「彼は大丈夫?」

「少し落ち着きがないけど、頑張ってるわ」デズは答えた。「教えて、彼に何があったの?」

「閉じ込められるのが嫌いなの。すごく不安になっちゃうのよ」

「それなら気がついたわ」デズは、ジョリーが極めて弟に甘いことも気づいていた。

想像はつく。彼女は彼より五、六歳は年上だ。母親は彼を出産して亡くなった。そのためにジョリーは彼を育てなくてはならなかった。ノーマに助けてもらいながら。それにしても、ことさら心配そうだ。何か理由があるのだろうか。「椅子を投げて窓を割るみたいなことはしないわよね？」

「いいえ、そんなことはしないわ。優しいいい子だから。感情的にもろいところがあるだけで」

「じっとしてるように言ったんだけど」

「あなたがそう言ったのなら、彼はそうするはずよ」

「昨日の晩、あなたから睡眠薬をもらったと言ってたわ」

「あげたわ」ジョリーが認めた。「うなされるのよ。不安症なの。彼のかかりつけは村の開業医で、数年前にジアゼパムという弱い鎮静剤を処方してくれたの」

「医者の名前は……？」

「ディロン先生よ」ジョリーは答えた。「どうして？」

「綿密にしたいだけよ」

「ジェイスなら、本当に大丈夫よ。精神科医の世話になってるとかってことじゃないから」

「わかったわ。でも一つだけわからないの、ジョリー。今しがた階下にいた時、彼は働き者だからぐっすり眠るって、あなたは言ったわ。薬のことなんてひと言も言わなかった」

「そうね。ごめんなさい。アーロンにジェイスは薬物依存症だと思われたら、私たちを厄介払いする口実を与えてしまうんじゃないかと思ったのよ」

「ジェイスは薬物依存症なの？」

「絶対に違うわ。ディロン先生の話では、薬は強くもないし常用癖をもたらすこともないし……」言葉が途切れ、ジョリーは神経質に唇を噛んだ。「デズ、アーロンはこのことを知る必要ある？」

「あたしから聞くことはないわよ」デズは彼女に約束した。

ジョリーの顔が、ピンクの頬にえくぼを浮かべた笑顔になった。「ありがとう。あなたは本当の友だちだわ」

ミッチが階段の上の持ち場からぶらぶら近づいてきた。「レスが階下に行って、薪をくべてもいいかどうか知りたがってるよ」

「今は駄目よ」デズは答えた。「全員が今いる場所から動かないでもらいたいの」

「暖炉の火を絶やすわけにはいかないんだよ、デズ」ミッチが指摘した。「そうしないと、水道管が凍結してしまうかもしれない」

「それもそうだわ」デズは譲歩して、分厚い角縁眼鏡を鼻から押し上げた。「それじや、彼を階下に連れていって。薪をくべて——ついでにあなた方も食べて」

「そのプラン、いいね」ミッチが彼女ににやりとした。

「そうじゃないかと思ったわ。テディも連れていったらどう？」

「仲間が多けりゃ心強い？」

「そんなところね」

「私も一緒に行っていい？」ジョリーが尋ねた。

「あなたにはまだ質問しなきゃならないかもしれないから」

「でも、もう何も知らないわ」

「ジョリー、部屋に戻っててちょうだい」

客室係はむっつりと9号室に戻って、後ろ手にドアを閉めた。

「俺が階下に行ってる間、どうやって全員を監視するんだ？」ミッチが尋ねた。

「あなたの見張り場所にもう一脚椅子を運んで、そこで話を聞くことにするわよ」デズはひょいと二人の部屋に入って、デスクの椅子を運んできた。「階下にいる間は気をつけてね。必ず二人があなたの前にいるようにするのよ」

「心配するな」ミッチは腹が鳴る音に負けない声で言った。「任せてくれ」

レスは部屋から出られるのをすこぶるありがたがった。「水道管を凍らせてしまったら、ノーマは私を絶対に許さないだろうからね」彼が目をうるませてデズに言った。「薪小屋から取ってこないといけないかもしれない。かまわないか？」

「やるべきことをやって、レス。ただし絶対に一人でやらないように」

テディもすっかりわくわくしているようだ。「もう腹ぺこで、壁紙をかじり始めそうだよ」と大喜びした。

三人は早速中央階段を下り出した。ミッチがしんがりを務めている。

デズは彼らの背中を見守りながら、次の一手をじっくり考えた。多少の進展はあったと思う。何があったのかわかったし、どのように行われたのかもかなりわかった。でも、まだ動機がわからない。あるいは犯人が。あるいはどんな鉄梃《かなてこ》がこの忌々しい事件の真相をこじ開けてくれるのかが。あるいはどうすれば……。

そう考えると、実際にはまだ何もわかっていないようなものだった。

11

「どっちを先に燃料補給しますか？」ミッチは三人が階下に下りたところで尋ねた。「暖炉か、それとも僕たちでしょうか？」

「君の意見は？」レスが尋ねた。

「やっぱり僕たちじゃないですか。そのほんの数分が水道管に致命的でないならですが」

「こうしよう」レスが持ちかけた。やはり立派な主人だ。「まずバーの暖炉を大急ぎで調べさせてくれ。あれが一番小さい暖炉で、いつも一番早く燃え落ちる。それからキッチンへ行こう。どうだい、テディ？」

「好きにしてくれ」テディが応じた。「本当はそんなに腹は空いていないんだ」

「デズには腹ぺこだって言ったじゃないですか」ミッチは指摘した。

「そりゃ言ったさ。あの部屋からどうしても出たかったからな」

バーの暖炉の火は、熱い真っ赤な熾《おき》になっていた。薪入れには薪が三本残っている。レスはそれを熾《おき》の上に置くと、ふいごを向けて勢いよく上下に動かした。

「すべての暖炉の火を絶やさないでおくことが重要なんだ」薪に火がついてパチパチ音を立てると、彼が説明した。「特にサンセットラウンジの暖炉を。あそこに窓のほとんどがあるから。ほんの数度暖かいかどうかが決定的な違いになりかねない」

レスは本気で城の水道管の心配をしてるんだな。ミッチは思った。同時に、宿の主人はわざと忙しくしているとも感じていた。自分の生活が完膚なきまでメチャメチャになったことを考えないで済むように。それはミッチにもわかることだった。メイシーを亡くした時、彼がしたのは、自宅でジェームズ・キャグニーの古いビデオを観ながら、クリスピー・クリーム・ドーナツを食べることだった。実際、担当編集者のレイシー・ミッカーソンが週末の旅の記事を書くようにとドーセットに追い払ってくれなかったら、今も座ったままキャグニーの古い映画を観ていた可能性は高い。体重四九五ポンドくらいになって。

「私は火おこしの名人というわけじゃないんだ」一緒に食事室に向かいながら、レスが白状した。「ジェイスこそ、ここの凄腕でね。あの子は濡れた棒切れ二本をこすり合わせて火をおこせる。でも、デズはまだ彼を隔離しているんだよな。いったいどんな狙いがあるんだ？」

「彼女がそう言ってるんですから。参考人に情報を交換し合われては困るんですよ」

「どうしてだい？」テディが尋ねた。

「きっとそれなりの理由があるんですよ。本当です、彼女は自分の仕事がわかっていますから」

「それを聞いてすごくうれしいよ」テディが言った。「大した人生ではないかもしれないが、諦める覚悟はできていないんでね。まだ」

朝食の盛り皿は隙間風の入る食事室であまり美味そうな状態ではなかった。オートミールはネバネバのどろりとしたものになっていて、食べ物というよりはるかにモルタルに似たものに見えた。スクランブルエッグは、ゴムのアヒルが爆発した残骸さながらだ。

「通常なら、全部さっさと電子レンジに突っ込むんだが」レスがいくらか意気地なく言った。

「大丈夫ですよ。僕はコンロで温め直すのが得意ですから」ミッチは請け合って、卵とベーコンの盛り皿を引っ摑んだ。オートミールは絶望的に見えたので諦めた。「それにあなたは頭がいっぱいでしょうから」

「私はパンとジャムでいい」テディは言って、一日経ってしまったフランスパンにアプリコットジャムをこってり塗った。そして、それを食べながらロビーの方へと歩き出した。

「待ってください、どこに行くんですか?」ミッチは尋ねた。

「ピアノだよ。どうしても弾かなきゃならないんだ」

「いいや、駄目ですよ。僕たちは一緒にいなきゃいけないんですから」

「君もキッチンに一緒にいる方がいいよ、テディ」レスも言った。

「私はピアノを弾く」テディが言い張った。「私の居場所はわかる——君にもピアノが聞こえるはずだ。二階にいるデズにも聞こえるだろう。となったら、どんな違いがあるというんだ?」

「そうですね。どうぞ」ミッチは言った。彼は止められないからだ。弾かずにいられないテディの気持ちはあまりに痛切だ。

ミッチとレスはキッチンに入った。レスは虚ろな目で大きなトレッスルテーブルに肩を落として座った。ミッチはベーコンのフライパンに固まっていた脂をペーパータオルで拭き取り、卵の鍋にはバターとミルクを少し足した。それからキッチンのマッチでそれぞれの下のレンジに火をつけた。鍋が温まるのを待つ間に、フランスパンをいくらかモグモグやった。パンは急速に堅焼きビスケットに変貌している。

サンセットラウンジでは、テディがゆっくりと心を込めた『モア・ザン・ユー・ノウ』の演奏を始めた。今朝も弾いていたのと同じ曲だ。これからはこの曲を聞いたら、あの二人の女性の遺体と一緒にこの氷雨混じりの暴風にアストリッド城に閉じ込められたことを絶対に必ず思い出すだろう。ミッチは確信した。

「二人の歌なんだよ」レスが静かに彼に告げた。

「二人って？」ミッチはキッチンの窓から雪を眺めながら尋ねた。激しくなってい
て、中庭の向こう側が見えないほどだ。

「テディとノーマだよ。二人は何年も何年も愛し合っていたんだ。二人とも私は知らないと思っている。でも、必ずわかるものさ、ミッチ。愛は隠せないものだ」

鍋が具合よく熱くなった。ミッチは調理済みの冷たくなったベーコンの細切りを戻し入れてから、卵に取りかかった。ジュージューいっているバターとミルクの中に入れてかき混ぜた。「それでも彼女はあなたと結婚したんですよ、レス」ミッチは指摘した。

「確かに彼女はそうした。そして、私たちは幸せだった。と言うか、夫婦が実際になれるくらいは幸せだった。とても幸せだったとまでは言えないということだ」

「どうしてそんなことをおっしゃるんですか？」

「愛は消えるからだよ。うまくいけば、親愛の情くらいは保てる。毎朝相手を憎むことなく目覚めることができる。しかし、愛は続かない。これまでも続いた例《ためし》はなかったし、これからもそうだ。そんなものは作り話だ」

「それはどうですかね、レス。同じままで続かないのは認めます。でも育つことはあ

るでしょう」もっとも、ミッチがこの仮説を検証したことがあるわけではない。メイシーは結婚二周年を待たずに死んだ。そのうち彼女のかわいらしいちょっとした風変わりな癖がうるさくなったかもしれない。ミッチが延々と試写室に入っている間に、メイシーはブロンドの巻き毛で、機能的社交術を備えた社会的に優位な辣腕家の腕に飛び込んでしまうことになったかもしれない。レスは正しいのかもしれない。結局は憎み合うことになったのかも。

でも、ミッチは信じないことにした。

ベーコンはジリジリと焦げてきたし、卵もまた温かくなった。ミッチは皿とフォークを見つけて、山盛りによそった。二人とも飢えた労働者さながら食べ出した。どちらも学校のカフェテリアの食べ物と驚くほど似た味がしたが、ミッチは贅沢を言う気分ではなかった。「二人の人間が結局不幸になるのは」ムシャムシャやりながら言った。「単に初めから合っていなかったってことですよ」

「まだ青いな、ミッチ」レスが食べながら応じた。「いくらかでも年上の人間の言うことは聞くものだ。夫婦は長くいるほど、関係は悪化するんだ。互いをいやというほど失望させるし、互いの夢を壊してしまう。本当だ、私には経験があるんだ。最初の妻のヒルディは、大学を出て三年も経たないうちに私を捨てた。その間に、私が第二のスティーヴン・ソンドハイムにはならないこと、ただのレスター・ジョセフソンでしかないことを見切ったんだ。二人目の妻のジャニスは、私のせいだった」

「何があったんですか？」ミッチは尋ねた。テディは相変わらずサンセットラウンジで演奏を続けている。

「いいや、べつに何も。ただ、ある朝目覚めて悟った。彼女と私が人生に期待できるのは、一緒に年を取って、病気になって、怯えることだけだと。私には耐えられなかった。だから逃げた。まだ小さい息子のタイラーを彼女一人に押しつけて。タイラーは今高校二年だ。ジャニスに輪をかけて私を嫌っている。口もきいてくれない。将来いつか子供ができても、私には絶対に会わせようとしないだろう。それに、私がどこかの病院で、鼻に管をつながれて死の床にあっても、会いにも来ないだろう。わかるんだ。でもあの子を責めることはできない。ちくしょう、私があのかわいそうな野郎を見捨てたんだから。でも、自分を抑えられなかったんだよ、ミッチ。ほら、私は幸せになるはずだという途方もない考えがあってね。広告業界に長く居過ぎたせいだろうな。あり得ないほど幸せな人たちが――彼らの使っているあのブランドの奇跡の柔軟剤とかトイレ用洗剤のおかげで――あり得ないほど幸せな生活を送っているＴＶコマーシャルを書いていたから。そんなことを長くやっていると、ミッチ、本気で信じるようになってしまうんだ。ちくしょう、仕事のできる人間でいたいなら信じるしかないんだよ。マイナス面は、自分の生活と自分が創っている生活を比べずにいられないってことだ。四十二歳の尻をした四十二歳の自分の妻が二十四歳のファッションモデルのように見えることを期待するようになる。なぜなら、ちくしょう、ＴＶコマーシャルで四十二歳の主婦を演じているのは二十四歳のファッションモデルだからだ。すべては強調され、飾り立てられた、インチキだ。ただしマディソン街では、インチキとは呼ばない。向上心があると言うんだ」

ミッチは皿をパンの厚切りできれいにしながら、レスを観察した。「これからどうするつもりですか——ここに残るか、それとも元の仕事に戻りますか？」

「差し当たっては、アーロンに頼まれているし」レスは答えた。「将来はと言えば、私は若者の職業に紛れ込んだ六十二歳ってことになる。私のような人間はもう必要とされないんだ。業界はＭＴＶのような連中を求めている。流行の先端を行く、とんでもないやつらを。子供が子供に売っているんだ。はっきり言って、私はもう彼らが何を売ってるのかもわからないくらいだ。この間の夜、テレビで新しい掌サイズの通信機器のコマーシャルを見た。でも私には宣伝しているのが商品なのか、中のソフトウエアなのか、君の機器と誰かの機器をつないでいる通信衛星のプロバイダーなのか、わからなかった。私は現場から離れ過ぎてしまったんだよ、ミッチ。時代遅れなんだ」レスは朝食を食べ終えて、古風で趣のある広々とした古いキッチンを見回した。

「ここでノーマと過ごした時間は、私にとっては現実からの逃避のようなものだった。今は、ここを離れなくてはならないとなったら、何をしていいかわからない。ここ、ドーセットから動かないかもしれないな」

「それで何をするんですか？」

レスはそれには答えずにうめいた。「ああ、他のものを弾いてくれればいいのに」

テディはまだあの同じ曲、二人の曲のどうやらエンドレスのリフを続けている。「満腹になったかな、ミッチ？」

「いいえ、まさか。でもこれで保《も》ちますよ」

「薪を取りに行った方がいい」

デズが食器洗い機に黄色の規制テープを張っていたので、ミッチは二人の皿をシンクに置くだけにした。レスはその間にマッドルームから作業用手袋とストームジャケットを取ってきた。ミッチは外用の装備を伐採仕事から帰った時に、ロビーのクロークルームにしまっていた。取りに行く彼に、レスもついて来た。

「テディも一緒に行く方がいいですね」ミッチは言いながらダウンジャケットを着込んだ。外側は氷の中で働いたせいでまだ濡れている。隣にかかっているスペンスのジャケットも同様だ。「僕たちは一緒にいることになってますから」

二人でサンセットラウンジに行き、レスが声をかけた。「コートを取れよ、テディ。薪を取りに行くから」

テディは鍵盤の前で二人に弱々しく微笑んだが、返事はしなかった。演奏もやめなかった。

「デズは三人一緒にいてほしいそうです、テディ」ミッチは付け足した。「行きましょう」

「このピアノだけが、私と壊滅の間に立ってくれているんだ」テディがきっぱりした静かな声で言った。「私の指をこれから引き離したら、私はきっと死ぬ。誇張しているわけではないぞ」

「一緒に来てもらわなくてはいけないんですよ、テディ」

「そうはいかないよ、ミッチ。どうかほっといてくれ。私は誰の危険にもならない。ここでピアノが弾けさえすれば、大丈夫だから」

「なあ、今はこんなことにかかずり合う気分ではないんだ」レスがむっとしてせっかちに言った。「彼のことはほっとこうぜ」

「そうですね」ミッチは同意した。実際テディとこれ以上言い合っても無駄なのだ。この男は梃でも動かない。

ミッチとレスはキッチンに戻って、裏口から暴風の中に勢いよく飛び出した。城の中がとても寒いので、外がそれほどひどいとは思われなかった。もっとも風はうなり、雪が顔にヒリヒリと刺すようなのだが。湿気のあるぼた雪だ。昨夜のうちに凍結した表面に、もう少なくとも四インチは積もっている。足場がおぼつかなくて、耐えがたいほどゆっくりとしか進めない。こんな感じだ。まず右足が新雪の中に沈む。右足はしばし持ちこたえるが、やがて凍結した表面をグシャッと踏み抜いて、その下の古い雪に突っ込む。その右足を上げて引き抜くと、またグシャッ、今度は左足が踏み抜くのだ。

片足をもう片方の足の前に出すという単純な行為が、これほど困難だったことはない。

薪小屋の納屋風両開き扉は外開きだった。バリバリと軋む雪に覆われた扉を開けるのは、雪用スコップを使って二人がかりになった。中に入ると、よく乾燥させた硬材――ほとんどがカエデとヒッコリー――が積み上げられた土間のそばに手押し車があった。工具が壁の梁の至る所に打ち込まれた釘からぶら下がっている――斧、大木槌、鉈、ツルハシ、スコップ、熊手、巻いたガーデンホース。乗用芝刈り機も辛抱強く春を待っている。春など今のところは想像もつかないはるか未来の話のような気がするが。

レスは即座に薪を積み始めた。薪はガラガラと大きな音を立てて空の手押し車にぶつかっていく。「ミッチ、ドーセットに残ったとしたら何をするつもりかと訊いたな」レスがいくらか堅苦しい口調で言った。「ここだけの話だが、実は私にはちょっとしたロマンチックな関係があるんだ。この何ヵ月か、付き合っている人がいる。地元の既婚女性だ」

ミッチは腕いっぱいに抱えた薪を手押し車に落とした。「そうなんですか?」当たり障りのない声を保った。

「そうなんだ。この件では、必ずしもデズに正直になれなかった。正直になるべきだったのだが、私には非常に難しかった。ほら、部屋にはノーマがいたんだよ。とても口に出せなかった。ノーマの前では。彼女をそんなふうに面前で裏切ることができなかった。わかっていた、いや、わかっているんだ、彼女は死んでいて、私の声も聞こえないのは。でも、認めたくなかった——だから、彼女がもうそこにはいないってことを。どうしても認められなかった。君にはまるで理解できないことだろうか?」

「ええ、そうですね」

レスが手押し車にもうひと抱え落とした。その胸がふくらんだ。「愚かな対処だったよ、本当に。デズが嗅ぎ回り出せば、必ず真実を見つけ出すのだから。ドーセットでは、秘密なんてものは存在しない。二人の同意した成人の間のセックスがからんでいる場合は。彼女に話してもらえないか、ミッチ? 頼めないだろうか?」

「それでいいんなら」ミッチは答えて、さらに薪を積み込んだ。「でも、彼女はその女性が誰か知りたがりますよ」

「それはそうだ」レスが認めた。「でも、この件に彼女を巻き込む必要はあるのか？　君はどう思う？」

「僕にわかるわけないですよ、レス。皆目見当がつかないんですから。デズがどうしてそんなことを聞く必要があるのかもわかりません」

「それが動機を語ることになるからだよ」

「誰の動機ですか？」

「私のだよ」レスが答えた。「ノーマ殺害の」

「あなたがやったってことですか？」

「いいや、まさか。ただ、私はそれなりの額の金を相続することになる。正確には二十万ドルだ。財というほどではなくても小銭ではない」

「その金をどうするつもりですか？」

「タイラーのために信託財産を設定するかな。でも、確かなことはわからない。まだじっくり考えていないから」レスは労働を中断して、手袋をはめた手で乱れた銀髪を叩いた。「ああ、ちくしょう、マーサ・バージェスだよ、これでいいか？　付き合っているのはマーサだ」

ミッチはその女性を知っていた。マーサと夫のボブは、ドーセットで最も古風で趣のあるプチホテルのフレデリック・ハウスを経営している。ミッチは初めてドーセットを訪れた時に泊まったし、デズも新居を改修している間滞在していた。ホテルそのものも素敵だし、バージェス夫妻は素敵な働き者のようだった。マーサは四十五歳くらいで、十人並みで、痩せていて、いくらか内気な感じだ。ミッチのセクシーな浮気妻のイメージとはほど遠い。もっとも、これはむしろ『深夜の告白』のバーバラ・スタンウィックの顔から浮かんだイメージなのだが。

「商工会議所の活動を通して知り合った」レスが話を続けた。「マーサとボブは問題を抱えていた、結婚生活と財政状態の両方に。本当に窮地に陥っているんだ。週末旅行客は激減した。人にはもう高級でロマンチックな保養地に使う金がないらしくて」

そこで高級なホテルの主たちは自分たちの保養をしたのか。ミッチは結論づけながら、レスが先ほどキッチンで言ったことを考えていた――〝私は幸せになるはずだという途方もない考えがあってね〟。べつのこともある――ノーマの二十万ドルはフレデリック・ハウスが財政的な窮地から抜け出すのに大いに役立つはずだ。つまり、ひょっとしたらレスは出口戦略を持っているということだ。ひょっとしたら彼は、ボブ・バージェスを追い出して、マーサに取り入り、新しいホテルの主人の地位を確保しようとしているのかも。ミッチには、それは確かに計画のようだと思われた。一方のボブ・バージェスは、起きているらしいことをチラッとでも察していたのだろうか。あるいは気にかけていただろうか。ちくしょう、ボブはボブで、彼自身の出口戦略を立てるのに忙しいのかもしれない。「僕には関係ないことですが、レス」ミッチは言った。「ノーマはあなたとマーサのことを知っていましたか？」

「知っていたとしても、それを表に出すことはなかった。でも、私の最も妥当な推測はノーだ。彼女は村のお節介な女たちや噂話が大嫌いだった。それにマーサと私は慎重を期していた。会うのはヒガナムにある彼女の妹のアパート。妹のスージーは独身で、出張が多いんだ」

「エイダはどうです？　彼女が気づいた可能性は？」

「あり得ないと思うが」レスが答えた。「ノーマに知れて、彼女が話したならともかく。ただノーマとエイダはそれほど親密ではなかった。私の考えでは、あの老婦人は昔からノーマを本当にはそれほど愛していなかった。私たちの結婚式にも飛んでこようとはしなかった。考えられるか？　母親がたった一人の娘の結婚式に出席しないなんて」

「マーサはこの事件をもう知ってるんですか？　彼女にノーマのことを電話しましたか？」

「そんなこと思いつきもしなかったよ。もちろん、私が男やもめになったとなれば、かわいそうに彼女は怖くなって、きっと夫の腕の中に駆け戻ってしまうだろうが」

いいや、そうとも言えないかもしれない。マーサはもうノーマが死んだことをちゃんと知っているのかも。彼女とレスは共謀してノーマを殺し、ボブを追い払おうとしているのかも。ことによると。

二人はそれぞれ腕いっぱいの薪を手押し車に落とした。手押し車はほぼ満杯だ。

「これくらいにしておかないと」ミッチは忠告した。「重くなり過ぎると、この雪の中を押して戻れないですよ」

「同感だ。これを下ろしてもう一度積みに来よう」

レスは薪を積んだ手押し車を薪小屋の戸口へと巧みに進め始めた。と、薪の山から何本か土間に転がり落ちた。ミッチはかがんで拾い上げた。そして、再び身体を起こすと、レスが心配そうな顔でまじまじと彼を見ていた。

「ミッチ、私が今話したことは絶対に極秘だ。話すのはデズだけ、他には誰にも話さないでくれると信じているから」

「大丈夫ですよ、レス。任せてください」

「この状況を考えると、君にもいっさい話すべきではなかったのかもしれない」レスがごくりと唾を呑み込んで付け足した。「実は、もう一つ、あまり自慢にならないちょっとした問題があって。その、それこそデズは絶対に知る必要があるのではないかと思うんだ」

ミッチは身体を回して、拾った薪を山に戻した。「どんなことですか、レス?」

レスは話してくれなかった。

そのかわりに、ミッチの背後で突然何かが動いた。が、どういうことかと振り返るより早く、後頭部に強烈な衝撃を感じた——目を眩ますものすごい一撃に、ミッチは前のめりに倒れた。今度は冷たい土間が迫ってきて、顔に一撃を食らった——泥が顔を直撃して、それから、それから……。

意識が消えた。

12

「今朝のことは、本当にお気の毒です」デズはアーロン・アッカーマンに言った。

「心底ショックを受けてるんでしょうね」

「正直、自分がどう感じているのかもわからない」アーロンが静かに答えた。「まだとても理解できない。ましてや悲しむなんて。この世に残っていた最後の家族を失ってしまったってことがわかるだけで」

「まだカーリーがいるでしょ」デズは彼に指摘した。そう言えばテディのことも触れていないと思った。

アーロンは応じなかった。ひと言も答えなかった。

二人は階段を上り切ったところに向かい合って座っていた。デズは自分の椅子を廊下とアーロンの両方ににらみを利かせられるように置いていた。彼女の目を逃れて二階の部屋を出られる者はいない。

階下では、テディがピアノに戻った。『モア・ザン・ユー・ノウ』の甘く悲しい旋律が洞穴のような城のロビー全体に反響した。デズは今後このメロディを聞いたら、きっとテディとノーマを思い出すことになると思った。当分は、まず聞きたいとも思わないだろうが。

アーロンには傷ついた穏やかさが訪れている。母親と祖母の死のせいで謙虚になったようだ。デズがドアをノックした時には、机について電池式のラップトップを叩きながら考えにふけっていて、ノックの音にもほとんど気づかなかったほどだった。供述を取らなくてはならないと告げても、横柄なところも怒りっぽいところもまったく見せなかった。

「何なりと」と、打ちひしがれてため息をついたのだ。「協力できることがあればやらせてもらうよ」

デズは興味をそそられた。アーロンはどうして急に彼らしくない態度を取るようになったのだろう？　単に偽りのない人間らしい悲嘆が姿を現したということかしら。それとも他に理由がある？　例えば、罪悪感とか？　ノーマの遺産のほとんどを得る立場にあるのが誰か、デズは絶対に忘れていなかった。

「こんな時に無神経だと思われるかもしれないことを訊かなきゃならないの」とまず言った。「決して余分な苦痛を引き起こそうとしているわけじゃないの。でも、あなたの記憶がまだ鮮明なうちに検討することが重要なのよ」

「わかるよ」アーロンが言った。「始めてくれ」

「まず、エイダが襲われた時にどこにいたのかというあたりからおさらいしましょう。ジョリーがバーに来て、朝食の支度ができたと告げたところで、あたしの記憶では、カーリーが急に二階に行ってしまい、あなたも彼女を追っていった。そんなところかしら？」

「そうだ。彼女はどう見てもカッカしていた。俺は彼女を落ち着かせようとしたんだ」

「で、うまくいったの？」

アーロンはしばし黙り込んだ。「これまで物事の取り組み方を間違えていた」彼がデズというより彼女を通り越した先をじっと見ながら言った。あたしはここにいないのかしら。デズは一瞬思った。「お祖母ちゃんの例にならってみるべきだと気がついたんだ。どういうことかと言うと、彼女の死が俺の人生における真の使命に光を当ててくれたってことだ」

「その使命というのは、アーロン？」

「お祖母ちゃんは全財産をＡＣＬＵに遺そうとしていた。俺に言わせりゃ、そいつは自分の脚に小便を引っかけるようなものだ。でも、その概念そのもの、自分の金を公共の利益のために使うという考えは、文句なくすごく崇高だ。俺もそうすべきだ。そうしてみたい」

「どうするつもりなの？」

「アストリッド城を売る」彼が大きな頭をうなずかせて答えた。「で、その収益を政治的社会的改革に勤しむ新しいシンクタンクの資金として使う。ひょっとしたら週刊誌の資金としても。この件について、いくつか考えを書き留めたところだ。この国の左派と右派の間に拡大するギャップを埋める、まったく新しい活動を作り出すという話だ。実際、論点は多いんだ。人工中絶にしろ銃規制にしろ、環境問題や積極的差別是正措置にしろ……我々はもう理性的に論争しなくなっている。話が嚙み合わないばっかりで、やがては相手を〝大馬鹿〟だとか、〝アメリカ人ではない〟とか、あっさり〝悪〟と呼ぶようになる。まるで我々の人生が強硬姿勢の果てしない連続になってしまったかのようだ。もっとも、俺自身はそれからものすごく手厚い見返りをもらってきたことを、まず認めなきゃ」彼が気まずそうに蝶ネクタイを引っ張った。「でも高い代償が支払われてきた。俺たちはもはや共通認識が見つけられなくなってる。そう、俺としてはそう呼びたいんだ――共通認識だよ」アーロンがすがりつかんばかりの目でデズを見つめた。彼女の賛同を熱心に求めている。「どう思う、デズ？」

デズは彼を観察した。この話に本気で興奮しているようだ。しかもものすごく賛同に飢えている。彼についてのミッチの見立ては正しかった。べつに疑っていたわけではないが。「あなたがそこまで興味を持ってるとは思わなかったわ」デズは答えた。

「そりゃ持ってるさ」彼が請け合った。「ここで起きたことを見てみろよ。人が互いに話をしなくなった時に何が起こるか見てみろ」

「ここで何が起きたというの、アーロン？」

「警鐘だよ——俺にとっては」

飢えているばかりか、ひどく自己中心的なので、彼の目にはこの二つの殺人も自分の母親と祖母にまつわることではなく、自分にまつわることに映るのだ。「あなたのその新しい考え方にカーリーはどう組み込まれるの？」

「彼女はずば抜けた才能のある聡明な学者だ。貢献してくれることを願ってるよ」

「それじゃ結婚生活は？」

アーロンがいくらかたじろいだ。「何の話かわからないな」

「あら、わかってるでしょ。ちゃんとわかってるはずよ」

「ハンナがペラペラやったんだな？」彼が後ろめたそうに廊下に目をやった。

「ハンナがペラペラやる必要なんてなかったわ。あなた自身が見え見えだったもの」

デズは鼻から眼鏡を引き上げて言った。「教えて、あなたはお母さんが心臓に問題を抱えていたことは知っていたの？」

「太っていたのは知ってる」アーロンがぶっきらぼうに答えた。「手術が必要なのに、受けようとしなかったことは知っている」

「心臓の薬を飲んでたことは知ってた？」

「飲んでると思っていたよ」

「どんな薬かわかる？」

「見当もつかないな」

「アーロン、昨夜は起き出さなかった？　ひょっとして階下に行ったとか？」

「そんなことがいったい何に関係あるんだ？」

「どうか質問に答えて」

「昨夜はぐっすり眠ったよ。夕食の前にシングルモルトを二、三杯、それにワインもたっぷり飲んだから。カーリーと俺はベッドに入ってからしばらく本を読んだが、十一時頃にはランプを消して眠りについた」

「ひと晩中ベッドから出なかったのね？」

「俺をいったいどんな男だと思ってるんだ？」アーロンが片方の眉を吊り上げて迫った。

「妻に隠れて浮気をしている男だわね」

「俺がどう思っているかわかるか？」彼がムキになって言い返してきた。「君には俺を嫌う傾向があると思う。実際には露骨に俺に偏見を持っている。俺がたまたま伝統的な保守的価値観を信奉しているからだ。君は俺の結婚についても、俺の……状況についても何もわかっちゃいないんだ」

「それじゃ教えてよ」

「まず俺は、廊下をこっそり横切ってハンナのベッドにもぐり込めるように、カーリーが寝入るのを待ったりしなかった。そんなことは愚かなばかりか、許しがたいほど残酷だ。カーリーはたまたま病的なほど眠りが浅い。夜俺が指の一本も動かそうものなら、彼女は即座に目を覚まして、どうしたのかと尋ねる。カーリーに知られずに俺がハンナのところへ行くのは絶対に無理だ。ハンナには、ここでは俺たちの間では何も起きないと十二分に説明した。ハンナもそれでいいってことだった。それに俺は……」アーロンが口ごもった。鼻がピクピクしている。「この件を白状するつもりだ。つい今しがた部屋でそう決心した。ハンナのことを包み隠さずカーリーに話すよ」

「遅かったわね、アーロン。カーリーはもう知ってるわ」

アーロンが目を見開いた。「彼女が?」

「あなたとハンナのことをもう何週間も前から知ってたわよ」

「そういうことか」彼が考え込んだ様子であごの白い無精ひげを親指でまさぐった。「昨夜も話したように……最近の彼女の様子はおかしいって気がしてたんだ」

「あたしならおかしいなんて言葉は使わないわ。あなたは家族の重要なイベントがある母親の家に愛人を連れてきたのよ。カーリーがどう感じると思うの？　夫にそんなことをされたら、あたしなんかおかしいどころじゃなくなるわよ」

アーロンが顔をしかめた。「言われると思ったよ。俺の行動を弁解しようとは思わない」

「けっこう。そんなことはできっこないんだから」

「ただ、よかったら俺自身について説明させてくれ。俺みたいな男だというのがどんなものか、君には絶対にわからないはずだから。男の子たちからはいつもいじめられ、女の子は絶対に寄り付かないチェスクラブのデブだよ。君のような人間にそれがどんなものかわかるわけないだろ？　自分を見てみろよ。君は水着モデルのような体型だ。君は魅力的で、君は――」

「あたしを口説いてるの？」

「違う！　君はたぶん十二歳の頃から言い寄る男を撃退してきたはずだと指摘しているだけだ。これまで俺のことを誰も求めてくれなかったってことを、君は理解してくれなきゃいけない。誰もだぞ。それが今、たまたまテレビのセレブになったら、女たちが本当に俺を求めてくる。美しい女性たちが。そして、確かに、俺は誘惑に負けた。当然だろ？　長年つらく苦しい日々を送ってきた身が自制するなんて不自然じゃないか。それだけは君もきっと理解できるはずだ」

「もちろんよ、アーロン。けど、あなたが結婚した時の宣誓を破ったってこともわかってる。だからあたしにメソメソするのはやめてくれない、ねっ？　だって、あたしも二股をかけた男と結婚してたことがあって、その手の言い訳はいやってほど聞いてるの。結局は下手な言い訳の山ができるだけなのよね」

アーロンは傷ついたように黙り込んでデズを見た。「君は本当に俺が嫌いなんだな？」

「あなたにはどうでもいいことでしょ？」

「俺は完璧な人間じゃない。それは率直に認める。でも断言するよ。君が言うところの二股をかけた男の日々はもう終わりだ。ハンナとのことはやめる。彼女は間違いなくがっかりするだろう。主として彼女のキャリアの救済者として俺を見ていたから。俺は彼女のために祖母がらみでできることをやった。その点では俺の良心に曇りはない。祖母が亡くなったのは俺のせいじゃないだろ？」

「どうかしら。あたしの質問に答えてくれていないもの」

「どんな質問だ？」

「カーリーのことよ。ここまで彼女を探しに来た時には、うまく落ち着かせられたの？」

アーロンの顔が曇った。「そうは言えないな」

「彼女はどこにいたの？」

「それは彼女に訊いてもらわないと。本当のところは、彼女を見つけられなかった。ハンナの悲鳴を聞くまで」アーロンは3号室のドアに目をやった。「廊下に駆け出ると、カーリーはハンナやスペンスと一緒にエイダの部屋のすぐ外に立っていたよ」

「あなたはどこにいたの？」

「俺たちの部屋だ」

「一人で？」

「ああ、一人だった」

「何をしていたの？」

「言ったように、カーリーを探していた。何だよ、俺が犯人だなんて思っていないよな？」

「アーロン、あたしは質問をしてるだけよ」デズは言ったが、その間もアーロン・アッカーマンにはエイダが絞殺された時のアリバイを保証してくれる者はいないのだと考えていた。一人もいない。

　階下では、テディがようやく新しい曲に移った――エリントンの『ドント・ゲット・アラウンド・マッチ・エニモア』だ。

「間に合わないと思うか？」アーロンが尋ねた。

「間に合わないって何に？」

「俺の結婚生活を救うのにだよ」

「今も愛があるなら、絶対に遅過ぎることはないわ。ただカーリーはあなたとの離婚を考えてるって言ってたわよ」

「そんなことはしないさ。彼女は本気で言ったんじゃない」

「本気みたいだったけど、あなたの方が彼女をよく知ってるのよね」

「これからはもっといい夫になるつもりだ」彼が断固とした決意を込めて言った。

「どうすればいいかさえわかればいいんだ」

「彼女に相応しい愛と尊敬を見せてあげるの。彼女に正直になって。何よ、アーロン、あたしが馬鹿丁寧に説明してあげなきゃいけないの？　あなたは頭の切れる男なのよ」

「女性のことになると、からきし駄目なんだ。今もカフェテリアに一人で座って、素敵な女の子が一緒に座ってくれないかと願ってるあの孤独でデブの少年のまま――」

「ちょっと、またチェスクラブの話を持ち出すなら、あたしも意地悪になるわよ」

「わかった、わかった。悪かったよ」アーロンはじれったそうに首の無精ひげをかいた。きっちりボタンを留めたシャツのカラーに沿って発疹が出ている。「カーリーは一人でもちゃんとやっていくだろう。彼女がもしそういう方針で行くことにしたのならだが、俺はそうならないよう願っている。本気で俺たちの結婚を守りたいんだ」

「そりゃそうでしょう。あたしの見るところ、あなたの未来はそれにかかってるもの」

「どうしてそんなことを言うんだ？」

「それは、カーリーが意地悪してやろうと決心すれば、あなたは〝共通認識〟を諦めなきゃならないからよ。タウンハウスも、農場も、株も。彼女は離婚法廷であなたを徹底的に打ちのめすはずだもの」

「言えてるな」アーロンが認めた。「ますますうまくやらなきゃならないってことだ。さもないとすべてを失うことになる。まずは家庭でだな？　お互いが相手の話を聞くようにならなきゃ」

「とことんやってみて。たかが一人の女の子の意見にすぎないけど」

「まっ、今この瞬間から、そいつを最優先にする。俺にはカーリーが何より大切なんだから」

「それを聞いてうれしいわ」デズは言ったものの、彼はその言葉のひと言でも本気で言ってるのかしらと思っていた。

「彼女と話してもいいかな？」彼が尋ねた。

「まだ困るけど、すぐに」

デズはアーロンを部屋まで送り、カーリーを8号室に迎えに行きながら、頭の中でおさらいをした。祖母が絞殺された時のアーロンのアリバイを証言してくれる人はいないんだったわ。つまり彼には機会があった。ということは、彼は容疑者になり得る。でも、母親の死についてはどうだろう？　確かに、彼にはノーマ殺害の誰より大きな動機がある――アストリッド城の主になるというのはものすごい動機だ。でも機会はどうだろう？　アーロンが夜の間にジゴキシンをうまく過量に飲ませることは可能だっただろうか？　単独でやった？　それとも誰か、例えばハンナを共犯にした？

カーリーはミンクのコートにくるまって暖炉の前の椅子に座り、アストリッド城のメモ帳に何やら書き留めながら、タバコを吸っていた。デズはまだ、スッピンで髪をひっつめにした彼女がぐっと老けて十人並みに見えたことの衝撃が忘れられなかった。

「私の番なの？」彼女がいくらか疑わしげにデズをちらりと見上げて訊いてきた。

デズは廊下にも目配りできるように戸口に立っていた。「あなたさえかまわなければ」

「もちろんよ」カーリーはタバコを暖炉に投げ込むと、メモ帳から数ページを破り取って毛皮のコートのポケットに入れた。

「今日はそれが伝染してるみたい」デズは感想を言った。教授は彼女について階段の上の椅子まで来た。「アーロンも今しがたメモを作っていたわ」

「較べてみるといいわね。きっと笑えるわ」カーリーは毛皮の中で身を震わせながら、つい先ほどまで夫が座っていた椅子に腰を下ろした。「私は個人的な優先順位をいくつか整理しようとしてただけなの。ペンを握っている時の方が頭はよく働くものだから」

「わかるわ。あたしの場合はグラファイトだけど」デズは再び椅子に座って、カーリーを一心に見つめた。

カーリーはその視線を受け止めた。その態度には用心深さも不安そうなところもまったくなかった。警官に隠すものがある人間の態度ではない。とにかく冷静に見える。「何を話せばいいのかしら、デズ？」

「まずは、エイダが襲われた時、あなたはどこにいたの？　アーロンはあなたを探しに二階に来たけど、部屋にはいなかったと言ってるの」

「わかってるわ」カーリーはブロンドの頭を縦に振った。「展望デッキでタバコを吸ってたのよ」

デズは廊下のはずれのガラスドアに目をやった。「外はけっこう荒れ模様なんじゃない？」

「私は喫煙者なの」とカーリー。「おかげで、雨の中へ、みぞれの中へ、雪の中へ、夜の暗闇へと追いやられるわ——愛煙者は皆今の仕事を辞めて、郵便配達になった方がいいようなものよ。あんまり面白い話には聞こえないみたいね」カーリーは目を伏せた。「本当のところを知りたい？」

「そうしてくれるとうれしいわ」

「アッキーとの間に少し距離を取る必要があったの。彼のせいで頭がどうかしてしまうのだけど、そんなふうに感じるのはイヤなの。自分じゃない気がしてしまうのよ。わかってもらえるかしら？」

「わかりたいわ、カーリー」

「昼メロに出てくる馬鹿女になった気がするの。鈍感で、無知で、感傷的な女よ。私は博士号を持ってるのに、どうしてこんなことになっちゃうの？」

「恋に落ちたからでしょうね」

「二度とお断りだわ」カーリーが断言した。「二度と男にこんなことはさせないわ。ストーントンのキャンパス近くにヴィクトリア朝風のシャレた煉瓦造りの家を買うわ。本と、座り心地のいいたくさんの椅子に囲まれて、猫を五、六匹飼って——」

「そこのところはお手伝いできるわ」

「それで、いいトシをしたパッとしない顔のケイド先生、メアリー・ボールドウィン・カレッジの変人教授になるの。学生とお茶をしながら、活発な政治討論をして、権威ある教科書を一冊か二冊執筆するわ。退職する時には、大学は建物に私に因んだ名前を付ける。私もきっと大学に大金を遺贈できるでしょうし。この先もう顔に毒素を注入しなければ、年に何千ドル浮かせられるか考えただけでも」カーリーが話すのをやめた。目に涙があふれている。「ごめんなさい。供述を取ろうとしているあなたに、私ったらぷっつんしちゃったみたいにペラペラ喋ってしまって」

「そんなことないわ。展望デッキでは誰か一緒だったのかしら？」

「いいえ、誰もいなかったわ」

「その時、アーロンがどこにいたかわかるかしら？」

「どうして？　彼は何と言ったの？」

「カーリー、供述というのは、あたしが質問をして、あなたが答えるという形で進むものなの、いいわね？」

「アッキーは私たちの部屋にいたんだと思うわ」

「でも、確かなところは知らないのね」

「何も知らないわ。中に戻りかけた時に、ハンナの悲鳴が聞こえて。彼女はこの廊下、エイダの部屋の外に立っていたわ」

「その時、アーロンがいた場所を正確に思い出せる？」

「ハンナやスペンスと一緒にこの廊下に出ていたわ」

「あなたが廊下に入った時にはもういたの？」

「ええ、そうね」

「面白いわ」デズは言った。今しがたアーロンが語ったこととははっきり食い違うからだ。二人のどちらかが嘘をついている。あるいは、思い違いしている。目撃者は往々にして一連の出来事を違って覚えているものだ。それに何らかの意味があることもある。ないこともある。「昨夜のことを話しましょうよ、カーリー。どんな夜だったか説明してもらえるかしら」

「長かったわ」彼女が答えて、面白くもなさそうに笑った。「私の身にもなってみてよ、デズ。不倫している夫が隣に寝ていて、若くてムンムンした淫婦は廊下の向かいのベッドで、彼が情熱的なセックスをしてくれるのを待ってるの。一秒だって眠れなかったわ。二人の現場を押さえることで頭がいっぱいで、眠るどころじゃなかったわよ」

「で、押さえたの？」

「いいえ。アーロンはひと晩中ベッドにいたわ。一度も目を覚まさなかった」

「昨日以外の夜はどうだったの、ここに来てからのってことだけど」

「彼は無理をしなかったわ。昨日展望デッキでキスしてたみたいに、安全だと思った時にできることをするだけで、毎晩夜はぐっすり眠ってたわ。呼吸でわかるの。安定した深い呼吸よ。目覚めている時にはもっとずっと浅くて不規則だわ」

「本気で研究したみたいね」

「アッキーみたいな男と結婚すれば、誰だって呼吸器の専門家になるわ、本当よ」

「ああ、それはわかるわ」デズは言ったが、カーリーはわずかなりとも正直に語ってくれているのだろうかと思った。夫をかばうために嘘をついていることはないだろうか。もしもアーロンのハンナとの情事や、昨夜カーリーが短時間とは言え姿をくらましたこと――そうしたことすべてが嫌疑を混乱させるための作戦だとしたら？　実際にはアーロンとカーリーはうまくいっているのだとしたら？　共謀して二つの殺人を犯すほど、二人の関係はうまくいっているのだとしたら？「昨夜だけど、カーリー、短時間でもうつらうつらした可能性はない？」

「ないわ」カーリーがきびきびと答えた。「ひと晩中、新しい人生設計を検討していたんだもの。三つの最優先事項を思いついたわ。一つは、私の品位を落とす屈辱的な結婚から抜け出す」

「で、他の二つというのは？」

「タバコをやめることと、新しい本のための研究を始めること。手応えのある仕事に取り組む必要があるのよ。仕事は私の知る最良の治療法だから。べつの男ともう一度やり直す以外にはいってことだけど、もちろん。でもそんなことはまずないし。もう当分はね。今回ばかりは自分で面倒を見るの」

「カーリー、夜の間にベッドを出たりしなかった？　一服するためにこっそり抜け出したとかってことは？」

「まさか。私にはできないわ。ほら、暗闇が怖いんだもの。昔からよ」

「それじゃ誰かが抜け出した音は聞かなかった？　廊下を歩く足音とか、ドアが開いたり閉じたりする音とか。だって、ひと晩中起きていたなら……」

「起きてたわよ、絶対に」

「あなたは本当にあたしを助けてくれることができるの。よく考えて、お願い。これは大切なことなの」

カーリーはしばらく考え込んでいた。その目は閉じられた1号室のドアと3号室のドアの間を漂っていた。「あなたはノーマのことを考えてるのよね。ノーマが起きたとしても、私は何も聞かなかった。けど彼女の部屋は階段のすぐ脇で、私たちの部屋は向こうの5号室だから」

「エイダはあなたのすぐ隣よ。彼女が起きたのは聞こえなかった？」

「残念だけど、ノーだわ。そのことではお役に立てないわ」

デズにはその言葉を信じていいかどうかわからなかった。1号室にいても、レスが

10号室のドアを開け閉めする音はわけなく聞こえたのは事実でも、レスは音がしないように気をつけたわけではないというのも事実だから。夜の夜中ともなれば、ノーマもエイダも絶対に気をつけたはずだ。

「けど、私が聞いたことを教える」カーリーが声をひそめて言った。「誰かが階上を歩き回っていたわ」

デズは眉をひそめてカーリーを見た。「階上？」

「三階ってことよ」カーリーはそう言って天井を見上げた。「夜、床板が軋むのを聞いたわ。誰かが上にいたのよ」

「何をしてたの？」

「歩き回る以外にはってこと？　私にはまるで見当もつかないわ」

「でも、三階には誰も泊まっていないんでしょう？」

「ええ、一人も。オフシーズンは燃料代を節約するために閉鎖するの」

「その足音が聞こえた時間はわかる？」

「午前二時、あるいは三時だわね」

デズは困惑して考え込んだ。夜中、しかも停電中に、誰であれどうして三階をうろついたりしたのだろう？「夢じゃないのよね？」

「ええ、絶対に」カーリーが言い張った。「空耳ってことはあるかもしれないけど。

暴風雨の夜で、ここみたいな古い館は風でものすごく軋むの。そういうことだったのかもしれない。あるいはネズミだったのかも。けど、何を聞いたかってことだったたから……」

「で、あなたは床板が軋むのを聞いた」デズは疑わしげに天井をちらりと見上げた。

「他には何か？」

「いいえ」カーリーは答えて、舌先で唇を軽くそっと舐めた。「セックスの音ならあったけど」

デズは咳払いした。昨夜は彼女とミッチも少なからず忙しくしていたからだ。「どこから？」

「すぐ隣のスペンスの部屋からよ」

「昨夜スペンスが部屋に女性を連れ込んでいたの？」

「女性だったと思うわ。彼がゲイとは思えないから。まあ、人のことは絶対にわからないものだけど」

「それって誰だったのかしら？」

「私にはさっぱり」

デズはほとんど確信した。ハンナだ。何と言っても、彼女とスペンスはインターンシップ制度の頃からの長年の知り合いなのだ。唯一の疑問は、二人が長年の恋人だったのか、それとも何らかの新しいものなのかということだ。しかもこれはとても重要な疑問だ。もし二人が長年の恋人だったなら、彼らこそ二件の殺人の犯人だという可能性が出てくるからだ。でも、二人がどうしてノーマとエイダを殺すのだろう？　彼らにとってどんな意味があったのだろう？　「具体的には何を聞いたの、カーリー？」

「よくあるうめきと喘ぎよ。実演してあげなくてもいいわよね？」

「その必要はないわ。スペンスの部屋からだったのは確かなの？」

「ええ、絶対に」

「それより前に女性が彼の部屋に入る音は聞いた？」

カーリーはデズをポカンと見つめた。「そう言えば、聞いていないわ」

階下では、ピアノが鳴り止んでいた。城に不意に訪れた静寂は、気味が悪いほどだ。

「でもみんなが寝る準備をしている間にあの部屋に入ることはできたはずよ」カーリーが示唆した。「いろんなドアが開いたり閉まったりしたし、ボイラーモンキーが薪を届けていたわ」

「彼の名前はジェイスよ」デズは低い声で言ったが、その時ロビーから甲高い声が聞こえてきた。「その女はひと晩中いたのかしら？」

「まっ、帰る音は聞かなかったわね」

デズは今朝早くの記憶を辿った。レスが隣に寝ているノーマが死んでいるのに気づいて、助けを求めて大声をあげた時のことを。みんなが廊下にあふれ出てきた。ハンナは自分の部屋から出てきた。スペンスも自分の部屋に一人だった。それは間違いない。「間違いないかしら、カーリー?」

「ええ、絶対に」

その時、デズは誰かが背後の階段を上ってくる重い足音を聞いた。「数分でもうつらうつらしたことはないのも確かなのね?」

「言ったでしょ、ひと晩中起きていたわ」

「それじゃ、彼女はいったいどうやって――?」デズは最後まで言えなかった。カーリーのせいだ。大きなブルーの瞳が恐怖に飛び出したのだ。「まあ、大変!」と喘いで、デズの肩の先を見つめている。

デズがくるりと振り向いて、彼が立っているのを見たのはその時だった。

13

レスは、一心に彼を注視していた。

宿の主人の顔はミッチの顔のものすごく近くにあった。一フィートも離れていない。

俺の意識が戻ったかどうか調べてるんだな。ミッチは考えた。

もっとも、正直に言えば、今はまだ何かを考えるのは難しかった。頭はぼうっとして混乱しているし、周囲は正体のないぼんやりした霧に包まれている。ゆっくりその霧から抜け出し始めて、後頭部が痛むことが意識された。そこで思い出した、レスが……レスに襲われて、俺はのびたんだ。だからこうして薪小屋のひどく寒い土間に倒れているんだ。だから、レスは俺を注視している。

何も言わずに、ただ注視している。

ミッチは、懸命に頭の詰め物の中で転げ回っている言葉から何とか筋の通った一文を作り出そうとした。単刀直入に質問したいのだ。「どうして僕を襲ったんですか、レス?」しかし、言葉は口から出そうになかった。声帯がどこか遠くへ行ってしまった。それでも、頭は次第にはっきりしてきて、レスもやはり土間に寝ていることがわかった。チューチューチョリーが突進する轟音に聞き入るかのように、片方の耳を地面に押し当てている。それに、ミッチを注視するというより単に見つめている。瞬きもしないで。ただ、じっと見つめていて……。

レスは死んでいる。

顔に冷水を浴びせられたように、ミッチははっきりと理解した。その途端に、ショックにギャッと喉を絞められたような声が漏れて、レスから飛び退いた。後頭部がズキズキする。手をやると、血まみれになった。誰かが俺を叩きのめしたのは間違いない。でもレスではない。レスではなかった。

レスは死んでいる。

宿の主人はうつ伏せに倒れ、頭蓋骨後部には鉈が深く食い込んでいる。血と脳があたり一面に飛び散っている。まさしく身の毛のよだつ光景だ。ミッチは意を決して彼の頭近くの血だまりを指で触れた。薪小屋は凍てつく寒さなのに、まだ温かい。レスは死んだばかりだ。

誰も俺たちを探しに来ていない。誰も知らないんだ。

風と雪が開いた扉の外で渦巻く中、膝をついていたミッチはにわかに気がついた。

レスを殺した犯人はまだこの薪小屋の中にいるかもしれない。息を呑んで、工具の散らかる中を素早く見回した。薄暗い物陰をことごとく探った。でも、誰もいなかった。ミッチとレスだけ。犯人は逃げたのだ。

バットほどの太さのあるヒッコリーの薪がレスの足下の土間に落ちている。血がついている。俺の血だろう。あれが俺をのした凶器だ。レスを殺した犯人は俺を片付けたかった。が、どうやら殺す気はなかった。俺は生きているんだから。完全に頭のおかしな野郎にしては、頭の中で実に選択的な処理をしたことになりそうだ。文句を言っているわけではない。わからないだけだ。

どうして俺はまだ生きているんだ?

わからない。ミッチはゆっくり立ち上がりながら、レスの血と脳がエディー・バウアーのグースダウン全体に飛び散っているのに気がついた。途端に胃がひっくり返って、巧みに温め直した朝食を土間に戻した。目眩がして気分が悪いままよろよろと作業台まで歩いていくと、ボロ布を見つけてアノラックを拭いたが、ここは自分の居場所ではないと本気で思った。俺の居場所は、無邪気で楽しいディーン・マーティン＆ジェリー・ルイスの二本立てを上映しているフィルム・フォーラムなんだ。『底抜けやぶれかぶれ』と『底抜け落下傘部隊』あたりを。たぶんジャンボサイズのホットバター……いいや、ホットバター・ポップコーンはやめておこう。胃がまたひっくり返ったので自制した。でも、今はやるべきことをやらなくては。レスを殺した犯人を追うんだ。まだ遠くには行っていないはず。レスはまだ温かいんだぞ。このよく太った尻を上げて、ここを出るんだ……。

脚がグラグラする箒の柄のようだ。しかもまだひどい目眩がする。でも注意力が集中してきたのも感じられる。俺にはやることがある。何とか開いた戸口までたどり着くと、若木のように揺れながら、目を細くして雪野原を見渡した。目は何らかの動きを探した。誰かのジャケットの色がチラッとでも見えないか……動きはない。何もない。そこで、不安定な目を雪に向けた。薪小屋から森や駐車場に向かう足跡はない。彼とレスがキッチンからここまで来た足跡があるだけだ。まだ深くて新しい。しかし、足跡をさらによく見ると、実際にはこちらに向かう足跡は三セット——それに薪小屋の戸口からキッチンのドアに戻っていく足跡が一セットあった。つまり、レスを殺した犯人は城から来た。そして今はもうおそらく城に戻ってデズや他の人たちと一緒にいる。

「デズ！」ミッチは叫んだ。嵐の怒号に向かって声を振り絞った。「デーズーーッ！」

無駄だ。ぼんやり見えている城は遠過ぎるし、その壁は硬い石でできている。あの中にいるデズに聞こえるわけがない。

突然目の前でフラッシュが弾けた。また気を失いそうだ。ミッチは薪小屋の戸口に片膝をついて、大きく息を吸って吐いた。雪を手にひと掴み取って顔にこすりつけ、その濡れた刺すような冷たさを感じた。

ゆっくりもう一度立ち上がり、犯人の足跡を踏まないようにしながら中庭を横切って戻り始めた。ザクザク音を立てる氷と雪に埋まる脚は、ぶざまな木片と化している。突風が吹くたびに、転びそうになるのがわかる。最初の十歩の間に、実際二度倒れた。二度とも立ち上がり、口から雪を吐き出した。立ち上がらなくては。倒れたまでいたら、レスと同じことになってしまう。だから歩き続けた。一歩、また一歩。左足、右足……。きっとうまくいく。ミッチにはわかっていた。訓練はできている――ビッグシスター島のツンドラを毎日欠かさず踏破してきたのだから。俺ならできる。きっとやり遂げる。何度転んでも。朝の巡回より、『ドクトル・ジバゴ』でオマー・シャリフがシベリアを渡った苦難に満ちた勇壮な旅が思い出されるようになっても……。左足、右足……。ジバゴは前線から最愛のラーラのもとへ、ジュリー・クリスティーのもとへ帰ろうとしている……。左足、右足……。また、前のめりに雪に突っ込んだ。今度ばかりは、本気でそのまま倒れていたかった。雪はとても柔らかくて、枕のようだ。眠れるぞ。眠りたい。とても目を開けていられない。いいや、いけない、立ち上がらなくては。立ち上がらなきゃいけない。胸をふくらませて、もう一度立ち上がって歩き出した……。左足、右足……。左足、右足……。

キッチンのポーチに近づいた。もうすぐそこだ。張り出しの下はぬかるんでいる。湿った靴跡がいくつもあるが、ここからべつの方向に向かっている靴跡はない。レスを殺した犯人はここへ来たのだ。

ミッチはドアを大きく開いた。早速テディのあの忌々しいピアノが聞こえた。古いエリントンの曲だ。キッチンの床は乾いている。犯人は入る前にブーツを脱いだ。それでどうした？　どこかへ隠した？　犯人は今どこにいるのだろう？　デズが廊下を見張っているのに、いったいどうやって出入りしたのだろう？　二階の連中も皆死んでるのか？　デズも死んだ？

彼女の名前を呼んだ。一度、二度、三度。ピアノが鳴り止んで、足音が聞こえた。やがてテディが彼に向かってキッチンに駆け込んできた。青ざめて怯えているようだ。「何てことだ、ミッチ。いったいどうした？」

「デズ」ミッチはうめいた。「デズに会わなきゃ」

ミッチはよろよろとテディを通り過ぎてロビーに入り、相変わらず明滅しているフラッシュを瞬きしてこらえながら、手探りで階段を上がっていった。ピカ、ピカ……。「クローズアップ、オーケーですよ、デミル監督……」背後でテディが呼んでいる。声にはパニックがにじんでいる。でも、俺は大丈夫だ。ゴム粘土でできた脚で上っていった。あそこまで、あそこまで、もう少しだ……。

ただ、階段の上で出会ったのはデズではなかった。カーリーだ。彼女がミッチの姿を見て、ギョッとした喘ぎを漏らした。ミッチ自身の意識は遠のいていった。頭が長い紐に繋がれた風船になって、上がって、上がって、天井に当たった。はるか下にいる人たちの一人がデズだ。生きている、よかった。デズが弾かれたように立ち上がるのが見えた。

彼女が叫んだ。「頭をどうしたの？」

と、シューッ、ミッチの風船から空気が抜けた。ミッチは天井から急に落下しながら、しゃがれ声で言った。「レス……薪小屋……」すると、今度は廊下の床が四十五度に傾いて迫ってきた。ミッチは再び意識を失った。

今回意識を取り戻した時には、廊下に横たわっていて、みんながそばに立って怯えたような顔で見下ろしていた。デズ以外の全員が。デズは近くにいなかった。そしてハンナが、そばの絨毯に膝をついて、ミッチの鼻の下で臭いものを振っていた。アンモニア。アンモニアだ。

「名前は？」ハンナが彼の目を懐中電灯で照らしながら大声で言った。

「ミッチだよ」しゃがれ声で答えた。「会ったことあるだろ？」

「自分がどこにいるかわかる、ミッチ？」

「うーん、床の上」

「どこの床の上？」

「アストリッド城だよ。ハンナ、俺の目に光を当てなきゃいけないのか？」

「ミッチ、あなたは頭に一撃を受けて、意識をなくしたの。私はあなたの瞳孔が問題なく光に反応するかどうか調べてるの——反応してるから、脳損傷の徴候はないわね。よかった、本当に」ハンナは懐中電灯をパチンと消すと、ミッチの両手をしっかり握った。「これは感じる？」

「ああ」

「それじゃ私は今何をしている、ミッチ？」

「俺の手をギュウギュウ握りしめてる以外にはってことかい？」

「よし、これなら大丈夫。起き上がれる？」

「やってみるよ」

「さあ、僕の手を持って、頑張れ」スペンスが言って、手を差し伸べてきた。他の連中は目を見開いて言葉もなく突っ立っているだけだ。

ミッチが手を摑むと、スペンスが上体を引き起こしてくれた。ハンナが何か冷たいものを後頭部に押し当てた。濡れ布巾だ。血まみれになった布巾がそばのラッグに置き捨てられている。

「デズはどこに？」ミッチは知りたかった。

「薪小屋を調べてる」スペンスが答えた。「すぐに戻るよ」

「頭を派手にやられたのね」ハンナが傷を調べながら言った。「出血は止まったみたいだけど、もうしばらく圧迫した方がいいわ。じくじくするようなら、後でガーゼを当ててもいいし。けど、縫う必要はないと思うわよ」

ミッチは冷たい湿布を後頭部に押し当てながら、彼女をじっと見た。「手当てをしたことがあるのかい？」

ハンナが大声で笑った。「ママが看護師だと、読み書きより先に応急手当てを覚えるのよ」

「それは私が何とかするわ、ミッチ」ジョリーが優しく申し出た。血と脳が飛び散ったアノラックのことだ。

ミッチがファスナーを開けると、ジョリーは脱ぐのを手伝い、アノラックを二階の部屋の一つに持っていった。

「俺はどれくらいいなかったんだろう？」ミッチは尋ねた。

「三十秒」カーリーが震える声で答えた。「それより長くはなかったわ」

「いいや、外に行っていた時間だよ。俺たちはどれくらい外にいた？」

「数分だな」テディが言った。「長くても十分というところだ。私は馬鹿みたいにピアノを弾いていた。ただ事でないことが起きているなんて思ってもみなかったんだよ、ミッチ。君たちは薪を積み込んでるものと思っていた」

「そうですよ」ミッチは言った。「誰かに襲われるまではってことですが」

そして、レスは殺された。でもそれはわざわざ言う必要もない。みんな、もう知っているのだ。顔を見ればわかる。互いにチラチラ見ている様子からも。彼らは安全ではない。誰も安全ではないのだ。みんな、それを知っている。彼らの中にいる犯人は、デズの最大限の努力にもかかわらず、ともかくもレスを殺したのだから。

でも、どうやったのだろう？

ミッチには想像もつかなかった。全員が二階の部屋に個別に押し込まれていたんじゃないのか？　デズと対峙していたカーリーと、テディ以外は。でもテディがほんの数秒でも演奏をやめれば、デズが気づいたはずだろ？　それに、テディのスラックスの裾は乾いている。ミッチは観察した。あそこまで雪の中を歩いていって、レスを殺したのなら濡れているはずだろ？　ミッチのズボンは間違いなく濡れている。それなのに、テディのスラックスは乾いている。でも、それを言うなら誰の足下も濡れていない。みんなを見回してわかった。それでも、この中の一人が俺をのし、レスを殺した。

でもどうやって？

ジョリーがアノラックを持って戻ってきた。血と脳はそこそこきれいになっている。「新品同様よ」彼女が力のない笑みを奮い起こして言った。

ミッチは受け取って、礼を言った。

やがて、階段を上る足音が聞こえ、デズが戻ってきた。フード付きの革のコートは新しい雪に覆われている。「大丈夫、ベイビー？」と美しい顔に気難しい表情を浮かべて、ミッチのそばに膝をついた。

「大丈夫、ピンピンしてるよ。実はこの絨毯から立ち上がるところなんだ」

「気をつけて、脳しんとうを起こしたのよ」ハンナが忠告した。

「それはないと思うよ」ミッチはゆっくりと立ち上がった。「もしそうなら、短期の記憶障害を起こしているはずだが、それはないんだ。本当は記憶障害があればいいのにと思うんだが」

彼がよろめいた場合の用心に、デズがしっかり腕を摑んでいたが、それもなかった。「それじゃ、みんなにはそれぞれの部屋に戻ってもらわなきゃ」彼女が言った。

「いったいどうしてだよ？」アーロンが詰め寄った。

「あたしがそう言ってるから」

アーロンが信じられないとばかりに彼女をぽかんと見た。「この中に殺人鬼が野放しになってるというのに、君が言えるのは——部屋に戻れか？　何だ、俺たちは行儀の悪い子供か？」

「そうだよ」スペンスも言い出した。「部屋にいても安全ってわけじゃない。と言うか、ここではどこにいても」

「とにかく部屋に戻ってください」デズは落ち着いた声を保ってきっぱりと言った。「みんな、大丈夫ですから」

「いいや、違うね」アーロンが言い返した。「新しいやり方が求められているのは火を見るより明らかだ。みんなで一緒にいよう。一緒にいる限り安全だ」

「賛成」とスペンス。「みんなで一緒にいようぜ」

「皆さん、今すぐ整理しなきゃならないことがあるんです」デズが六フィート一インチの身体を伸ばして応じた。ブーツを履いているから六フィート三インチだ。「合意すればいいというような状況ではありません。この場の責任者はあたしです」

「そして見事失敗した」アーロンが告げた。「君の監視のもとで、もう三人が命を落とした。いいか、この悪夢が終わったら、君のやり方については然るべき州当局による徹底した調査を要求するからな」

「どうぞ」デズが促した。落ち着き払っている。

ミッチは驚いた。アーロンの大口に冷たい湿布を詰め込んでやるところだったのだ。デズが彼にこんなナメた真似をさせているのが信じられない。

「それに、まだ皆さんの供述を取る必要もあります」デズが続けた。「ですから、部屋にいていただきたいんです。さあ、始めましょう」

アーロンは一歩も動かなかった。「我々は武装すると言ってるんだ」

テディがせせら笑いを漏らした。「ほう、お前がか。男らしいじゃないか」

「うるさいぞ、テディ叔父さん」アーロンが怒鳴った。「あんたの当てこすりにはもううんざりだ」

「キッチンに……鹿撃ちライフルが二丁ある」ジェイスが呟いた。「銃のケースの中に」

「やれやれ、それはどうかしら」ジョリーがためらいがちに言った。

「いや、いや、彼の言うとおりだ」アーロンがその話に躍起になって飛びついた。「取りに行こうぜ。警察が来るまで、交代で見張りができる。自衛しなきゃいけないんだ」

「僕もアーロンに賛成だ」スペンスが言った。「武装しよう」

「ちょっと待てよ、もう手に負えないところまで来てしまっているんだ」ミッチは警告した。頭がズキズキする。「我々に必要なのは肩の力を抜くことだよ」

「私はミッチに賛成だ」テディが言った。

「お願いだから、みんな、落ち着きましょうよ」ハンナも賛同した。

「そうね、自警団の真似はどうかやめてほしいわ」カーリーが言った。「それから、悪く取らないでね、アッキー。けど、あなた、急にいつから海兵隊になったの？」

「なあ、そういう君の嫌みにもいい加減うんざりだぜ」アーロンがムッとして応じた。小鼻がピクピクしている。

「まあ、それは愉快な偶然の一致だわ」カーリーが辛辣に言い返した。「私もあなたにいい加減うんざりなの」

ミッチはデズに目をやった。状況がひどくまずい方向に展開するのを彼女が座視しているのに驚いていた。「君の意見は、駐在？」

その答に、デズはコートのポケットからシグを出して、みんなに見せた。「あのライフルには誰も手を触れないこと。ここでの銃はあたしの手に握られているこの一丁だけ。それに納得できない人は、どうか今ここで言って。喜んで縛って、当分の間猿ぐつわを嚙ませてもらいます。誰かいますか？　あなたはどう、アーロン？」

アーロンは顔を赤らめて目を伏せ、頭を振った。

「他には何か言いたいことがある人はいますか？」デズが尋ねた。

ジェイスが咳払いをしてから言った。「レスは暖炉に薪をくべたのかな、その……前に」

「残念だがそれはできなかったよ、ジェイス」ミッチは彼に教えた。

「それじゃかまわないか、俺が……？」

「今はまずいわ、ジェイス」デズが彼に言った。「どうか自分の部屋に戻って、いいわね？　さあ、皆さんも」

ブツブツ呟きながらも、全員が従った。そして、一人残らず全員がドアをダブルロックした。

廊下にはミッチとデズが残った。デズはまだしっかりミッチの腕を掴んでいる。

「どうしてあの青二才にあっさり黙れと言ってやらなかったんだ？」ミッチは尋ねた。「まさに君への反乱だったんだぞ」

「感情を表に出させた方がいいのよ」デズが根気よく説明した。「そうやって吐き出せば、行動に移す可能性は少なくなるの」

ミッチは優しく彼女に微笑みかけた。「すごく賢明じゃないか」

「今はそんなに賢明な気分じゃないわ」デズは打ち明けて、階段の上に置いた二つの椅子まで彼を連れていくと一緒に席に着いた。「数少ないプラスの新事態としては、ＳＰ１のパイロットが一時間以内に離陸できるかもしれないと言ってるの。外を見なけりゃわからないでしょうけど、嵐は収まってきている。ヘリが着陸できるように、駐車場の部分を除雪しなきゃならないわ」

「いいとも、ジェイスのトラックを使えばいい。それじゃソーヴに最新情報を知らせたんだな？」

「薪小屋からね」彼女がうなずいた。

「何を話したんだ？」

「あたしは間違っていたって」

「何が？」

「あたしは状況を掌握してはいない」

ミッチは彼女のほっそりした手をぎゅっと握った。「それは違うよ。君にできることはすべてやったんだから」

「レスはあたしの監視中に死んだの」デズが惨めに言った。「あたしが大失敗したってことよ。アーロンは必ずしも間違ってはいないわ」

「正しいとも言えないさ。レスの身に何が起きるか、君には予測不能だった。できるわけないだろ？　俺の見るところ、どんな納得のいく説明も不可能だ。起こるはずのないことだったのに起こったんだ。今俺たちがすべきことは、犯人のやり口を見つけ出すことだ。俺たちならきっとできる」

「ミッチ、あたしはこの廊下から片時も目を離さなかったのよ」彼女が淡いグリーンの瞳で廊下を見渡した。「彼らは全員が絶対に部屋にいた。あたしの目を盗んで抜け出し、レスを殺して、またあたしに見咎められずに部屋に戻るなんて、どうしてできるの？　誰にそんなことができるの？　犯人は透明人間なの？」

「テディのことを考える必要がある。彼は一人でサンセットラウンジにいたんだから」

「けどずっと演奏が聞こえていたわ」デズが反論した。「一瞬だって演奏はやめなかった。彼が外へ出られたわけがないわ。あなたの頭を一撃して、それで――」彼女が話を中断した。その目に何かが浮かんだ。

「何か思いついたのか？」ミッチは尋ねた。

「いいえ、そういうわけじゃないの」彼女が静かに答えた。「頭の具合はどう？」

ミッチは傷にあてがっていた湿布に目をやった。きれいだ。出血は間違いなく止まっている。「まあ、大丈夫だ」

「何がどう起こったのか思い出せる？」

「すべてはアッという間だった。俺たちは手押し車に薪を積んでいた。一瞬背中を向けたところで、バーン、俺はのびた。正直に言うと、襲ったのはレスだと思った。彼が死んでるのに気づくまではってことだが」

「あそこで朝ご飯を戻した人がいるわ」

「俺だよ。意識を取り戻してからだ」ミッチは答えて、身を震わせた。現場に戻って、土間にうつ伏せに倒れているレスを見ている気がする。「それから、君に知らせにまっすぐ戻った。あそこの雪に他の方向に向かってる足跡はなかった。君は見たか?」

「キッチンのドアに戻る二組の足跡を追ってきたわ。一つはあなたの、もう一つは……誰かの」

「その足跡から何かわかるか? 犯人が履いていたのはどんな靴だ? サイズは?」

「雪が柔らか過ぎて。男の靴か女の靴かもわからない」

「女にも犯行は可能だと考えてるのか?」

「鉈をレスの頭にめり込ませること? 女だってできるわよ。で、キッチンの床がびしょ濡れになっていたのに気がついたわ」

「あれは俺だよ。俺が入ってきた時には、床はきれいに乾いていた」

「間違いない?」

「ああ、絶対に。犯人が誰であれ、キッチンに入る前に濡れた靴を脱いで、雪の中に投げ込んだか、どこかに隠したに違いない。ズボンも取り替えたんじゃないかな。俺のを見てみろよ、デズ。裾がぐっしょりだ。手袋も帽子もぐっしょりだった」

「クロークルームに一着、けっこう湿っぽい上着があったわ」

「スペンスのじゃないか?」

「そう」

「さっきまで外で働いていたからだよ。俺のもまだ湿ってるよ」

「それにマッドルームにあるジェイスのウールのオーバーシャツも湿ってたわ」

「同じ理由だよ。他には何か見つけたか？」

「濡れた長靴やズボンがないのは確かね。いずれは見つけるけど、今はそんなことに時間を割いてられないわ。この城には隠し場所くらい山ほどあるもの。あなたの言うように、雪の中に放り出されてる可能性もあるし」デズはじっと廊下を見つめて頭を振った。「どうやってあたしの監視の目をすり抜けたのかわからないわ」

「窓からは出られないのか？　下枠はけっこう広いぜ。窓から窓を伝って何とか展望デッキまで行って、そこから下りたのかも」

「ミッチ、下枠に張ってる氷はみっちり六インチの厚さがあるわよ。しかも窓そのものが凍りついていて開かないの」が、デズは考え直して立ち上がった。「思い込みは禁物だわ。あなたは展望デッキを調べてくれない？」

「いいとも」

デズがみんなの部屋の窓を調べている間に、ミッチは廊下の外れまで行って外に出るドアを押し開けた。外では雪がまだかなり激しく降り続いている。空は確かに多少明るくなってきたようだが、希望的観測かもしれない。あるいは、頭の怪我のせいか。雪に新しい靴跡がないかどうか慎重に調べてから、中に戻って、椅子に座り、デズの帰りを待った。

「どうだった？」彼女が帰ってくると尋ねた。

デズが頭を振った。「あなたの方は？」

ミッチも頭を振ったが、ズキズキする痛みがひどくなっただけだった。「スカだ」

デズは椅子に腰を下ろすと、しばらく黙って考え込んだ。「いいわ、それじゃべつの線を当たってみましょう」

「と言うと？」

「どうしてレスが？　犯人はどうしてレスを殺したかったの？」

「二つある理由のうちの一つだって気がする。彼がノーマとエイダを殺した犯人に気づいたので、それを君に教える前に黙らせなくてはならなかったか……」

「あり得るわね」デズがうなずいた。「そこまではわかるわ」

「さもなければ、彼こそが二人を殺した犯人で、罰を受けなくてはならなかった」

「制裁ってこと？　それはいただけないわ」

「どうして？」

「そうなると、同じ時、同じ場所に二人の異常な人間が活動してたってことになるからよ。それはないわ。あたしの経験ではあり得ないの。ひどい別れ方をしたカップルでもない限り」

「きっとそれだよ。エイダは彼らがこの場所をほしがってると言ったんだから」

「確かに彼女はそう言ったわ」デズは認めた。「のされる前にはレスと何を話していたの？　使えそうな情報はあった？」

「たぶん。彼はマーサ・バージェスとできてたんだ」

デズは驚いて眉を吊り上げた。「フレデリック・ハウスの？　何とまあ……」

「彼女はそういうタイプには見えないだろ？」

「ミッチ、タイプなんてものはないの。夫に隠れて浮気している妻たちは、マーサみたいなごく平凡で普通の女性なの。もっとも彼女はものすごくおとなしいわね、その点は認めるわ。あの夫婦では夫のボブが喋り役。まさにミスター・社交家だわ」

「その辺はレスにどこか似てると思わないか？　死んだ人の悪口を言ってるわけじゃない。君には言えなかったそうだ。ノーマの前では、彼女が死んでいるとしても、口には出せなかったと。彼は恥じてるんだと思う」

「まあ、それはわかるわ。ノーマは浮気相手が誰か知っていたと思う？」

「知ってたとしても、彼女は絶対に口には出さなかった。レスも二人は超慎重に行動していたと言ってたし。俺の感じでは、ノーマもボブも二人のことは知らなかった。

現にレスは、こんな状況では俺にも話すべきじゃなかったかもしれないと言ってたよ」

　デズは眉をひそめた。「こんな状況って？」

「どうやら他にも君が知るべきちょっとした問題点があると考えていたらしい」

「ちょっとした問題点って何なの？」

「デズ、俺も知りたいよ。けど、すべてが真っ暗になったのはその時だったんだ。残念だが、俺たちにはもう絶対にわからないだろう」

「あら、見つけ出すわよ」デズが断言した。

「ホントに？」

「ええ。多少時間はかかるかもしれないけど、きっとわかるわ」

「デズ、ずっと考えてることがあるんだ」

「どんなことを……？」

「どうして俺はまだ生きてるんだ？　レスを殺した犯人は、どうして俺も殺さなかった？」

「殺す必要がなかったか、殺したくなかったか」

「どうして？」

「正直、あたしにはわからないわ。ただ今起きていることが、あたしたち全員を一人また一人と消すための入念な計画だと考えるのは間違いよ。そういうのはあなたが言

って る古い映画の話なの」

「誰一人生きて脱出できないってやつか？」

「わざわざもう一度言ってくれなくてもいいのに」

「すまん、頭を怪我してるもんで」

「これは現実なの、ミッチ。もし皆殺しにしたいなら、全員を一列に並べて、犬さながら射殺して、おしまいよ。ノーマの死は事前に計画されたものだった。けど、あたしは今でもそれ以後に起こったことは場当たり的な感じがすると思ってる。エイダは彼女が知ってしまったことのために死ななくてはならなかった。レスもそう。だから、彼は他には何か話さなかった？　よく考えて」

「フレデリック・ハウスは金銭的な問題を抱えてると言ってたな。それで俺はふと、彼はノーマの遺産の二十万ドルであそこに入り込むつもりかもしれないと思ったんだ。マーサを自分のものにして、ボブ・バージェスを追い出して」

「面白そうね」デズが同意した。「ただ、それだとレスを殺す動機のある者はボブ・バージェスだってことになるわ。ボブが今ここにいないのが残念だわ」

その言葉にミッチの頭の何かが軋んだ。忘れていた重要な何かが。「デズ、どうして彼がここにいないとわかるんだ？」

デズが彼をじっと見つめた。「あなた、もう一度アンモニアを嗅いだ方がいいんじやない？」

「まあ、話を聞けよ。思い出したことがあるんだ。真夜中に起きて暖炉に薪をくべた時なんだが、誰かが三階を歩き回ってる音を聞いたんだ。アストリッド城は広大だから、人目につかない隠れ場所がいくらもある。もし誰かがずっと三階に隠れていたとしたらどうなる？　例えばボブ・バージェスが。それなら、レスを殺した犯人が君の目と鼻の先から抜け出したことも説明できる——目と鼻の先にはいなかったんだから。城のどこかに隠れていて、レスを殺すチャンスを待っていた。ボブがノーマとエイダも殺したかった理由となると、俺にはどうしても……」ミッチは不意にデズがものすごく奇妙な表情を浮かべて自分を見つめていることに気がついた。「俺が永久的脳損傷を受けたと思ってるんだな？」

「とんでもない。あなたがレスと外に行ってる間に、カーリーが夜三階で足音がしたと言ったのよ」

「それじゃ決まりだな」ミッチはゆっくり天井を見上げた。「誰かいるんだ」

「まあまあ、落ち着いて。あなた方二人が聞いたのは風にすぎなかった可能性もあるのよ」

「それを言うなら、アストリッドだった可能性だって」

「何ですって？」

「毎年ハロウィンに観光客のためにやってることがある」ミッチは説明した。「だからそのアストリッド、彼女が、ほら……」

「ミッチ、あたしがこう言う時には本気よ――もうたくさん」

「彼女は城に出没してるんだ。彼女の幽霊がってことだが」

「わかった、頭の外傷のせいだわ」デズは勝手にうなずきながら言った。「出任せのお喋りがこぼれちゃってるのね」

「君は幽霊を信じないと言いたいのか？」

「あなたは信じてると言いたいの？」

「まあ、俺はもちろん信じないとは言わないさ。言えるわけないだろ？　人生には説明のつかないことがあまりに多いんだから」

「例えばどんなこと？」

「例えば俺たち」

デズはたちまちよそよそしくなった。「あら、そうなの？」

「いい意味でってことだよ、デズ。考えてもみろよ……」

「ええ、あたしなら考えてるわ。ここに座って、考えてる」

「俺たちはまったく違う世界の生まれだ。共通の経験もないし、一緒にいて、お互いを信じられないくらい幸せにする筋合いもまったくない。それでも俺たちは幸せだ。

そんなことありきたりの見識じゃ説明できないんじゃないか？」

デズはしばしその言葉が心に染みていくのに任せてから、ごくりと唾を呑み込んで言った。「まあ、そうね、それは間違っていないわ。けど、ミッチ……？」

「何だい、デズ？」

「あたしたちは幽霊じゃないの！」

「それはわかってるさ。個人的にはそれがすごくうれしいよ」

「それにね、あたしたちが話し合わなきゃいけないことからすっかり逸れちゃってるわ」

「話し合わなきゃいけないことって……？」

「二人のうちの一人が三階を見に行かなきゃならないってことよ。けど、あたしはこの廊下を離れられない。犯人は、友だちのいないお化けのキャスパーとは対照的な肉体を持つ個人だという古臭い考えにまだこだわってるから。あなたは三階を嗅ぎ回っても大丈夫そうかしら？」

「駄目だと言われてもやるね」

デズはコートのポケットからマスターキーを取り出して、ひょいと彼に投げた。それから、「これも持っていった方がいいわ」と、重い黒のマグライトの懐中電灯を手渡した。「あたしが必要になったら床に叩きつけて。駆けつけるから」

ミッチは椅子から立ち上がって、階段に向かった。「合図を決めておかなくていいか？　だから、ノック三回は問題発生、二回は――」

「とにかく床をぶっ叩けばいいの！」デズは怒鳴った。「待って、他にも言いたいことがあったわ」

「何だい？」

デズは大きな目をキラキラさせて彼に近づくと、しっかり抱きしめた。「今しがたあなたがあんな姿で階段を上ってくるのを見た時、体中の空気が抜けて、もう死ぬかと思った。あたしたちの関係が説明できないのはわかってるけど、あたしはかまわない。自分の気持ちだけが大切なの」

「俺もだよ、痩せっぽち」ミッチはそっと彼女にキスしたが、すぐにそれほど優しくないキスになった。

やがてデズは彼をきっぱりと送り出し、ミッチはマグライトを警棒さながら握りしめて階段を上った。階段のてっぺんには錠のかかった両開きのドアがあって、三階の廊下を封鎖していた。マスターキーを使って入ると、後ろ手にドアを閉めた。

三階は二階によく似ていた。二十四室。往年の有名人宿泊客の写真が数多く壁に並んでいる。絨毯は花柄。廊下の中程には業務用階段に通じる同じスチール扉があり、その上には〝非常口〟の標示。ミッチが気づいた唯一の明らかな違いは、廊下の突き当たりに展望デッキに出るドアがないことだった。窓があるだけだ。大気はそよとも動かない。それに凍えるほど寒い。七度もなさそうだ。部屋のドアはすべて開いていて、廊下に冬の弱々しい光線がこぼれている。ミッチは長いこと佇んだまま、耳を澄ませていた。自分の鼓動が、血がどっと耳に流れ込んでくる音が聞こえる。が、他には何も聞こえない。

捜索を開始した。絨毯の敷かれた床板が足下で軋んだ。左端の部屋、25号室に入った。ノーマが死んでいた部屋の真上に当たる部屋だ。シーツも枕カバーもないベッドがあった。むき出しのマットレスだけだ。バスルームには、タオルも、石鹸も、消毒済みのコップもなかった。ドアは屑籠をストッパーにして開け放たれている。クロゼットのドアも開けっ放しだ。換気のためだな。ミッチは思った。クロゼットの中を懐中電灯で照らしても、ハンガーしかなかった。向かいの26号室に行った。実質的にはまったく同じだった。

三階の窓から、コネティカット川河口に堂々と誇らしげに立つビッグシスター島の灯台が見えた。巨大な木の幹や大きな氷塊がロングアイランド海峡に流れていく――るだろう。帰ればの話だが。ビッグシスター島での暮らしが百万年も昔のような気がする。これまでずっとアストリッド城にいて、これからもずっとここにいることになるような感じだ。時間が止まってしまった。生活が止まってしまった。

でも、ソーヴはデズに間違ったことを教えたわけではない――雪は確かにやみかけているようだ。

次の空っぽの部屋に移動しながら、背後の廊下で何かが動いた気がした。でも、振り向いても誰も何もいなかった。人気のない廊下があるだけ。俺が怯えてるだけだ。それ以外考えられない――アストリッドの魂が空中を漂っているなんてことは。あり得ない。まさか。息を吸って吐いて、自分を落ち着かせ、捜索を続けた。さらに開け放たれたドアがあり、むき出しのマットレスがあり、何もない部屋があった。三階に人が隠れている形跡は何もない。ミッチは確信した。

が、それも31号室に入るまでだった。また何かが動いたのが感じられ、何かが動いた音がした――と、目の端でチラッと何かが見え、ミッチはくるりと振り返った。真っ白い大きなメインクーンがドレッサーから飛び降りて、その腕に飛び込んできた。そして前足を彼の胸に押しつけて、精一杯愛想よく喉をゴロゴロ鳴らした。

「おや、こんにちは」ミッチは猫を撫でながら、止まりかけた脈拍が一八五以下に落ちるのを待った。驚くほど明るいブルーの目をした美しい猫だ。ミッチはこんなに長くてこんなに柔らかな毛に触れるのは初めてだった。見たところメスだ。「こんなところにたった一人で何してるんだい？　ここいらでもお前ほど孤独な猫ちゃんもいないんじゃないか?」ミッチは猫をドレッサーに戻した。と言うか、戻そうとした。が、猫はすぐさま再び彼の腕に飛び込んで、今度は肩によじ上ると前足を背中にかけた。

結局一緒に部屋をさらに奥まで進んだ。ここのマットレスも、他の部屋同様むき出しだった。でも、31号室にはベッド以外のものがあった。バスルームの戸口近くの床には、毛布を敷き詰めた猫用ベッドがあり、ゴムのネズミの玩具がぎっしり詰まっていたのだ。バスルームは、爽やかな匂いがするとは言えない——中に置かれた猫用トイレはきれいにしてやらなくてはならない。キャットフードと水の容器がゴムのバスマットの上に置かれている。キャットフードや、猫の砂&砂用小シャベルを入れたプラスチックの収納容器もある。

それに、タオルラックにはハンドタオルが二枚かかっていた。どちらのタオルも濡れている。少し前に、誰かがここに上がってきたということだ。誰かがこのタオルを使った。

猫を抱いたまま部屋に戻った。頭が空転していた。これで俺とカーリーが夜中に聞いた足音の説明はつく。誰かがここに来て、この猫に餌をやっていた。猫は暖房のない三階にたった一匹で暮らしていた。それは……待てよ、猫はここでどうして一匹で暮らしているんだ?

猫が腕の中でのたくり始めたので、下ろしてやった。猫は早速彼の脚に身体をこすりつけて、物悲しい声で鳴き出した。

「おや、なかなかのお喋りじゃないか」

猫はそれに応じて、開けたクロゼットに駆け込んでいった。ミッチはついていって、懐中電灯で照らした。何もない。やはり空っぽのクロゼットだ。それでも猫はしきりに何かを期待して、中をぐるぐる回っている。

「何だい、お嬢さん？」

猫はまた悲しい鳴き声を漏らして、絨毯で鉤爪を研ぎ始めた。興奮が高まっている。クロゼットの絨毯は部屋のものとは違う。もっと新しい合成繊維の安物だ。きっちり敷き詰められてもいない。猫が鉤爪を引っかけて引っ張ると一部が床から浮き上がった。

それどころか、向こう端の壁際は鋲留めもされていない。

ミッチは懐中電灯を手に膝をついて、さらによく見た。床と壁の継ぎ目には細長い一インチの木製のモールディングが鋲留めされていて、絨毯をしっかり固定している。理論的に言えば、一応そうなる。が、実際にはモールディングは壁に固定されていても床にはされていない——絨毯はそのすぐ下からもう滑り出している。

大きな白い猫はミッチにまとわりついて、彼が首を突っ込もうとしているものにしきりに首を突っ込みたがっている。

ミッチは絨毯をめくって、磨かれてもいない古い床板の三フィート四方分くらいを露《あらわ》にした。埋め込み式のサムラッチがついた跳ね上げ戸を見つけたのは、その時だった。跳ね上げ戸は二十四インチ四方くらいで、ビッグシスター島の寝室用ロフトの床にある跳ね上げ戸にそっくりだ。あれは換気のためだが、これはどうしてこんなところにあるのだろう？

サムラッチを摑んで、ゆっくり跳ね上げ戸を引き開けると、下には漆黒の暗闇が広がった。懐中電灯を向けた。真下の部屋のクロゼットを覗き込むことになった。クロゼットのドアは閉まっている。誰のクロゼットだろう？　さっぱりわからない。ジャケットが数着かかっているのが見えるが、この角度からでは男性物か女性物かも判断がつかない。ちょっとの間、二階の部屋に入っている人たちとの関連で31号室がどの部屋の上にあるか考えてみようとした。が、また頭がズキズキしてきただけだったので、懐中電灯を消してジャケットのポケットに突っ込んだ。

ミッチは口の端から舌をちょろりと出して床板の端を両手で摑むと、開けた跳ね上げ戸から下りた。手でぶら下がって、脚を激しくばたつかせる。後はもう落ちればいい。『真紅の盗賊』でバート・ランカスターとニック・クラヴァットがやっていた時には、絶対にものすごく簡単そうに見えた。あの二人は敏捷にやすやすと優雅に着地したんだ。クソ忌々しい猫が見せびらかすように、さっさとやってみせたように。こっちはまだぶら下がったまま、俺はいったい何を考えていたんだと訝っているというのに。が、ついに胸の内で「ウォーッ！」と叫んで手を放し、よく太った身体で見事ドシンと着地した。

ミッチがクロゼットの床に激突した音に、ドアがすぐさま大きく開いて、クロゼットは自然光に満たされた。戸口には、腰に手をやって立っている誰かのシルエット。

ミッチは急いで立ち上がって、埃をはたいた。それから、頭の出血がまた始まっていないかどうか調べた。大丈夫だ。そこで微笑んで言った。「やあ、スペンス、調子はどうだい？」

14

ミッチがスペンス・シブリーのクロゼットの床に着地した音に、デズは走り出した。

何が起こったのか、わずかなりとも想像がついたというわけではない。初めは、アストリッド城が短距離弾道ミサイルの直撃を受けたと思った。床板が揺れて、誰もが恐怖に襲われて、部屋から廊下へこぼれ出てきた。スペンス以外の誰もがということだ。デズは彼の部屋で二人——絶対に二人——の男の声がするのを聞いて、ドアを夢中で叩いた。そして、あろうことかミッチに出迎えられた。それに大きな真っ白いメインクーン。その瞬間までいることすら知らなかった猫だ。

ミッチとあの猫は、どうやってスペンスの鍵のかかった部屋に入ったのかしら？デズにはわからなかった。ただ、スペンスがひどく浮かない顔をしているのはわかった。

ミッチはと言えば、上機嫌のまんまる顔の少年さながらニヤニヤしている。そして

「跳ね上げ戸があるんだ」と説明して、彼女が自分の目で見るようにクロゼットに引っ張っていった。

「ちょっと待って。この猫はいったいどこから出てきたの？」デズはすっかり当惑して問いただした。それに引っ張られるのは好きではないのだ。昔から。

「イザベラよ」ジョリーが戸口で答えた。戸口に他の人たちとひと塊になっている。

「この城の非公式マスコットなの。イジー、ほら、こっちよ」

大きな白い猫は早速ジョリーのところへ歩いていって、抱き上げてもらった。イザベラはジョリーの肩に這い上がって、満足そうに落ち着いた。

「一年のほとんどは庭の見回りをしているの」ジョリーが猫を撫でながら言った。「外にいるのが大好きなのよね？　で、寒くなると、三階を住処にするの。三階にはネズミの問題があるから。それにレスが猫をそばに置けないから。猫の毛のアレルギーなのよ」

「それじゃ三階に餌があるのね？」

「何もかも揃ってたよ」ミッチが答えた。「寝床も、トイレも、動くネズミと動かないネズミの玩具も」そこで声を落として付け足した。「それはそうとバスルームのタオルが湿っていたよ」

「誰が面倒を見てるの？」デズはジョリーに尋ねた。

「ノーマよ。イジーは実際には彼女の猫だったの」

「ノーマが夜中に三階に上がることもあったかしら？」

「目を覚ましたら、きっと行ったわ」

「ジョリー、どうして今まで話してくれなかったの？」

「猫を飢え死にさせるつもりなんてなかったわ」ジョリーがムキになってあごを突き出した。「あなたには心配しなきゃならないもっと重要なことがあるみたいだったからってだけよ」

「それはそうだわ」デズは一応認めて、スペンスの部屋のクロゼットにある開口部を観察した。「この跳ね上げ戸について知ってることを教えてくれる？」

「非常口なの。古い三階建ての建物にはたいていあるわ。さもないと、夜中に火災が起きた時に、三階にいる人たちは部屋に閉じ込められてしまうから。実際ジェイスや私が子供の頃は、こうした跳ね上げ戸がアストリッド城の唯一の避難装置だったの。覚えてる？」

ジェイスが毛むくじゃらの頭をうなずかせた。

「やがて消防法が厳しくなって、スプリンクラーと、業務用階段には耐火性のスチール扉を設置しなきゃならなくなったの」

「つまり、二階の部屋のすべてにこういう跳ね上げ戸があるってこと？」

「まあ、そうね」ジョリーが答えた。「三階では上に絨毯を敷いてるけど、釘を斜めに打ち込んで留めてるだけみたいなもので。緊急の場合は、余分の逃げ道があっても悪くないから」

「信じられないわ」デズはいきり立った。昨夜クロゼットに入らなかったことに気づいたのだ。ドアを開けてもみなかった。衣類を椅子に投げかけて、ベッドに飛び込んでしまったのだ。ミッチもそうだった。

「なあ、こうも考えられるぜ」ミッチが明るく言った。「これで幽霊説は完全に除外できるって」

「ミッチ、落ちた時、頭を打った？」

「いいや、俺なら大丈夫だよ」

「あたしの代わりにみんなを見張っててくれる？」

「いいとも」

デズは全員をスペンスの部屋に集めてから、廊下の備品室の鍵を開けて箒を取ってくると、クロゼットの天井を調べた。ジョリーの言ったとおり、どの部屋のクロゼットにも跳ね上げ戸があった。どれも、取り外しの利く絨毯もろとも箒の柄で簡単に押し開けられた――ミッチと一緒に泊まった部屋にあった跳ね上げ戸にしても。その下に化粧テーブルの椅子を据えて、上に乗り、難なく真上の部屋のクロゼットに身体を引き上げた。正直なところ、身体を鍛えることも仕事のうちだ。でも、ここにいる人たちは誰でもこれくらいはできたはずだと思った。テディにはちょっと無理かもしれないが。でも、テディは階下でピアノを弾いていて、部屋に閉じ込められていたわけではないので問題外だ。

デズは頭を素早く働かせながら薄ら寒い空っぽの三階を嗅ぎ回った。男か女かはともかく、レスを殺した犯人はここに上がるや、三階の廊下の扉から業務用階段を使って、二階で見張りをしていたあたしを出し抜いて、直接キッチンに下りることができた。ミッチを失神させ、レスを殺すと、彼だか彼女だかはどこかに濡れた衣類を隠し、同じ階段から三階に戻った——イザベラのバスルームのタオルで身体を拭いて、まったく気づかれることなく自分の部屋に下りた。ミッチが着地した時に引き起こした地震のような騒動は、きちんと椅子を置いておけば防げるはずだ。

バスルームのドアに規制線を張りながら、ここで何人分の指紋が見つかるのかしら、それは誰の指紋なのかしらと思った。同時に、並々ならぬエネルギーを注ぎ込んで、昨夜あのクロゼットにパンツをかけなかった自分に罵声を浴びせていた。中に入ってさえいれば。中に入って、天井を見上げてさえいれば。そうしていれば、レス・ジョセフソンは今も生きていたはずだ。こんなことにはならなかった。そうよ、絶対にならなかったわ。あたしとしたことが。腹立ち紛れに三階の廊下を行きつ戻りつしながら、あらん限りの下品で差別的な言葉で自分を罵った。

携帯がやかましい音を立てた。イザベラの部屋の窓際まで行ってから応答した。

と、ソーヴが言った。「よう、あんた、ツイてるぜ、駐在」

「そんなわけないでしょ」デズはがみがみ言い返した。

「おい、その声、気に入らないぞ。元気がないみたいに聞こえる。そうなのか？」

「リコ、元気が出るようなことなんて、こっちにはあんまりないのよ」

「俺に対してそれはないぜ。あんたには元気でいてもらわなきゃ困るんだ」

「へえ、どうして？」

「あんたは俺の師だからさ。少年は師がぐらつくのを見ると、自分までボロボロになっちまうんだ」

「リコ、あたしの脳の血液が凍りかけているのかもしれないけど、あなた、マジに本気に聞こえるわよ」

「デズ、俺は本気だぜ」

「それなら、遠慮なくあたしを元気づけて。何を摑んだの？　お願いだから、いい話にしてね」

「ヨリーがドーセット薬局のトム・メイナードと話した」

「それでトムは何と？」

ソーヴの話を聞くと、デズの鼓動はたちまち速くなった。

「それで、何だ、そっちは何の進展もなしか？」ソーヴは報告を終えると尋ねてきた。

「今から始めるわよ」デズは答えながら、窓の外に広がる凍てつく世界に目をやった。「まさかと思うでしょうけど、こっちでは雪はやんだみたいよ。そっちはどう？」

「こっちもだ。SP1のパイロットは、俺たちが着く頃には飛び立てると言ってる。ヨリーが今こっちに向かってるんだ。あんたの戸口に一時間か、一時間半で着けるんじゃないかな。どうだ？」

「すごくいいわ。それじゃその時に、大物」

デズは通話を切ってからも、エンジンをふかしながらしばらくは窓辺から動かなかった。が、やがてブルッと身体を震わせて、開いた跳ね上げ戸からスペンスのクロゼットに下りた。ミッチが手を貸してくれた。

「それじゃみんな、新しい方針よ」デズはきびきびと告げた。「階下のバーに移動して、凶悪犯罪班の到着を待つの」

「ああ、神様ありがとう」カーリーが安堵の吐息をついた。

「アーメン」テディが応じた。

「正気が戻るぞ」アーロンが同意に大きな頭をうなずかせながら宣言した。「ようやく」

「みんなにサンドイッチとコーヒーを用意してもいいかしら？」ジョリーが尋ねた。

「いい考えね」

「手伝うわ」ハンナが言った。

「それじゃ俺は薪を取りに行っていいか？」ジェイスが少し悲しそうに尋ねた。

「それは駄目なの、ジェイス。薪小屋は犯罪現場だから、立ち入り禁止よ」うなだれた若い管理人に、デズは付け足した。「けどあなたに仕事を頼みたいわ。駐車場を除雪しなきゃならないの。やってもらえるかしら？」

「任せてくれ」ジェイスが晴れ晴れとした顔になった。「喜んでやるよ」

「トラックのキーが必要ね」デズは彼のキーリングを出そうと、ポケットに手を入れた。

「いいや、キーはイグニッションに挿したままだ。いつもそうしてるんだ」

ドーセットの典型的行動様式。これほど多くのドライバーが車にキーを残したままにしている場所に、デズはこれまで住んだことがなかった。実を言えば、そんな場所がまだあることすら知らなかった。「ミッチが手伝ってくれるわ」そして愛しの生パン坊やをちらりと見上げた。「あなたがかまわなければだけど」

「ちっともかまわないさ」ミッチが請け合った。「さあ、始めようぜ、アミーゴ」

全員がスペンスの部屋を出かかった。

が、デズはスペンスの腕を摑んで引き止めて、「あたしたちは話をしなきゃ」と映画会社の幹部に言った。

「何なりと」スペンスは二つ返事で応じた。

スペンスは暖炉に小さな火をおこしていた。それを突っついて、薪入れの最後の一本をくべると、その前に置かれた肘掛け椅子に座った。ワインレッドのクルーネックのセーターにフランネルのスラックスをはいた姿は、すっかり寛いだ良家のお坊ちゃんのようだ。ハンサムでスタイルのよい男性。でも、デズが惹かれたことのないタイプの男性でもある。そつのない整い過ぎた魅力。心を摑む奇抜な個性に乏しい——彼の育ちではあり得ないのだ。デズは十分に洗練されていない面や欠点や意外性をたっぷり備えた男性の方が好きだ。ミッチのような男性、よくも悪くもありのままの男性が。

「何を書いているの?」デズはアストリッド城の便箋とボールペンがスペンスのそばの側卓に置かれているのを見て尋ねた。

「古きよきラブレターだよ」彼が答えた。

デズは机の椅子の向きを変えて座ると、彼を見つめた。スペンスが落ち着いて見返してきた。あくまで感じよく、誠実で、率直に見える。この男性が冷酷な殺人犯だとすれば、映画界での居場所を間違えている――カメラの前に立つべきだ。

「ミッチから聞いたのだけど、あなたは前にもアストリッド城に泊まったことがあるんですってね」

「ああ、何度も。まだほんの子供の頃から。シブリー家の集まりをここでやっていたんだ」

「あの跳ね上げ戸のことは知っていた？」

スペンスが笑い出した。「そりゃもちろん。ここに泊まったことのある元気いっぱいの子供ならみんな知ってるよ。従兄弟と僕は夜中に部屋から部屋へこっそり忍び込んだものさ。幽霊の話をしたり、タバコを吸ったり、その手の素敵ないたずらをしたよ。すごく楽しかった」

「レスの身に起こったことはすごく楽しいじゃ済まないわ」デズは指摘しながら、頭に鉈を突き立てられて薪小屋の土間に倒れていた宿の主人の姿は当分忘れられないだろうと思った。写真を撮った。今日三セット目の写真だった。この特別な冬の嵐を乗り越えるのにはきっと何ヵ月もかかるわ。「誰かが跳ね上げ戸を使って抜け出して、彼を殺したんだもの」

「それはわかってる」スペンスが生真面目に言って、目を伏せた。

「どうしてあたしに警告してくれなかったの、スペンス？　そうすれば彼の死を防げたかもしれないのよ」

「君は捜査にすごく自信を持ってるようだったから、知ってると思った。僕もあんまりよく考えなかったんだろうな。はっきり言うべきだったよ。君の言うとおりだ」スペンスはおぼつかなげにデズをちらりと見た。「信じてくれるよな？」

「信じない理由はないわね」デズは答えながら、彼は嘘をついているのだろうかと訝った。例えば、すべては彼の仕業だとか。でも、彼はどうしてうまくやりおおせるなんて考えたのだろう？　彼は馬鹿ではないし、むろん頭がおかしいようには見えない。

「犯人の目星はついてるのか？」彼が尋ねてきた。

「誰であってもおかしくないわ。あの跳ね上げ戸のことを知ってる人なら誰でも。アーロンは知ってるでしょうね。ハンナはどうかわからない。あなたはどう思う？」

「ハンナ？　僕にはわからない。彼女に訊くしかないだろ」

「一方、あなたって可能性もある」

「いや、それはないよ」彼が誠心誠意請け合った。「僕はどれとも無関係だ。ものすごく衝撃を受けて、ゾッとしてるんだから。しかも丸一ヵ月頑張って働いてきたものが水泡に帰すのを目の当たりにしたんだ。この忌々しい週末の企画のためにどんなに働いたか、とうてい説明できない。映画好きの人たちは、こうした祭典は必然的に起きると考える。スターたちは開催されるあらゆる慈善興行や誰かに敬意を表するためのパーティにこぞって駆けつけると。とんでもない、本当さ。彼らは懇願されないと動かない。誰も彼も一人残らずみんなが」

「個人的なことを訊かなきゃならないんだけど、スペンス」

「いいとも。訊いてくれ」

「カーリーは昨日の晩あなたがここで誰かをもてなしているのを聞いたと言ってるの」

スペンスは赤面したが、何も答えなかった。

「奇妙なのは、彼女は誰かが夜の間にこの部屋を出入りした音は絶対に聞いていないと言ってることなの」

「彼女、何をしてたんだ？　僕を監視していたのか？」スペンスの声に苛立ちがにじんだ。

「いいえ、あなたじゃなくて最愛のアッキーをよ。あなたはたまたまそれに引っかかっちゃったのよ」

「ああ、なるほど」

「カーリーは三階で足音がしたとも言ったの。その時にはあたしは跳ね上げ戸のことを知らなかったわけだけど、今はここに座って、あなたの深夜の訪問者はそのルートでここを出入りしたと考えてる。どうかしら？」

スペンスは角張ったあごの淡いブラウンの無精ひげに長いこと親指で触れていたが、やがて答えた。「なあ、これは極めて個人的なことで……」

「それは重々承知してるわ。でもあなたの品行にはいくらか驚いてもいるの、スペンス。ミッチからあなたはさる東海岸の女性と深い関係にあると聞いていたから」

「そのとおりだよ」スペンスが書きかけのラブレターに目をやった。「真剣に付き合ってる。でも複雑なんだ」

「複雑けっこう」とデズ。「ちっともかまわないわ。複雑でも真実ならね。諦めなさいよ、スペンス。相手はあたしの知ってる人なの？」

スペンスは立ち上がると、暖炉に手をかざして暖まっていたが、やがてデズに向き直ってため息をついた。「ナタリー・オチョアだよ、これでいいか？」

デズはポカンと彼を見つめた。「いいけど……」

スペンスはそんな彼女の反応に唖然としたようだった。「ニューヨークのメディア市場に住んでいないんだな。彼女の名前は君には何の意味もないのか？」

「そうなの」デズは答えた。外からジェイスの除雪機が駐車場の雪を取り除く耳障りな軋り音が聞こえる。トラックのエンジンもうなっている。

「ナタリーはチャンネル４の五時のニュースでアンカーを務めている。時間帯で一位の視聴率を取っている。とても人気があるから、ネットワークは彼女に朝の番組を継がせるべく調整しているところだ。ナタリーはすべてが揃った魅力的な女性なんだよ、デズ」彼が声を張り上げた。興奮して顔が紅潮している。「美人で、頭が切れて、上品で。ラテン系なのは言うまでもない。それがこの国で最も急成長を遂げている人口基盤と彼女を結びつけているんだ。彼女は今ネットワークのニュース界で超話題の女性だ。しっかり結婚してる女性でもある」

「だから彼女の名前を言いたくなかったの？」

スペンスがうなずいた。「もう六ヵ月くらい付き合っている。よくよく注意しないと、ゴシップ欄に捕まっておしまいだ。そんなことになったら彼女のイメージをひどく傷つけかねない。彼女と夫は間違いなく離婚するつもりでいる。二人の関係はもう終わっている。でも差し当たっては収拾のつかない状況だ。それが僕の重荷になっている。その混乱の中に僕のキャリアの問題まで起きてるわけだから。そのことを手紙に書いていたところだ。僕は来月には西海岸に転出することになっているからね。ナタリーの未来はニューヨークにある。キャリアのスタートを切ったロスに戻る気はまったくない。僕たちはどうしたらいいかわからない。わかるのは……時には収拾のつかない事態になるってことだけだ。この愛という問題は」

「その点は同感だわ。あたしは〝時には〟なんて言葉はつけないけど」

スペンスは肘掛け椅子に戻ると、慎重に沈黙を守ってデズを注視した。「本当はどの殺人にも僕は無関係だと考えているんだろ？」

デズは新しいアプローチを試してみた。「冗談でしょ？　あなたはあたしの第一容疑者よ」

スペンスがうろたえて目を見開いた。「僕が何だって？」

「あたしは本気よ、スペンス」デズはゆっくり頭をうなずかせて請け合った。「昨夜ここで一緒だった人についてすべてを話してくれるのをずっと待っていたのに、あなたは話そうとしない。ったく、あなたがあたしに正直でないのは見え見えよ。で、そのことであなたが正直でないなら、他のすべてについても正直に語っていないと考えるしかないじゃない。三人が死んだのよ、スペンス。それなのに貴重な情報を渡そうとしないとなれば、あなたこそグランプリ受賞者だってことになる。凶悪犯罪班が来たら、あなたはメリデンの中央管区本部まで経費向こう持ちの旅行をすることになるでしょうね。おめでとう」

スペンスの人当たりのよい落ち着きがたちまちパニックに変わった。「逮捕されるってことか？」

「正式な尋問のために連行されるってことよ」

「何てことだ、弁護士は必要かな？」

「それはあなたが決めることでしょ」

「その……ニュースメディアはこのことを嗅ぎつけるだろうか？」

「群がるでしょうね。エイダはとても有名だし、アストリッド城はこれだけの名所なんだから。すごいニュースになるはずよ」

「君にはそれが僕のキャリアに影響を与えかねないことがわからないのか？」

「あたしには関係ないわ。ポールはあなたのコートにあるのよ、スペンス。あなたが話したくないなら、無理強いはできない。あなたの権利を尊重しなきゃならないから」デズは立ち上がった。特に急いだわけではない。「さあ、ヘリが来るまで、みんなと一緒にいる方がいいわ」

スペンスは動かなかった。両手で椅子の肘掛けをしっかり摑んでいる。「待てよ、まだ話すことがあるんだ。僕は協力したい、わかるだろ？　僕は誰も殺していない。どうして僕がそんなことを？　僕はエイダを手伝うためにここに来たんで、電話コードで絞め殺すためじゃない。それにノーマとレスのことはほとんど知らなかった。ここにいる人たちの誰のことも実際には知らない」

「ハンナは長年の知り合いじゃない」デズは厳しい口調で告げた。

「ああ、そうだな、それは確かだ」彼が認めた。「パノラマのインターンシップ制度で一緒だった。でもハンナは厳密に友だちだ。ロマンチックな感情などまったくない相手だ。それに、君もよく知ってるように、彼女はアーロンと付き合っている」

「それはわかってるわ。ハンナは厄介な三角関係に巻き込まれてる。それで思ったの。昨日の晩彼女はべつの男性を訪ねることで、アーロンにメッセージを送ろうとしたのかもしれないって。あり得るんじゃない？」

「いいや、あり得ない」スペンスが言い張った。「そんなことはなかった」

「でも、昨日の晩誰かがひょっこりあなたを訪ねた。少なくともそれは正しいかしら？」

スペンスがしぶしぶ頭を縦に振った。「彼女は本当に気をつけなくてはならないんだ。ノーマのゼロ容認ルールがあるからね。宿泊客と関係したことがバレた従業員は即刻クビなんだ。ノーマは本気でそれを厳守していた。ここが以前は売春宿として知られていたからじゃないかと思うが」

デズはもう一度椅子に座って、目を細くして彼を見た。「はっきりさせておきたいんだけど、それってジョリーの話？」

「そうだよ。でも、絶対に僕が誘ったんじゃない。彼女が一人でやったことなんだ」

「スペンス、あなたのセックスアピールを疑うわけじゃないけど、ジョリーが出し抜けにあなたを襲ったと言いたいの？」

「昨日の晩はそうだった」スペンスが椅子の中でそわそわと身体を動かした。「でも僕たちはまったく知らない同士ってわけでもないんだ。ジョリーと僕には数年の付き合いがある。実際には十二年だな。僕が十六歳になった夏、両親と一緒に二週間ほどここに滞在した。ジョリーは当時客室係のメードとして働いていて、僕は彼女から目が離せなくなった。年上の女性、十八歳で、ものすごく刺激的だった。セクシーだった。ほら、すごいバストだったんだよ」

「ああ、言いたいことはわかるわ」

「それはともかく、僕には大いなる驚きと喜びだったんだが、彼女も僕に興味を持ってくれた。僕たちは結局森の中で毛布を敷いてセックスをした。実を言えば、僕の初体験だった」

「あなたも彼女の初めての相手だったの？」

「まさか。彼女は選り取り見取りでほとんど誰とでも付き合えたはずだし——実際付き合っていた。正直言って、火曜日にニューヨークからここに来て、彼女がまだここで働いているのを知って、心底驚いたんだ。今頃は結婚して、持ち家に住んで、子供を二、三人育ててると思っていたから」

「それじゃ連絡は取り合っていなかったの？」

「まあ、エール大学時代には時たま会っていたよ」彼が認めた。「僕の友だちのピート・ウィレットがドーセット・ヨットクラブにクルーザーを持っていたから、僕たちはのんびりするために時々ここに来ていた。で、ジョリーが暇な時には、ピートのために何とか女友だちを探してきて、四人で海峡に乗り出して羽目をはずして遊んだ。ジョリーは生活のために身を粉にして働いている。だからチャンスがあれば遊ぶのが好きなんだよ」

「それじゃ、大学生がムラムラすると、客室係のメードに電話していた。そんなところかしら？」

「そんな言い方はないだろ」スペンスがムキになって応じた。「誰かが利用されたわけじゃない。双方が合意した上の話だった。楽しい時。満足のいくセックス。実際平均よりずっとよかった。ジョリーは僕にそれ以上のものは求めなかった。セックスを求めただけだ。その点では、彼女はまさしく男性に近いな」

デズは愛想よく彼に微笑みかけた。「あら、そうなの？」

「僕は性の政治学の泥沼にはまり込みたいわけじゃない」彼が慌てて付け足した。「僕の感じを伝えたいだけだよ」

「昨夜のあなたの感じを伝えてくれないかしら、スペンス？」

「僕は眠れなかった」スペンスはゆっくり息を吐きながら思い起こした。「凍えるほど寒かったし、ナタリーが恋しくて頭がおかしくなりそうだった。と、どこからともなく足音が聞こえて、ジョリーが服を脱いでベッドにするりと入ってくると、僕に手を伸ばしてきた。で、僕は『ジョリー、一体全体何をしてるんだ？』と言った。すると彼女は『昔のよしみで、いいでしょ？　すごく寂しくて気分がふさいでるのよ』と言った。デズ、僕は彼女に率直に打ち明けた。本気で付き合っている人がいると。すると彼女は、『かまわないわ。私もだから』と言った」

「彼女は誰と付き合ってるの？」

「言わなかったな」

「知りたくなかったの？」

「あの瞬間には、どうでもよかった——べつに投げやりになってるわけじゃないんだが」

「あなたはよくやってるわよ、スペンス。実際平均よりずっといいわ。彼女はどれくらいあなたと一緒にいたの？」

「二時間かな」

「すべては彼女の考えだったと言うのね？」

「ああ、絶対に。僕はここに来た瞬間から、仕事に忙殺された。彼女にふた言と言葉をかける機会もないほどだった。元気だったかと尋ねただけだ。彼女に言い寄ってはいないし、絶対に部屋に招いてもいない。僕はナタリーと付き合っているんだ、覚えてるだろ？」

「そうね、あなたはナタリーと付き合ってるのよね」デズは同じ言葉を返した。「ジョリーは彼女が付き合っているという男性について何か話さなかった？　彼の仕事とか、二人の出会いについてとか」

スペンスが首を振った。「彼女は主としてジェイスのことを話してたよ」

「ジェイスが何なの？」

「ジェイスが彼女にどれほど依存しているか。彼女も弟に責任を感じていて、日夜彼のことを心配している。彼が女の子に出会って、身を固めてくれるようずっと願っている。最近は、週末の客室係のメードやウェイトレスとのデートのお膳立てをしてやろうとしている。でも彼はバッターボックスに入ることもなく、ましてや一塁に出ることはない。彼は女性に奥手なんじゃないかって気がする。ここにいる間に彼に腹を割った助言をしてやってくれないかと、ジョリーに頼まれたよ。彼女は少し不安になっているんだ。近いうちに彼女から離れて自立してくれないと、おそらく一生へばりつかれることになると」

「ジェイスはあなたとジョリーのことを知ってるの？」

「知ってると思うよ。ずっと僕をにらみつけているから。今朝私道で作業していた時も、僕をひどく痛めつけたし。僕の感じでは、彼にしてみれば僕は姉さんを誘惑したやり手だということになる。でも、言ったようにそれは違う。ジョリーも僕と同罪なんだ。昨夜については、僕以上に責任がある」

「彼女は二時間ほどで帰ったと言ったわよね」

「そうだよ」

「やっぱり跳ね上げ戸から？」

「はっきり言って、すごく手慣れているように見えた。長年の間に、大勢の男の部屋に下りていたんじゃないかな」

「なるほど」デズは言いながら、ミッチとカーリーが夜中に階上で聞いた足音はノーマではなく、まず間違いなくジョリーだったのだろうと考えていた。「ジョリーが帰ってからは何をしたの？」

「そうだな、眠れなかったよ。ものすごく気が咎めて。今でもさ。僕はナタリーに恋しているんだから。ジョリーとのことは、あってはならないことだった。でも起きてしまった。僕も成り行きに任せてしまった。しかも楽しんでしまった。しかも僕は……」スペンスが口ごもった。あごの筋肉がこわばっている。「ずっと考えている。ナタリーは毎晩夫のジョエルと一緒にベッドに入っているわけだろう？　二人が今もたまにはセックスしていると考えるのが普通なんじゃないか。それもわからないのは馬鹿だって」

「それも一つの見方だわね」デズは答えながら、スペンスが右手の爪を左の掌に食い込ませているのに気がついた。あまりに深く食い込ませているので血が出そうだ。カッコいい映画会社の若き幹部もやはり冷静沈着というわけではないのだ。自分の性生活となると、悩める感情のるつぼ。彼は自分の感情をコントロールしているのだろうか。それとも感情に振り回されている？　デズは訝った。「ジョリーが帰った後で、誰かが部屋を出たり入ったりするのは聞いた？」

「いいや、聞いていないな」

「それじゃ、今朝エイダが襲われた時にはどこにいたの？」

「ここだよ」スペンスが答えて、強調するために人差し指を椅子の肘掛けに突き立てた。「ハンナの悲鳴を聞いた時には、携帯でナタリーと話していた。ナタリーも携帯を通して悲鳴を聞いた。何事だと訊かれたからね。僕が信じられないなら、ナタリーに電話してくれ。僕の言葉を裏付けてくれるはずだ。エイダが死んだ時には、僕は彼女と電話中だった」

「あら、あたしにはそうは聞こえないわ、スペンス」

彼が眉をひそめた。「どう聞こえるんだ？」

「ハンナがエイダの遺体を見つけた時、あなたは電話中だった。厳密には、あなたは彼女を絞殺してから、ここにこっそり戻ってナタリーに電話することもできた」

「ああ、そうか、わかった」彼があっさり認めた。「君の言いたいことはわかる。でも、どうして僕がそんなことをする？　僕にエイダ・ガイガーを殺害するどんな動機がある？　エイダにしろ他の人たちにしろ。僕はものすごい昇進を手に入れたところなんだ。美しい女性と恋もしている。その僕が、どうしてこんなことに引きずり込まれたいんだ？」

デズはスペンスに答えなかった。単純に言って答がなかったからだ。なぜか意に反して自分で自分を引きずり込んでしまったのならともかく。あるいは、今しがた彼が語った言葉のすべてが注意深く下準備されたものでないなら。その可能性はもちろんある。でも、スペンスがそれなりに正直に語っているとしたら、彼の言うとおりだ。彼には今多くの前向きな事柄が進行している。どうしてこんなことに引きずり込まれるだろう？　明らかに彼が好きな時にいつでも寝ることのできるジョリーのためか？でも動機は？　彼のどんな役に立つというのだろう？　それを言うなら、ジョリーにはどんなメリットがあるだろう？　確かに、ノーマの死により五万ドルを受け取る立場にある。とうてい端金《はしたがね》とは言えない。でも人を殺すほどの価値はあるだろうか？

いいえ、まるで意味をなさない。今のところはまだ。

スペンスは彼女を探るように見つめて、彼女の考えを辿ろうとしていた。「どうして僕がそんなことをする？」彼がもう一度言った。

「答があればいいんだけど、スペンス」デズは静かに答えた。「でもないの。疑問が増えるばかりで」

灯油ストーブの周りに何人が群がっているかを思えば、階下のバーは気味が悪いほど静かだった。あまりに静かなので、デズにはカウンターの奥でアンティークの柱時計がチクタクと時を刻む音まで聞こえるほどだった。その音も駐車場の舗装にジェイスの除雪機が時たま軋む音に中断される。何が欠けているのか気づくのに、少し時間がかかった。

ＢＧＭがない。

テディはサンセットラウンジでピアノを弾いていない。カウンターに座って、ひどく悲しそうな顔でスコッチをすすっている。その隣のスツールにはアーロンが座り、気のない様子でサンドイッチを食べている。イザベラが二人の前に寝そべって、撫でてくれとばかりに柔らかな真っ白い腹を差し出している。そばにはミルクの皿。が、大きな猫の相手をしてやる者はいない。誰も見向きもしない。誰も何も言わない。誰もがただ座って、恐怖に正気をなくすまいとしている。

スペンスと一緒に入っていくと、三人の女性、カーリーとハンナとジョリーが揃って心配そうにデズを見上げた。デズは患者の癌が広がったかどうかの話を持って病院の待合室にずかずか入っていったような気分になった。

「ジョリー、いくつか質問しなきゃならないわ」デズは言って、安心させるように笑みを浮かべた。「明らかにしなきゃならないことがあるの」

「私に協力できることなら何なりと」ジョリーはおぼつかなげにスペンスに視線を投げた。スペンスは絨毯に目を落としたままだ。「いつにする？」

「かまわなければ今すぐ」

「いいわよ」ジョリーは空になったサンドイッチの皿を取ってくると、ドアに向かって歩き出した。「お腹は空いてる、スペンス？」

「ペコペコだよ」スペンスは答えて、カウンターに向かった。

「よかったら、もっとサンドイッチを作るけど」ジョリーの目がいつまでもその彼を追った。

「ありがたいな」スペンスは答えながらも、頑なに彼女を見るのを拒んだ。

ジョリーはブルドッグのようなあごを突き出して、キッチンに向かった。デズはその後ろに続きながら、ジョリーが二通りの歩き方をするタイプの女性だと気づいた——男性が後ろを歩いている時には腰を揺らし、後ろが女性の時にはごく普通に歩く。

キッチンのテーブルにはスライスされた全粒パンが載っていた。テーブルはサンドイッチの材料でいっぱいだ——焼きハムの大きな塊、くさび形のスイスチーズ、スライスしたラディッシュ、トマト、レタス、ピクルス、マヨネーズやマスタードの広口瓶。ジョリーは早速切り盛り用ナイフとハムを手にして、薄いスライスを次々に削ぎ落としていった。熟練した動きだ。

「おかしいわね。今朝冷蔵庫を開けるのがすごく怖かったの」ジョリーは手を動かしながらデズに喋りかけた。「中に入っている食べ物が全部腐ってるんじゃないかって。けどようやくわかってきた。中も外と同じ温度だって——なら大丈夫、そうでしょ?」

この人はよく考えずに口走っている。デズはテーブルの椅子に着きながら観察した。ひどく落ち着かないんだわ。

「それで、どんな協力をすればいいかしら、デズ?」ジョリーは喋り続けながら、四枚のパンにマヨネーズとマスタードをこってり塗った。「他には何を話せばいいの?」

「どうして嘘をついたの?」デズは静かに言った。

「いつ私が嘘を?」

「昨夜はコテッジから一歩も出なかったと言ったわ。けどそうじゃないことはお互いわかってる。あなたはスペンスの部屋にいたのよ」

ジョリーが赤面した。丸い頬が斑に染まった。「女をものにしたって、彼はきっと得意になって話したんでしょうね」

「実際にはすごく粘られたわ。口を割らせなきゃならなかったの」

「どうしてそんなことができたの？」

「尋問のために連行すると脅したのよ」

「ああ、それならね」ジョリーはハムとチーズのサンドイッチを二つ作り終えて、一つをデズに渡すと、すぐにまた二つ作り始めた。情報に関しては何も提供しない。ひと言もだ。

「ジョリー、あたしは三つの死を解明しなきゃならないの」デズは言って、サンドイッチにかぶりついた。朝から何も食べていないので、お腹がペコペコだ。「あなたとスペンスが昨夜彼の部屋でお互いを暖め合っていたなんてことはどうでもいいの。けど、あなたから本当のことを聞く必要がある。どうして嘘をついたのか。他に話してくれていないことは何か。それを今すぐ知りたいのよ」

「ええ、いいわ。何なりと」ジョリーはデズの真向かいの椅子にドスンと座ると、まげからほどけてきたひと房の髪を払った。「あなたがレスに話してしまうんじゃないかと心配だったの。だからこれまで必ずしも正直になれなかった。昨夜スペンスの部屋にいたことをレスが知れば、私はその場でクビになったでしょうから。ジェイスも一緒に」

「ノーマのゼロ容認ルールがあるから？」

ジョリーが首を振った。「違うわ」

「あら、それじゃどうして？」

「あのイヤなやつは私に熱を上げてたからよ」ジョリーがうんざりしたように答えた。「あいつが私を見る目つきを、あなたも見ればよかったのよ――来る日も来る日も、毎晩毎晩。あの野卑な目で身体のいろんな部分をただじっと見ているの。おかげで体中がむずむずしたわ。あんな年寄りと付き合う気なんかないんだから。特に彼とは。とにかくスケベで。あなたには、自分はすごくいい夫だと話したんでしょうね。どんなにノーマを愛していたかを。やれやれ、彼はいい夫でもなければ、ノーマを愛してもいなかったわ。彼はここに移り住んだその瞬間から、私に夢中になった。私が男性にちょっとでも興味を示すと、めちゃくちゃ嫉妬したわ――製品納入業者、宅配便の男、もう誰でもよ。先月にはシェフの一人のフランツをクビにしたわ。私が非番の夜に一緒に映画に行ったからよ。たかが映画一本よ、デズ」

「あなたはどうして辞めなかったの？」

「それでどうするの？　私はこの仕事しかしたことないのよ」

「セクハラ訴訟って手もあるわよ」

「彼の言い分対私の言い分でしょ」ジョリーが素っ気なく答えた。「世間はどちらを信じると思う？　商工会議所会頭？　それとも床を掃除してるおっぱいだけの女？」

「ノーマは知っていたの？」

「もちろん知ってたわ。彼はもう見え見えで、うんざりするほどだったもの。ノーマは、彼を思い止まらせるために私がありとあらゆることをしたのも知ってたわよ」

「ノーマはそのことで彼と対決しなかったの？」

「彼に話すと約束してくれたけど、結局はやらなかった。ノーマには彼の反感を買うのが怖過ぎたのよ。彼女には不安がたくさんあったでしょ。体重のこととか。彼女には私を助けられなかった。助けようとはしなかった。だから私は我慢した。対処はできたの。バストができてからというもの、スケベな客に言い寄られてきたから。接客業に携わる者の職業的危険なのよ。とにかく彼と部屋で二人きりになるのだけは避けたわ」

「昨日の晩、停電になった時、あなたはセラーで彼と二人きりだったわ」

「そうなの」ジョリーのふっくらした下唇が震え出した。彼女はその唇をしっかり噛んだ。

「ジョリー、セラーで何かあったの？」

「具体的には何も。ただ……毎晩私の夢を見ると言われたわ。で、そうした夢についてやけに詳しく説明を始めた。かまわなければ、詳しい話はしたくないんだけど。思い出すたびに、吐きそうになるのよ」

「ミッチは、ジェイスはレスがあなたと一緒にセラーにいると知って心配そうだったって言ってたけど」

「ジェイスはレスの私に対する気持ちを知ってるの」ジョリーがうなずいた。「けど、ジェイスには大丈夫だってずっと言ってきたわ。自分の面倒くらい見られるもの。あのイヤな年寄りは実際には無害だったから」

「あなたと映画に行ったからってシェフをクビにするのは、とても無害とは言えないわよ」デズはサンドイッチを貪りながら言った。美味しいサンドイッチだ。

「その点は同感だわ、デズ。私はただ、彼にレイプされそうになったみたいなことはないって言いたかったの。彼は私についてあれこれ想像して……それを声に出して言いたいだけだった。彼はそうやってイクのよ」

「レスが他の女性と付き合っていたのは知ってたの？」

「マーサ・バージェスね、もちろんよ。すっかり聞かされたもの」

「彼はどんなことを話していたの？」

「この不倫はすべてお前のせいだ。マーサとセックスするのは、お前のせいでひどくムラムラしてしまうからにすぎない」

「昨日の晩、あなたも誰かと付き合っているとスペンスに話したわね」ジョリーは目を伏せて、作ったばかりのサンドイッチをじっと見つめた。「確かに言ったわ」

「相手が誰か訊いてもいいかしら？」

「そんな人いないの」ジョリーが力なく答えた。「本当は誰とも付き合っていないわ」

「スペンスに嘘をついたの？」

「ええ」ジョリーが認めた。

「どうして？」

ジョリーは食事室の戸口を素早く見やってから、テーブル越しに身を乗り出した。

「デズ、ここだけの話にしてくれる？」

「できるものならそうするわ」

「彼を怖がらせたくなかったのよ、わかるでしょ？」

「いいえ、ちっとも。話が見えないわ」

「ああ、口に出すなんてひどくばつが悪いわ」ジョリーが打ち明けて、咳払いをした。「情けない真実は、私は高校時代からスペンス・シブリーにどうしようもないほど恋してたってことなの。初体験の相手なのよ、デズ。あの時には、セックスに関してはすごい経験のある女だって彼に思わせたわ。でもそうじゃないの。私はずっと彼の望むような女になろうと努めてきた。まといつかない。期待しない。陽気にはしゃいで楽しむだけ。スペンスにはこれまでずっと真剣な関係は求めていないと言い続けてきたの。けど本当は、昼も夜も彼と結婚して彼の子供を産むことばかり考えてる。私にはこれまでスペンスしかいなかった。いつか彼も、私について同じように感じてることに気がつくわ。確信してるの。けど、あんまり付きまとうと、彼を怖がらせてしまうって気がする。だから慎重に本心を隠してきた。それに辛抱強く。ずっと我慢してきたの」

「それで、彼はあなたの本心にはまるで気づいていないの？」

「彼は男よ。男には私たちの気持ちなんて絶対にわからないでしょ？」

「ねえ、その点では反論しないわよ」デズはニコッと笑ってみせた。「ただ、スペンスはニューヨークにいる誰かに夢中だって言い張ってるわ」

「誰、ナタリー？　彼女なんて目じゃないわ。一時ののぼせ上がりよ。立ち消えになるわ。本当よ、スペンスにはこの世で一人の女しかいないし、あなたはその一人を今見てるの。彼から電話で、エイダに敬意を表する祭典のために会社からここへ送り込まれると聞いた時には有頂天になったわ。去年の夏から会ってないから、恋しくてたまらなかったの」

「去年の夏？」

「ええ、そうよ。彼、ドーセットへは一応クルーザーに乗るために来たの。けど、結局は丸一週間ここで私と過ごすことになった。デズ、あれは人生でも最高にロマンチックで完璧な一週間だったわ」ジョリーがテーブル越しに注意深くデズを観察した。

「彼から聞いてないの？」

「ええ」デズは答えて、スペンスはジョリーにのめり込んでいることをどうしてわざと控えめに言ったのだろうと考えていた。彼がありのままを話してくれると期待していたわけではない。実際には誰もそんなことはしないのだから。それでも、これほど選りすぐりのエピソードは省けるものではないんじゃないかしら。

「彼はここで丸一週間私と過ごしたのよ」ジョリーはひどく傷ついたようだ。「毎朝お互いの腕の中で目覚めたの」スペンスが二人の牧歌的情事を話さなかったことに狼狽している。

「どうしてそんなことができたの？　ノーマに気づかれずにってことだけど」

「コテッジに泊まったのよ。ノーマにはわからなかったわ。誰にもわからなかったわよ」

デズはその話をしばしじっくり考えた。そうなると、ジェイスはスペンスとジョリーの関係を知っていたし、スペンスもそれを承知していたことになる。ジェイスはあのコテッジにジョリーと一緒に住んでいるのだから。ここでもだわ。スペンスは絶対にあたしに正直ではない。なぜかしら？「ジェイスは彼のことをどう思ってるの？」

「誰、スペンスのこと？　ジェイスなら大丈夫。心配性なだけよ」

「何を心配するの？」

「私を失うこと。心配しなきゃならない理由があるわけじゃないのよ。誰と結婚しようとずっと一緒に暮らすんだからって何度となく言ってきたから、ジェイスはわかってるの。決まってることだもの。それでも彼は心配するのよ。あなた、弟か妹はいる？」

「あたしは一人っ子よ」

「それじゃ、説明するのは難しいわね。けど、ジェイスと私の間には絆があるの、家族っていう。この絆が断たれることは絶対にないのよ」ジョリーは、さてっと腰を上げると、サンドイッチをまな板からお皿に移した。「これ、届けた方がいいわね。スペンスはすごくお腹を空かせてるみたいだったから」

「そうね。質問はあと一つだけよ」

「どうぞ。何なの？」

デズはサンドイッチをきれいに平らげて椅子にもたれ、深呼吸をしてから言った。

「ノーマのココアにジゴキシンをこっそり入れたのは誰なの――レス？　それともあなた？」

15

「8番ボールをサイドポケットに」ミッチは宣言して、そのとおりに沈めた。「勝負ありだな」

「またか」アーロンが不機嫌にぼやいた。「となると、俺の負けは……いくらになるのかな？」

「そうだな、百六十ドルだ。いちかばちかの勝負をすれば三百二十ドルになる。頭をぶっ叩かれて、俺の計算能力が狂ってしまっていなければだが」実際、痛みは続いていても気分は爽快だ。「ただし現金を賭けているとしての話だ」

「そりゃ賭けてるさ」アーロンが請け合って、神経質にカーリーとハンナをちらりと見やった。二人は灯油ストーブの前にピリピリしながら黙って一緒に座っている。アーロン・アッカーマンの人生における二人の女性は今にも相手に嚙みつかんばかりだ。明らかにアーロンは本格的な罵り合いが勃発しそうなのを心配している。

スペンスはその緊張に気づかぬ様子で一緒に座り、キッチンからジョリーが追加のサンドイッチを持ってきてくれるのをひもじそうに待っている。どうやらデズはサンドイッチを作っているジョリーに追加の質問をしているらしい。ミッチはその質問がどんなものかはわからなかったが、自分もまだいくらかサンドイッチを食べられることだけはわかっていた。

「公正な借金は払うさ」アーロンが言い張って、財布を開いた。

「好きにしてくれ、アーロン」

「ただ、小切手にしてもらわなきゃならない」アーロンが詫びて、早々に退散しようとした。「それほど現金の持ち合わせがなくて」

カウンターで、テディが嘲笑いを漏らした。

「気になることでもあるのか、テディ？」アーロンが厳しい口調で尋ねた。

「滅多にないんだが」テディが答えてスコッチをすすった。「気になったことはたいていひどい結果になる」

「だからあんたは成功とは無縁なんだ」アーロンが不愉快そうに言った。「もう一ゲームどうだ、ミッチ？　いちかばちかで？」

「玉をラックしろよ」ミッチはぶらりとカウンターまで歩いていった。イザベラが仰向けに寝転がって万歳をしていた。腹を撫でてもらいたいのだ。ミッチは相手をしてやった。クレミーとクォートが恋しかった。

窓辺では、ジェイスが相変わらず心配そうに何十本という倒木を眺めていた。デズの指示で無理やり連れ帰ってからというものずっとそうだ。ジェイスは中に戻りたがらなかった。やるべきことは多く、外でそれをいくらかでも片付けられるのを喜んでいたのだ。ミッチは駐車場の除雪をこんなに楽しむ者を見たことがなかった。しかしウールのチェックのシャツ姿でストッキングキャップを目深にかぶって立っているジェイスは、閉じ込められて動揺しているように見える。右の膝が小刻みに揺れている。

「ブレイクショットを、ミッチ」アーロンがボールのラックを終えた。

「青空だ」ジェイスが急に言い出して、窓辺で背中を丸めた。

ミッチも見ようとそばに行った。はるかコネティカット川にかかる西の空に雲の切れ目があり、確かに青空が覗いている。やっと嵐が去ろうとしている。「やったな」ミッチは叫んだ。「助かったぞ」

「ああ、よかった」カーリーが大喜びした。「本当にこの忌まわしい場所から出られるかもしれないのね。家に帰りたいわ」

「私は熱いシャワーで我慢する」ハンナが震えながら言った。

「何それ?」カーリーが嘲笑った。「今何て言ったの?」

「生まれてこの方こんなに寒い思いをしたことはないの」ハンナがはっきりと答え

た。「体中の骨が粉々になってしまいそうな気がする。二度とこんな寒い思いはしないわ。私にとっては、これで決まりよ」

「何を決めたんだ？」アーロンが彼女に片方の眉を吊り上げた。

「ロスに戻ることにしたの」

「あら、すぐに？」とカーリー。ハンナの気候の好みだけではすまないことを話しているのは十分承知している。

「ずいぶん急な話じゃないか」アーロンは不意を衝かれて面食らっている。

「行動を起こすの」ハンナの声には決意があふれている。「さっさと荷造りして、ポンコツ車を満タンにしたら出発よ」

「向こうでどんな仕事をするつもりだ？」アーロンはむしろめそめそした冴えない口調になった。

「わからないけどかまわないわ」ハンナが答えた。「何ならパコイマのボウリング場でビールのウェイトレスをしてもいい。とにかく暖かければいいの。何だってこの寒さよりマシよ」

「心は決まったってわけか」アーロンがハンナに迫った。そんな彼をカーリーがまっすぐにらみつけている。

「ええ、すっかり」ハンナが答えて、何であれ二人の間にあったものを事実上はねつけた。

「ハンナ、エイダについての映画を撮るという夢を諦めないでほしいんだが」ミッチは言った。「君にはとても才能があるし、彼女はとても素晴らしい対象だ」

「けど死んだの」ハンナが指摘した。「私にはカメラの前で彼女に話してもらうシーンが必要だったのよ、ミッチ。彼女はあの世代最後の人物だった。同時代の人はすべて亡くなってしまってるわ。彼女までいなくなって、もう撮影できる人がいないの。ドキュメンタリーにならないじゃない」

「ドキュメンタリーでなくてもいいんじゃないか?」

ハンナが目を見開いた。「伝記映画として彼女の一代記を撮るべきだってこと?」

「そうだよ。彼女はものすごい人生を送ったんだ。相応しい女優にとっては素晴らしい役だぜ」

「それどころかアカデミー賞が狙えるわよ」ハンナが意気込んだ。「ニコール・キッドマンなら見事に演じてくれるわ。さもなければケイト・ブランシェットか、さもなければ、ああ、メリル・ストリープってことも。若いエイダがいて、老いたエイダがいて。勝利があって、悲劇があって……。ワーオ、ミッチ、西海岸までの長いドライブの間に考えるべきことを教えてくれたのね。ありがとう」

「いやいや。それに八方手を尽くして駄目でも、君は有能な看護師になれるよ」

「それはお断り。病院は大嫌いなの」

「僕はここに残る」スペンスが断固として宣言してから、「アストリッド城にってことじゃないぜ」と、みんなのぽかんとした顔に説明した。「ニューヨークにだよ」

「西海岸への昇進はどうするの？」ハンナが尋ねた。

「辞退する」

「スペンス、何言ってるの？」ハンナが問いただした。「あの昇進はあなたが長年頑張ってきた目標そのものじゃない。あなたは大物になるところなのよ。どうしたの、頭がおかしくなっちゃったの？」

「いいや、完全に正気だ」スペンスは言って、彼女ににやりとした。「たまたまちょうどこの二十四時間で、僕の優先順位がくっきり見えるようになったんだが、パノラマスタジオはその中に入っていなくてね。でも、いいか、僕の名前が役立たずになる前に君の推薦はするから。エイダについてのそのアイデアを売り込むつもりならってことだが」

「それは本当にどうもありがとう、スペンス」彼女が喜んで言った。

「気にするな。友だちは友だちを助けるものだろ」

ミッチはビリヤード台に戻って、何だか奇怪だと思いながらブレイクショットを打った。ハンナとスペンスが向こうに座って、異常なことなど何も起きていないかのように将来について語り合っている。殺された者などいないかのように。実際のところ誰の将来も仮釈放なしの終身刑にはならないかのように。この城、いいや、この部屋にいる誰かは殺人者なのに。

でも、誰なのだろう？

ミッチはブレイクショットで9番ボールを沈めて、勝負に取りかかった。テディはカウンターでスコッチをすすり、物思いにふけっている。

アーロンも何やら自分の考えに囚われている。「スペンス、あんたとデズは階上で何を話していたんだ？」

「個人的なことを」

「個人的なことってどんな？」

「人には関係ないことだ」スペンスがぶっきらぼうに応じた。「だから個人的なことと言うんじゃないか」

ジェイスは窓から振り向いて、不思議そうにスペンスを見た。実際には全員が不思議そうにスペンスを見ている。イザベラはべつだ。眠ってしまったのだ。

「スペンス、たまたま俺には関係あるんだよ」アーロンが高慢に告げた。「ここで死んだのは俺の家族で、ここは俺の城だ」

「でも、僕は君のものじゃない」スペンスが言い返した。「だから一発お見舞いされないうちに黙ってもらおうか、高慢ちきの俗物野郎」

「ブロンドの男に二十ドルで乗った」テディがやる気満々で飛びついた。

「テディ、あなたじゃ助けにならないわよ」カーリーがたしなめた。「どっちもだわ、アッキー。落ち着きなさいよ。それに新しい荘園領主っぽい態度もやめてくれないと、私があなたに一発お見舞いするわよ」

「わかった、わかった」アーロンはすぐさまおとなしくなって引き下がった。「悪かった、スペンス。混乱しているだけなんだ。それでどうなっているのか知りたくて」

「みんなそうさ」テディが言った。

「誰にもわからないのよね」カーリーが言って、ごくりと唾を呑み込んだ。「犯人以外はってことだけど」

「とうてい容認できない状況だ」とアーロン。

「これはほんの一時的な処置だから」ミッチは請け合って、11番ボールをコーナーポケットに沈めた。まだアーロンにショットを許していない。他のことはともかく、とても儲けの多い冬の嵐になってきた。「デズがすぐに真相を突き止めるから」

「ずいぶん自信があるみたいだな」アーロンが言った。

「あるさ。俺は彼女を信じてる」

「デズはどうやって真相を突き止めるんだろう？」テディが言った。

「並の警官より抜け目なく捜査してだよ」ミッチは答えた。「彼女なら解決するさ。それに凶悪犯罪班からの援軍がアッという間に着陸するはずだ。必要とあれば、彼らはほしいものが見つかるまでエイダの部屋で採取した毛髪や繊維を一本残らず分析するだろう。犯人が誰であれ、どこにも行けないんだし。だからとにかくリラックスするようにしよう。プロに任せて」

「ミッチの言うとおりだよ」スペンスが言った。「で、自分のことを言わせてもらえば、もう飢え死にしそうだ。ジョリーが早くサンドイッチを持ってきてくれないと靴を食べてしまいそうだ」

「もう戻ってきてもいいのに」ジェイスが不機嫌な顔で言った。「何でこんなに時間がかかるんだろう?」

「デズと話してるんだよ」ミッチは思い出させた。「彼女なら大丈夫だ、ジェイス」

「もし違ったら?」ジェイスはあごひげをやたら引っかきながらバーの中を歩き回り始めていた。

「デズと一緒にいれば、絶対に安全だから」ミッチは言った。

「いいや、違う!」ジェイスがうめくように言った。もう暖炉のそばに達していて、手をもみ絞り、息遣いが荒くなっている。

全員が用心深く黙り込んで彼を観察した。

「どうして違うんだ、ジェイス？」ミッチは尋ねた。

ジェイスは答えなかった。不安そうに黙り込んで歩き回り、あごひげを夢中で引っかいている。顔からひげを引き剝がしたいのかと思うほどだ。

「ジェイス、俺たちに話したいことがあるのか？」ミッチは優しく彼を促した。「君は何か知ってるのか？」

「彼女は知ってる」ジェイスがカウンターの奥に入った。「デズはわかってるんだ」

「何をだい、ジェイス？　デズには何がわかってるんだ？」

「それは……それは……」ジェイスは押し殺したすすり泣きを漏らし、突如カウンターの下にしまわれていたものに飛びついた。

拳銃だ。

彼はその拳銃をみんなに向けた。目がギラギラと輝いている。

「まあ、信じられない」カーリーがうめいた。

「だ、黙れ！」ジェイスはつっかえながら言って、銃をまっすぐ彼女に向けた。「お前が、お、俺のことをどう思ってるかわかってる。つべこべ言うな。こ、ここは俺が仕切ってるんだ！」

「ああ、そうとも、ジェイス」ミッチには心臓が早鐘を打ち出したのがわかった。口の中もすっかり乾いている。「とにかく落ち着け。俺たちはみんな友だちなんだから」

「ふざけるな！」ジェイスが叫んだ。「友だちなんかじゃない！」

「弾丸は入っているのか？」アーロンが尋ねた。「弾丸が入っているのは確かなのか？」

「もちろんだ」テディが言った。「入っていなかったら、置いておく意味がない」

ミッチは眉をひそめてテディを見た。「あそこに銃があるのを知ってたんですか？」

「去年ロードアイランドから来た酔っ払いの田舎者二人組に強盗を働かれて、レスが買ったものだ。確かスミス&ウェッソンだと言っていた。38口径だ」

「あそこにあるのを知ってたんですか？」ミッチは信じられずに繰り返した。「どうして教えてくれなかったんです？」

「無理だよ、ミッチ」テディが曖昧に手を振りながら答えた。「私は責任を伴うことがからきし駄目なんだから」

「それで済むと思ってるのか？」アーロンが怒鳴った。「あんたが薄のろだからってだけで？」

「どうして私にわめくんだ？」テディが抗議した。「銃を持っているのは彼だぞ」

「つたく、黙れ、黙れ、黙れ！」ジェイスが金切り声をあげた。「みんな……黙れ！」

　全員が口をつぐんだ。全員の目が感情的に危うい若い管理人に注がれている。その管理人はカウンターの奥で38口径を構えている。

「どういうことなんだ、ジェイス？」ミッチは声を冷静に保とうとしながら尋ねた。

「今じゃ俺がボスだってことだ」ジェイスは乱暴に答えて、じりじりとカウンターから出てきた。銃は生き物で、彼には制しきれないとでもいうように、みんなに向かって振り回している。「もう小突き回されるのにはうんざりだ」

「誰も君を小突いてなんかいないよ」スペンスが言った。「頭を冷やして、銃を下ろせよ」

「そうだよ、ジェイス」ミッチも続いた。「落ち着きをなくさないようにしようぜ」

「俺は何もなくしちゃいない」ジェイスが言い返した。「ミッチ、両手を頭の後ろにやれ。さあ、早く」

　ミッチは従ったが、急な動きはしなかった。ジェイスが慌てて、銃を撃ってしまったら困る。

「それじゃ俺をジョリーのところへ連れていけ」ジェイスが命じた。「ジョリーには俺が必要だ」

「それはかまわないが、ジェイス」ミッチは言った。「君は本気でそうしたいのか？

この部屋を一緒に出たら、もう後戻りはできないぞ」

「ああ、そうとも、俺は本気だ」ジェイスは38口径の銃口をミッチの背中に突き立てて、戸口の方へグイッと押した。「こんなに自信があるのは生まれて初めてだ。さあ、行こう」

16

「ジゴキシンって何なの？」ジョリーはテーブル越しに当惑したようにデズを見つめた。「どういうこと？」

「同僚の一人が、今しがた携帯でトム・メイナードと話ができたってことよ。地元の親切な薬剤師よ」

「ああ、トムなら知ってるわ」ジョリーがあっさり答えた。「彼の長女のタビサと学校が一緒だったもの。彼女は去年の夏、ケイシー・アールと結婚したわ。ケイシーはものすごく鈍い男だけど、お父さんがトライ－カウンティ・ペイヴィングの社長となれば、知ったことじゃないわよね、そうでしょ？」彼女はそこで言葉を切って、デズに向かって頭を振った。「トムがどうしたの？」

「せんだってノーマにジゴキシンの処方薬を追加でもう一度出したと確認してくれたわ。どういうわけかほとんど満杯の瓶をどこかに置き忘れてしまったらしいってことで。城中を探したけど見つからなかったと言ったそうよ。ノーマの医療保険は一ヵ月に一度の処方しかカバーしないので、この追加分は自己負担になってしまうから、本気で自分に腹を立てていたの。だからトムは覚えていた——ノーマが自分にカンカンになっていたから」

ジョリーがふっと小さく笑った。「きっとそうでしょうね。ノーマは五セントだって無駄にするのは嫌いだったもの。でもどうしてそんなことを話すの、デズ？」

「ノーマの死因がほぼわかったからよ——深夜のココアに溶かしたジゴキシンの過量摂取。しかもトムの話では、ノーマがその追加の処方を頼んだのはまる二週間前だったの、ジョリー。そうなると、エイダの祭典のために来た人たちは全員がシロってことになる。ノーマに薬を飲ませたのは、いつもここにいる人間だわ。要するにあなたかレスってことよ。どちらかのはずよ。ジェイスは優れた策士とは思えないから」

ジョリーは答えなかった。ピンクの手をテーブルの上で組んで座っているだけだ。その右側にはハムとチーズの塊の載ったまな板がある。

「あなたにたどり着くまでにはずいぶん時間がかかったと言えば、慰めになるかしらね」デズはテーブル越しに彼女を観察した。ジョリー・ハーンは悪い女には見えない。健康的なタイプの美人だし、よく働くし、有能だし、感じもいい。真相が信じられないほどだ。でも、デズは信じた。「主としてあなたの動機がわからなかったの」と話を続けた。「アーロンとハンナがすべてを仕組んだとばかり思っていたのよ。彼には膨大な財政的利点があるし、彼女には看護師の母親がいるから。彼女は応急処置に詳しいから——ジゴキシンは彼女のアイデアだと思った。すべての辻褄は合ったわ。レスが殺されるまではってことだけど。そこであたしの関心は彼とテディに移った。テディはレス同様お金に困っていたし、ノーマは遺言で二人のどちらにもお金を遺していた。レスは彼女の遺言執行者としてそのことを知っていた。で、あたしは彼とテディが共謀してノーマを殺してから、エイダのことで仲違いしたのかもしれないと考えるようになった。テディにはレスを殺す一番のチャンスがあったように見えたし。彼はレスとミッチが薪小屋に出かけている間、階下でピアノを弾いていたでしょ。でも他の人たちはしっかり閉じ込められていた、とあたしは思っていたから。テディは『モア・ザン・ユー・ノウ』の演奏テープを以前ノーマにプレゼントしたと言っていたの。彼がそのテープを食事室の電池式サウンドシステムにこっそり入れて、ちょうどいい音量で流したとしたら？　あたしは二階の廊下に座って、彼はサンセットラウンジでピアノを弾いていると思ったはずよ。実際には外に出てレスを殺していても。説得力のある推理よ。もちろん、跳ね上げ戸のことを知ってからは、あなた方の誰でも犯行は可能だったと悟ったわ。ところが、トム・メイナードの証言が取れて、他の人たちはシロになった。言ったように、あなたがノーマの薬を盗んだ二週間前には、彼らはここにはいなかったから。あなたはそこでぼろを出したのよ」

ジョリーは頑なに沈黙を守っている。びくともしない。

デズは話を続けることにした。「あなたにはああするしかなかったのだと思うわ。瓶から時々数錠を盗むというわけにはいかなかった。月末には足りなくなって、ノーマに気づかれてしまうから。あなたとしては、瓶そのものを彼女が置き忘れたように見せなくてはならなかった。それに、あなたに対して公正を期して言うなら、その時にはエイダを殺して証拠を隠さなきゃならなくなるとは知る由もなかった。あの老婦人があなたの計画をぶち壊したんじゃない？　彼女のことさえなければ、まんまと成功するはずだったのにね。あたしもきっとノーマは自然死だと信じたわ。主治医は彼女の心臓が深刻な状態だったと裏付け、検死官もおそらく検死解剖はしなかったでしょう。すべてはあなたの思惑どおりだったわ、ジョリー。ただ、あなたはエイダまで殺した。おかげで、あたしたちはノーマに新たな注目を向けなくてはならなくなった。それはつまり、レスも死ななくてはならないということだった。なぜなら……」

デズは話を中断して、がっちりした角縁眼鏡を鼻から引き上げた。「実は、この部分はまだわからないの。レスはあなたにすべてを押しつけようとした、そういうことなの？」

ジョリーは目を伏せて、テーブルの上で組んだ自分の手を見た。その視線がゆっくり少しずつ、そばにあるまな板に移っていった。その上に載った切り盛り用ナイフに。とても大きくて鋭いナイフだ。

デズは彼女の視線を注意深く見守った。それに手を。デズ自身の手はコートのポケットに入れている。「もう甘い考えを持ってはいられないのよ、ジョリー。レスは死んで、あなたは生きている。すべてはあなたの仕業だってことになるわ。だから話すことよ。もう一度言うわ。ココアにジゴキシンを入れるのは誰の考えだったの——レス？　それともあなた？」

「デズ、何の話かわからないわ」彼女がようやく答えた。その手はわずかながらナイフに近づいている。「本当にわからないの」

「いいえ、わかってるわ」デズはシグをポケットから出して、自由に使えるようにした。「それにあのスペンス・シブリーがあなたの生涯の恋人だなんて話はやめてもらわないと。素敵だけど、真っ赤な嘘でしょ。あなたは確かに昨夜彼をめろめろにさせた。それは嘘じゃないわ。けど、それ以外はハーレクインロマンスそのものよ。あなたはスペンスを愛してなんかいないし、それくらいあなたもあたしもわかってる。だから少しはあたしに敬意を払ってよ、ジョリー。あなたが悪い人だとは思っていないの。けど、ここでよくないことが起こって、あなたはそれに関わっている。もう逃げられない。そうはいかないの。だからチャンスがあるうちに白状しなさい。あたしに協力して。あたしを信じて。そうすれば、あなたを助けてあげられる。協力してくれないと、あたしにはどうしようもない。それから、テーブルの下で銃があなたを狙ってるってことも知ってもらった方がいいわね。ナイフにそれ以上近づいたら、あなたは死ぬわよ」

ジョリーが凍りついた。目を見開いている。「私を撃つの？」

「狂犬病にかかったアライグマを撃つのと同じよ」デズは手を伸ばしてナイフをジョリーから遠ざけると、座り直した。シグはまだテーブルの下でジョリーを狙っている。「今朝はあなたを気の毒だと思ったくらいなのよ。この同じテーブルに座って、ノーマは母親のような存在だったとあなたが涙ながらに話すのを聞いて、同情したの」

「あら、私だって自分をかわいそうだと思ってるわ」ジョリーが静かに言った。その目に涙があふれた。「あなたにはわからないわ、私がどんなに……願ったか……こんな……」そして、耳障りな大声で泣き出した。涙がピンクの頬を流れた。

デズは辛抱強く黙って泣きやむのを待った。こういう状況になると、しばしば涙は流れるものだ。べつに意味があるわけではない。悲しみとか、後悔とは関係ないということだ。恐怖にすぎない。

「ああ、この悪夢から覚めたい」ジョリーが鼻をすすって、手の甲で目を拭った。

「それじゃ目を覚まして、話せばいいわ」

「すべてはレスの考えだったの」ジョリーが話し始めた。敗北感のにじむ生気のない声だ。「彼が私を操った。私を騙した。どう言ってもいいけど。で、私はずっと騙されていた。能無しの馬鹿だわ。本当に馬鹿だった」

「具体的にはレスはどんなふうにあなたを騙したの？」

「あいつは結婚してくれるって言ったのよ」

「あなたと彼は愛人同士だったの？」

「私なら愛とは呼ばないわ」彼女が痛烈に答えた。「けどさっきはあなたに嘘をついたわ。彼がずっと私にセクハラしてたと。そんな必要はなかったの。私は進んで彼に自分を与えたんだもの。簡単だったわ、ホントよ。目を固くつぶって、歯を食いしばって、何でもいいから他のことを考えればいいだけだったもの。私はあの男に何度も自分を与えた。私は……私は、彼がノーマを始末するのも手伝った。彼の約束を信じたからよ。時間がどんどん過ぎているの、デズ。私は三十に近づいていて、すごく惨めなの。ここに閉じ込められていて、孤独で、貧しくて。私はもっとほしい。自分の人生がほしい。悲しいことに、レスはそうしたすべてを知っていた。だから彼のいいカモになってしまったの。それはわかってくれる？」

「話を続けて。聞いてるから」

「彼は、ノーマが死ねばここは彼のものになると言った。彼がアストリッド城を相続すると。そして私と結婚して、それからは二人で幸せに暮らすって。ああ、お伽話よね。けど私はそれがほしかった。生まれてこの方ずっとあの汚い管理人小屋に住んで、客のベッドの汚れたシーツを取り替えて、客のトイレの掃除をして、客に笑顔を見せて……見せてきたんだもの……。考えてもみて、私がこの城を経営することになるのよ。私の城になるの。そうしたかったのよ、デズ。私のためだけじゃなく、ジェイスのためにも」

「あなたとレスの関係を彼は知っていたの？」

「いいえ、絶対に」ジョリーが答えた。「レスが私に気があるくらいはわかってたはずよ。それはもう見え見えだったから。レスに気をつけろと忠告してくれたくらいよ。けど、彼には醜い真実を隠したの。だから、あの男と何ヵ月も寝てるってことは。週に一度か二度、二人で抜け出してたんだけど、ジェイスにはお使いに行くとか、髪をカットしに行くって言っていた。あのね、私はいつも、人間や人間がとりかねないひどい行動についての真実を彼から隠そうとしてきたの。ジェイスはそんなふうに本当にうぶなの。彼には人が平気で嘘をつくことが理解できない。それこそレスが私にしたことだけど。彼は嘘をついた。すべてを仕組んだ。今朝、たまらない真実を立ち聞きしたわ――この城は彼ではなく、アーロンに受け継がれるって。あいつはそれを初めから知っていた。婚前契約に署名していた。それなのに、私の前にちらつかせた。夢のようなチャンスだとばかりに。そして、私はそれを信じてしまった。だから彼と寝て、彼のために ノーマを殺してしまったの」ジョリーは認めて、怒って噛みつくように言葉を吐き出した。「彼が自分のために私にノーマを殺させたのよ」

「彼は具体的にはどうしたの、ジョリー？」

「私がノーマを殺さなければ、私たちの情事をばらすって言ったの。私が彼を誘惑したと。私はしょっちゅうお金のために多くの客とこっそり寝ていたふしだら女だと。ノーマはたちまち私をクビにしたでしょう。ジェイスも一緒に。私たちは結局アンカス湖あたりのボロ家を借りることになって、私はファスト・フード店のレジ係にでもなるのよ。けど、ジェイスがどんな仕事に就けるかはわかったもんじゃないわ。レスは狡猾で陰険な男だったの、デズ。彼はきっとマーサ・バージェスも騙してたのよ。あの痩せっぽちの意気地なしに結婚してやると言って。あるいは本気で彼女と結婚するつもりだったのかも。誰にわかる？　私にはわからない。彼は私を愛していて、私と結婚するつもりだと思ってたんだもの。けど、それは真っ赤な嘘だったの、デズ。彼にとって私は好き放題にやれるバカなふしだら女でしかなかった」去りゆく嵐雲の間から陽光が差して、キッチンの窓から流れ込んできた。光線がジョリーの顔に斜めに当たっている。「私は自分を騙したの、デズ。ああ、どうしてそんなことを。けど、今朝になるまでわからなかった。で、その時にはすべてが思いがけない形で爆発してしまっていたんだわ」

「順を追って説明してよ、ジョリー」

「いいわ、それならできる」ジョリーが無表情に言った。「レスは昨日の晩こそ行動を起こすのにぴったりの夜だって判断したの。この週末、ノーマにはものすごいストレスがかかっていたし、氷雨を伴う暴風が吹き荒れて、停電になって——彼にはノーマの心臓が止まるのに申し分のない夜だと思われたのよ。ワインセラーに迎えに来た時に言ったわ、『今夜こそ私たちのチャンスだ』って。もちろん、ノーマが目を覚ますとしてだけど、彼女はほとんど毎晩目を覚ましていたから。ココアを作って、ジョン何とかいう作家の本を読むの。私はコテッジから彼女を見張っていた。で、彼女のランプがチラチラするのが見えたから、ここへ来たの。私も眠れないと言って。そしてココアは私が作るからって申し出た。心臓の薬を盗んだのはレスよ。私はカプセルをいくつも開けて、中身を小さなビニール袋に入れていたの。で、ここで女同士のお喋りにかまけている間に、それを彼女のマグに空けた。背中を向けていたから、ノーマには絶対に見えなかったわ」ジョリーの口元が引き締まった。「ただ、あいにく……」

「エイダが見てしまった」デズは言った。

「あんなふうに滑るように移動するなんて、絶対に人間じゃないわ」ジョリーが怒ったように断言した。「姿も見なかったし、足音も聞かなかった。なのにふと気がついたら、戸口に立って、抜け目なく目を光らせて私をにらんでいた。ノーマが階下に下りる音を聞いたんじゃないかしら。それで、自分も一緒にと思ったのね。私は彼女のハーブティーのためにやかんをかけながら、こっそり観察した。デズ、エイダはずっと私をまっすぐ見返していたの。瞬き一つしなかったわ」

「エイダにはあなたがしたことがわかったの？」

「あの時にはまだわからなかったと思うわ。何か感づいたとしたら、ノーマにココアを捨てろと言ったはずでしょ？　でも言わなかった。そのままノーマに飲ませたの。私の考えでは、エイダは心配だったのよ」

「何が？」

「ノーマの心臓の状態が、本人が認めていた以上に深刻だってことがよ。ノーマにはかなりの量の薬が必要で、それをちゃんと飲ませるのが私の仕事だと思ったのね。娘の健康を気遣ってたのよ。エイダが何か言ったってわけじゃないのよ。ノーマのプライバシーを侵害したくないみたいなことかしらね。エイダはハーブティーを飲むとベッドに引き上げた。ノーマもココアを飲み終えるとベッドに戻ったわ」

「それからどうなったの？」

「私はマグと鍋をゆすいで、拭いて、しまったわ。それから、スペンスの部屋に忍び込んで彼とセックスしたの」

「どうして？」

ジョリーはためらって、座ったままそわそわ身体を動かした。「ねえ、あんまり自慢できることじゃないんだけど……」

「あら、それじゃこれまでのところは自慢できるみたいじゃない」

「言えてるわ」ジョリーが赤面して認めた。「あの時には、どうしても誰かと一緒にいたかったの。今しがた自分がしたことを思い出しながら、一人でいるのはイヤだった。あと数分で、ノーマが自分のベッドで死ぬことになると思うと。レスがその同じベッドで彼女が死ぬのを見守ってる、死ぬのを待ってると思うと。そんな恐ろしいことを考えていられるわけないでしょう？」

「レスはその間も眠っていなかった。そういうこと？」

「もちろんよ。そのことを思っただけで身体が震えるわ。私……私は、それを頭から消さなきゃいられなかった。で、スペンスがいたでしょ。いいんじゃないかしらと思ったの。彼は寒い冬の夜に私を叩き出すようなことはしないはずだし。それに、エイダが気づいたかどうかも気になっていた。でも、必要とあればスペンスは証人になってくれるじゃない」

「何の？」

「だから、考えてもみてよ、デズ。私はノーマを起こさないようにすごく気をつけたみたいにふるまった。忍び足で三階に上がって、跳ね上げ戸を使ってこっそり出入りした。ノーマが死んでるのを知っていたら、わざわざそんなことはしないってことになるでしょう？」

「それはそうね」デズは答えながら、急に胸が悪くなっていた。これは慎重に計画された悪事だ。激情による殺人は理解できる。恋人がべつの女とベッドにいる現場に足を踏み入れてしまった女が恋人の頭を撃ち抜く——それなら人間だ。でも、これは人のすることではない。

「スペンスと私の関係については、あなたの指摘どおりよ」ジョリーが続けた。「私たちの間にはセックスしかなかった。私はスペンスみたいな男は絶対に好きになれない。自分のことで頭がいっぱいの男だもの。けど素敵なお伽話だったでしょう？」

「お伽話を信じるならね」

「私は信じたことないのよ」ジョリーが力なく微笑んだ。「子供の頃から一度も。サンタクロースなんていないって知ってたわ。白馬の王子様も絶対にいないって。昔からわかってたの」

「それでもレスの約束には引っかかったのよね」

「そうなの。約束を信じたかった。彼を信じたかった。あれが唯一の大きな失敗だったわ」

「あなたの失敗は一つどころじゃないわよ」デズは言った。「それじゃ時間を少し進めましょう。夜が明けて、レスが目を覚まして、隣のノーマが死んでるのを発見したふりをしたところよ。エイダがノーマに別れの挨拶をしに来た時には、あたしも彼と一緒に寝室にいたの。エイダは部屋を出る前に、あたしに話があると言ったわ。あの時に、彼女は自分の死刑宣告をしてしまったんじゃない？　レスとしてはエイダの切迫した声は面倒な事態を意味すると考えざるをえなかった——あなたたち二人がノーマのココアに何をしたか、彼女は知ってるのだから」

「彼はすぐに私を探しに来たわ」ジョリーがうなずいた。「マジにうろたえていた。すぐにエイダの口をふさがなきゃって言った。私は正直反対だった。私の考え？　エイダは九十何歳かで、悲しみに打ちひしがれて取り乱してるとなれば、例えばあなたのような人は、彼女がうわ言を言ってるとしか考えないだろうってことよ。でもレスは信じなかった。彼女を絶対にあなたと話し合わせちゃいけないって言い張ったの。それからは絶対にあなたと話さないように、彼女から目を離さなかった。で、彼女が朝食のための着替えに二階に上がると、私をキッチンで摑まえて言ったの。『今だ——行動を起こさなくては』それで、その、行動を起こしたのよ」

「あれは素晴らしい行動とは言えなかったわ」デズはジョリーに告げた。「お粗末もいいとこって言ってもいいくらい。あのせいで、ノーマの死は胡散臭く見えるようになっちゃったんだもの。それもわからなかったの？」

「そこまで気を配る余裕はなかったのよ。できることをやるしかない。レスはずっとそう言ってたわ。うろたえてたのよ。私たち二人ともだったと思うけど」

「あの素敵な老婦人を絞め殺したのは誰なの？」

ジョリーがまたすすり泣きを始めた。「もう、こ、これ以上話したくないわ」

「ちょっと、あたしだってこんなところに座って、こんな話はしてたくないわよ」デズはぞんざいに言い返した。「家で熱いバブルバスにつかって上等のコニャックをすすっていたいわよ。ところが実際には、このアストリッド城でしもやけを作ってるの。だから、あたしが優しい気持ちをなくさないうちに、話すことね。もう一度訊くわ。誰が彼女を絞め殺したの？」

「私にはとてもできなかった」ジョリーが意気地なく答えた。「それに、レスはものすごく臆病だし」

「それで、ジェイスにやらせたんじゃない？」デズは彼女をにらみつけて詰問した。

「そうなの」ジョリーが認めた。「マッドルームで身繕いをしてる彼に率直に話したの。こう言ったのよ。『ねえ、エイダはなぜか私がノーマを殺したと思ってるの。すぐに阻止しないと、彼女は私を刑務所に送り込むわ』だから――」ジョリーが言葉を切った。胸が大きく波打っている。「ジェイスが絶対に耐えられないことが一つあって、それは私と引き離されることなの。私と一緒にいれば、彼は大丈夫。彼には一生私が必要なの。さもないと、彼は途方に暮れちゃうのよ」

「それじゃ彼の急所を突いたってこと？」

「そう」

「それで、彼はあなたに代わってエイダを殺した」

「私を失う危険に直面したら、ジェイスは何でも頼みを聞くから」ジョリーが淡々と告げた。

「彼に対してものすごい支配力があるのね？」

ジョリーは答えなかった。まな板の上のパンくずを見つめるばかりだ。

「それを支えてるのは何なの？」デズは彼女を観察しながら尋ねた。「薬物？」

「何の話かわからないわ」

「わかってるはずよ。あなたが彼に飲ませている精神安定剤——彼は中毒になってるの？　そういうことなの？」

「そんなことないわ」ジョリーは答えて、グッと唾を呑み込んだ。

「それじゃどういうこと？　彼に対する支配力をどう説明するの？」

「言ったでしょ」ジョリーがムキになって声を張り上げた。「私がいないと生きていけないの。かわいそうにすごくもろくて無知で。あなたには大人に見えるかもしれないけど、多くの点で彼はまだ子供なのよ」

「ジェイスはあなたとレスがノーマを殺したことには気づいてたの？」

ジョリーが首を振った。「そこまでは言わなかったわ」

「ただエイダを殺せと言った」

「そう」ジョリーは悲痛な顔になって認めた。「やっちゃいけなかった。わかってるの。ジェイスの忠誠心には絶対に付け入っちゃいけないのに、今朝やってしまった。彼は……業務用階段を使ったわ。手早く静かにやるようにって言ったの。それに誰にも見られないようにって」

「彼は手袋をはめていた？」

「ええ。どうして？」

「手に引っかき傷がなかったからよ。ジョリー、レスについてもう少し話しましょう、いいわね？　よくわからないことがあるの。あなたは今朝、彼が城の相続について嘘をついていたことを知った。そうよね？」

「ええ」ジョリーが答えた。「朝食の前に、彼がバーでアーロンに話してるのを聞いたわ。すっかり騙されてたことに気づいたのはあの時よ」

「それでもあなたはレスに何も言わなかった。それどころか彼と共謀してエイダを殺した。彼に裏切られたのに気づいていたのなら、そのことはどう説明するの？」

「仕事は一つずつ」ジョリーがあっさり答えた。

「何ですって？」

「一度にすべての仕事には取り組めない。そんなことをしたら参ってしまう。ホテルを上手に経営する秘訣の一つよ。ノーマが教えてくれたんだけど。私の差し迫った優先事項はエイダだった。私たちの差し迫った優先事項はエイダだった。だからレスには、私はまだ彼の思ったとおりのバカなふしだら女だと思わせて、彼女を始末したのよ」

「ジ、ジ、ジェイスが彼女を始末した」

ジョリーはグッと唾を呑み込んだ。目には涙があふれた。「そうね」

「それじゃその忌まわしい仕事が片付いた時には、誰がレスを始末したの？　またジェイス？」

「全員を一人ずつ閉じ込めた時、あなたはジェイスと私を隣り合った部屋に入れたのよ。バスルームの通風口がつながってるの。それでこっそり話せたの」

「それで彼にレスを殺すように言ったの？」

「その必要はなかったわ。レスが私を利用したって話せばいいだけだった。それに少しでもチャンスがあれば、二つの殺人の罪を私たちに着せるって。レスは私たちを一生刑務所に入れることができるし、きっとそうするって。私はそう確信してたし、ジェイスにもはっきりそう言ったわ」

「もう一度彼の急所を突いたってことみたいだけど」

「そうよ」ジョリーが認めた。「けどこれはどうしてもやらなきゃならないことだった。レスに私たちを潰させるわけにはいかないもの。それはジェイスにもわかっていた。だから違和感はなかったの。それにね、彼はあの気持ちの悪い年寄りを懲らしめてやりたかったのよ。レスが私の身体を弄んだことにマジに頭にきていたから」

「ミッチやテディと一緒にレスが薪を取りに階下に行くのを許可した時、あなたはあたしと一緒に廊下にいたわね」デズは思い出した。

「ええ、いたわ。で、部屋に戻されるとすぐに、ジェイスに今こそチャンスだと話したの。ジェイスは跳ね上げ戸から三階に出て、業務用階段を下りた。彼らが薪小屋に向かうと、後を追ってレスを殺したのよ」

「どうしてミッチのことも殺さなかったのかしら？」

「ミッチのことは好きなのよ。ミッチは彼に親切だったから」

「それでこそあたしの生パン坊やだわ。ジェイスの濡れたものはどこにあるの？　作業ブーツやズボンは？」

「大型冷凍庫の中よ」ジョリーは言って、新しいキッチンの立って入れるほど大型の業務用冷凍庫を見やった。「エイダを殺した時にしていた手袋も一緒に。ジェイスは必要になった時のためにジーンズとブーツの予備をいつもマッドルームに置いてるの。すべて同じブランドのものを買ってあげてるのよ——バーゲンの時にジーンズをまとめて四本、ブーツも二足。彼はすぐに乾いたものに着替えて大急ぎで三階に戻った。そしてイジーのバスルームで身体を拭き終えると、自分の部屋に飛び降りたのよ」

「そしてこうなった」デズは今もテーブルの下でジョリーに銃を向けていた。

「そしてこうなった」ジョリーも認めて、ぷっと頰をふくらませた。「ホントにまずかったわ」

「何が、ジョリー？」

「ノーマのあの忌々しい薬のことを考えてるの。レスはあの時期に盗むべきじゃなかったのよ。今週まで、みんながここに集まる時まで待つべきだった。そうしてれば、あなたにだって絶対にわからなかったでしょうに」

「あのね、あなたは絶対に逃げられなかったと思うわよ。絶対に」

ジョリーが不思議そうに彼女を見つめた。「そうなの？　どうして？」

「最終的には、ジェイスを型どおりの尋問に連行したでしょうし、そうなったら彼は絶対に持ちこたえられないわ。あなたをどんなに慕っているかを考えればね。ちょっとても誘導して、あなたがすべてを吐いたとでも言えば、いっぺんで落ちるわ」

ジョリーはそれには何も答えず、腕を組んで椅子にもたれてデズをじっと見ていた。

「ジョリー、あなたの今の心理状態が知りたいわ」デズは彼女を観察しながら言った。「ヘンな気配を感じるのよ。あなたはそもそも反省してるの？　いくらかでも後悔してる？」

「全然」今度はムキになっているようだ。「ほんの二、三日でも私の生活をしてみればいいわ。あなただって絶対に後悔しないわよ。弟を背負い込まされてるのがどんなものか、あなたには想像できないわ、デズ。毎日片時も目を離さず世話をしなきゃならないことが。あの子は私の助けなしには何一つ決められない。まるで赤ん坊なの。私は十代の頃からずっと、一日二十四時間、一週七日、休みなしよ。休暇もなければ、息抜きもなし。生活もないわ。村の男だって誰一人私とデートしようとはしない」不平を訴える声が甲高くなった。「あの子がちゃんとした勤勉な若者、誰かと人生を築こうとしてる若者じゃないからよ。誰が私と一緒にあんなグズで貧乏な弟を引き受けたいと思う？　私に目を向けてくれるのは、スペンス・シブリーの仲間たちだけ。彼らは私が孤独で捨て鉢になってるから難なく落ちると思ってるの。で、私は素敵な男たちが次々に私の女友だちと付き合って、本気になって結婚するのを見てきた

――どの子だって私ほど美人じゃないのに。私はかわいいわ、デズ。スタイルもいいし、頭だって悪くない。温かい思いやりもある。私みたいな女の子にはよいことが起きるはずなの。幸せになるはずなの。幸せになって当然なの！　ある朝目を覚まして、自分が無意味な存在だって気づくのがどんなものか、あなたに想像できる？　友だちは残らず結婚してる、私以外はみんな。ああ、スーパーに行くのは大嫌い。必ずその誰かしらに会って、必ず素敵な赤ん坊のことや、素敵な家を素敵に増築する話や、今年は素敵なホワイトマウンテンにスキーに行くなんて話を聞かされるの。私はもう終わりなの、デズ！　私には楽しい人生がない。このジョリーには無理。私にはないのよ。楽しさなんて何もない。私にあるのは何だと思う？　死ぬまで馬鹿な弟と一緒に薄汚いコテッジに住むってことよ。もううんざりなの。この忌々しい城で、手をこまぬいているだけなんて……私の人生が……」ジョリーが息を継いだ。テーブル越しにデズを見る目がギラギラしている。「私の人生がどんどん過ぎている。ある日目覚めて気がついたわ。だから、あの一度きりのチャンスが、何かができるチャンスが訪れた時には、手を伸ばしてしっかり摑んだ。ちょっと悪いことのような気もしたけど。けど、ノーマはどうせ長生きはできなかったのよ。彼女は正真正銘病気だった。私たちはちょっと手を貸しただけ。とにかく私はそう考えてる。だいたい彼女は卑劣なイヤな女だったのよ。ジェイスと私を自分専用の奴隷みたいに扱った。いつだってすごく恩着せがましくて、私たちを見くだしてたわ」

「あたしにはとてもいい人に見えたけど」

「そう？　まっ、あなたは彼女に雇われてたわけじゃないから」

「ジョリー、レスが二股をかけた嘘つきだとわからなかったとしましょう。すべてがふいにならなかったとしたら……」食事室の床板が軋む音がしたようだ。デズは戸口を見やったが、誰も来てはいなかった。「あなたは計画を遂行したかしら？」

「計画って、デズ？」ジョリーが尋ねて、眉をひそめた。

「レスと結婚したと思う？」

「ジェイスを私の人生から追い出すために？　ええ、もちろんよ」ジョリーには絶対の確信があるようだ。怖いほどに。「ジェイスには治療用居住施設での本格的長期介護が必要だというマジに強い主張ができるはずだわ」

「精神科に入院させるってこと？」

「ああ、まあね。アストリッド城の経済的バックアップがあればできたと思う。実際に彼をどこかへやることが。私も自分の人生を送れたと思う。ジェイスは自分では何もできないもの、デズ。私は父の臨終に彼の面倒を見ると誓って、それを守ってきたわ。私はいい娘で、いい姉だった。けど、ああ、私の番はいつなの？　私はいつ自分の面倒を見られるようになるの？」ジョリーはしばらくそのまま苦々しく怒ったように黙り込んで座っていた。「ジェイスを押しつけられてるのがどんなものか、あなたにわかるわけないわ。私がどんなに激しく深く彼を憎んでるかわかるわけない。彼なんか生まれなきゃよかったとどんなに思っているか。私がどんなに——」

急に慌ただしい音がして遮られた。

ミッチが恐怖に真っ青になって乱暴に戸口から押し込まれた音だった。

彼の後ろでは、ジェイスが狂ったような顔でミッチの腰のくびれに38口径を突きつけている。「俺を愛してると言ったじゃないか！」ジェイスが姉に向かって泣きじゃくった。すっかり自制心をなくしている。「俺だけを愛してるって！」

「ええ、愛してるわ」ジョリーが息を呑んだ。パニックで目が飛び出している。

「その銃を下ろした方がいいわ、ジェイス」デズは穏やかに言った。彼女自身の銃は今もテーブルの下でジョリーを狙っている。銃をジェイスには見せたくない。キレてしまうかもしれないからだ。それでも、ゆっくりそっと銃を彼の方へ向けた。ただ、間にはキッチンの木製の椅子があって、直接彼を狙えない。今彼が立っている場所では無理だ。「すぐに下ろすのよ。悪い状況をこれ以上悪くしたくないでしょ？」

「嘘をついたんだ！」ジェイスはデズには見向きもせずにジョリーに向かって泣き叫んだ。「一緒に駅の駐車場にいた時、俺たちの望むものがすべて手に入るって言った。すべては俺たちのためだって。全部嘘だったんだ」

「本気だったわ」ジョリーが断言した。「本当よ、本気だったわ」

「俺のことが嫌いなんだ！　俺を閉じ込めたいんだ！　今そう言った」

「あのね、それは作り話よ」ジョリーがなだめるように言った。「本当のことじゃないの。誓うわ」

「その銃を下ろして、ジェイス」デズは繰り返して、果たして真相は解明できるだろうかと思った。ノーマを殺すというのは誰の思いつきだったのか。レスは協力を得るためにジョリーに何を約束したのか。そしてジョリーは、その見返りに何を約束したのか。レスが死んでしまった今、知る術はない。「彼はいったいどこでそれを見つけたの？」デズは低い落ち着いた声でミッチに尋ねた。

「バーのカウンターの奥だ」ミッチが引きつった声で答えた。

「みんなは無事なの？」

「みんな無事だ」ミッチは答えた。懸命に声を震わせまいとした。「怪我をした者はいない。何もまずいことは起きていない。まだ間に合うから、銃を下ろせよ、ジェイス。四人でここに座って話し合おう。みんな友だちなんだから」

ジェイスは答えなかった。ぴくりとも動かず、銃を手に突っ立っている。憤怒と苦痛と混乱に目が飛び出している。

デズには彼を責められなかった。彼の人生で唯一頼りにできたのは、ジョリーの愛だったのだから。今ではそれがない。彼には何もない。「ミッチの言うとおりよ、ジェイス。ミッチの話を聞いて。ミッチのことは信頼してるでしょ？　一緒に座って、話し合ってこの事態を解決しましょう」

「お願いだから座って」ジョリーはジェイスに目を転じて、何とかなだめすかすような笑みを浮かべた。「きっとうまくいくわ。心配しなくていいのよ。私が愛してることはわかってるでしょ。私のすることはすべて二人のためなの。すべては私たちのためなのよ」

ジェイスはジョリーの弁解を慎重に考えた。デズはほんの一瞬ながら、彼はジョリーに屈すると思った。手にしている銃がいくらか下を向き、キリキリした緊張が肩からゆっくり抜けていく。が、その時だった。ジェイス・ハーンの正気をつなぎ止めていたものが何であったにせよ、それが彼の内面深くで突然、引っ張り過ぎた輪ゴムさながらぷつんと切れた。それで、これだけ言った。「俺たちなんてない」

ジェイスは姉の顔面を撃って走り出した。

ジョリーはむせたようなひどい声を発して、テーブルから後ろ向きに投げ出された。左目のあったところに大きな穴が空いた。

デズはすぐさま立ち上がって、ジェイスに向けて一発撃った。が、間一髪遅かった。彼ももう一発撃っていたのだ――デズに向けて。銃を持つ前腕に当たり、デズの弾丸は虚しく壁にめり込んだ。たちまち右手の感覚がなくなり、シグは音を立てて床に落ちた。

ジェイスは38口径を握りしめたままキッチンのドアから中庭に走り出していく。

ミッチは床のシグに飛びつくと、ジェイスを追ってドアに向かった。

デズは叫んだ。「駄目よ、ミッチ。行かせていいから！」優しい丸ぽちゃのお馬鹿さんはいったい全体何を考えてるのかしらと思っていた。

でも遅かった。ミッチの姿はもうなかった。

17

行くなと叫ぶデズの声を背中に、ミッチはシグザウエルを手に、ジェイスを追ってキッチンのドアから飛び出しながら自問していた。

俺はいったい何をしてるんだ？

正真正銘暗い試写室に生息する生き物なのに。フラッシュライトペンの使い手で批評家——銃を持った警察官ではない。それなのにどうして？　どうして城の中庭でジェイス・ハーンを追っているんだ。ゼイゼイ喘ぎながら深い雪と氷を踏みしめてるんだ？

それは、他に誰もいないから。

ジェイスが実の姉を殺し、デズの腕を撃ってズタズタにするのを見たから。俺が追わなければ、ジェイスは逃げてしまうから。ジェイスという男を知っていて、おかしな話だがこの男が好きだから。それに、頭からの指示ではないのだが、この男を追わなくてはという衝動があったからだ。衝動は手から生まれた。手は躊躇なく銃を床から拾い上げたのだ。それに足からも来ている。頭上に太陽が顔を出す中、足は雪に滑ろうが転ぼうが前進し続けている。昨夜から暗くて寒い城に閉じ込められて、人が次々に絞め殺され、銃で殺され、射殺されるのを目撃したことからも来ている。とにかくもうたくさんなのだ。

だから走った。デズの銃は手に重く、馴染まない。

ジェイスは前を猛然と走っていく。つまずいて、転んで、また立ち上がる。彼には背後のミッチの足音が聞こえていて、何度も肩越しに振り返った。恐怖に狂ったような目だ。そして、凍結した濠にかかる跳ね橋に近づくと、くるりと振り向いて発砲した。

ミッチは咄嗟に雪に伏せた。撃ち返さなかった。無駄だ。この距離でジェイス・ハーンに命中させるのは無理だ。だいたい彼を撃ちたくない。

ジェイスには自首してほしい。

ジェイスが跳ね橋を駆け抜けていく。ミッチは懸命に立ち上がり、雪まみれのままドタドタと彼を追った。ハァハァ喘ぎながら、自分の吐く熱い息を前に見て進んだ。冬の大気がギザギザのナイフさながら肺に深く突き刺さってくる。アノラックも着ていないし、手袋もしていない。手は濡れて感覚がなくなっている。セーターにべったりとくっついた雪は、彼のただならぬ体温に早速溶け出している。動きの鈍いマンモスになったような気がする。それに、あの頭に受けた一撃のせいでいくらかぼうっとしていた。

それに、撃たれることには必ずしも慣れていない。

ゼイゼイ喘ぎながら跳ね橋を渡った時には、ジェイスは消えてしまっていた。遠くにもどこにも彼の姿はチラとも見えない。動くものはまったくない。新雪に覆われた草地と森が広がるばかりだ。ミッチは息を潜めて、耳を澄ませた。何の音もしない。

それでも当てにできるジェイスの足跡がある。雪の中をとにかく足跡を追っていけばいい。ジェイスは俺から逃げられない。そうとも、逃げられない。

そこで彼の足跡を辿った――チューチューチョリーのミニチュア駅の方向へ。駅は倒れたサトウカエデに潰されたままだ。ジェイスの足跡は小さな駅に近づくと迂回して、木々の間の切り開かれた広い道に向かっていた。線路だ。ジェイスは山を下って表門まで続く雪に覆われたチョリーの狭軌線路を辿っているのだ。それから156号線へ、そして消えようと。

ミッチは懸命に走って後を追った。汗が顔を滝のように流れた。彼の前には、ジェイスの足跡が線路の真ん中にくっきりと道を作っている。雪と氷の下深くには枕木がある。ジェイスの走ったところを、ミッチも走った。線路のそばに倒れた木々を避け、線路の上に倒れた木々は乗り越えて。走りに走った。胸が破裂しそうになって、もう走れなくなると、ほんの一瞬立ち止まって呼吸を取り戻した。耳をそばだてて、凍結した冬の静寂の中に音を探した。バリバリッ。足が雪を踏みしだく音だ。それほど遠くではない。ジェイスには離されていない。追いついているくらいかもしれない。

ミッチは元気づいて、懸命に線路をさらに進んだ。前方に古風で趣のある木製の標識が現れた――〝リバーウォーク駅〟。そしてぐるりと風光明媚な景色が見晴らせる大きなカーブ。手すりがあり、ベンチがあり、素晴らしい川の眺めがあるが、眺めている暇はない。猛然とカーブを回ると、前に続くジェイスの足跡は線路を離れ、森へと曲がっていた。ミッチも倒木の中に突入して、ジェイスの足跡を辿った。が、森の奥深くで突然足跡が消えた。足跡が途切れている。それなのにジェイスはいない。まるで跡形もなく消えてしまったかのようだ。そうでなければ、『スター・トレック』の〝転送〟が行われたのか。ミッチは困惑して佇んだ。ジェイスの姿はない。自分の荒い呼吸以外何も聞こえない。こんなことがあり得るのか？　ジェイスの足跡はどうしてここで、ブナの木の根元から二フィートのところでぷっつり途切れてるんだ？　彼はいったいどこにいる？

ミッチは不意にその場所を悟った。途端に、自分がとんでもない馬鹿になった気がした。

ただ、見上げた時には、ジェイスはもう木からミッチの上に飛び降りていた。ミッチを地面に叩きつけ、38口径で鼻柱を強打した。ミッチが雪の上に仰向けにひっくり返ったのだとわかった時には、シグはその手から飛び出していた。ジェイスはその力強いごつい手でミッチの喉を掴み、ミッチに向かって支離滅裂なことを喋っている。熱く臭い息がミッチの顔にかかった。彼の目は、午前四時にロウアーマンハッタンの街をさまよい歩くだらしない乱暴な男たちの狂った目だ。彼らは見えない敵に向かって誰も知らない言葉をわめくのだ。

ミッチは持てる力を振り絞って反撃した。呼吸のために、命のために闘った。ジェイスの手に爪を立てた。が、ジェイスの抑えきれなくなった怒りにはかなわない。負けそうだ。デズの銃はない――どこに飛んでいってしまったのかわからない。俺はここで雪に埋もれて死ぬんだ。ここで、今……。

が、ジェイスが突然恐怖に怯えて飛び退くと、金切り声をあげた。「ちくしょう！　ちくしょう！」そして、這うように数フィート離れると、怒ったようにストッキングキャップを引っかき、頭からむしり取って、雪に投げつけた。帽子の下の髪はくたびれた感じで長い。「ついてくるなよ！　一人で……行かせろ！」

「そうはいかない」ミッチはしゃがれ声で言った。殴られた鼻から血が流れてくる。

「一緒に城に戻るんだ、ジェイス」

「行かせてくれったら！」ジェイスはうめいて、手に握った38口径を信じられないとばかりにぽかんと見つめた。こんなふうになってしまった自分を心底嫌っているようだ。「あんたは城に戻れ。俺のことは忘れてくれ、頼む！」

「無駄だよ、ジェイス」ミッチはズボンの尻ポケットからハンカチを引っ張り出して、鼻から流れる血を押さえた。「君は自首しなきゃいけない」

ジェイスが激しく頭を振った。「イヤだ。絶対に。イヤだ。俺は戻らない。絶対にイヤだ」

「そうはいかないんだ」ミッチは言い張りながら、デズのシグはどのあたりの雪の中に落ちたのだろうと思っていた。手を伸ばして取ることができれば。使うことができれば。

「俺は絶対に戻らない」ジェイスが断言して、よろよろと木々の中を通って線路に向かった。「もう何も言うな！」線路に戻った彼は再び猛然と走り出して、ミッチからも城からも離れていった。ジェイスはデズの銃を探そうとしなかった。振り返ろうともしなかった。

ただ走っていく。

ミッチは雪に埋もれてしばしじっとしていた。鼻からは血が流れ、喉はスパイクシューズで踏まれたような感じだ。ゆっくり膝をつき、押し寄せる目眩を懸命にこらえた。膝をついたまま、雪の中を探り、かじかんだ手でついにシグを見つけた。銃を手に、ハンカチで鼻を押さえて立ち上がった。そして、追跡を再開した。

今やベテランになっている。レールに残るジェイスの足跡を追えばいいだけだ。カーブを曲がり、直線に入った。ミッチは彼を追った。一歩一歩、何度もつまずいて膝をついてもへたり込むまいとした。次の大きなカーブに来たところで、雪に覆われた静寂の中、前方で銃声がした。ミッチは全速力で走り出した。いったい何を見つけることになるのだろう。

チューチューチョリーのお家だった。かわいい電車を冬の間しまっておく真っ赤な車庫だ。本線から別れた支線がまっすぐ車庫に続いている。ジェイスの足跡も。大型の引き戸の一つが大きく開いている。戸口には粉々になった錠の残骸。ジェイスが錠を撃って開けたのだ。

戸口を入ると、狭軌線路が雪の毛布の下から現れて、洞穴のような車庫の奥深くまで続いていた。車庫はカビ臭くジメジメしている。ぎらつく真っ白い雪を見ていた目では、照明のない車庫の中はほとんど何も見えない。やがて、開いた扉から差し込む薄明かりにやっと目が慣れた。それで初めて、小型の派手な電車が見えた。汚れ一つなくピカピカの姿で春の訪れを待っている。実際には、チューチューチョリーはこの瞬間に出くわす物としては奇怪だ。赤いだんご鼻、明るい金属的なブルーの目、それに嘘っぽい陽気な笑みのチョリー機関車の顔には妙に現実離れしたところがあるのだ。ミッチには、この小さな機関車が往年のコメディアンのW・C・フィールズがベビー・ルロイにとりわけ卑劣なことをした時の気味の悪い顔に見えた。たぶん頭の怪我のせいだろう。と、急に強い幻覚剤に酔って、ディズニーランドの乗り物に迷い込んだような気がしてきた。

が、それも銃声が轟いて、頭のすぐ近くで車庫の扉が木っ端みじんになるまでだった。ミッチはすぐさま地面に伏せた。

「俺にこんなことをさせないでくれ！」ジェイスが車庫の奥から叫んだ。

「君は逃げられないんだ、ジェイス！」ミッチも叫び返した。四つん這いになって、低い姿勢のまま線路をジリジリとチョリーの方へ進んだ。「自首するんだ！」

「イヤだ！　絶対にしない！　絶対に！」

ジェイスはそう言いながらも、わざと自分をここに閉じ込めたのではないか。ミッチは車庫の奥へとジリジリ進みながら、ふと思った。どうしてこうすることにしたのだろう？　どうして本線の方を辿っていかなかったのだろう？

彼の姿が見えるまでそっと近づいたところで、その理由がわかった――ジェイスはチョリーの後ろの隅に怯えた迷子さながらしゃがみ込んでいたのだ。溶けた雪が髪から顔に流れ落ちている。ひどい震えのせいで、歯がカチカチ鳴っている。

「彼女にやらされたんだ」彼がミッチに向かって悲しげに叫んだ。「俺はやりたくなかった。本当はやりたくなかった。ジョリーが俺にやらせたんだ」

「彼女がどうやって君にやらせたんだ、ジェイス？」ミッチはデズの銃を手にしゃがんだ。「君も俺も君が馬鹿じゃないことは知ってる。君は頭のいい男だ。どうしてこんなことになった？」

ジェイスは怯えたように黙り込んでしばらくミッチを見つめていた。「あんたこそ頭のいい男だ。わからないのか？」

「ああ、わからない」

「彼女を愛してたからだ！」ジェイスはそれが特別な秘密だとでもいうように言った。

「それは、もちろん、そうだろう」ミッチは辛抱強く応じた。「君の姉さんなんだから」

「違う。俺は彼女を愛してた。ジョリーと俺は愛し合ってたんだ」

ミッチは思いがけない現実に心ならずも身体的反応を経験した。実際に内臓が震えるのが感じられた。誰かが手を突っ込んで内臓を激しく揺すったかのようだった。

「いつ……からだ、ジェイス？」

「子供の頃からだよ。彼女は年上だ。彼女が教えてくれた。何もかも教えてくれたんだ」

「でも姉さんだぞ」ミッチは優しく指摘した。

「仕方なかった」ジェイスがうめいて、荒い息を吐いた。「彼女は……俺が愛したたった一人の女だ。彼女はすごくきれいだった。誰よりきれいだった。でも、俺にはもう誰もいない。わかってるんだ……いけないことなのは。人は……いけないことだと……思ってるって。けど、気持ちは抑えられない。どうしようもない。どうしようも。ちくしょう、あんただけはそれをわかるべきだ」

「俺が？」ミッチは眉をひそめてジェイスを見た。「どうして俺が？」

「あんたとデズ」ジェイスが痙攣を起こしたように濡れた頭を上下に動かした。「多くの人がやっぱり不自然で悪いことだと考えてるんじゃないか？」

「ジェイス、話がずれてるよ。君はジョリーがやらせたと言った。どうやらせたんだ？」

「ノーマを殺すのは彼女のアイデアだった」ジェイスが説明した。「彼女がすべてを計画した。レスじゃない。彼女だ、全部彼女だ。ある日、言ったんだ。『レスは私に気があると思うわ』って。ノーマが死ねば、レスを口説いて結婚させられるし、そうなれば俺たちが城全部を乗っ取れるって」

「それで彼女はレスを誘惑した」

「彼は簡単だった。彼女は俺にそう言った……二人が……した後で……。か、彼はすごく彼女をほしがったんだ。ちくしょう、誰だってそうさ。すごい美人だったんだから」ジェイスがすすり泣きを漏らした。「美人だっただろ?」」

「ああ、とても」ミッチは答えた。もっとも今は、ジェイスが左目に空けた弾痕のないジョリーを思い描くのは難しかった。「君が言ったような気持ちがあるなら、計画そのものがすごくイヤだっただろう――ジョリーとレスが寝ていて、ジョリーが彼と結婚するなんて。君は悩まなかったのか?」

「彼なんか好きでも何でもないって、彼女は言ったんだよ。俺たち二人のためにやってることなんだって。だから俺も従った。やりたくなかったけどやった。彼女にやらされたんだ」

「ジェイス、君はさっきもそう言ったが、そんなことが彼女にできるのか? ムカつくまずい計画だと、はっきり言ってやればよかったじゃないか」

ジェイスは惨めそうにひょいと頭を下げた。「賛成しなきゃ、べつの誰かを見つけて結婚するって言われた。俺を残して新しい町に引っ越すって。二度と俺が近づくのを許さないって。彼女を手放さないためには従うより他なかった。それが理由だ――老婦人を殺し、レスを殺した。ジョリーを……愛してたから。けどもう誰もいない。俺には誰もいない」

「それは違うぞ、ジェイス。俺がいる。俺は君の味方だ」ミッチはデズの銃を見えないように下げて、ほんの少し近づいた。「俺のことは信用してくれていい。でも君は自首しなきゃならない。それこそ賢明な行動だ。君は警察に説明すればいい。きっとわかってもらえる。人は驚くほど寛容になれるものなんだ」

「イヤだ」ジェイスは頭を振って、ますます隅っこに引きこもった。「閉じ込められるのはイヤだ。俺には耐えられない」

「おい、俺は君を責めないぞ。君に嘘はつかない、ジェイス。君には重大な法的な問題が待ち構えている。でも俺は友だちだ。君の味方をする。今しがたも俺を殺せたのに殺さなかったと話すよ。君が俺を殺せたのに殺さなかったのは、これで二度目だ。君は危険な人間じゃないってことだ。この件の多くはジョリーに責めがあるってことだ。きっとわかってもらえる。君は刑務所にだって入らなくていいかもしれない。君には……情状酌量の見込みがある」

「精神科になんか入院しない！」ジェイスが泣き叫んだ。「そんなことは忘れろ。黙って行かせてくれ、いいな？　一人で茂みの中で生きていく。誰にも迷惑はかけない。誰も傷つけない。黙って姿を消す」

「そうはいかないんだ、ジェイス」ミッチは言って、さらに近づいた。ほんの四フィートくらいしか離れていないので、血まみれの鼻でもジェイスのヤギのような臭いがわかる。「君にはいくつか選択肢があるが、逃げるというのはない。君は逃げられないんだよ」

「俺ならできる」ジェイスが言い張った。「ここの森は二万エーカーある。人の知らない洞穴もある。警察は絶対に俺を見つけられない。うまく脱出できたらすぐに、艀《はしけ》船《ぶね》か貨物列車に乗る。南に向かってメキシコに行って、仕事を見つけて、身を潜める。俺なら大丈夫だ、絶対に」ジェイスはよれよれの髪に手を走らせて、鼻をすった。「だから見逃してくれ。友だちなら見逃してくれ。頼む」

ミッチは本気でジェイス・ハーンに同情した。三人を殺したばかりの犯人に対して同情できるくらいには、と言うべきか。ここにいるのは、感情的にもろくて傷つきやすい男、彼より抜け目なくてはるかに狡い姉に不当に利用された、疑うことを知らない男だ。ジョリーはジェイスに及ぼす自分の性的影響力を熟知していた。そして残酷に利用した。とても切ない歪んだ状況だ。しかし正義は行われなくてはならない。キッチンでは、ジョリーがすでに自らの不埒な所業の報いを受けた。でも、ジェイスはどんな報いを受けるべきなのだろうか？

ジメジメした寒い車庫にしゃがんでじっと考えていると、かなたから機械のうなりがかすかに聞こえてきた。電力が復旧したのか？　いいや、違う。音は頭上から聞こえる。州警察のヘリコプター、ＳＰ１がブーンとこちらに向かって飛んでくるのだ。

デズの元部下のソーヴと、そのパートナーのヨリーだ。まだ数マイルは離れているが、着実に近づいている。

ジェイスはゆっくりと屋根の方へと目を上げて、音を聞いた。やがて、パニックの低いうめきを漏らし、目は逃げ道を探して、狂ったように車庫を見回した。今の今まで、ミッチに追い詰められるままでいたことを知らなかったとでもいうようだ。と、視線は右手に握りしめた38口径に下りていった。自分の話をする間忘れかけていたのだ。銃は逃走の唯一の切り札だ。ジェイスにはそれがわかっていた。二人ともわかっていた。

だから、こうなった。ジェイスはミッチに銃を向けた時、ミッチがすでにデズのシグで自分を狙っていることを知ったのだ。

「やめろ、ジェイス」ミッチはごくりと唾を呑み込んで警告した。38口径はまっすぐ眉間を狙っている。

「見逃した方がいいぞ」ジェイスの声には静かな決意があった。覚悟を決めたのだ。

「そうはいかない、ジェイス」

「さっさと離れろ」

「イヤだ」

ジェイスがうめきを漏らした。「ミッチ、俺はここを出る。あんたに俺は止められないんだ」

「いいや、止められるさ」ミッチはさらに近づいた。デズのシグはまっすぐジェイスを狙っている。ヘリはちょうど真上でホバリングしている。「銃を渡して、この件に一緒に立ち向かおう。ずっとそばにいるから。約束する」

「下がれ。俺は本気だ。あんたを殺したくない。でもやるしかないなら殺す。絶対に」

「それじゃ俺を撃つしかないな、ジェイス。俺は下がらないから。俺は君をここから連れ出す」

「そうはいかない！　頼むから俺にあんたを撃たせないでくれ！」

「ああ、なるほど。わかってきたぞ」ミッチは頭をうなずかせて言った。「君に悪いことをさせるのは、今度は俺なんだ。初めはジョリーで、次はミッチ。君自身じゃない。絶対に君じゃないわけだ。なあ、わかるか、ジェイス？　君なんだぞ。これは君の判断。君の人生だ。銃を下ろすか、俺を撃つか。自分で決めろ。ただし早くしろよ。もうあまり時間は残っていないんだから」ミッチはもう彼から三フィートも離れていないところにいた。38口径の銃身を見下ろせるほど近い。ジェイスの人差し指が引き金を引き絞っているのが見えるほど近い。関節が白くなるほど引き絞っている。

「さあ、どうする、ジェイス？」ミッチは絶対に自信があるという口ぶりで問いただした。実際には心臓はバクバクだし、膝は震えているのだが。単に銃身を見下ろしているのではなく、究極の現実を見つめているからだ。

殺すか、殺されるか。ミッチにはわかっていた。他にもわかっていることがあった。二人ともわかっている。それは、ジェイスはすでに銃を使用しているが、ミッチはまだだということだ。ジェイスは自分が人を殺せることを証明しているが、ミッチはしていない。ジェイスは人間の行動の暗黒面まで越境してしまっているが、ミッチはしていない。

銃の使い方を、ジェイスは殺人から学び、ミッチはテレビドラマから学んだ。

「どうする、ジェイス？」ミッチはもう一度言った。ヘリの音に負けないように声を張り上げた。城の駐車場に向かって降下するにつれ、音はますます大きくなっている。「一度でいいから、自分で決めてみろよ」

「それ以上近づくな」ジェイスが警告した。指がさらに引き金を引き絞った。「やめてくれ！　お願いだ、やめてくれ！　頼む……！」

18

血の海というわけではない。それは救いだ。

でもそれは、デズの前腕が出血していないということではない。デズはキッチンのテーブルにぐったりもたれて、その前腕を見つめていた。弾丸が貫通した傷からは血が染み出しているが、噴き出してはいない。弾丸に動脈は吹っ飛ばされなかった。ヘリが到着する前に失血死することはないということだ。

骨は間違いなく折れている。皮膚から突き出てはいないが折れている。まったく手が動かせないのだからわかる――神経がとにかく反応しないのだ。それに、信じられないほどの激痛があるから。あまりの痛さに失神するのではないかと思うほどだ。でもそうはいかない。絶対に。

腕がどんなに痛くても、ミッチのことの方が心配だからだ。雪の中でどうしているだろう。彼がジェイスを追ってドアを出てからほどなく、銃声が聞こえた。それからは静まり返っている。デズは最悪の事態を恐れた。どんなに考えまいとしても、ミッチの話していた忌々しい古い映画のことが思い出されるのだ。それに、彼の言った結末が。

誰も生きて脱出できない。

「ミッチに何かあったんだわ」デズは言って、懸命に椅子から立ち上がろうとした。

「助けに行かなきゃ」

「あなたはじっと座ってなきゃいけないの」ハンナがきっぱりと言って、デズをきっちり椅子に押し戻した。全員が駆け込んできてからは、ハンナが采配を振るっている。アーロン、カーリー、スペンス、それにテディに、キッチンから出るよう命じたのがハンナだった。べつに彼らが居たがったわけではないが。「ご参考までに言わせてもらうと、あなたは撃たれたのよ」

「けど、ミッチにはあたしが必要だわ」ただ、奇妙な話だが、デズは押さえられているハンナの手からどうしても逃げられなかった。本当にすごい。ハンナの強さが信じられない。ジョリーも同感のようだ。テーブルの向かいに座っているジョリー。首を傾げ、片目を開けて、もう片方の目はない。ジョリーは……。

気絶しそう。いけないわ。

ハンナは清潔な布巾でデズの右腕を包んでいる。そして話しかけてきた。「ここがどこかわかる?」その声はものすごく遠くにも、ものすごく近くにも聞こえる。それに、キッチンがものすごく明るい気がする。「自分が誰かわかる？」

「もちろんよ。あたしは駐在のデジリー・ヴェルマ・ミトリー。住所はアンカス湖街道一七番地。乙女座で、靴のサイズは12・5、2A……」

「まあ、お姉ちゃんなのね、デジリー・ヴェルマ」

「ええ、あたしはもうすっかり大人よ。で、ミッチを助けに行かなきゃならないの」

「ミッチなら自分の面倒くらい見られるわよ」

「ハンナ、あたしは彼を死ぬほど愛してるの。その彼は生まれてこの方銃なんか撃ったことがないのよ」デズはもう一度懸命に立ち上がった。「助けに行かなきゃ」

「あなたはどこにも行かないの」ハンナが叱って、えらく簡単にデズを椅子に押し戻した。銃創のせいだ。そうだ。デズは体力十分というわけではないのだ。「デズ、ジョリーに何かかけてあげちゃいけない？」

「彼女に近づいちゃいけないわ。鑑識の仕事があるから」

「そう、わかったわ。仰せのままに。ほら、これを押さえててくれる？」

ハンナがシンクのそばの引き出しを素早く調べている間、デズは左手を使って、布巾を負傷した前腕に押し当てていた。ハンナが木のクッキングスプーンを二本持って戻ってきた時には、布巾に小さな血のシミがにじみ出していた。

「あなたが病院に行くまで、これを添え木にするわ」ハンナがてきぱきとデズに告げた。「どうかしら？」

「いいわ、ステキ。早くやって」デズは彼女をじっと見上げた。「ねえ、恩に着るわ」

「どうってことないわよ。だいたい私の応急処置の訓練が今日こんなに重宝したなんて、ママがきっと大喜びするわ」

「ホントにものすごく感謝してるわ」デズは言った。銃声が聞こえた。今度のはかなり遠い。ずっと遠い。「特にさっさとやってくれたら」

「デズ、最善を尽くしてるわよ」ハンナが辛抱強く答えた。「掌を上にしてテーブルに手を載せてくれる？　いいえ、掌を上よ。いいわ。そうそう」ハンナはスプーンの頭をデズの掌に置くと、柄の部分を肘に向けて腕の内側に這わせていった。「いいわ。それじゃ手を結んでくれる？」

三度目の銃声が遠くで聞こえた。

ミッチ。ミッチを助けなきゃ。

「デズ、言うとおりにして。手を結んでくれない？」

デズは本気で結ぼうとしたが、右手が全然反応しなかった。これは問題になるかもしれないという思いが浮かんだ。大切な手なのだ。絵を描く手なのだから。

「心配ないわ」ハンナが請け合った。「もう一方の手でスプーンを押さえて、ね？

それでいいわ」ハンナは素早く二本目のスプーンをデズの手の甲と前腕にあてがうと、二枚目の布巾で二つのスプーンを包んだ。それから、即席の添え木を二枚の布ナプキンで——一枚は手首にしっかり結び、もう一枚は肘で結んで——固定した。次に、チェックのテーブルクロスを大きな三角形にたたんで吊り包帯にすると、デズの負傷した腕を中に入れてから、デズの首の後ろで結んだ。「腕を下げないようにね。それから、飲んだり食べたりしないように。水も駄目よ。レントゲンを撮ったらすぐに始めたいかもしれないから」

「始めたい？」デズは眉をひそめて彼女を見た。

「手術よ。胃に何か入ってると、すぐにできないかもしれない。だから鎮痛剤もあげていないのよ」

「サンドイッチを食べちゃったわ」

「それじゃ病院ではそのことを必ず申告してね」

デズは吊り包帯の中で腕を動かして、痛みにたじろいだ。と、その時、ブーンとなる音がかすかに聞こえるのに気がついた。どこから聞こえるのかはわからない。まさかテーブルの向かいにいるジョリーからではない。ひょっとしたら頭の中で鳴っているのかもしれない。ミッチはどこにいるだろう、どうしているだろうと考えて、頭が空転しているのだ。彼が頭を吹っ飛ばされる前に、彼のところまで行けるかしら。

あの鹿撃ちライフルを怪我していない片腕だけで撃てるかしら。やってみなくては。椅子から立ち上がって、おぼつかない脚で銃のケースまでよたよた歩いていくと、レスのキーリングを出そうと左手でコートのポケットを探った。愛用の子羊革コートは台無しになってしまった。銃痕が二つに血痕。いいや、むしろそのせいでもっと個性的になったかもしれない。『ヴォーグ』誌ならどう呼ぶかしら？　犠牲者ルック？

「ちょっと、何するつもり？」ハンナが詰問した。

「あたしの仕事」デズは答えて、どのキーでケースは開けられるのだろうと思った。鋳鉄製のフライパンでガラスを叩き割るべきだろうか。「ミッチを助けなきゃならないの」

「デズ、無理よ！　じっと座ってなきゃ……」ハンナは黙り込んで、耳をそばだてた。彼女にも聞こえたのだ。うなる音が。彼女は窓まで行って、期待を込めて明るい青空を眺めた。「ヘリが来たみたいよ、デズ。着陸するみたい」

デズにも今やはっきり大きく聞こえた。真上でホバリングしている。「ねえ、着陸した時には、あたしたちも駐車場に行ってなきゃ。無駄にする時間は一分だってないの。緊急事態なのよ」

「ホントに行けるの？」ハンナが疑わしそうに尋ねた。

「支えてもらえるなら」

「いいわよ」

ハンナは怪我していない方のデズの腕を肩に回して、ジョリーの遺体を通り過ぎ、キッチンのドアから出るのを助けた。二人は一緒に雪を踏みしめて中庭を横切っていった。デズにはただ脚を交互に出していくことがこんなに大変だとは信じられなかった。ハンナがいなかったらとても無理だろう。雪が深いからということもあるが、デズ自身がフラフラだというのが大きい。タチの悪いアジア風邪で一週間寝込んだような感じだ。

ＳＰ１はまだ上空数百フィートからゆっくり降下しているところだ。

「あなたって本物なのね」デズは雪の中を一緒に苦労して進みながら言った。「監督としてってことだけど」

「それはそうだけど」ハンナが不思議そうにちらりと見た。「どうしてそんなことを言うの？」

「プレッシャーがかかってもへこたれない。ますます強くなるもの」

「やり遂げようと思ったら、そうでなきゃならないのよ」

「あなたならやり遂げるわ。あなたに対してはいい予感がするの」

「ありがとう」ハンナが言った。デズの賞賛に頰が紅潮している。

二人の行く手の中庭には、真っ白な新雪に足跡が見える。それに、誰かがつんのめったかのような深い凹みが。でも、血痕はない。明るい材料だ。これはいい。足跡は跳ね橋を渡って、倒壊したチューチューチョリーの駅の方向に続いている。ハンナと一緒に城の正面に出ると、他の人たちが玄関の前に固まって、ヘリが着陸するのを待っていた。全員が縮こまっている様子に、デズは怯えたネズミを思い出した。

SP1が、除雪された駐車場の中央に着陸し、ローターの回転が徐々に落ちていったところで、デズとハンナは舗装にたどり着いた。パイロットを残して、ソーヴとヨリーが降りて二人の方へ走ってきた。頑丈な黒のアノラック姿で、旋回気流を避けて頭を低く下げている。

ウェートトレーニングでムキムキになった短足のソーヴがアノラックを着て走ってくる姿は、驚くほどボウリングのボールに似ていた。ヴィヴィアン・ストリンガー監督のもと、ラトガース大学で四年間ポイントガードを務めたヨリーは、相対的にガゼルを思わせる動きだ。編んだ髪を黒いウールのスカルキャップにしまい込んでいるので、いつもほどストリート系には見えない。

検死官が一人、やはりヘリから降りて、道具一式をしっかり摑んで彼らに向かって歩き出した。

「おい、どうした?」声が聞こえるところまで来ると、ソーヴが早速デズに叫んだ。吊り包帯をした腕をひどく心配そうに見つめている。「撃たれたのか?」

「大丈夫よ、リコ。あたしのことは心配しないで。当面の問題は――」

「安定してるけど、大丈夫じゃないわ」ハンナが不意に言葉を差し挟んだ。

「撃たれたの。尺骨を複雑骨折していて、神経系にも損傷があるみたい。止血はできてるけど、すぐに治療が必要だわ」

「あんた、何だ、医者か？」ソーヴがハンナに尋ねた。

「いいえ、ドキュメンタリー映画制作者よ」

「ああ、何てことだ、またかよ」ソーヴがうめいて、目をぐるりと回した。「この一件がほころびまくるのが、今からわかるな。そうだろ、ヨリー？」そして、黙り込んでいるパートナーに眉をひそめた。「ヨリー、大丈夫か？」

「全然」ヨリー・スナイプスが青白い顔でむっつりと答えた。「イースト・ハッダムあたりで吐いたのよ。いいえ、あれはひょっとしたら――」

「ちょっと、黙ってあたしの話を聞いて！」デズは二人に怒鳴った。「危険な白人の男がまだ野放しなのよ。二十代前半で、名前はジェイス・ハーン。銃を所持しているわ。彼は三人を殺してる。逃走中で、ミッチがあっちの方向へ追っていった」とチョリーの駅を指差して、「銃声がしたわ。最後のは数分前よ」と続けた。

「バーガーも銃を持ってるのか？」ソーヴが尋ねた。

「あたしの銃を持ってるわ」

ソーヴが驚きに目を見開いた。「いったい誰になったつもりだ、俳優のヴィン・ディーゼルか？」

「そんな、やめてほしいわ」デズは思わずしゃくり上げて、自分でびっくり仰天した。銃創のせいよ。絶対に。いわゆる女の子っぽい女ではないのだから。それなのに、まさに女の子っぽく泣きじゃくっている。「リコ、あの人に何かあったら、あたしは絶対に倒れて死んじゃうわ」

「おい、おい、おい」ソーヴが元気づけるように彼女の怪我していない腕をぎゅっと握った。「心配するな。あんたの恋人は俺たちが保護するから、なっ、ヨリー？」

「任せて」ヨリーがはっきり言って、シグを手に駅に向かって歩き出していった。

「あのぅ、遺体はどこに？」検死官が声をあげた。

「あちこちよ」デズは答えて、涙に濡れた目を拭いた。「何ならキッチンから始めたらどうかしら。さもなきゃ薪小屋か……」

「二階の部屋にもあるわ」ハンナが続けた。「1号室と3号室に」

「やれやれ、チャールズ・マンソンが脱獄したのか？」ソーヴが驚いて、頭を振った。

「あのネズミたちが案内してくれるわ」デズは城の玄関にまだ固まっている四人を検死官に指し示した。検死官がそちらに向かって歩き出すと、続けて言った。「リコ、キッチンの大型冷凍庫に必ず規制線を張るようにしてね。ジェイスが血まみれの衣類を投げ込んでるから」

「了解」彼がうなずいた。「もう行けるか？」

「行ける？」デズはぽかんと彼を見た。「どこへ？」

「パイロットはメリデンに戻って鑑識の一団を連れてくる。途中であんたを病院に降ろしてくれる。乗れよ」

「まさか。絶対にいやよ」

「デズ、あなたにはすぐにも緊急の治療が必要なのよ」ハンナがしつこく言った。

「一分一秒が貴重なの」

「あたしはどこにも行かないわよ」デズは言い張った。目はヨリーを追っていた。ソーヴのパートナーの巡査部長は小型の駅を通り越して、雪に覆われた線路を辿っている。

ヨリーの姿が完全に視界から消えないうちに、遠くで銃声がした。一発だけだ。

そしてあたりは静まり返った。

19

「俺にこんなことをさせないでくれ」ミッチはしゃがんでデズの銃で狙いながら、ジェイス・ハーンに懇願した。シグは手に馴染まず、違和感がある。「君を撃たせないでくれ」

「やらなきゃ駄目だ」ジェイスが言い張った。彼の銃はまっすぐミッチを狙っている。「じゃないと、俺があんたを撃たなきゃならない。俺はあんたと一緒には行かない。閉じ込められるつもりはない。俺には耐えられない」

「こんなことは無駄だよ、ジェイス」ミッチは車庫の凍えんばかりの大気に自分が吐く息を見ながら言った。ほとんど息もできないのだが。動悸がいつになく速くなっている。それに、膝がこれほど震えるのは、エミリー・ローゼンズウィーグとスタイヴェサント・オーヴァルにあった彼女のアパートの玄関口で、初めて口を開いたキスをして以来だ。何歳の時だっただろう。十五歳か？　エミリーは歯周治療専門医と結婚して、子供が二人、今もオーヴァルに住んでいる。でも、こんな時にどうして彼女のことを思い出すのだろう？「ジェイス、警察が来たんだ。聞こえないか？」

SP1が城の駐車場に着陸すると、ブレードのうなりが轟くばかりに大きくなった。が、音は次第に小さくなっている。警官は間違いなく到着したのだ。

「ジェイス、すぐに城の敷地には州警察官があふれて、足跡を辿ってまっすぐここに来る」

「絶対に俺は見つからない」ジェイスがひげもじゃのあごを突き出して断言した。

「やつらが来る頃にはいなくなってる」

「それより死んでるよ――銃を捨てないなら」

ジェイスがミッチに向かって頭を振った。「あんたはすごくいいやつだから、ミッチ、引き金は引けない」

「もちろん、引けるさ」ミッチは答えた。確信していた。この十八時間に経験したことを思えば。もはや昨夜ディナーのためにここに車を乗りつけた男ではないのだ。あまりに多くの死を見てしまった。しかも今は死そのものを目の当たりにしている。死が彼をまっすぐ見返している。見て見ぬふりをするつもりはない。そうとも、絶対に。何としても生きていたいからだ。まったく単純だ。でも、真実とは時にはそういうものだ。

「かもな」ジェイスがミッチの目に冷静な確信を読み取って認めた。「けど、そうなると俺たち二人とも死ぬってことだ。それが何の役に立つんだ？」

「君が逃げないってことさ。君に嘘はつかないよ、ジェイス。正直言って、俺はまだ死にたくない。でもそれで君を止められるのなら、いいさ」

「それじゃいいや」ジェイスがあっさり言った。不思議なことに、パニックも自暴自棄もすっかり吐き出されて、彼はとてもリラックスしてきた。そんなことが可能だとしてだが、自分に満足すらしているようだ。38口径を膝に下ろしてそのまま漫然と載せている。「あらゆる点でそれが一番だろ？」

「何が？」

「俺を撃てよ」ジェイスが信じられないほど穏やかに言った。「遠慮なくやってくれ。俺のためになるんだ。俺にはこれっぽっちも生き甲斐がない。遠慮なく撃ってくれ。頼むよ」

「ジェイス、そうはならない。俺は君の裁判官にも、陪審員にも、死刑執行人にもなるつもりはない」ミッチはさらににじり寄った。もうジェイスに触れられそうだ。そこで左手を彼に差し出した。「だから銃を渡してくれよ、なっ？」

ジェイスは観念したように頭を垂れ、膝の銃をしみじみ眺めて、「そうしなきゃならないんなら」とため息をついた。

「そうだよ」

ジェイスが優しい顔になってミッチに微笑みかけてきた。「あんたは初めて会った時からずっと俺に親切にしてくれた。俺を下層階級の馬鹿扱いしなかった」

「君はそうじゃないからさ」ミッチはまだ手を差し出していた。

「誰に対してもこうするわけじゃない」ジェイスは言って、38口径を手に取った。「それをわかってほしいよ」

「わかるよ、ジェイス。感謝してる。さあ、頼むから渡して――」

「あんたは俺を撃たなくていいんだよ。そんなことをしたら、これから一生俺の夢を見ちまうことになる。そんなのフェアじゃないだろ?」

「ああ、そうだよ」

「ミッチ、意見が合って、ホントにうれしいよ」

それだけ言って、ジェイス・ハーンは大きく息を継ぐと、自分の右耳に直接弾丸を撃ち込んだ。

あまりに素早くて、ミッチは動く間もなかった。呆然とただ見守るばかりだった。

ジェイスは壁に倒れ込み、銃が手から落ちた。それでも即死ではなかった。ほんの数秒だが意識があって、ミッチに手を差し伸べてきた。握手したいかのように。ミッチはその手を取って、しっかり握った。奇妙なその一瞬、二人は車庫の床に座る洗練された二人の紳士のようだった。「お近づきになれてうれしかったです」と言っているような。と、ミッチの手の中で、ジェイスの手が生きた魚さながら震えて跳ねた。が、急に痙攣したと思うと、命あるものではなくなった。

ミッチは膝をついて、彼を抱きしめ、信じられないほど彼を哀れに思った。どんな怒りもジェイスに向けることはできなかった。その感情はジョリーのために取っておこう。そうとも、ジェイスは俺に思いやりしか示さなかった。実際、今しがたジェイスが示してくれたのは、おそらくは俺の一生でも最高の親切だ。ミッチは感謝した。これから何週間も、ダックリバー墓地を散歩する時には、磨き込まれた滑らかなジェイスの墓石で立ち止まって言うだろう。「やあ、ジェイス、もう一度礼が言いたくて立ち寄ったよ」

でも今は、ジェイスから手を放し、冷たい地面に残していかなくてはならない。ミッチはよろよろと車庫から雪の中へ出ると、城に向かって線路の足跡を引き返していった。銃声のせいで、まだ耳鳴りがしている。鼻の血は止まったが、鼻からはまったく呼吸できない。苦労して山を登りながら、気がつくとゼイゼイ喘いでいた。歩くのは困難で、ミッチは疲れていた。こんなに疲れたのは生まれて初めてだ。

ジェイスが飛び降りてきた場所の近くの大きなカーブを曲がると、黒いアノラックを着た人影が線路を突進してくるのが見えた。白人ではない。互いに近づいたところで、ヨリー・スナイプスだとわかった。ソーヴのパートナーのブラックとキューバ人のハーフの巡査部長だ。

ヨリーは持っている銃を彼にまっすぐ向けた。「銃を捨てて！」

「ヨリー、大丈夫だ、俺だよ！」ミッチは大声で言った。自分がまだ銃を持っていることにも気づかなかった。

「ミッチ、それでも銃を捨ててほしいわ！」

ミッチは銃を捨てた。

ヨリーは用心深い顔で近づいてくると、デズのシグを雪の中から引っ摑んで匂いを嗅いだ。「あなたが撃ったんじゃないわね」

「その必要はなかったんだ」

ヨリーはシグをポケットにしまって、ミッチを注意深く調べた。ブラウンの瞳が彼に向かって優しくきらめいた。「それでどう？　大丈夫なの？」

「鼻の骨が折れたと思うが、心配はないさ」

「銃撃犯は？」

「ジェイスならべつの配慮をしてくれたよ」

「何をしたですって？」

「車庫の床にいる。チューチューチョリーの後ろだ」

「チューチュー誰？」ヨリーが彼に頭を振った。「ったく、ここってどんな場所なの？」

「マジに楽しい場所だよ、ヨリー。ここにいられるだけでいいと、国中から人が来る。ワシが舞い上がるのを見たり、山道をハイキングしたり。それにチューチューチョリーで山を登ったり下りたり、登ったり下りたり……」ミッチは彼女に微笑みかけた。「ところで、また会えてうれしいよ」

「あたしもよ」ヨリーは言って、手を伸ばし、ミッチの後頭部に押し当てた。手には血がついた。「ホントに大丈夫なの？」

「今朝軽い脳しんとうを起こしたんだ。二度気を失ったが、俺は元気だ。何だ、元気そうに見えないか？」

「あなたならカッコいいわよ」ヨリーが大きくにやりとした。「ところで、マジにたちまち幸せになりそうな傷ついた女の子がいるの。さあ、行きましょう」

ヨリーはミッチの腕を取ると、彼を助けてチョリーの潰れた小型の駅のある空き地まで山を登っていった。そこまで行くと、駐車場でアイドリングしているヘリが見えた。ブレードがゆっくり旋回している。近くには何人か人が立っている。

そのうちの一人が彼に向かってすぐさま走り出した。デズだ。が、走り方がすごくヘンだ。雪も深いし、怪我をした腕に手作りの吊り包帯をしているということもある。近づいてくると、その上泣きじゃくっているのがわかった。涙が滂沱《ぼうだ》として顔に流れている。まるで彼女らしくない。デズは女の子っぽさが大嫌いなはずだ。

　そばまで来ると、女の子っぽくなった恋人は思い切りぶつかってきた。その勢いで二人とも雪に倒れ込んだ。上になったデズは彼の顔に濡れた冷たいキスの雨を降らせた。「あなたが死んだと思ったの」彼女が泣きながら言った。「あ、あの銃声を聞いて、死んじゃったと思った！」

「おい、おい、大丈夫だったら。俺のことなら心配はいらない。俺はエアクッションなんだ。君に殴られても、すぐ元通りになる」

　デズが身を引いて、輝く淡いグリーンの目でまじまじと彼を見た。「どうして鼻を洗濯バサミでつまんだみたいな声なの？」

「何でもないよ。それより君はどうなんだ？　腕はどうだ？」

「折れたわ」彼女が答えて、顔をしかめた。「みんなはあたしを病院に空輸するみたいな馬鹿なことを話してるわ」

「そりゃ行った方がいいよ、お馬鹿さん」

「あなたのお馬鹿さんは、あなたの様子がわかるまで離れようとしなかったのよ」ヨリーが言って、二人を立ち上がらせてくれた。

「それじゃ今ならどうだ？」ミッチはデズに尋ねた。「今なら行くか？」

「そうね」デズが不平がましく言った。「あなたも来てくれるなら」

「からかわないで」デズが訴えるように言って、また泣き出した。銃創のせいに違いない。ショック状態か何かだろう。

「からかってなんかいないさ」ミッチは断言して、彼女をしっかり抱きしめると、その滑らかな頬にキスした。「本当だよ」

ソーヴがやって来て、不満げな鋭い目でミッチをじろじろ見た。ずんぐりした警部補はミッチがデズの人生に存在することに憤慨している。彼女には不似合いな出しゃばりだと見なしているのだ。ミッチは彼からいつも押し殺した嫉妬の気配も感じていた。「銃声は一発だけだった、バーガー」ソーヴがいくらか堅苦しくミッチに尋ねた。「あんたが殺ったのか？」

ミッチはまだ言葉にする気になれなかった。デズの目が心配そうに見つめているのが感じられる。

「話せよ、バーガー」ソーヴがしつこく繰り返した。「何だ、殺るか殺られるかだったのか？」

「そうだよ、警部補」

「それで……？」

「それで、俺はジェイスにどう報いればいいかわからない」

ヨリーがデズの銃を差し出した。「さあ、どうぞ。ミッチは撃っていないわ」

「えっ、彼は自分を撃ったの?」デズはシグをしまいながらミッチに訊いた。

「そうなんだ。それから俺の手を握った。そして死んだ」

ソーヴは考え込むように、手袋をした親指と人差し指で上唇を引っ張りながら聞き入った。「やれやれ、バーガー、あんたにとっちゃまったく新しい世界なんじゃないか?」

「そうでないことを願うよ、警部補。古い世界だって、まだ理解しようとしてるところなんだから」


ミッチはデズと一緒にヘリに乗った。ヘリはまっすぐミドルタウンにあるミドルセックス病院まで彼女を空輸した。病院にはヘリポートがあり、電力も完全に復旧していた。

ミッチは緊急治療室に運ばれる彼女に付き添った。手術室に運ばれる彼女に付き添った。自分の頭のレントゲンとCTを撮らせたのはそれからだった。大丈夫——頭蓋骨の破砕はなかった。看護師が頭皮の傷をきれいにして、かなり念入りに整えてくれた。彼女は出血して腫れた鼻も消毒し、頭痛のためには鎮痛剤を数錠くれた。

ミッチはデズの携帯でベラに連絡して、ルームメートに何があったかを伝えた。ベラは知らせにひどく動揺した。それに、ミッチにはなぜか彼女の応対がひどくぶっきらぼうに感じられた。

　それからは座って待った。四時間後、デズは手術室から運び出されてきた。ミッチはデズが回復室から個室に移される際にも付き添った。怪我をしていない方の腕には点滴、包帯をされた折れた腕の方は、チタンのフレームの中で固定されていた。ベッドのそばの椅子でうとうとしながらひと晩中付き添っていた。朝の四時頃、ようやく彼女は身動きを始めた。そして麻酔で朦朧とした状態からゆっくり覚めると、わけがわからない様子で周囲を見回した。

「やあ、頑張り屋」ミッチは声をあげて、彼女ににやりとした。「気分はどうだい？」

「ええと……」デズはしゃがれ声で答えて、目をぱちくりさせた。開いたドアから廊下の照明が差し込んでいる。「あなた……ターバンをしてるの？」

「頭の怪我にはこうするんだ。看護師の話じゃ明日には脱げるそうだよ」

「あたしは何をしてるのかしら？」彼女がチタンのフレームを当惑して見つめた。

「最新の流行だよ。ニューヨークのシックな女性がこぞって推奨してる」

「えっ……？」

「まともな答がほしいんだな？　君のように奥に傷がある場合、ギプスは使えないいんだ。腕をギプスで固めていたら、傷がちゃんと治ってるかどうかわからないから。とにかく看護師はそう言ってたよ」

「すごくうれしい……」

「うれしい？」ミッチは眉をひそめて彼女を見た。「どうして？」

「もうあの忌々しい城にいないなんて」

「同感だ、駐在」

担当医はてきぱきした若いアジア系女性だった。病室の窓から見える空が黒から夜明け前の紫色へと変わり出した頃、ジェイス・ハーンの38口径は右腕の骨を砕いたばかりか、筋肉や靱帯や手への神経をずたずたにしたのだ、とデズに説明した。よい知らせとしては、整形外科医と神経外科医はそれらをうまく元通りに繋げたと信じているとのこと。骨にはビスがはめ込まれ、損傷を受けた神経は修復された。二、三日入院して、抗生物質と鎮痛剤の点滴を受けなくてはならない。退院しても、腕は少なくとも十週間は固定していなくてはならない。それから徹底的なリハビリ。それでも時が経てば完治する。若い医師は自信満々でそう言った。

「でも指も動かせないの」デズの目は心配そうだった。

「神経にひどい外傷を負ったんですよ、駐在。感覚が戻るのには時間がかかります」

医師はポケットから安全ピンを取り出して、開いた。「こうした時に、何か感じたら言ってください」

「何も」医師にピンで小指を突っつかれても、デズはむっつりと答えた。

「この指は……？」

「チクチクするかしら」

「それじゃこの指は……？」

「うわっ！」

「順調ですよ」医師は最高の笑顔で請け合った。

デズは安心して、すぐにまた眠りに落ちていった。

ミッチはタクシーで自宅に帰った——トラックはまだ城にあるのだ。ミドルタウンからドーセットまでの道路は、きれいに除雪され砂が撒かれていた。運転手はラジオで州内の電力のほとんどが昨夜のうちに復旧したと聞いていた。温暖前線が近づいていて、今日の気温は七度を超え、晴れ渡ったうららかな一日になるという。

天気予報も今回は当たるかもしれない。

うれしいことに、ペック岬もゲートまできれいに除雪されていた。ゲートでタクシーを降りた。それから雪がびっしり積もったボロボロの木の橋を慎重に渡って、島の家に帰った。二ヵ月くらい留守にしていたような気分だった。

ビッグシスター島は確かにひどい打撃を受けていた。しだれ桜はビッツィ・ペックのポーチの屋根に倒れている。ドリー・ペックの屋敷の前では、素晴らしいオークの古木が真ん中から裂けて、それぞれ私道の左右に転がっている。エヴァン・ペックが毎夏J／24を停泊させる専用桟橋は、怒り狂った波が打ち寄せた大きな浮氷のおかげで粉々に打ち砕かれていた。しかし切れた送電線はなし、構造的なダメージを受けている家もない。どれもこれもこれからの数週間で対処できる損傷ばかり、橋が何とかできるのと同じだ。ロングアイランド海峡の島に住む者にとっては、通常の冬の損傷だ。

もっとも、今回の経験からミッチはとても重要な教訓を得ていた。今度二月に赤みがかったオレンジ色の朝焼けを見た時には、よい兆候だろうかなどとは考えまい。それどころかドアにかんぬきを差して、ベッドの下に隠れよう。

彼の馬車小屋は、屋根板が数枚風に飛ばされ、その下のほとんど新しそうに見える赤みがかったスギ材がむき出しになっていた。秋に植えた小さなリンゴの木は根こそぎ倒れていた。それ以外は無事のようだ。それに、ドアを入った時には、最高に素晴らしい音が聞こえた——ボイラーの安定した鈍い単調な音。電力は復旧している。家は冷えきっていても、ボイラーは正常に働いている。後で確認のために巡回しなくてはならないにせよ、ここの水道管が大丈夫なら、他の屋敷のものもまず大丈夫な可能性は高い。島の中でも彼の家の断熱性は最も乏しいのだから。

クレミーとクォートは寒くて、腹ぺこで、寂しくて、怒っていて、ムカついていて、かわいがって抱きしめてもらいたくてうずうずしていた。もっと、もっと抱きしめてと。ボウルにはキャットフードのクズすら残っていなかった。新しいキャットフードを入れてやり、二匹にそれぞれチキンの裏ごしのベビーフードを一瓶ずつご馳走した。デズの話では、ベビーフードはキャットフードの缶詰より猫にはずっといいそうだ。化学成分も添加物もなし——チキンだけだからと。クレミーもクォートも、いくら舐めても舐め足りないようだった。

暖炉に盛大に火をおこした。コーヒーメーカーをセットした。パソコンを開いた。エイダ・ガイガーの死は電子メディアではニュースになっている。新聞社のミッチの担当編集者、レイシー・ミッカーソンもすでに三通のEメールをくれていた。ミッチもEメールで、伝説的監督についての一文を今日中に送ると約束した。ほどよく味の染みたアメリカ風チャプスイの大鍋が冷蔵庫で彼を待っていた。レンジにかけて温める間に、火傷しそうに熱いシャワーに飛び込んだ。包帯をした頭にはデズのビニールのシャワーキャップを慎重に被っていた。かゆくてムズムズする無精ひげを剃り、ありがたく急いで清潔な乾いた服を着ると、好物を三人前くらいかっ込んだ。それから、マグにコーヒーを注いでチョコレートミルクをツーフィンガー足し、パソコンの前に座って、エイダに頭を集中した。

そこへ、ヨリー・スナイプスが彼の大切なものと一緒にそちらに向かっていると電話してきた。彼女のブザーに、ミッチは橋を渡ってゲートまで出た。彼女が持ってきたのは愛車のスチュードベーカーだった。ピックアップと、封筒が二通――大型のマニラ封筒はデズに、アストリッド城のレターサイズの封筒は彼に。中には、アーロン・アッカーマンが署名した三百二十ドルの小切手。殴り書きのメモが一緒に入っていた。

〝今度君がDCに来た時に、ぜひ取り戻すチャンスを――アーロン〟

当分アーロンの申し出に応じることはなさそうだ。ミッチは何となく思った。

「君たちは何とか道を掘り出したんだな」ミッチはヨリーをアストリッド城に送りながら言った。

「そう」彼女が答えた。「電力会社に任せてたら、まだあそこに足止めされてたでしょうね。ポリート警部が若い新米十二人を脅してチェーンソーを持たせ、私道を片付けさせたの。うんざりする仕事だけど、彼らはやり遂げたわ」

ミッチがトラックで156号線を走る間、ヨリーにはいくつかミッチに質問があった。それにちょっとした知らせが――マーサ・バージェスに話を聞いたのだ。その彼女が非常に興味深いことを告げていた。そうこうするうちに、ミッチはアストリッド城の正面ゲートにまた来ていた。険しい曲がりくねった私道を登り始めながら、強烈な恐ろしい感情に襲われた。誰かが巻き戻しボタンを押して、映画がもう一度冒頭から始まったような感じだ。今回はスローモーションで。

　正直なところ、車を停めた時には、跳ね橋のそばに多くのパトカーと鑑識のバンが集まっているのを見てホッとした。

「今回のヤマは異常だわ」ヨリーが飛び降りながら言った。編んだ髪が陽光にきらめいている。「逮捕すべき人がいないのよ。何かをやらかしてまだ生きてる人はいない。みんな死んじゃったわ」

「俺たち以外は」ミッチは静かに言った。

「彼女にお大事にって伝えてくれる？」

「わかった」ミッチは約束して、猛スピードでその場を後にした。それでも思うように早くはアストリッド城から逃げ出せなかった。

　デズの物を取りに彼女の家に立ち寄った。丸々とした小柄なベラ・ティリスはキッチンで手作りのマッシュルームと大麦のスープを温めていた。

「よかった、これを持っていってあげて」彼女はミッチがドアを入っていくと怒鳴った。「あたしのお見舞いは午後になるから」

「いいですね」

「ターバンをしてるわけを話してもらえるかしら？」

「頭の怪我にはこうするんです。看護師から明日にははずせると言われてます」

「そりゃはずしてくれるでしょうよ」ベラはぴしゃりと言い返して、怒ったバンパーカーさながらキッチンをすごい勢いで歩き回った。そして、「デジリーには必ず熱いうちに食べさせてね」と、湯気の立つスープを頑丈な魔法瓶に注ぎながら命令するように言った。

「きっとそうします。本人が望まないと無理ですが」

「そうね、頑固だから。でも頑固ってことなら、わざわざあたしから話すことはないわよね？」

「ベラ、僕の知らない問題があるんですか？」

「こっちが訊きたいわよ」ベラが言い返した。腰に手をやって立っている。「あなたはどうなの？」

「大丈夫です」ミッチは包帯に触れた。「少し頭痛がするくらいで」

「そうじゃないの。あなたはどう思っているのかってことよ——そらとぼけて」

「僕はそんな。そんなことは。僕は……」実際にはミッチはいくらか目眩がしてきた。「どういうことですか？」

「あなたがあのかわいそうな娘に胸の張り裂ける思いをさせたら、骨折した腕を抱えて村を歩き回るのは彼女だけじゃないってことよ」ベラは答えて、短くて太い人差し指をミッチの胸に突き立てた。「あたしも相手にしなきゃならないわ、ニューヨークの大物映画批評家。あたしは絶対に容赦しないわよ。これでわかり合えたかしら？」

「いいえ、僕には何の話かさっぱりです」

「そんな雄牛は外につないで。ノストランド街ではそう言ったものよ」

「ベラ、その言い回しの意味がいまだにわからないんですが」

「怖がれってことよ」ベラがみがみ言った。「うんと怖がれってこと」

「ホントに怖いです」ミッチは請け合って、後ろ向きのままゆっくりとキッチンを出た。

病院に着くと、患者はベッドに身体を起こして、古い『ラヴボート』の再放映を夢中で見ていた。

「よし、鎮痛剤が効いてるんだね」ミッチは彼女の頰にキスした。

「シーッ！」デズが命令するように言った。目は画面に釘付けだ。「彼女は結局のところ船長に恋してるわけじゃないわ。別れた夫に嫉妬させようとしてるだけよ」

「デズ、君はバート・コンヴィとフローレンス・ヘンダーソンがシャレた当意即妙のやり取りをしてるのを見てるだけだよ」ミッチはそう指摘して、テレビを切った。

「ちょっと……！」デズが抗議した。

「それよりこっちにしたらどうだい？」ミッチはヨリーが届けてくれた犯罪現場写真の封筒と、彼女の家から持ってきたスケッチブックとグラファイトを差し出した。

「うーん、あのね、右腕が全然機能していないのには気づいてるんじゃないかと思うんだけど」

「実物モデルを描くクラスの教師は、左手で描いた作品の方が好きだと言ってたじゃないか。抑制が弱まるからって」

「ミッチ、あなたってあたしの言葉を一言一句覚えてるの？」

「象とユダヤ系の男は絶対に忘れるってことがないんだ。君はすごく苦労した。これが君の対処法だ。だから対処を始めた方がいい。この一両日、これと言ってすることがあるわけじゃないし」

「実はね、ここで寝ながらエイダが言ったことを考えていたの」デズが打ち明けた。

「これ以上クラスに出るべきじゃないって話よ。何か怖いわ」

「どうして怖いんだ？」

「クラスに出るというのは今あたしがやってることだからよ。凶悪犯罪班に戻る努力をする代わりに、ここで駐在をやってるのだってそのためだわ。アーティストになるべく学んでるんじゃないのだとしたら、あたしはいったい何をしてるの？」

「すでにアーティストなんだよ」

デズの目が恐怖に見開かれた。「生パン坊や、あなたのおかげで背骨に冷たいものが走ったわよ」

「違うよ、それは背中の開いた病院の寝間着を着てるからだ――ヒップが風に揺れるんだよ。デズ、俺はエイダに賛成だ。君はもう次のステップに進める。君ならできるよ」

「本気で言ってるの？」デズが用心深く尋ねた。

「ああ、確信してるよ」

「それじゃ魔法瓶には何が入ってるの？」

「マッシュルームと大麦のスープ――君のルームメートの好意だ」

「美味しそう。ちょうだい」

ミッチは発泡スチロールのカップにいくらか注いで、スプーンと一緒に彼女の折りたたみトレーに置いた。

デズは熱心に味見をして、舌鼓を打った。「あの世話焼きのママは本物のスープを作るわ」

「ヨリーがマーサ・バージェスから話を聞いた」ミッチは告げて、ベッドのそばの椅子にドスンと座った。「マーサはレスのことを聞いて泣きじゃくった。でもここからが奇妙なんだ――彼女はヨリーに、レスとは数週間前に別れたと話したんだよ。結婚生活をもう一度やり直してみようと決心したと」

「レスと一緒になるためにボブと別れるんじゃなかったの？」

「どうやら違うらしい。それで考えてるんだ」ミッチは言った。「もしレスが本気でジョリーと結婚するつもりだったのだとしたらって」

「あり得るけど」デズがうんざりして答えた。「レスがジョリーに約束したこと、あるいは彼女が彼に約束したことは、誰にもわからないわ。彼女の説明しか聞いていないんだし、あの人と真実は相容れないみたいだから」そして、スプーンを脇に置くと、ぐったりと枕にもたれた。スープにはほとんど口をつけていない。食欲はまだ戻っていないのだ。

「それ、食べるつもりはあるのかい？」ミッチはほとんど減っていないカップを飢えたように見つめながら尋ねた。

「食べちゃって」

期待ははずれなかった。ベラのスープは栄養も風味も豊かなのだ。「俺たちには真相はわからないってことか？」ミッチは尋ねて、スープを最後の一滴まで音をたててすすった。

「ええ、絶対に。誰についても、何についても。できるのはせいぜい推測することだけ。あたしの推測？　レスとジョリーは互いに相手を騙していた。それに加えて、ジョリーはジェイスを騙していた」

「少なくともレスとジョリーはその報いを受けた。二人はノーマへの仕打ちの罰を受けた。ジェイスへの仕打ちは言うまでもなく」

デズが不思議そうに彼を見た。「ジェイスは加担してたのよ、ミッチ。彼は三人を冷酷に殺した――あたしも入院する羽目に」

「確かにそうだ。それでも彼のことは寛大な目で見てやらないと。彼は人を疑わず、無防備だった。ジョリーはそんな彼を思う存分利用した。正直な話、二人の親密な関係の顚末にはマジに嫌悪感があるさ。でもジョリーの愛がジェイスには頼みの綱だった。それを彼女は取り上げると脅した。彼には耐えられないことだ。ジョリーはそれを承知でやったんだ。俺はすべての責任は彼女にあると思う。彼女は貪欲だった。冷酷だった。それに、レスにあっさり騙されてノーマを殺したとなれば、とんでもなく愚かだった」

「彼女は夢を信じていたの。あのムカつく女を弁護してるわけじゃないのよ。単に事実を言ってるだけ」

「どんな夢を？」

「それからはみんな、幸せに暮らしましたとさっていう夢よ。彼女には幸せになる権利があった。そう言ってたわ」

「彼女なら身の毛のよだつ死に方をして当然だった」ミッチは躍起になって反論した。ジェイスがあの車庫で自ら命を絶ったことにまだ心底動揺していた。引き金を引く前の、あの最後のわずかな時間のジェイスの苦悶が感じられるのだ。ジェイスが生より死を選んだ時には、その目を覗き込んでいた。そのことが脳裏を離れない。チューチューチョリーの車庫で、真に極めて重大なことが起こったかのような気がしてならないのだ。

数週間、いいや、数ヵ月後だろうか、それが何だったかようやくわかってくるのだろう。俺は生き残ったのだと。

「できたと思う？」ぐったりと横たわりながらも、デズの目はミッチの顔を探っていた。「ジェイスを撃てたと思う？」

「正直、わからない。わからないままで済んだことをありがたく思うばかりだ」

「あたしもよ。あなたが彼を殺していたら、あなたはもう同じ人間じゃなくなるもの。人を殺せば、人は変わってしまうの。すべてが変わってしまうのよ」

「どういうふうに？」

「あなたには一生わからないでいてほしいわ」彼女が重苦しく答えた。「で、あなたは何をしているの？　あたしをちやほやしてくれていない時にはってことだけど」

「エイダについての記事を書いてる」

「あなたが書こうとしてた本はどうなってるの？」

「ハリウッドと現代人の耐えられない軽さに関する俺の大論文のことか？　実を言え

ば、昨日の晩この椅子に座ってじっくり考えたよ。君も気づいていたかもしれないが、俺は――どう言えばいいかな――出だしでちょっと手間取っていた」

「かもね」

「その理由がわかった気がする。ほら、俺がやろうとしていたのは、アメリカ文化のどこが問題かを人々に語ることだった。やるべきなのは、ジョリー・ハーンの逸話をそのまま伝えればいいだけなのに」

「もう一度説明してくれる方がいいみたい」

「自分で言ったじゃないか、デズ。一連の事件は、彼女が夢を信じたから起きたんだって。彼女はお伽話のハッピーエンドを探し求めていた。最後には俺たちに訪れると、ハリウッドが語りかけ続けてるお話そのものだ。信じればいいだけだと。で、ジョリーは信じた。彼女は理想の男性と結婚して、それからは幸せに暮らせると考えたんだ」

「レスは理想の男性なんかじゃないわ。レスはつまらないやつよ。だいたい全体が子供っぽいナンセンスにすぎないわ」

「それこそ、停電になる前、人が一人また一人と死に出す前に、エイダが夕食の席で強調したことだった。ハリウッドはずっと俺たちをガキ扱いしている。連中はそうやって荒稼ぎする――俺たちが大人の現実よりお伽話のファンタジーを選ぶように仕向けるんだ。で、俺たちは大喜びで従う。人生はその方がずっと楽だから。奇跡のダイエットを信じる方が、毎日のエクササイズと正しい食事より楽だからね。宝くじに当たると信じる方が、生活のためにあくせく働いて、請求書を支払期限までに払うより楽だ。お伽話のロマンスを夢見る方が、責任と支え合いと信頼に基づく本当の関係に取り組むより楽だ。だから俺たちはそう信じる。そうやって責任を逃れる。自分の人生にいっさい責任を負わなくてよくなるんだ。でもそいつは健全じゃない。それが結局ジョリー・ハーンのような肉食の突然変異体を生むことになる。誤解しないでくれよ。ジョリーは正真正銘邪悪で歪んだ人間だった。俺は彼女のしたことの責任は映画にあると非難してるわけじゃない。映画は俺の命。俺は映画を愛してる。俺には映画が必要だ。誰でもそうさ。映画は、俺たちが元気づけてもらいたい時に元気づけてくれるものだ。けど、彼女をよく見てみろよ、デズ。彼女が信じたために死んだ人々を見てみろ。その上で、どこかでとんでもないボタンの掛け違いがあったわけじゃないと言ってみろよ」ミッチは言葉尻を浮かせて、咳払いをした。「それを言うなら、ベラは俺たちの間がどこかおかしいと考えてるみたいだ」

デズが小鼻をふくらませ、彼に向かってあごをグイッとあげた。思いっきりの――油断のないいおっかない顔だ。「その俺たちって誰のことかしら?」

「君と俺の、俺たちだよ」ミッチは答えて、ごくりと唾を呑み込んだ。「俺の腕を折るとまで脅した。本気で俺に頭にきてる」

「彼女にはそれなりの理由があるの？」

「俺の知る限りではないが」

「そう……」デズは彼を穴の開くほど見つめた。「それじゃ、そうなの？」

ミッチは、やっとのことでもう一度ごくりと唾を呑み込んだ。「そうって、何がだい、デズ？」

「あたしたちの間がどこかおかしいの？」

「実を言えば、この数週間考えていたことがある。君に話すタイミングを探していた。お、俺にとっては必ずしも口にしやすい言葉じゃないから。ひょっとしたら君は……どうかな――何か感じてたかもしれない」

デズはひと言も答えずに、相変わらず彼をじっと見ている。

ミッチは言葉を続けた。心臓が早鐘を打っている。「でもこの数日にあったことで、考えはきちんとした形になった。だから――」

「だから、それを今あたしに話したいの？　薬を飲まされて、点滴の管につながれて動くこともできずに寝てるあたしに？」

「まあ、そうだな。ただ、わけがわかる程度に頭ははっきりしてるかい？」

「ええ、頭はすごくはっきりしてるわ。それにこんなにわけがわかってる時もないわよ」

「なあ、君の言うとおりだ。この話はべつの機会にすべきかもしれない」

「冗談じゃないわよ！」デズが爆発した。呼吸が苦しいかのように胸が大きく波打っている。顔にはすっかりパニックを起こした表情。アストリッド城で停電の間に一緒にベッドに入っていた時にそっくりだ。

「デズ、大丈夫か？　医者を呼ぼうか？」

「それより……さっさと……済ませてよ！　あなたとあなたの空振り大ごくりと一緒にいるのはもうたくさん！」

「俺の空振り何だって？」

「さっさと……言うべきことを言って」デズが喘いだ。呼吸がますます荒くなっている。「言って、部屋から……さっさと出てって！」

「いいだろう。デズ、俺たちの関係には何かが欠けてると思うんだ」

「欠けてる」繰り返す声には恐怖があふれた。

「俺の考えでは、それについてかなり過激なことをする必要がある。君は気に入らないかもしれない。実際きっと気に入らないと俺は確信してる。それでも長い目で見れば、それが二人にとって最善だと思うんだ。たとえそれが――」

「ミッチ、はっきり言ってくれないと、チタンのフレームだか何だか知らないものを壊してやるわよ、あなたのその馬鹿な――」

「結婚したいんだ」

デズが凍りついた。あまりのショックに目が見開かれている。明らかに彼女の予想とは違ったのだ。もっとも、ミッチには彼女が何を予期していたのかは知る由もなかった。彼女が次に何をするかも、まるで想像がつかない。

彼女が息を吸い込んだ。息を吐き出した。吸い込んだ。吐き出した。そしてデズ・ミトリーは次に、ミッチが見たこともない大きなしゃっくりをした。ミッチの耳がピンと立った。カルテが舞い上がった。家具は壁に激突した。いや、まさか、でもそれほどすごいしゃっくりだった。

デズはすぐさま左手を口にやって、信じられないほどくやしがった。「高校以来こんなことはなかったのに。二度としないわ、ホントよ。あたし……どうなってるのかしら……。本当にごめんなさい」

「かまわないさ」ミッチは請け合った。仰天していた。「ただ、意味がわからなくて。あれはイエスってことだったのか？　それともノー？」

デズは長い間答えなかった。そしてようやく口を開いた時には、こう言った。「ミッチ、それはしないはずだと思ったけど」声は穏やかで低かった。「あたしたちは協定を結んだ、あなたとあたしとで。あの最初の夜にあなたのリビングで、あなたが照明を消した後で。その協定をキスで固めたでしょ、覚えてる？」

「ああ」ミッチは彼女ににやりとした。「固めたのがそれだけじゃなかったことも覚えてるよ」

「今は愛敬なんか振りまかないでよね。あなたは約束したのよ。あたしたちの関係の意味とか、あたしたちの将来とか、あたしたちなんてものがそもそもあるのかとかは、くよくよ考えないって。さあ、あなたはあたしに約束した？　それともしなかった？」

「したさ。で、その約束を破ってる。すまない。いいや、ホントは悪いなんて思っていない。君を愛してるんだから。それは後悔したくなる感情じゃない。でも、俺にはもう一緒にいるだけでは物足りないんだ。こいつはべつに複雑な話じゃないぞ、デズ。俺たちが愛し合ってるかいないかってだけだ。二人とも大人だし、二人とも経験がある」

「うーん、そうね、でも微妙な違いがあるわよ」デズが指摘した。「あなたのは幸せな結婚。あたしのは違った」

「過去の話だろ、デズ。ブランドンのことだ。彼のことは話したくない。俺は俺たちのことを話したい。俺にはもっと必要だ。もっとほしい。問題は、君が何を求めているかだ、どうだ？」

それに応じて、デズ・ミトリーは長いことミッチを一心に見つめていた。それから、頭を巡らして窓から冬の空を眺めた。何を求めているのか、彼女は告げなかった。それどころか何も言わなかった。

それからは静寂が広がるばかりだった。

訳者あとがき

ニューヨークの日刊紙で映画批評欄の主筆を務めるミッチ・バーガーは、コネティカット州ドーセットにあるビッグシスター島で初めての冬を過ごしている。

取材に訪れてこの地にひと目惚れしたのは、爽やかな初夏のことだった。きらきらした陽射しが降り注ぎ、清々しい風が島を吹き抜けていた。それが今は、どんよりした空からは雪が降りしきり、時速三十五マイルの突風が吹き荒れている。そしてミッチの住む昔の馬車小屋を改装したコテッジは、起き抜けには吐く息が白く見えるほど寒い。

それでもここに残ったのは、冬のビーチの美しさを知ったからだ。「満月が純白の雪に覆われたビーチを照らして、あんなに明るく輝くのを見たのは初めてだった。こんな日没を見るのも初めて。澄み渡った冬の空が見せてくれる、畏敬の念を起こさせるほどのピンクと赤の光のショーを夕方何度も写真に撮った。正直言って、こんな冬のワンダーランドから出ていく人の気が知れない」（本文二一頁）確かに、どんなに寒くても一度は経験してみたくなる世界のようだ。でも彼の場合は、そんな観光客気分ではない。島にあるすべての家の管理を引き受けているし、高齢のために引きこもりがちなドーセットの住人三人の買い物も代行している。人付き合いが苦手で、ニューヨークではミッチ自身がほとんど引きこもりだったのに、この小さな共同体で自分の居場所を見つけて、いつの間にかささやかな社会生活が営めるようになったのだ。

　そんなミッチにこの二月、思わぬ贈り物があった。彼が〝前代未聞の最も偉大なアメリカ映画監督〟と呼ぶエイダ・ガイガーが五十年ぶりに帰国して、娘夫婦の経営するプチホテルのアストリッド城にミッチと恋人のデズを夕食に招待してくれたのだ。アストリッド城はもともとエイダの父親が愛人のために建てた巨大な石造りの建物で、コネティカット川を見張らす高台にある。

　九十四歳という高齢ながら、エイダは今も気骨にあふれ、祖国アメリカとハリウッドに辛辣な目を向けている。ミッチもまたハリウッドの現実逃避の傾向を危惧して、新著を書こうとしているところだった。試写室ネズミを自任し、人生で大切なことはすべて映画で学んだという彼が、「人生は映画ではない」（本文二二頁）と言い切るのだから、事態は相当深刻だということだ。

　でもそれは、何もアメリカに限ったことではないのかもしれない。「ハリウッドはずっと俺たちをガキ扱いしている。連中はそうやって荒稼ぎする——俺たちが大人の現実よりお伽話のファンタジーを選ぶように仕向けるんだ。で、俺たちは大喜びで従う。人生はその方がずっと楽だから。奇跡のダイエットを信じる方が、毎日のエクササイズと正しい食事より楽だからね。宝くじに当たると信じる方が、生活のためにあくせく働いて、請求書を支払期限までに払うより楽だ。お伽話のロマンスを夢見る方が、責任と支え合いと信頼に基づく本当の関係に取り組むより楽だ。だから俺たちはそう信じる。そうやって責任を逃れる。自分の人生にいっさい責任を負わなくてよくなるんだ」（本文四九五頁）ミッチのこんな言葉は、日本人の私たちにも耳が痛いのではないだろうか。

そして夕食会では、やはり歯に衣着せぬ言葉が飛び交った。が、それより激しいのが外の嵐。ついには、デザートも食べないうちに電気が消えた。コネティカット州全域が暴風と豪雪のせいで停電したのだ。交通は麻痺し、高台にあるアストリッド城は孤立する。誰もがロウソクやランプを手に部屋に引き上げ、暖炉に火をおこして早々とベッドにもぐり込んだその翌朝、事件は起きた。ドーセットの駐在で、元凶悪犯罪班警部補のデズは、ミッチの手を借りながら一人で捜査を始めるが……。

外界から隔絶した現場。閉じ込められたのはそれぞれ何らかのつながりのある十一人。ミッチとデズと犠牲者以外は、全員に犯人の可能性がある？——名手ハンドラーは古典的とも言えるこのシチュエーションに読者を誘って、現代社会の一面を鮮やかに切り取ってみせてくれるのだ。

その一方で、それにしても恋愛は難しいとため息をついてしまうのが、ミッチとデズの関係だ。結婚わずか二年で最愛の妻を癌で失ったミッチと、結婚当初から裏切られていたことを知って離婚したデズ。それぞれに傷を抱える二人は運命的に出会って、誠実に熱烈に愛を育んできた。ところが皮肉なもので、愛すれば愛するほど、知れば知るほど、相手がわからなくなってしまうらしい。何だか切なくなるが、二人の物語はこれからも続く。ハラハラしながらも暖かく見守っていきたいと思う。

最後に、文庫出版部の長谷川淳氏をはじめ、お世話になりました皆様に心よりお礼を申し上げます。

|著者|デイヴィッド・ハンドラー　1952年ロサンゼルス生まれ。カリフォルニア大学サンタバーバラ校を卒業。元売れっ子作家のゴーストライター〝ホーギー〟と愛犬ルルを主人公にした『フィッツジェラルドをめざした男』でMWA賞受賞。ドラマ作家としても、数度エミー賞に輝いている。本書は『ブルー・ブラッド』『芸術家の奇館』『シルバー・スター』に続く、〝バーガー＆ミトリー〟シリーズ第4作。

|訳者|北沢あかね　神奈川県生まれ。早稲田大学文学部卒業。映画字幕翻訳を経て翻訳家に。訳書に、ジョハンセン『嘘はよみがえる』『見えない絆』、ハンドラー『ブルー・ブラッド』『芸術家の奇館』『シルバー・スター』、シュワルツ『湖の記憶』（以上、すべて講談社文庫）、フレイジャー『擬死』（ランダムハウス講談社文庫）などがある。

ダーク・サンライズ

デイヴィッド・ハンドラー｜北沢《きたざわ》あかね 訳

講談社文庫

定価はカバーに
表示してあります

2009年11月13日第1刷発行

発行者──鈴木　哲
発行所──株式会社　講談社
東京都文京区音羽2-12-21　〒112-8001
電話　出版部（03）5395-3510
　　　販売部（03）5395-5817
　　　業務部（03）5395-3615

デザイン─菊地信義
本文データ制作─講談社プリプレス管理部
印刷───豊国印刷株式会社
製本───加藤製本株式会社

Printed in Japan

落丁本・乱丁本は購入書店名を明記のうえ、小社業務部あてにお送りください。送料は小社負担にてお取替えします。なお、この本の内容についてのお問い合わせは文庫出版部あてにお願いいたします。

ISBN978-4-06-276513-8

講談社文庫刊行の辞

二十一世紀の到来を目睫に望みながら、われわれはいま、人類史上かつて例を見ない巨大な転換期をむかえようとしている。

世界も、日本も、激動の予兆に対する期待とおののきを内に蔵して、未知の時代に歩み入ろうとしている。このときにあたり、創業の人野間清治の「ナショナル・エデュケイター」への志を現代に甦らせようと意図して、われわれはここに古今の文芸作品はいうまでもなく、ひろく人文・社会・自然の諸科学から東西の名著を網羅する、新しい綜合文庫の発刊を決意した。

激動の転換期はまた断絶の時代である。われわれは戦後二十五年間の出版文化のありかたへの深い反省をこめて、この断絶の時代にあえて人間的な持続を求めようとする。いたずらに浮薄な商業主義のあだ花を追い求めることなく、長期にわたって良書に生命をあたえようとつとめるところにしか、今後の出版文化の真の繁栄はあり得ないと信じるからである。

同時にわれわれはこの綜合文庫の刊行を通じて、人文・社会・自然の諸科学が、結局人間の学にほかならないことを立証しようと願っている。かつて知識とは、「汝自身を知る」ことにつきていた。現代社会の瑣末な情報の氾濫のなかから、力強い知識の源泉を掘り起し、技術文明のただなかに、生きた人間の姿を復活させること。それこそわれわれの切なる希求である。

われわれは権威に盲従せず、俗流に媚びることなく、渾然一体となって日本の「草の根」をかたちづくる若く新しい世代の人々に、心をこめてこの新しい綜合文庫をおくり届けたい。それは知識の泉であるとともに感受性のふるさとであり、もっとも有機的に組織され、社会に開かれた万人のための大学をめざしている。大方の支援と協力を衷心より切望してやまない。

一九七一年七月

野間省一

講談社文芸文庫

小島信夫
美濃
解説＝保坂和志　年譜＝柿谷浩一

故郷・美濃の風景世界の中に登場する著者と友人たちの分身。ルーツを探りながら、客観的に自己と他者との関係を見つめる、虚実を超えた新しい手法による長篇小説。

978-4-06-290066-9
こA7

谷川雁
原点が存在する　谷川雁詩文集
編・解説＝松原新一　年譜＝坂口博

五〇年代に彗星のように現れ、「東京へゆくな」「自我処刑」等の〝暗喩の詩人〟として、また民衆運動のカリスマ的指導者として活動。強い磁力をもつ詩と先駆的評論四〇篇。

978-4-06-290067-6
たAG1

山城むつみ
文学のプログラム
年譜＝著者

小林秀雄、坂口安吾、保田與重郎の戦時下の著述を丹念に辿り、日本文を成立せしめる「訓読」というプログラムの分析へ到る。気鋭による〈日本イデオロギー〉批判。

978-4-06-290068-3
やN1

講談社文庫　海外作品

P・コーンウェル 相原真理子訳 警告
P・コーンウェル 相原真理子訳 審問(上)(下)
P・コーンウェル 相原真理子訳 黒《くろ》蠅《ばえ》(上)(下)
P・コーンウェル 相原真理子訳 痕跡(上)(下)
P・コーンウェル 相原真理子訳 神の手(上)(下)
P・コーンウェル 相原真理子訳 スズメバチの巣
P・コーンウェル 相原真理子訳 サザンクロス
P・コーンウェル 矢沢聖子訳 女性署長ハマー(上)(下)
P・コーンウェル 相原真理子訳 捜査官ガラーノ
P・コーンウェル 相原真理子訳 前線 〈捜査官ガラーノ〉
P・コーンウェル 相原真理子訳 異邦人(上)(下)
R・ゴダード 加地美知子訳 秘められた伝言(上)(下)
R・ゴダード 加地美知子訳 悠久の窓(上)(下)
R・ゴダード 加地美知子訳 最期の喝采
R・ゴダード 加地美知子訳 眩惑されて(上)(下)
R・ゴダード 越前敏弥訳 還らざる日々(上)(下)

マイクル・コナリー 古沢嘉通訳 夜より暗き闇(上)(下)
マイクル・コナリー 古沢嘉通訳 暗く聖なる夜(上)(下)
マイクル・コナリー 古沢嘉通訳 天使と罪の街(上)(下)
マイクル・コナリー 古沢嘉通訳 終決者たち(上)(下)
マイクル・コナリー 古沢嘉通訳 リンカーン弁護士(上)(下)
ハーラン・コーベン 佐藤耕士訳 唇を閉ざせ(上)(下)
ジョン・コナリー 北澤和彦訳 死せるものすべてに(上)(下)
ジョン・コナリー 北澤和彦訳 奇怪な果実(上)(下)
マーティナ・コール 小津薫訳 顔のない女(上)(下)
ルイス・サッカー 幸田敦子訳 穴 〈HOLES〉
アイリス・ジョハンセン 北沢あかね訳 見えない絆
ゲイリー・シュミット 上野元美訳 最高の子 〈牛小屋と僕と大統領〉
エリック・ジャコメッティ ジャック・ラヴェンヌ 吉田花子訳 ヒラムの儀式(上)(下)
サラ・ストロマイヤー 細美遙子訳 バブルズはご機嫌なめ
ロバート・K・タネンボーム 菅沼裕乃訳 さりげない殺人者
キャロル・N・ダグラス著・編 青木多香子訳 ホワイトハウスのペット探偵

L・チャイルド 小林宏明訳 警鐘(上)(下)
L・チャイルド 小林宏明訳 前夜(上)(下)
ネルソン・デミル 白石朗訳 王者のゲーム(上)(下)
ネルソン・デミル 白石朗訳 アップ・カントリー 〈兵士の帰還〉(上)(下)
ネルソン・デミル 白石朗訳 ニューヨーク大聖堂(上)(下)
ネルソン・デミル 白石朗訳 ナイトフォール(上)(下)
ネルソン・デミル 白石朗訳 ワイルドファイア(上)(下)
ジェフリー・ディーヴァー 越前敏弥訳 死の教訓(上)(下)
ジェフリー・ディーヴァー 越前敏弥訳 死の開幕
アンドリュー・テイラー 越前敏弥訳 天使の遊戯
アンドリュー・テイラー 越前敏弥訳 天使の背徳
アンドリュー・テイラー 越前敏弥訳 天使の鬱屈
ハックスリー 松村達雄訳 すばらしい新世界
ジェームズ・パターソン 小林宏明訳 闇に薔薇
ジェームズ・パターソン 小林宏明訳 血と薔薇
デイヴィッド・ハンドラー 北沢あかね訳 殺人小説家

2009年9月15日現在